講談社文庫

シルバー・スター

デイヴィッド・ハンドラー｜北沢あかね 訳

講談社

目次

僕たち一家を迎え入れてくれたパメラ・ボンドに

シルバー・スター

●主な登場人物〈シルバー・スター〉

ミッチ・バーガー　映画批評家。ドーセット村のビッグシスター島に住む

デズ・ミトリー　ドーセット駐在の女性警官で元州警察の警部補。ミッチの恋人

ドッジ・クロケット　ドーセットの資産家。ミッチのウォーキング仲間

マーティーン・クロケット　ドッジの妻

エスメ・クロケット　人気若手女優。ドッジとマーティーンの娘

チト・モリーナ　人気若手俳優。エスメの夫

ウィル・ダースラグ　〈ザ・ワークス〉を経営する料理人。ミッチのウォーキング仲間

ドナ・ダースラグ　ウィルの妻

ジェフ・ウォッチテル　ドーセットで本屋を経営。ミッチのウォーキング仲間

アビー・カミンスキー　児童書の作家。ジェフの別居中の妻

クリッシー・ハバーマン　チトとアビーに雇われているセレブの宣伝係

ヌーリ&ネマ・アッカー　〈シットゴー・ミニマート〉を経営するトルコ人夫婦

ベラ・ティリス　デズと同居する未亡人

リコ・〝ゾーヴ〟・テドーン　州警察の警部補

ヨリー・スナイプス　リコのパートナー

プロローグ

七月二十五日

彼について世間がほとんど知らないことの一つが、ドライバーとしての腕だ。もう最悪。目の前の道路からすぐに気が散ってしまうばかりか、視力も悪い。とりわけ夜は。とりわけ街灯もない細い田舎道では。

とりわけ、ラリっていて、アクセルを床まで踏み込んでいて、自分がこのまま生きていくかどうかなど、どうでもよくなっている時には。

谷川の濃霧が、夏の夜の重苦しい静けさの中、地表低くたれ込めている。曲がりくねった道路が渓谷に下るたびに、深い霧のせいで、ヘッドライトに照らされてかすんだ真ん前しか見えなくなる。ワイパーはシュッシュッと行ったり来たり、行ったり来たりしている。道路が再び登りになると、疾走しながらも時たまスナップショットのように外の光景が見えた――狭い路肩ぎりぎりに迫っている花崗岩の岩棚。アメリカシャクナゲやアメリカツガ。路肩がすぐ崖になっていればガードレール。百フィート下では、雨で水かさの増したエイトマイル川が勢いよく流れている。かなたには、ぽつんと建つ農家の遠い灯火。が、すぐに再びじっとりと代わり映えのしない霧の中に突っ込んでいくことになる。

それに、彼自身の悪夢の中に。

道路の中央をビュンビュン飛ばしていた。対向車があれば、一巻の終わりだ。でも、深夜を回った時間にデヴィルズ・ホップヤード街道に出ている者はいない。CDプレーヤーから大音量で流れるニール・ヤングを連れた彼だけだ。『エブリボディ・ノウズ・ディス・イズ・ノーホエア』と呼ばれるクレージー・ホースとの古いアルバムだ。こんなに絶望的で痛ましいアルバムは、後にも先にも他には誰も制作していないだろう。この男にかかるとニルヴァーナがカウシルズに聞こえてしまうくらいだ。

が、彼の気分にこれほどぴったりのものもなかった。

ハンドルにかぶさるようにして、左手でしっかり握り、右手で隣のシートに携帯と並べて置いた甘ったるいペパーミント・シュナップスの一パイントボトルを手探りした。ペパーミント・シュナップスは中学時代からの親友だ。〝悪者〟が来る時には、決まってこれを飲む。

ごくごく飲んで、タイヤを軋《きし》らせて猛スピードでカーブを曲がると、不意に真ん前の道路の中央に二人立っていた。急ハンドルを切って避けると、車体がガードレールにこすれた。横腹をゴツゴツこすった衝撃に、空中に火花が飛んでぎょっとした。それでも車を停めて、損傷を調べようとはしなかった。この車であれ、どの車であれ、知ったことではない。ひたすら先を急いだ。行かなくては。任務を負っているのだから。

これからしようとしていることを思うとパニックに襲われて、シュナップスも、吸ってきたマリファナもいっこうに効きそうにない。汗をかいていた。手は震え、息遣いは浅く速い。でも他にどうしようもない。逃げ道はないのだ。彼にはわかっていた。それでもつらかった。ああ、何てつらいんだろう。

やっと魂の伴侶に出会った。かけがえのない愛に。ただ、その人は妻ではない。だから今夜、別れを告げなくてはならない。

正直言って、自分がこんなことになったのが信じられない。妻でもない相手と恋に落ちるなんて。ったく、情けなくなるほど中年っぽくて、安っぽい話だ。でも、今更そんなことが問題なわけではない。問題は、それが現実に起きてしまったことだ。すぐに終わりにしなくては。

運転を続け、かすんだ前方に不意にまた悪者を二人見つけた。逃げ場を求めて一目散に茂みに走り込んでいく。スピードを上げてやり過ごしたが、奴らと離れられないのはよくわかっていた。怯えたり、当惑したり、孤独を感じたりすれば必ず、奴らはやって来る。

四歳にもならない頃から〝悪者〟と呼び始めていた。眠れぬまま横たわり、心臓をドキドキさせて奴らが来るのを待ったものだ。奴らは寝室の壁の中に住んでいた。出てくる時には壁の中で動き回っているのが聞こえたし、うまい具合に照明を素早くつければ姿を見ることもできた。角と尻尾とひづめのある小さな生き物で、ひづめはフローリングの床でパカッパカッと小さな音を立てる。皮膚はぬるぬるした紫色で、裂け目のような細い黄色の目をして、鋭い歯からは涎が滴っている。奴らがなぜ自分を選んだのかはわからない。それでも重大な肉体的危害を加えるつもりだということだけはわかった。

それに、誰にも奴らを見ることができないのも。彼にしか見えないのだ。

奴らが来た時、泣いて母親を呼んだことを覚えている。たいていは無視された——怯えたまま一人で放っておかれた。でもたまにはベッドの端に来て、座ってくれたので、奴らも彼には近づけなかった。母親はじっとり汗をかいた額を丸めたティッシュで拭いてくれた。〝あたしのいい子〟、彼のことをそう呼んでいた。〝あたしの強い子〟と。でも、やがては行ってしまい、彼と悪者と恐怖が残されるのだった。

奴らは、昼の間は隠れている。けれども、恐怖は朝から晩まで彼につきまとった。四六時中離れることはなかった。恐怖に負けずに毎日を乗り切ることがどんなに大変か、せめて人にわかってもらえたら。でも、人は知らなかった。誰も知らなかった。人は俺を見ても、俺を理解しない。俺のことがわかる人間はいない。誰もいない。車を飛ばした。そして何とか人気のない道路を走りきって、外れにある滝の入り口までたどり着いた。日没後、州立公園は閉鎖される。柵が下りて、駐車場にも入れなくなる。路肩に車を停め、エンジンと音楽を切った。他に車の姿はない。先に着いたのだ。長いこと座ったまま、間断のない滝の轟音を聞いていた。動揺が募《つの》ってきた。まともな声を聞かなくては。何が何でも。携帯に飛びついて、ミッチに電話した。長い付き合いというわけではない。それでも彼のことをちゃんと理解してくれている——どんな人間で、どうなりたいと思っているかを。それに、ミッチは見返りをいっさい求めない。誠意だけだ。これは普通ではない。ちくしょう、前代未聞だ。

もっとも、今電話口に出た声は不安定で混乱しているようだ。「も、もしもし……どちら……？」

「起こしてしまったなら悪かったよ。知らせたいことがあっただけなんだ」

「そうか……。うーん、いいとも……」いくらか目が覚めてきたようだ。「君は今どこに？」

「シュガーマウンテンだ。客引きや色付きの風船と一緒に」

電話口が長いこと黙り込んだ。「ちょっと待ってくれよ。それならわかる……ニール・ヤングだな？」

「そうだ」

「シューシューいう音は何だ？　どこかの男子トイレにでもいるのか？」

「ちょっと違うな」

「いったい何時なんだ？」

彼は座ったまま、息を吸っては吐いた。恐怖はもうずっと薄らいでいる。むしろ圧倒的な悲しみの方が大きい。「手後れだ。後の祭り。死刑執行人がもう行かせてやる時だと言ってる」

「死刑執行人？　いったい何の話だ？」

「じゃあな、ミッチ」

「待て、切るな——！」

パチンと通話を切り、開けた窓から投げ捨てると、携帯は地面に当たってカタカタ鳴った。片手にシュナップスのボトル、もう一方の手にはブックマッチを摑んで車を降り、真っ暗闇の中を滝に向かって遊歩道をよろよろと進んだ。

暗いので、安定の悪い岩や、露出した木の根に何度もつまずいた。マッチをすって、目を細くして見る。前方に、二人があの初めての夜に愛を交わしたピクニックテーブルがあった。すべてはここから始まったのだ。あそこには滝の上に行く通路。昼間は、人々が遠くからはるばる滝見物にやって来て、写真を撮り、滝壺の澄んだ冷たい水たまりを歩き回り、ぞっとしない脂っこいジャンクフードを食べ、甘ったるいソーダ水を飲む。普通の下らない人間がやる、普通の下らないことをやるのだ。よろよろと先に進んだ。崖の縁に沿って木製のガードレールがあり、防腐用のクレオソートの臭いがした。小さな子供がガードレールの下から滑って死の淵へと真っ逆さまに落ちないように、杭には金網が釘留めされている。もう一度マッチをすった。警標の前に来ていた。『水は流れ落ちるままに。人はこれより前に出ないこと』

彼は見向きもしなかった。ガードレールを乗り越えて、滝の真上に張り出した花崗岩の平坦な岩棚に出た。ここここそ二人の場所。熱い禁断の愛を交わすために、夜な夜な無理をしてやって来た秘密の安息所だ。ここでは二人だけ。二人と、水と、闇があるだけだ。

むき出しの花崗岩は霧と飛沫のせいでつるつるしている。それにいくらか涼しい。それでも、汗をかいていた。岩棚にしゃがんで、すぐ前を通って真っ暗な空間に流れ出し、百フィート下の滑らかになった花崗岩のくぼみに叩きつけられていく水の力そのものを感じた。水は渦巻き、泡立ち、滝となって流れ落ちて、底を打つと再び川になって流れ出す。自分も岩棚から飛び降りて、すぐにも起きることの苦痛を味わわずに済まそうかと思った。でも、どんなにそうしたくても、やはり自分の意志ではできない。言葉は語られなくてはならない。

そこで、霧の中、たった一人の真の恋人を待った。滝の轟音のせいで、車の音は聞こえなかった。足早の確かな足音も、すぐ近くに来るまで気づかなかった。金色の髪のきらめきも、信じて疑わないキラキラしたブルーの瞳も見えなかった。でも、かまわない。目を閉じていてもすべてを見ることができるのだから。彼の唇が今も、何度もキスしてきた心を疼《うず》かせるほど柔らかで甘い唇を知っているのと同じだ。

「やあ、ベイビー」抱き合って座ったところで言った。身体を寄せ合っていれば、声を張り上げる必要はない。

「ああ、来てくれてうれしい。今夜は無理かもしれないと……」

「来ると言っただろ？」彼はあっさり答えて、自分の声に偽善の震えを聞き取った。

「ペパーミント・シュナップスはどうだ？」

「ゲッ、いらない」

「どうして俺が来ないと思った？」

「電話の様子がおかしかった。そばに彼女が？」

「いや、べつに」暗闇を手探りして、手を見つけるとしっかり掴んだ。言わなくてはならないことを口にすれば、もう二度とその手に愛撫してもらえないのはわかっている。「でも、ちょっとつらい話をしなきゃならない……お前と俺のことで」

「二人のことで？」

「もうやめなきゃいけない」彼はだしぬけに言い放った。

「ど、どういうこと？」もう手はつないでいなかった。手は、永遠に離れたのだ。もう一緒にいたくないということかと、恋人が訊いた。

「いいや、一緒にいたい。そういうことじゃないんだ」

「それじゃいったい？」

「終わったってことだ。だから……終わらせなきゃいけないんだ」

「それだけ？　そんなバカな！」

「わかってる」彼は認めて、しばらく滝の轟音だけを聞いていた。

と、胸をえぐられるようなすすり泣きが聞こえてきた。「ああ、本気で指をパチンと鳴らせば、愛は消えるとでも？　あれかこれか、選べるとでも？　紙とプラスチックのどっちがいいかとか？　スベスベとゴツゴツのどっちがいいかとか？」

「なあ、お前が問題なんじゃないんだ、いいな？」声がどうすることもできずに甲高くなった。「俺の問題なんだよ。俺はこんなことを続けるわけにはいかない。簡単にはやめられないさ。実際、こんなにつらいのは生まれて初めてだ。それでもやめなきゃならない」

「でもどうやって？」恋人は言った。これからだって毎日顔を合わせる。何もなかったふりなんてできるわけがないと。

「それなら付き合いを始めてからずっとふりをしてきたじゃないか」

それを言うなら、追いかけられてからずっとだと、恋人は言い返してきた。

「俺のことなら最初に警告したはずだ」彼も言い返した。もうムキになっていた。

「どうなるか話したはずだ」

この小さな胸が張り裂ける思いをさせるとは言われたけど、なまくらなナイフで胸を突き刺すとは思わなかった、と恋人は嘆いた。「よくもそんなことが」暗闇でまたすすり泣きが聞こえた。「ああ、神様、これじゃまるで哀れな老婆」

「いいや、そんなことはない。お前は素敵だ。本当に素敵だ。これからもずっとこのままでいられたらと思うよ。本当だ、これほどの幸せは生まれて初めてだった」

それは彼の人生が嘘の塊だから、偽りの生活だからだと、恋人が言った。

「おい、お前の結婚だって、俺の結婚と同じで死んでるじゃないか」

「お門違いなことを」と恋人。これは彼の問題だと。

「わかってる、わかってるよ……」彼は息を吸っては吐いた。胸が痛くなっていた。

「こんなふうに運を天に任せてはいられないんだ。このドーセットでは。きっと見つかる。見つかれば、噂になる。人はそれが生き甲斐なんだ――俺たちみたいな人間のことを噂するのが」

させればいいのだと、恋人は言った。そんなことはどうでもいい、ちっともかまわないと。

「まっ、俺はそうはいかない。その危険は冒せない」

毎日、ベッドを出れば危険はある。危険のない人生なんて、死んでるようなものだと恋人は主張した。

「今は、死んでる方がいいのにと思ってる」彼は打ち明けた。

「ふざけたことを」その自己憐憫にもうんざりだと、恋人が続けた。傷ついてるのは彼ではない――自分なのだと。憎んでやると言われた。「憎んでやる！」

「なあ、何も喧嘩別れすることはないんだ」彼はなだめるように言った。「終わらせなきゃならないだけだ」そして、シュナップスを飲み干すと、ボトルをそばの石の上に置いて、危なっかしく立ち上がった。言うべきことは言った。残ったのは醜さだけ、つらい言葉だけだ。

「どこへ？」

「家に帰る」

自分を残して帰るのかと、恋人が迫った。二人とも立ち上がっていた。自分も危険を冒してきたのにと。

「それはわかってる」彼は答えた。でも、とても同じ危険とは言えない。近いとすら言えない。「だから、信じてくれ。お前のためにもこの方がいいんだ」

「ああ、本当にサイテー」恋人が吐き捨てるように言った。お互い出会うまで、死んでるも同然の人生を生きていたのにと。二人の間には特別な何かがあるのに、それに背を向けて別れるなんてと。

こうなると、すすり泣きは彼自身の喉の奥から漏れてきた。「仕方ないんだ。お前にもわかるはずだ」

「わからない」わかるのは、別れさせないってことだと、恋人は言葉を詰まらせた。彼女に二人のことを話す。絶対にばらしてやると。

彼は声もなく佇《たたず》んだ。逃げられない愛の罠にはまってしまったことに気づいたのだ。逃げ道はない。ともかくもうまい逃げ道は。が、彼の心に忍び込んできたものがあった——考えないようにしていた恐ろしいことが。二人の秘密の場所、愛を交わした二人だけのこの完璧な高い場所は、二人だけの完璧な殺し場所にもなるということだ。もっと悪いことには、彼には苦もなく実行できるのだ。

俺も奴らの仲間。俺も〝悪者〟だ。

初めからわかっていたのかもしれない。だからこそ、夜の間ずっと恐怖に気持ちが高ぶっていたのだ。人生最高の恋人を殺すためにここに来ることになるから。それがはっきりわかっていたから。

立ったまま、拳を握ったり開いたりしながら、やろうとしていることに備えた。

「将来を考えなきゃならないんだ」彼は説明した。

将来があるみたいな言い方だと、恋人が応じた。

でも、彼にはなかったのだ。

「おい、やめろ!」急に崖の縁へと押されるのを感じて、大声をあげた。

あまりに唐突で、凶暴で、思いも寄らなかったので、踏ん張る間もなかった。命をかけた最後の一瞬には、死に物狂いの獣さながら、手の指と足の指をつるつるした岩に食い込ませて、しがみつこうとした。が、結局は腕を激しく振り回して暗闇の中に仰向けに落ちていった。滝の轟音が大きくなり、頭が固いものに激突した時には、彼自身の口からうなるような大声があがった。そして、すべてが黒から赤へと変わった。

岩場に横たわっていると、すすり泣きがどこか遠くから聞こえる気がした。でもそれは自分の最後の呻きだったのかもしれない。痛みはなかった。恐怖も、悔恨もない――安堵がどっとわき上がってきただけだ。

俺は自由になった。〝悪者〟から自由になった。これで奴らも他の誰かを苦しめに行ける。俺はもう相手にならないから。もうこれまでだ。俺は自由なんだから……俺は自由だ……俺は……。

十八時間前

1

ビッグシスター島では、いつまでもベッドにもぐり込んでいるわけにはいかない。七月なのだから。朝の五時半には、ミッチの寝室用ロフトの天窓からは朝日が射し込んでくるのだから。あり得ない。最近では、暗闇の生き物とも言うべきミッチ・バーガーは、日の出とともに起きていた。

しかも、その素晴らしい一分一秒が大好きだった。

どんなに蒸し暑い日でも、柱と梁がむき出しの古風な馬車小屋を吹き抜ける、ロングアイランド海峡からのひんやりとした爽やかな微風が大好きだ。島中に自生するブラックベリーが、自分の畑で育てた新鮮な野菜が大好きだ。古風な手押し式の芝刈り機で猫の額ほどの芝生を刈るのも大好き。これは現代が失った大きな楽しみの一つに違いないと思っている。日暮れに太めの身体をアルミ製のシェルバックガーデンチェアに預けて、冷たいビールを片手に、デズがパトカーで危なっかしい木造の橋をガタゴト渡ってくるのを待つのも大好き。一緒に海峡で清々しい水浴びをするのも。彼女が調理してくれる焼き魚、玄米、それに温野菜のうんざりするようなヘルシーディナーまで――これは真に驚くべきことだが――大好きだ。

もし物のわからない男だったなら、自分は別人になったと断言しただろう。

ミッチは、毎日自分の周りの陽光降り注ぐ自然界について何かしら新しい発見をしていた。オウゴンヒワはヒマワリに引き寄せられ、ハチドリは赤い色に引き寄せられる。雄のミサゴは雌が南に渡ってからも残って、巣立ちしたばかりのひなに飛び方を教える。こうしたことの多くはドッジ・クロケットから学んだ。ドッジは、ミッチが夏の初めに仲間になった非公式なウォーキングクラブの非公式なリーダーだ。地元の男四人が、ペック岬自然保護区を囲む三マイルほどのビーチを、毎朝七時にてくてく歩く。運動のため、バードウォッチングのため、そして長々とお喋りをするためだ。

これはやるっきゃない。ミッチ・バーガー――ニューヨーク市の日刊三紙の中でも最も権威のある、従って最もギャラの安い新聞の映画欄主筆――は男ならではの緊密な結びつきのグループに加わったのだ。と、ともかくもデズは言っている。ミッチ自身はあっさり、一緒に歩いて、焼きたてのクロワッサンを食べて、人生と愛と女性

――揃ってさっぱりわからないと公言している三つのテーマ――について語り合うのが好きな、四人のドーセット人だと説明している。

それに、今日はドッジと話し合わなくてはならない仕事がらみの大事な問題があった。

ミッチがキッチンで動き回っている音を聞きつけて、クォートが朝ご飯だと猫ドアから走り込んできた。細身で筋っぽいミッチのハンター猫は、夏場はリビングの出窓の下に置かれたベンチで寝るのが好きだ。膝乗り猫のクレミーは、まだ安全な屋内を好んでいるが、二階のベッドでミッチの鎖骨のくぼみに丸くなるのではなく、階下の肘掛け椅子で寝ている。夜クレミーがいるのに慣れてしまったので、ミッチはすごく寂しいのだが、猫のことがわかるようになると、猫が自分の安楽を最優先に考えることもわかるようになった。秋風が立てば、クレミーは注目に値するミッチの体温が必要なことを思い出して、ずっとそこにいたような顔でベッドに戻ってくるのだろう。

今朝のところは、彼女は椅子からミッチを見て欠伸をすると、ものうげに前足を伸ばした。彼女なりの「おはよう」の挨拶だ。

今朝は他には誰もいない。デズは週に三晩か四晩は彼と過ごすようになったが、それ以外はアンカス湖を見晴らす自宅にいる。その自宅に、親友で野良猫保護仲間のベラ・ティリスが試験的同居のために引っ越してきたので、デズは彼のところに泊まっても、世話をしている毛むくじゃらたちに気をもまなくてよくなった。クォートが粗挽きのキャットフードをガツガツ貪っている間に、ミッチはグレープフルーツジュースを背の高いグラスにたっぷり搾った。そして、ジュースを飲みながら、三方向の海が見渡せるリビングの窓の前に立って、海峡に浮かぶこの島の早朝の静けさを楽しんだ。漁師が今日の仕事のためにエンジンを響かせていく。それ以外は平穏なものだ。ミッチは色あせたグレーのTシャツとダブダブのチノショーツに着替えた。リュックに青いブリキのコーヒーマグを四個と、デズに飲まされている向こう側が透けそうに薄い低脂肪ミルクを入れた八オンスのペットボトルを突っ込んだ。彼自身はチョコレート味の成分無調整ミルクが好みなのだが、デズはこの夏ミッチの余分な体重をいくらか落とすと固く決意している。そして、固く決意したデズはおろそかにできない。彼女がミッチのキッチンを揚げ物禁止地帯に変えてからというもの、彼のウェストは丸々二サイズ落ちたのだ。

ミッチは首から双眼鏡をぶら下げてドアを出ると、野生のビーチローズとヤマモモが両側に茂る小径を、ビッグシスター島とペック岬を結ぶ橋に向かって歩いていった。島は一六〇〇年代からペック家のものだった。名門一族のパラダイス、四十エーカーの四角い島はコネティカット川河口にあり、ちょうど歴史的に有名なニューイングランドの村、ドーセットの外れに位置している。島には五軒の家、ニューイングランドで二番目に高くてもすでに役目を終えた灯台、プライベートビーチ、桟橋、それに、テニスコートがある。ミッチは改装された管理人小屋を大喜びで借り、結局買い取った。寒かった頃は、島を独り占めしていた。現在はもう一軒が使用されている――ミッチの園芸の先生、ビッツィ・ペックが、娘のベッカとともに大きなヴィクトリア朝風の夏別荘に住んでいるのだ。

ここで暮らせるなんて、もうとてつもなくラッキーだと、ミッチが自覚しない日は一日としてない。ハーバード出身の景観設計家だった最愛の妻のメイシーを卵巣癌で失って――三十歳の若さだった――ミッチはボロボロになった。自分を癒す場所が必要だった。その場所というのが、ここだったのだ。彼はゆっくりと回復していた。それにはもちろん、彼の人生にデズ・ミトリーが出現したことが大きな拠り所になっている。新しい経験にがむしゃらに飛び込んでいこうという彼自身の決意も大きい――社会性に問題のある試写室ネズミのミッチ・バーガーにとっては、毎朝最近知り合ったばかりの三人の男と日差しを浴びて歩くことは、未知の世界への大いなる飛躍に思われた。

四分の一マイルほどの細い橋を渡っている間は、ゲートで待っている彼ら――S、M、Lサイズの中年のドーセット人トリオ――が見えなかった。他の二人を見下ろすほど長身のウィル・ダースラグが、ミッチをグループに引き入れた男だ。ウィルと、本当によく動く妻のドナは〈ザ・ワークス〉を経営していて、ミッチは店のチョコレート菓子の大ファンなのだ。いや、ともかくもデズにダイエットを始めさせられるまではそうだった。タンクトップとダブダブのサーファーショーツ姿で、リュックを無造作に肩に引っかけた三十四歳のウィルは、陽気なシェフというよりプロのビーチバレー選手か北欧の神に見える。日焼けした筋骨たくましい六フィート四インチの身体、日に焼けて白茶けたブロンドの髪はポニーテールにしている。ある朝早く、ミッチはドッジ・クロケットやジェフ・ウォッチテルと一緒に切り立った岬を歩いている彼にばったり出くわしたのだ。紹介され、さりげなく誘われた。そして、次に気づいてみれば、単に毎朝その小さなグループに参加しているのではなく、参加するのを楽しみにしている自分がいたのだった。

緩やかな結びつきだった。七時に待ち合わせ場所に行けばオーケー。もし行けなかったら、それもオーケーだ。釈明はいらない。ルールは一つだけ。あんまり真剣に考えないこと。どんな話題も雑談に相応しいものばかりだ。グループに呼び名はないが、ミッチは大好きなベイジル・ラズボーンのシャーロック・ホームズ作品、『緑衣の女』にちなんで、メスメルクラブというのが気に入っていた。彼らにわざわざ教えたわけではない――彼らには何の話かわからないだろうから。彼らは、例えばミッチの二頭筋のタトゥ、〝ロッキー・ダイズ・イエロー〟の由来もわからなかったのだ。

「おはよう、皆さん」ミッチは大声で言った。

「今日もパラダイスは素晴らしい天気だな」ドッジが顔をほころばせた。

「そりゃもう」ジェフが声を張り上げた。ニューヨークの大手出版社から逃げてきた腕白小僧のような男で、ドーセットの本屋〈本の虫〉を経営している。

四人は歩き出した。一列になって切り立った岬の縁をなす細い遊歩道を歩いていく。道端にはハマエンドウが自生している。鴉やカモメが頭上を飛んでいく。ドッジはきびきびと歩いた。両腕を脇でゆったりと揺らし、背筋を伸ばして、頭をぐいと上げている。ミッチはその後ろについて、いくらか息を切らしながらも遅れなかった。最初にグループに加わった時にはほとんどついていけなかったのだから、絶対に進歩している。それでもTシャツはもう汗でべったり身体に張りついていた。

ドッジはグループの中では断トツの年長だ。それに断トツの金持ち。ドーセットの資産家の生まれで、プリンストン大学時代はラクロスの全米代表の補欠だった。そして五十四歳の今も、素晴らしく健康で力強い。ミッチはまた、これほど規律厳守の男に会ったことがなかった。腕時計をつける必要がないほど鍛錬されている。自ら課した厳密な日々の行動管理のおかげで、ドッジには常に時刻が誤差二分以内でわかる。ドッジがこれまで一度として定職に就いたことがないとなると、これはとりわけ驚くべきことだ。定職など彼には必要ないのだ。それでも無為に時を過ごすことはない。

毎朝六時に起床、七時にウォーキング、八時にウェートトレーニング、九時に『ニューヨーク・タイムズ』と『ウォールストリート・ジャーナル』を読む。十時には資産管理、十一時にクラシックピアノのレッスン。昼食後、彼の残りの時間はミーティングに費やされる。ドッジは自然保護委員会のドーセット支部の総裁ばかりか、ドーセット歴史地区のコミッショナーを務めている。湿地帯委員会、ドーセット図書館理事会、それに青少年局の委員でもある。数年前には、ハートフォードで州議会議員を二期務めた。〈ジョンの理髪店〉にたむろする年配者は今でも彼を先生と呼んでいる。

しかも、ドッジはコチコチの堅物ではない。自分のピアノのスタインウェイで『火の玉ロック』を演奏するといった驚くべきこともやると聞いた。ミッチは毎朝この男と一緒にいるのを楽しんでいた。よき道連れで、よき聞き役、しかもなぜか彼と歩くことこそ一日のハイライトのような気分にさせてくれるのだ。ドッジはまた、人生を子供のようにワクワクと楽しんでいて、ミッチは心から羨ましかった。ちくしょう、この男性の全人生が羨ましい。健康で、裕福で、コネティカット川を見下ろす十エーカーの土地に建つ修復した美しい農家に住んでいる。二十六年連れ添った脚の長いブロンドの妻のマーティーンは、ミッチに言わせれば、ジーンズをはいたグレース・ケリーそのものだ。ドッジとマーティーンの間にはエスメ。このエスメがまた、ハリウッドの若手の中でも人気実力ともにトップクラスの女優になっている。

そしてミッチが今朝、どうしてもドッジと話さなくてはならないのはそのことだった。これは絶対にドーセットの典型的七月ではないからだ。エスメ・クロケットとその夫、ブルーの瞳を持つ気性の激しいラテン系人気スター、チト・モリーナが、海沿いの三百万ドルの邸宅を夏用に借りてからというもの様変わりしてしまった。チトとエスメはどちらも二十三歳だが、タブロイド紙に関する限り、この夏一番のビッグカップルなのだ。彼女は息を呑むほどゴージャスなアカデミー賞女優だ。彼は『ピープル』誌が選んだ当代一のセクシー男性。酒とドラッグと激情の、手に負えない乱痴気パーティを開く男なのは言うまでもない。わずかこの一年で、チトはドラッグのリハビリ施設に二度入ったし、薬物所持でロサンゼルス郡刑務所に三十日間収監され、二人が暮らすマリブの自宅前の路上で彼から暴力行為を受けたとタブロイド紙のカメラマンに二度訴えられた。

二人がドーセットに来たことで、村中に論争が巻き起こった。エスメはドーセットの一員で、地元は当たり前のように彼女を自慢にしている。何と言っても、ドーセット高校で上演された『屋根の上のバイオリン弾き』で初舞台を踏んだ少女なのだ。それを皮切りに、彼女はアイヴォリートン劇場でのニール・サイモンの『わたしは女優志願』の夏期再演に出演、ニューヨーク一のキャスティングディレクターの目に留まった。一九二〇年代が舞台の、マーチン・スコセッシの新作犯罪映画で、未成年の女スリを演じる若い女優を探していたのだ。エスメはその役ばかりか、アカデミー助演女優賞まで獲得した。今ではハリウッドのドル箱スターの一人になっている。

その一方では、ドーセットはハンプトンとは違い、断固として控えめな存在であることを大事にしている。ところが、エスメとチトにはメディア軍団や追っかけ、増えるばかりの見物人がくっついてきた。村はすっかり余所者に侵略されてしまった。しかもその多くが無礼でやかましい――もっとも、クリッシー・ハバーマンほど無礼でやかましい者はいないが。ハバーマンは脚光を浴びているセレブの宣伝係で、ゴールデンカップルが自分たちの便宜のためにニューヨークから連れてきたのだ。

「ミヤコドリが三時の方角に、ミッチ！」ドッジが大声で言って立ち止まり、双眼鏡を下の岩場に向けた。白髪まじりの剛毛はクルーカット、房をなす眉毛は黒で、丸顔はしばしばうれしそうにパッと輝く。身長は五フィート九インチに満たないが、たくましい体つきだ。太い首、がっしりした肩、手足はとても大きい。ポロシャツにチノショーツ、サイズ15のハイキングブーツを履いている。「二羽だ、見えるか？　あの鳥はたいていつがいで移動するんだ」

ミッチも自分の双眼鏡をその一羽に向けた。大型のずんぐりした鳥で、背中は黒く、腹は白、それに見たこともないほど長くて平たいオレンジ色のくちばしをしている。「うわっ、アニメのチドリだ。すごい鳴き声だな」

「しかも叔父貴のヘシーにそっくりと来てる」再び歩き出したところでジェフが言った。「叔父貴はトランプゲームでもイカサマをやるのかな」ジェフは子犬を思わせる三十代後半の風変わりな男で、憤慨すると決まって口を尖らせ頬の内側を何度も吸うクセがある。それが最近ではほとんどいつもになっている——かなり醜悪な離婚闘争の真っ最中なのだ。ジェフは子供っぽい赤毛で、オタクっぽい歪んだ黒縁眼鏡をかけ、そばかすの浮いた手はどう見ても水かきのようだ。歩き方までアヒルに似ている。ファッションセンスはミッチよりひどい。今も、黄色いポリエステルの半袖のドレスシャツに縞模様の木綿のショーツ、それに焦げ茶色のソックスにテヴァのサンダルという姿だ。

「アライグマの糞が九時の方角に」ドッジが、遊歩道の隅にある種がポツポツ見える真新しい塊を踏まないように、みんなに警告した。

遊歩道は急に下りになり、岬を抜けてビーチに向かっている。そして彼らも、ペック岬の外れに向かって一マイルほどの細いリボン状の砂地を苦労して歩き出した。これはとても特別なリボン状の砂地だ。その先端がニューイングランドでも数少ない鳥獣保護区になっていて、絶滅危惧種のフエチドリが毎年夏に卵を産む。今年も二羽のヒナが孵った。自然保護委員会は、捕食者から守るためにステンレス製の飼育ケージを作るとともに、散歩者や連れている犬が入らないように警戒フェンスを張った。そこで、夜間にフェンスがめちゃめちゃにされていないかどうか確認することも、このグループの毎朝の仕事だ。ガキどもはここいらで焚き火をしながらビールパーティをするのが好きで、乱暴な挙に出てしまうことがあるのだ。

「今朝、私が何を考えていたかわかるか？」ドッジが、早朝から海岸近くでカヤックを漕いでいる連中に手を振りながら言った。「私は世界中を旅してきたが、それでもここ以外の場所に住みたいとは思わないんだ。どうしてだろう？」

「しっかり目を開けてみろよ、ドッジャー」ジェフが答えた。ドッジャーと呼ぶのはグループの中でも彼だけ――どころか、ミッチの知る限り、他には誰もいない。「ここはとんでもなく美しいんだ」

「俺に言わせれば」ウィルが続いた。「シェフィールド・ウィギンスだ」

「あのシェフ・ウィギンスか？　何てことだ、彼のことなどもう長いこと考えたこともなかったよ」ドッジがミッチとジェフに言った。「会衆派教会の向かいの大きな塩入れ型家屋（前面が二階建て、後ろが一階建て、屋根は後ろが前よりも長く低い）に住んでいた男でね」

「あのクリーム色のやつか？」ジェフが尋ねた。

「あれはクリーム色とは呼ばない。ドーセットの黄色だよ」

「あれと同じ色をニューイングランド中で見かけた。例えばブラトルバロだったら、何と呼ぶんだ？」

「ドーセットの黄色」

「なあ、話が逸れてると思うが」ウィルが言った。

「ペンキについての話じゃないってことか？」ミッチは尋ねた。

「そうとも、シェフがどうした？　死んで優に二十年は経つぞ」

ウィルの痩せた顔にかすかな笑みが走った。彼はハンサムな男で、あごはたくましく、澄んだブルーの目は程よく離れている。それなのに、本人は自分の容姿にまるで気づいていないようだ。とても控えめで、声も優しい。「シェフの妹のハリエットが、彼が死んで一週間後くらいにうちのママに電話してきた。一月のことで、地面は凍っていた。彼を埋葬するには春まで待たなきゃならない。俺のパパは墓地の墓掘りをしてただろ」ウィルは正真正銘のプアホワイトで、亡くなった父親はドーセットで様々な仕事をしていたのだ。ドッジの庭師や便利屋も務めた。父親が死んだ時、ウィルはまだほんの子供だった。ドッジは父親の死後ウィルに片手間仕事をさせ、第二の父親のような存在になった。二人は今でもとても近しい。「それはともかく、ハリエットは電話でママに、シェフのインコのルディが死んだと言って――」

「はっきり言って、ウィル」ジェフが口を挟んだ。「この話の展開がまるで読めないよ」

「春までうちの冷凍庫にルディを預かってもらえないかと訊いてきた。そうすればルディもシェフと一緒に埋葬してやれるからと」

「棺に入れてやるってことか？」ミッチは目を丸くして尋ねた。

「そうだ」

「それで、君のママは……？」

「預かったよ。それで、そうだ、一緒に埋葬された」

「あんたはいくつだった、ウィル？」ジェフが尋ねた。

「十歳かな」

ジェフが肩をすくめた。「ったく、うちの冷凍庫にそのインコを冬中入れてたりしたら、悪夢にうなされただろうな。何色だったんだ？　いや、待て、教えないでくれ」

「俺が言いたいのは」とウィル。「ハリエット・ウィギンスはママに電話して頼むのを何とも思わなかったってことだ。ママも睫毛一本動かさなかった。それこそドーセットだ」

「要するに、ここの住人はみんな完全にイカレてる？」ジェフが尋ねた。

「私は完全に正気だと考えたいな」揃って岬の突端に向かってえっちらおっちら歩き出しながら、ドッジが言った。太陽が大分高くなり、大気も暖かくなってきた。潮は引いている。ミズカキチドリがたくさん、ひょろ長い脚で水際に立って、餌をついばんでいる。「昨日の晩、マーティーンが君のことを話していたよ、ミッチ」

「彼女が？」

「青少年局ではどうしても講師が必要なんだ。すべての科目で——歴史、国語、数学」

ドッジはもう何週間も、ミッチを地元の何らかの組織に参加させようと口説いていた。ミッチはすでに貝・甲殻類委員会の記録係になる機会を辞退している。自分がやっている姿が想像もできないのだ。古きよきホームドラマのパパならともかく。それでも、小さな町や村に住む場合は、地域活動への何らかの参加がついて回ることは理解し始めていた。ウィル・ダースラグはボランティアの消防署を手伝っている。ジェフはボランティアで読み書きを教えている。

「村には真に才能のある子供が何人かいるのだが、今いちやる気に欠けている。その一人に火をつけるのが君好みのやり方なんじゃないか？」

「まあね。あっ、いえ、そうです」

「よし。申請しておこう」

この男は執拗だ。それでも、ミッチは彼の肩入れを内心高く評価していた。と、ヘリが一機、海峡を渡って飛んでくる音が聞こえた。低空を高速で飛んでくる。ニューヨークからのニュースヘリだ。これもエスメ&チトのお祭り騒ぎの一環だ。今日は今日で、息もつかせぬ新たな疑問があるのだ。昨日のものはこれだ——彼女は果たして豊胸手術をしたのだろうか？　詮索好きで狭量な連中が知りたがったのだ。

ミッチはドッジと並ぼうと歩くペースを上げ、後ろの二人から離れると、「ひと言話しておきたいと思って」とドッジに言った。「チトの新作映画についての僕の批評が、今朝の新聞に載ってます。こき下ろしました。それで、あなたが気まずい思いをされないといいんですが」

「チトのことは心配するな。あいつは人が考えてるよりずっと分別がある。それに、君はいつもどおりの気配りをしていると思うし」

「気配りというのとはちょっと違うと思いますが」

チトの映画、『ダークスター』は、はっきり言って、ハリウッド映画の中でもこの夏一番の駄作だ。二百万ドルを注ぎ込んだ、構想の悪い宇宙もの超大作だが、試写会の観客に想定外のシーンで馬鹿笑いされて、映画会社は独立記念日の週末公開を取りやめた。もう痛ましいほどひどくて、ミッチは「意図せぬ笑いを誘う『エクソシストII』以来最大のメジャー映画失敗作」と呼んで、「チト・モリーナは全編を通して苦痛に歪んだ表情を浮かべていて、エイリアンを撃ちたいのか、はたまた自分を撃ちたいのかわからないところがある」と続けたのだった。

「私はあの若造が本当に好きでね」ドッジが言った。「彼について書かれたものを散々読んでいたから、まさかと思ったんだが、気に入ってるんだ。それも義理の息子だからというだけじゃない。羽を傷めているからだよ。どうしてもまっすぐに飛ぶことができない。だからって、悪い人間じゃない。君もきっと好きになるさ、ミッチ。私の招待をもう一度考えてくれるといいのだが」

彼は一度一緒にディナーをと言っている。しかしミッチは、自分のような立場の人間が俳優と付き合うのはいい考えだと思っていなかった。「そうしたいのですが、ドッジ、やはり不適切でしょう」

「そうだな、わかるよ。私はただ、彼との付き合いを君も楽しめるだろうと思っただけで。あれほど直感力のある素晴らしい若者はそうはいないから」

誰もがカリフォルニアはベーカーズフィールドでの、チトの問題多い子供時代を知っているというのに。メキシコ人の季節労働者だったチトの父親は、チトが七歳の時にバーの喧嘩で殺された。白系アメリカ人の母親は統合失調症で、州の精神病院に入退院を繰り返していたが、彼が十三歳の時に自殺した。それからというもの、チトは一人で、たいていは乗り捨てられた車の中で暮らすようになり、ドラッグを売って生き延びた。大きなチャンスは、ブリトニー・スピアーズのビデオがベーカーズフィールドの彼が中退したばかりの高校で撮影された時に訪れた。デートしていた女の子がちょい役のオーディションを受けたのだ。彼はそのオーディションについていった。

一方、ビデオのディレクターは、ブリトニーの愛の対象を汗まみれの裸の胸をさらして演じる、下層階級の非行少年を探していた。感情を押し殺したチトのハンサムで強烈な顔をひと目見ただけで、役は彼に振られた。ビデオはMTVで大ヒットし、チトはアッという間に十代の夢のスターになって、十代のピリピリした苦悩を描くドラマに立て続けに出演した——とりわけ目立ったのが、十代の苦悩を描いた最高傑作のリメークにおける大成功だ。『理由なき反抗』で、彼はほとんど伝説になっているジェームズ・ディーンの後釜に座ると、何とか役を自分のものにしたのだ。ナタリー・ウッドの役を演じたのがエスメだった。二人はセットで恋に落ち、映画のシーンの熱烈さまで増幅させて、その後ほどなく結婚した。

必然的に、批評家はチトに現代のジェームズ・ディーンというレッテルを貼った。ミッチはべつだ。レッテルとかラベルとかはスープの缶ならともかく、アーティストに貼るものではないと考えているからだ。ミッチにわかるのは、チト・モリーナがスクリーンに現れた時に、目が釘付けになったということだけだ。チトには荒々しい動物の資質があって、危険な匂いがした。と同時にひどく傷つきやすくて、皮膚を剝がれて神経がむき出しになっているようにも見える。しかも彼には驚くべき勇気があった。アーサー・ミラーの『セールスマンの死』の衝撃的な新しい舞台で、ビフ・ローマン役でジョン・マルコヴィッチ演じるウィリーと渡り合ってブロードウェーを征服したのを見てからというもの、ミッチはすっかり納得させられていた。ミッチに関する限り、チト・モリーナは同世代の中でも最も天分に恵まれた、最も大胆不敵な俳優だというだけだ——たとえ彼が『ダークスター』で大コケしたばかりだとしても。

「彼とエスメは、特別な子供のゴールデンカップルというところだ」ドッジが言った。「二人が手をつないでいると、お祖母ちゃんの家に行くために森を抜けていくヘンゼルとグレーテルを思い出すんだ。本当に愛し合っているし、娘は彼がやり場のない怒りを切り抜けるのにいくらか手も貸してきた。それに二人の宣伝係のクリッシーが、彼の表向きの顔を笑顔にしようと本気で頑張っている。ところが、これが難題でね。とにかくひどく不幸な人間だから」

「彼は俳優ですよ」ミッチは言った。

「それならエスメも同じだ。でも彼女は違う。心の広い優しい娘だ。本当に無邪気で。私は……とにかく彼が傷つけないでほしいと願っている。ほら、彼はあの娘に誠実ではないから」

「どうしてわかるんですか？」ミッチは尋ねて、ちらりと彼を見た。

「とにかくわかる。一目瞭然——マーティーンと同じだな」ドッジは言って、内緒話のように声を落とした。「妻も私に貞節ではない。愛人がいるんだ」

「それは本当にお気の毒です、ドッジ」ミッチは不意を突かれていた。

「結婚生活を続けていれば、そういうこともある」ドッジが答えて、厳しい決断に歯を食いしばった。「打つ手がわかればいいのだが、正直なところわからない」

「その、マーティーンとは話し合ったんですか？」

「まさか。そんなことがどんな役に立つんだ？」

「コミュニケーションは前向きなことですよ」

「いいや、違うな。実際のところ、そいつはひどい過大評価だ」

二人はペック岬の突端に近づいていた。自然保護委員会が潮汐湿地に設けたミサゴ用の場所はもう空っぽだった。ミサゴは就巣し、旅立ったのだ。それでもミッチはアオサギを二羽見つけた。それに希少で貴重な灰褐色のフエチドリのヒナ二羽も、彼らが作った保護囲いの中にいた。まだ野ネズミほどの大きさしかなく、砂にまぎれてほとんどわからないほどだ。

ジェフとウィルが追いついてくる間に、ドッジと二人でケージと警戒フェンスを調べた。フェンスの杭が一本、夜の間に抜けていた。ドッジが杭を戻して石で打ちつけている間に、ミッチはバンダナで顔と首を拭いながら、彼はなぜ自分にマーティーンのことを打ち明けたのだろうと思った。なぜウィルにではないのだろう？　ウィルの方がずっと親しいのに。

ミッチはリュックを開けて、マグとミルクのペットボトルを取り出した。期待に腹が鳴っている。ウィルは自分のリュックから、いれたての最高級のブルマンコーヒーが入った魔法瓶と夜明け前に焼いたクロワッサンの袋を出した。ウィルは毎朝四時に起きて、パンを焼く広範な工程を監督する。ビーチのウォーキングは過酷な十四時間勤務の唯一の休憩だ。

二本の流木には、十分四人が座れるスペースがある。ジェフは四つのブリキのマグに魔法瓶からコーヒーを注いだ。彼とウィルはブラック、ミッチとドッジはミルクを使った。ドッジがクロワッサンを回した。やがて四人はそれぞれに腰を下ろして、むしゃむしゃやりながらフタオビチドリやハジロオオシギが水際で彼らなりの朝食をついばむのを見守った。

ミッチはゆっくり嚙んで、風味豊かでサクサクしたクロワッサンを入念に味わった。ダイエットのせいで一個しか食べられないので、最大限に味わいたいのだ。「お世辞ぬきで、ウィル、君は本物のアーティストだ。で、秘訣は何なんだい？」

「べつに」ウィルがざっくばらんに答えた。「〈ナグズヘッド〉で働いていた時からずっと作ってる。当時のパートナーがレシピをくれたんだよ」

「二人で店を経営してたのか？」

「いいや、そういうわけじゃない」彼が答えた。

いかにもウィルらしい。文句なく愛想がよくて礼儀正しいのに、経歴の話になるとやや煮え切らなくなる。ミッチは、彼がアメリカ調理専門学校で学んだことも、さすらいのシェフとして東海岸を巡回していたことも知っていた。そしてボストンで、同じシーフードレストランのキッチンで働いていたドナと出会って結婚したのだ。ドナはダックスベリーの生まれだが、結婚後、ウィルが故郷のドーセットに連れてきて、母親から相続したケルトンシティ街道にある古い農家に二人で住むようになった。そしてこの春、並々ならぬ技術を出し合って、〈ザ・ワークス〉をオープンした。打ち捨てられていたドーセットのピアノ製作所にできた、グルメのためのフードホールだ。川沿いの古い工場を店やオフィスや川を見晴らす豪華マンションへと大掛かりに改装した中でも、最大の店だ。ドッジがこの投機の資金調達を手伝ったのだが、大当たりが立証されている。すでにジェフの〈本の虫〉も誘致された。

そのジェフはと言えば、ウィルとは正反対だ――彼の人生はもう一から、人が加わりたいかどうかはともかく、議論の格好の標的になる。このケチな男は歩いて喋るグチ袋なのだ。当然のことながら、こうしたグチは別居中の妻に集中している。アビー・カミンスキーはブロンドの美人で、アメリカで最も人気のある児童書――J・K・ローリングに対するアメリカの答え――の作家だ。アビーのカールトン・カープ・シリーズの初期二作、『コッドファーザー』と『コッドファーザーの帰還』は、実際ハリー・ポッター・シリーズと売り上げで拮抗した。刊行されたばかりのシリーズ三作目、『コッドファーザーの奮闘』――カールトンが魚の世界を邪悪なチョウザメ将軍の魔手から救う――はハリー・ポッターの売り上げを凌《しの》ぎそうな勢いだ。

ジェフには残念なことに、アビーは彼を捨て、前回の本の宣伝ツアーで護衛を務めた男に乗り換えた。ジェフは打ちのめされて、新生活を始めるためにドーセットにやって来た。しかし、誰もが知っている醜悪な離婚条件が彼の地平線に立ちはだかっている。争点は、アビーが創り出した半人半魚の子供の主人公だ。カールトンには、ジェフを知る者にはお馴染みだと思われるところが数多くあるのだ。例えば、カールトンの子供っぽい赤毛、オタクっぽい歪んだ黒縁眼鏡、どう見ても水かきのようなそばかすの浮いた手、憤慨すると決まって、口を尖らせ頰の内側を何度も吸うクセ。彼がしょっちゅう使う「そりゃもう」は言うまでもない。アビーが猛烈に否定しても、カールトンがジェフなのは明らかだ。離婚条件の一部として、ジェフは彼女の大成功に寄与したことへの補償を迫っている。が、法廷に持ち込まれたら広報活動は手厳しい大打撃を受けるにもかかわらず、アビーはにべもなく拒否している。世間の評判が落ちることに対処するために、アビーはクリッシー・ハバーマンを雇った。エスメとチトを手掛けている、あの同じニューヨークの宣伝係だ。ジェフはと言えば、怒りがおさまらず、アビーの本を店に置くのを拒否した。ジョン・グリシャムという名前の作家はべつとして、彼女の本はありとあらゆるアメリカの作家のものより売れているというのに。

「おい、あんたのペーパーバックが入荷したよ、ミッチ」彼がクロワッサンを食べながら言い出した。ミッチはとても権威があって面白い、ホラーと犯罪と西部劇の映画のガイドブック――『それはシンクの下からやって来た』、『頼む、妻を撃ってくれ』、『やつらはあっちに行った』――の作者なのだ。「サインしてもらえるかな――地元作家ってことで？」

「いいとも、ジェフ。昼頃寄れるよ。君が店に出てればだが」

ジェフが鼻を鳴らした。「他にどこにいるんだよ？　俺にはあの忌々しい店しかないんだ。寝るのだって店のすぐ上の窮屈な――」

「川を見晴らす二ＬＤＫの高級マンション」ウィルが引き取った。ミッチを見る目が愉快そうにきらめいている。

「しかも、錆だらけのおんぼろ車に乗らなきゃならない。世間にあれで金持ちになったなんて思われないように」

「間違いだったら言ってくれよ、君は金持ちにはなってない」ミッチは指摘して、ウィルににやりとした。

「なってるもんか」ジェフが憤然として答えた。「いいか、俺は昨日婆さんに金を返さなきゃならなかった。俺が薦めたスリラーがお気に召さなかったらしい。ったく、全部読んだくせに、駄作だとさ。俺が金を返すまで、店で俺に向かってわめいていた。返さなきゃ、友だち全員に俺は甲斐性なしの役立たずだと触れ回ると。〈バーンズ&ノーブル〉みたいな大手なら気前よくもできるだろう。けど俺は、かつかつなんだ。売り上げが伸びなかったらどうしていいかわからないよ」

「伸びるさ」ドッジが言った。「もう客の信用を築いているし、口コミでよい評判も広がってる。産みの苦しみは誰にでもある。〈ザ・ワークス〉にもあったが、今じゃ絶好調だ、そうだろ、ウィル？」

ウィルは一瞬ためらってから答えた。「そうとも」

ミッチは早速好奇心をそそられた。ドーセットについて学んだことがあるとすれば、これだからだ——多くの場合、真実は言葉の中にはない。〝間〟の中にある。

「俺は本のビジネスをしてるんじゃないって気がすることがある」ジェフがぼやいた。「人のビジネスをしてるんだ。日がな一日知らないやつに愛想よくしてなきゃならない。うへっ、あんたたちといながら愛想よくするのだって厄介なのに」

「待った、君が愛想いいなんて誰が言った？」ミッチが尋ねた。

「ところで、ドッジャー、マーティーンがすごく親切にしてくれたよ——他の女性たちにすごく人気があるから、彼女が月曜日の夜の読書会に参加してくれた途端に、みんなが入りたいと言い出して。おかげで、火曜日の読書会まで追加することになるかもしれない。ここ何週間でも最高の出来事だよ。村にあれだけメディアの人間が来てるんだから、ものすごい勢いで本を売ってると思うだろうが、そんなことはないんだ」ジェフはコーヒーを飲み干して、空になったマグを覗き込んだ。「やつら、俺を買収しようとしてるのは話したっけかな？」

ミッチはクロワッサンの最後のひとかけを口に放り込んだ。「誰が？　タブロイド紙か？」

「アビーの弱みを暴露させたがってるんだ。俺がノーと言うたびに、値段を吊り上げてくる――二十五まで上がった」

「い、い、万ドル？」ウィルが信じられないという口調で言った。

「しかも俺には暴露話ならたっぷりある。ちくしょう、彼女が児童書の編集者の手紙をタイプしてた頃から知ってるんだ。俺は隣の小部屋にいるピッシャー（取るに足りない人）だった」

「今だってピッシャーだろ」

「ありがとよ、ミッチェル」

「私のイディッシュはいくらか錆び付いてるんだ」ドッジが言った。「ピッシャーって何だ？」

「いいか、彼女はガキが大嫌いだった」とジェフ。「バイ菌持ちとか、糞マシンとか、糞便犯とか呼んで……。大嫌いなもんだから、こっちはパイプカットをさせられた。俺はもう子供が作れないんだ」

「あれは多くの場合元に戻せると思ったが」ウィルが言った。

「俺はダメなんだ。子供を作る天与の権利は、俺からちょん切られちまった――それも全米一の児童書作家のおかげで。いい話だろ、えっ？　で、あの売女は俺にどう報いてくれるって？　あの――あの見かけ倒しのタクシー運転手を骨抜きにしてだ。俺はマジに、ココアペブルズのシリアルの箱を見るたびに、吐き気がするんだ」

ミッチと他の二人はすっかり当惑した表情で顔を見合わせたが、コメントは控えた。

ドッジが言い出した。「君がオファーに応じる可能性は？」

「俺は空っ穴なんだ。彼女が俺の要求を呑んでくれないとなると、応じなきゃならないかもしれない」

「要求というと……？」

「一作目の総売り上げの二十五パーセントだ。弁護士はシリーズ全体を狙わせたがってるが、そいつは欲張りってもんだろう。俺は欲張りなんじゃない。ただ……俺だって何かしらもらってもいいんじゃないか？　あの本を毎晩大切に抱えていたんだ。初期の原稿にはすべて目を通して、彼女が脱稿するまでに何ヵ月もかけて洗練させ練り上げるのを手伝ったんだから」

「しかも、君こそカールトン・カープだ」ミッチは付け足した。「それにも何らかの価値があるはずだ」

「俺は魚じゃない！」ジェフが言い返して、口を尖らせ頰の内側を何度も吸った。

そこで、人間時計のドッジが立ち上がり、八時のウェートトレーニングのために帰る時間だと知らせた。この男は遅刻したことがあるのだろうか。ミッチは思った。

「君は絶対にやらないよ」ミッチは言った。「アビーをタブロイド紙に売ったりしないさ」

ジェフが訝しげにミッチを見つめた。「俺をどうしてそこまで信用するんだ？」

「彼女をまだ愛してるからさ。どんなに憤慨しているとしても、君にはそんなふうに彼女を傷つけることはできないよ」

「あんたの言うとおりだよ」ジェフがいくらか顔を赤らめて認めた。「アビーは俺が愛した、ただ一人の女なんだ。すぐにでも彼女を取り戻したい。答えてくれよ、ドッジャー、秘訣は何だ？」

「何の？」ドッジが尋ねた。

「あんたとマーティーンは長年連れ添ってきた。すごいことを続けてるんだ——どうやってるんだ？」

ミッチは考え込んだドッジを一心に見守った。年配の男の顔には、さきほどミッチに漏らしたことの影すら見えない。「ジェフ、要因はいろいろある」彼がゆっくりと答えた。「共通の価値観、共通の関心と目標。愛情、尊敬、忍耐。それでも、もし一つの言葉に絞り込むとすれば、楽しい友情の秘訣と同じものになるだろう」

「と言うと？」ジェフが食い下がった。

ドッジはまっすぐウィル・ダースラグに険しい視線を投げてから答えた。「その言葉は信頼だよ」

2

「ドッジは浮気をしてるの」マーティーン・クロケットが低い緊張した声でデズに告げた。二人はオールドショア街道にある〈マッギー食堂〉の裏の、ゴミがあふれて悪臭のする大型ゴミ収集箱の脇にしゃがんで、子猫が現れるのを待っていた。デズは息を呑んだ。マーティーンはこれまで個人的なことなどまったく明かしたことはなかったのだ。それが、いきなり爆弾発言だ。「相手の女性は誰なの？」

「わからない」マーティーンが惨めに答えた。「知りたくないわ」

空が白みかけたところで、野良猫の世界では楽しいご飯の時間だ。マーティーンの有名な娘のエスメは、デズのルームメートのベラ・ティリスと一緒にゴミ収集箱の反対側にしゃがんで待っている。昨夜遅く、お腹を空かせた二匹の子猫がゴミ収集箱をくんくん嗅ぎ回っているのを見つけたのはエスメだった。彼女とチトはビーチでテキーラパーティをしてから、遅い夕食にカキフライを食べようと〈マッギー食堂〉に車を乗り入れたのだ。たぶん誰かが食堂の裏に子猫を捨てた。避暑客の仕業だ。エスメは二匹を引き取ると決めた。そしてマーティーンは、ドーセットの野良猫保護の非公式クイーンなので、四人はここで、ターキーの裏ごしの瓶でお腹を空かせたかわいそうな子猫を犬のケージにおびき入れようとしている。ケージのドアにはそれぞれ長い紐がついていて、子猫が中に入ったら、紐を引いてケージのドアを閉めるのだ。

夜明け前にはしばしば、デズ、ベラ、それにマーティーンがどこかの大型ゴミ収集箱のそばに張り込んで、紐を手に、人生と愛と男性——揃ってさっぱりわからないと公言している三つのテーマ——について語り合っている姿が見られる。三人は奇妙な不釣り合いのトリオだ。一人はフィラデルフィアの名門出身の長身でカッコいい四十代後半のワスプ。一人はブルックリン出身の丸々と太った威勢のいい七十六歳のユダヤ系のお婆ちゃん。それに二十九歳の才能豊かなアーティストで、ブラック、コネティカット州警察ドーセット駐在のデズ・ミトリーだ。そこに正真正銘のハリウッドスターが加わったとなれば、ますます味わい深いというものだ。べつにこの時間の彼女が素敵だというのではない。はれぼったい目やもしゃもしゃの髪、それに汚れた服から、デズの目にはエスメ・クロケットが昨夜から寝ていないのは明らかだった。

マーティーンは意外にも、有名な娘はベラと組んだらどうかと提案した。それはどう見ても、デズに爆弾発言を聞かせるためだった。でもどうして？

デズは早朝の薄明かりの中で彼女を観察した。マーティーンはブロンドの素晴らしい美人で、瞳はブルー、頬骨は高く整っている。日焼けした顔の年齢肌は、柔らかなしわの寄った上等な革のようだ。銀色の混じった艶のある髪を魅力的なボブにして、ヘアバンドで留めている。アイゾッドのピンクのシャツにチノショーツ、それに真っ白なケッズを履いている。マーティーンは、靴を脱いでも六フィートはあるデズと同じくらいの長身で、とても活動的だ。週に四、五回はカントリークラブでゴルフをするし、ビーチクラブで毎日一時間泳いでいる。それは見ればわかる。スタイル抜群——肩は広く、ヒップは引き締まり、日焼けした脚は長くて均斉がとれている。

デズは初め、なかなか彼女に好感を抱けなかった。マーティーンは、今でもまだ社交界デビュー舞踏会の花という感じで、何不自由ない特権階級の白人貴族なのだ。彼女がにっこりすれば、すべては思いのまま。ママとパパが約束してくれたとおりだ。マーティーン・クロケットのような人間は何をやるにしても簡単だ。デズはそういう女性を尊重できないどころか、大嫌いだ。仕方ないではないか。でも、一平方マイルあたりの大富豪の数がイーストハンプトンを凌ぐドーセットの駐在になった今は、その手の人間に数多く出会うことになり、現実問題として彼らを大目に見る必要が出てきた。それに、マーティーンのことは本気で好きになった。気取りがなく、思いやりがあって親切なのだ。彼女は野良猫を保護し、ショアラインの給食施設とドーセット・デイケア・センターでボランティアをしている。しかも、彼女は快活で洞察力があり、悪臭を放つ大型ゴミ収集箱の陰で長々と野良猫が現れるのを待っている時のよい話し相手だ。

そして今や彼女の夫が浮気をしているとなれば、ベラの古い格言が確認されるというものだ——ほとんどの野良猫保護者は、優しい心根とお粗末な亭主を持った女性だ。

確かに、これはデズ自身の話でもある。「彼が浮気しているのがどうしてわかったの？」デズはタンクトップとジムショーツ姿でしゃがんでいた。

「それはわかるわ。絶対にわかるものでしょう？」

「そうね、それはそうだわ」

デズ自身がわかったわけではない。ブランドンの時には。当時、二人はニューヘーヴンの緑豊かな郊外住宅地、ウッドブリッジに住んでいた。彼は検察局に勤め、ディーコン《助祭》と呼ばれる州警察副本部長の娘のデズはメリデンにある凶悪犯罪班で覇気満々だった。ブランドンが去り、デズはボロボロになった。そんな彼女を、隣家に住むエール大学教授の未亡人で白人のベラが野良猫保護に誘った。そして、デズを救った。そのウッドブリッジは、今ではどちらにとってもバックミラーで見る場所になった。デズがドーセットで新生活を始めると、ベラも自分のだだっ広い家を売り払って、一緒に引っ越してきたのだ。これはうまくいっている。仕事があり、アートアカデミーがあり、ピルズベリー社のマスコットキャラクターそっくりのミッチ、生パン坊やがいるデズは、あまり家にいない。しかも、ベラは潔癖な主婦で、素晴らしい料理人で、愉快で、自立していて、思慮深い。確かに、人が典型的な生活環境と考えるものではないが、正直なところデズは最近の自分の生活で何一つとして典型的なものは思いつけなくなっている。

「いつからなの、マーティーン？」

「数週間ね」マーティーンが答えて、手をもみ絞った。指は優雅で長いが、力強い手だ。爪にはピンクのマニキュアをしている。「こんな話を聞かせてごめんなさいね。でも、あなたになら話せる気がして。他には誰もいないのよ」

デズは眉間にしわを寄せて、がっちりした角縁眼鏡を鼻から押し上げた。マーティーン・クロケットには山ほど友だちがいる。デズよりずっと長い付き合いの女性たちが。どうしてその中の誰かに打ち明けないのだろう？　すぐに一つの可能性が浮かんだ。

浮気相手がその中の一人だから。

「誰にも言わないでね」マーティーンが慌てて頼んできた。言ってしまったことを今度は後悔しているようだ。

「もちろんよ。でも、どうするつもり？」

マーティーンがあごをぐいっと上げて答えた。「ああ、もう踏ん切りをつけたわ」

「そう」デズは言ったが、まったく納得していなかった。踏ん切りをつけたってどういうこと――気持ちの上で克服して、自分も恋人を見つけ、一番貴重な持ち物をバンに積み込んだってこと？　ったく、ドーセットの人たちって時々ものすごく謎めいてしまうんだから。率直にものを言う人なんて一人もいやしない。

と、エスメが二人の方へぶらりとやって来た。退屈して眠そうだ。マーティーンと同じブロンド、しみ一つない磁器を思わせる肌に、やはり高く整った頰骨だ。くしゃくしゃに縮れた髪は背中の中程まである。デズには、エスメはまだまだ子供のように見えた。ハート形の顔にはふっくらした赤ん坊のいくらか頼りない柔らかさの名残がある。大きなブルーの瞳は無邪気に目を見開いている感じ。手は少女の手で丸ぽちゃ、時間にも労働にも汚れていない。ただ、エスメ・クロケットはその口で有名だ。ぼってりしたとてもエロティックな口は上唇が少しめくれ上がっていて、いつも性的にうっとりしているように見えるのだ。その容姿も有名だ。身長はマーティーンよりずっと低く、たぶん五フィート六インチくらいだろうが、見事に成熟していて肉感的で、今の服装ではもう断然R指定だ――深いVネックはお腹までの切れ込みで、おへそにつけた金のリングを見せびらかしているし、ものすごくローライズのデニムのカットオフは太腿のはるか上までしかない。それに安っぽいゴムのビーチサンダル。

「あの子たち、どこにいるの、マミー？」彼女が駄々っ子のように迫った。「いつまで待たなきゃなんないの？」

「時には何時間も」マーティーンが答えた。

「それでも現れないことも」デズも続けた。

エスメはデズの隣に平気でペタンとお尻をついて舗装に座り込んだ。テキーラと汗つかきの女の子の臭いがプンプンする。非の打ち所なくびしっとした母親に比べて、かなりだらしない。髪は不潔だし、脇の下は手入れしていないし、足は汚れている。他にも、彼女の二の腕が斑にあざになっているのに気がついた。誰かが摑んできつく握りしめたかのようだ。

「ねえ、それ、どうしたの？」デズは尋ねた。ベラも加わってきたところだった。

「喧嘩でもしたの？」

エスメが途端に真っ赤になった。「あなたが考えてるようなことじゃないのよ」

「あたしなら、チトがあなたに暴力をふるったと考えてるわよ」ベラが言った。婉曲な物言いなど知らないのだ。

「いいえ、まさか。荒っぽくなることがあるだけよ、だから、その……」

「荒っぽくなる？」とデズ。

エスメはうなずいて、ばつが悪そうに母親をちらりと見た。母親は傍目にも気色ばんでいる。

「あたしには理解できないわ」ベラがきっぱりと言った。「二人で夫婦の情欲に悶えてる時に、モーリスがあたしにミミズばれの一つもこさえようものなら、朝には玄関に彼のバッグが出てたでしょうよ。荷造りして、すぐにも出てけって状態で」

「彼があたしを痛めつけたりしたことはないわ」エスメが言い張った。声にいつの間にか神経質なとげが感じられる。本人は、とてもではないがスクリーンで演じる人物ほど聡明でもなければ、分別があるわけでもないらしい。「あたしはあざができやすいの。それだけよ。ホントよ」

「信じるわ」デズは言ったが、そんなことが信じられるわけがない。チト・モリーナは暴力的な爆発で有名なのだから。

「子猫が来てくれればいいのに」エスメがため息をついて、蚊に食われた腿を苛立たしげに掻いた。「ただ待つなんてムカつくわ」

「人生では忍耐がすべてよ」とベラ。「一つ例を挙げさせて。あなたの年齢の頃、あたしは心底エリザベス・テイラーみたいになりたかったの。似ても似つかなかったのよ。けど、どう？」ベラは握り拳のような顔で得意そうに空をあおいだ。「今は似てるでしょ？」

エスメがぽかんと彼女を見つめた。「全然」

「時よ、お嬢ちゃん」ベラが説明した。「時は偉大なイコライザーなの」

「今でも男性とデートするの、ベラ？」

「機会が来ればね。神のみぞ知るだけど、男はそうはいかない。だからあたしの歳になると、すごく気をつけなきゃならないのよ」

「どう気をつけるの？」

「モーリスの親友の一人だったヴェルヴェルが、去年言い寄ってきたの。すごく教養のある男性よ。名高い数学者で七十四歳。頬に軽くキス一つだってさせないうちに、あたしは、ほら、確かめなきゃいけないわけ」ベラはエスメに向かって眉をピクピク動かしてみせた。

「待って、どうやって確かめるの？」

「デートでダンスに行くことにしたの、いい？　で、上品なスローダンスを待って、彼をフロアに連れ出し……」

「それで……？」

「彼の脚を狙い定めて一撃を食らわしたの。聞こえたのはその時だったわ」

「何が聞こえたの、ベラ？」マーティーンまで興味津々だ。

「バシャっていう音」ベラが答えた。「バシャって音がしたってことは、尿バッグをつけてるってことよ。そんな男はお断りだわ」

エスメがベラに微笑んだ。微笑みは例の口元から満面に広がった。「ベラ、あなたって最高にイケてるわ」

「そう、あたしはイケてるクイーンなの」ベラは突っ立ったまま、エスメのVネックから覗く見事な谷間を見下ろして、「それで、そのバストは作り物なの？」と、ぶっきらぼうに尋ねた。

「まさか。全部本物よ。触ってみる？」

「いいわよ」

「あれはみんな、クリッシーのやらせだったの」エスメが説明した。

「いったいどういうことなの？」マーティーンが問いただした。

「話題になる前に否定を仕込むってわけ」

「話題作りに？」デズは尋ねた。

エスメがうなずいた。「彼女はそうやってタブロイド紙に話題を提供して、あたしたちを追いかけないようにさせるの」

「あの女性は本当にえげつなくて」マーティーンが言った。「私は正直言って、彼女が解決に役立っているのか、問題の方に一枚嚙んでいるのかわからないわ」

「どれも現実じゃないのよ、マミー。バストのことだってタブロイド紙のたわ言だわ」

「彼らが話してるのはあなたのバスト。私には関係ないわ。クリッシーのことにしても」

「ああ、それなら何となく感づいてたわ」エスメが言い返した。二人は典型的な母娘関係に入っている。「けど、あたしを責めないでよね。チトのエージェントが雇ったんだから。彼には必要だったの。ビジネスってそういうものなのよ――こっちが何かを与えなければ、あっちはあたしたちの結婚がめちゃめちゃになってるとか何とか、話をでっち上げるの。あの連中にとっては、あたしたちなんか現実に生きてる人間じゃないんじゃないかしら。歪んだ双方向型のメロドラマの登場人物にすぎないのよ。あの連中、勝手なことをチトに向かってわめくのよ。彼を悩ますために」

「勝手なことって？」デズは尋ねた。

「あたしがふしだら女だって。ベン・アフレックとか、デレック・ジーターとか、ジャスティン・ティンバーレイクとか、とにかく誰とでも寝てるって。彼がキレればいいと思ってるの。彼が襲いかかれば、その写真が売れるから。マリブの家の塀を乗り越えようとするし、家を出れば追っかけてくる。マジにひどいの。世間も実際に起きてることを知ればショックを受けるでしょうよ。ところが、世間はなぜかメディアというのはとことん高潔で公平だと考えてるのよね」

「あんな連中はメディアじゃないわよ」ベラが鼻であしらった。

「いいえ、彼らは骨の髄までメディアよ」エスメが言い張った。

デズは反対できなかった。タブロイド紙の仕事ぶりは、殺人事件の捜査をしていた頃に見ている。「あなたたち二人にボディガードは？」

「チトはそういう暮らし方はしないの。本物の生活がしたいのよ。と言うか少なくともそうしようとしている。特権階級みたいな暮らしをしてたら、世間の荒波にさらされた鋭さや激しさが保てるわけがないって考えてるの」

「それはそうだわ」デズは同意した。

「それに、あたしたちがここにいる間は、メディアを寄せつけないためにクリッシーもゲストハウスに滞在してくれてる。借りてる屋敷の周囲の道路は私道だし、ビーチ組合にはゲートがあって、彼らは入れない。ともかく少なくともそのはずなの」

「侵入するようなことがあれば、あたしに知らせて」デズは言った。

「ええ、デズ。ただチトは警察を極端に怖がるの。子供の頃の傷がたくさんあるのよ」エスメは小さく笑い声をあげた。「けど、ねえ、それだったら誰だってあるわよね？」

マーティーンがその言葉に身をこわばらせたのが、デズにもわかった。

「みんな、あたしたちを知ってると思ってるけど、知ってなんかいないわ。特にチトのことは。チトのことがわかる人なんていないわ」

「それじゃ、彼についてあたしたちが知らないことを聞かせてよ」ベラが言った。

「マジな話?」エスメは頭をぷいと上げて、両手を金色の髪に走らせた。「あたし、あんなに貧しい男の子に会ったのは初めてだったの、いい? 彼はあたしたちが当然だと思ってる多くのものもなく育った。例えばペットとか──彼って、ペットを飼ったこともないのよ。それに、ああ、あたしと出会うまで、クリスマスツリーを持ったこともなかった。去年のクリスマスに家であたしたちのツリーを飾った時、彼の目がどんなにうれしそうだったか、見せてあげたかったわ」その光景を思い出して、彼女の目から涙があふれ、しみ一つない頰を流れ落ちた。「子供の頃、あたしが当然だと思ってたもの。いいお家、友だち、信じられると思ってた両親……」

エスメが両親を表現するのに使った言葉にはどこか意図的なトゲがある。デズは思った。彼女の隣で舗装にしゃがんでいるマーティーンは見るからに居心地悪そうだ。

「チトはそういうものを何も知らなかったの。だからこそ彼は俳優としてあんなにすごいの。今すべてを経験してるようなものなのよ」

その時、デズはゴミ収集箱裏のレンギョウの茂みで小さく動く音を聞いた。「向こうの罠に行った方がいいわ」と囁いて、忍び足でもう一つのケージに向かい、ドアにつけた紐を摑んだ。

エスメがついてきた。「さあ、あたしがやるわ」エスメも囁いて、デズに手を差し出した。

デズが彼女の手首の内側にある白い線に気がついたのはその時だった。実際には両手ともだ。映画では、メーク係が隠してくれる。でも、近くで直接見れば、すぐに何かわかる。エスメ・クロケットは過去の何らかの時点で手首を切ったことがあるのだ。こんなに美人で、才能があって、恵まれている人がいったい何の因果で命を絶ちたくなるのかしら。デズはいつの間にか考えていた。

「シーッ、聞こえる？」彼女が囁いて、心配そうに紐を握りしめた。

デズの耳には小さな鳴き声が確かに聞こえていた。そしてついに二匹が一緒に茂みから出てくるのが見えた。グレーの濃淡で、生まれてまだ四、五週間というところだ。

「すっごくかわいいでしょう？」

デズには二匹の不安定な動きが気になった。

「ハイ、おちびさん」二匹がひもじそうに餌を置いたケージに一歩また一歩と近づいてくると、エスメが優しく囁いた。近づいて、さらに近づいて。「さあ、朝ご飯よ……。さあ、おちびさん……」

と、二匹はついにケージに入り、エスメは紐を引いて、ドアを閉めた。

「家に入った！」デズは大声で言って、掛け金をかけた。

ベラとマーティーンがすぐにやって来た。

「早くチトに見せたい！」エスメが興奮して叫んで、少女のように大喜びで両手を叩いた。「スパイクとマイクって名前にするつもりなの」

マーティーンは突っ立ったまま険しい顔で黙って見下ろしていた。ベラも同様だ。

「なあに、スパイクとマイクには見えないの？」エスメが尋ねた。

どう見えるかと言えば、保護活動家の三人にはわかり過ぎるくらいわかっていた。ひどい病気の二匹の子猫だ。目は涙っぽく、鼻には膿《うみ》が固まっているし、毛も汚れて、ただれた箇所はじくじくしている。おそらくはネコインフルエンザ。夏にはよくあることだ。治療しないで放っておくと、肺炎になることもしばしばだ。

「ひどい病気のように見えるわ、ハニー」マーティーンが優しく言った。「獣医さんに診せる方がいいと思う」

「あなたはどう思う、デズ？」エスメが尋ねた。

「あなたの夢を壊したくはないけど、最悪の事態に備えるべきだと思うわ」

エスメが恐怖に喘いだ。「獣医さんは二匹を眠らせちゃうかもしれないってこと？」

「ひどい病気なのよ、お嬢ちゃん」

「あたしたちに知らせてくれて、本当によかったわ」デズは付け足した。「あなたは二匹にいいことをしてあげたのよ。だってものすごく悲惨なんだもの」

「マミー、いやーっ！」エスメがマーティーンに抱きついて泣きじゃくった。

「べつの二匹を見つけてあげるから」マーティーンがしっかり抱きしめて約束した。

「べつのなんかいらない！　スパイクとマイクがほしいの！　この子たちはあたしたちのものなの！　あたしたちが見つけたの！」やがてエスメは母親から離れ、手の甲で目を拭った。「ごめんなさい。子供っぽい真似をするつもりはなかったの。ただすごく悲しくて。あの子たちが悪いんじゃないんだもの」

「あたしだって、二匹を捨てたのが誰だろうと、野球のバットで殴ってやりたいわよ」ベラが怒って息巻いた。

「私たちは精一杯のことをしているのよ、ハニー」マーティーンが言った。「去勢して、できるだけ多くの野良猫に家を見つけてあげてる。でもね、子猫の数が多すぎて、愛してくれる人が足りないというのが現実なの」

「もしちゃんとした健康な子猫を飼いたいなら」デズは明るく申し出た。「もちろんお手伝いできるわ」

エスメが首を傾げて、不思議そうにデズを見た。「家に何匹かいるってこと？」

「その、ほんの何匹かだけど」最後に数えた時には二十八匹だった。「ねえ、いらっしゃいよ。見てみれば？」

「ううん、いい」エスメが唐突に言った。「あの、ありがとう。でもやめとくわ」

マーティーン・クロケットは娘の手を取って、銀色の一九六七年型フォルクスワーゲン・ビートルのコンバーティブルに戻っていった。二人は乗り込むと走り去った。

デズとベラは病気の猫の入ったケージをベラのジープ・ラングラーの後部に積み込んだ。ジープには〝CATS22〟の個人プレートがついている。

「どう思う?」デズはベラに尋ねた。

「ビル先生はひと目見ただけで安楽死させると思うわ」

「違うわ、彼女のことよ」

「誰? 素敵なエスメ・クロケット?」ベラはブーッと嘲るような声をあげた。「あんなにひどい体臭、生まれて初めてだったわよ」

マーティーンはどうしてドッジの浮気のことを話したのかしら? デズにはわからなかった。デズも人の子なので、相手の女は誰だろうと考えずにいられなかった。が、帰る道すがら、ベラには話さなかった——マーティーンに黙っていると約束したことを守った。しかし、スパイクとマイクを、手のつけようのないこの二匹に二度と会うことはないことを承知で、ビル先生のところに降ろした時も、間違いなく気にかかっていた。陰気に黙り込んで私道に車を乗り入れた時も、まだ気にかかっていた。彼女とベラは、保護がうまくいかなかった時には決まって惨めな気分になるのだ。

ベラはダニー・ケイのレコードを聴きながらキッチンの床を磨くべく、大股でまっすぐ家に入っていった。落ち込んだ時には必ずそうするのだ。デズはしばらくポインター・シスターズ、メアリー・J・ブライジ、ブーツィ・コリンズ、マスター・P、ジェイ－Z他、二人で保護した猫たちのいるガレージに残った。それぞれに優しい声をかけ、触らせてくれる猫は撫でてやった。メソッド・マンなどには、シューッと怒られた。かまわない。そのうち懐いてくれるだろう。デズは辛抱強かった。全員に餌と水があることを確認してから、階上に上がった。

デズはアンカス湖をはるかに見下ろす丘陵にこぢんまりとおさまった居心地のよいコテッジを買って、改修したのだった。主として太陽光が気に入って買った。スタジオに改装したリビングには、ちらちら光る湖を見晴らす床から天井までの窓がある。キッチンとダイニングはとても風通しがよく開放的で、裏のテラスに出られるフランス窓がある。テラスにはチークのダイニングテーブルと椅子があり、素晴らしい景色が見晴らせる。このテラスのおかげで、暖かい季節にはリビングが事実上二倍になる。寝室は三つ、どれも小さい。予備寝室では、週に五回、朝二十ポンドのダンベルを使ってワークアウトをする。が、このトレーニングルームは今朝は閉まっていて、中からは途切れなくニャーのコーラスが聞こえた。五匹の家猫は濡れたキッチンの床の誘惑に勝てないので、ベラが床磨きのモードに入った時には、いつもここに移されるのだ。

デズはミッチを描いた肖像画をベッドの上に飾っている。まだ彼に対する自分の気持ちを理解しようとしていた頃に描いたものだ。肖像画の彼はとても当惑していて悲しそうだ。今の彼にはこんな悲しそうなところはない。これは家で見られる唯一のデズの作品だ。ライフワークでもあり、仕事がもたらす恐怖に対処する手段でもある、一度見たら忘れられない殺人被害者の肖像画は人には見せない。画帳に挟んでしまい込んでいる。

描き終えたら、彼女自身もう見たくないのだ。

今朝のところは、木炭とストラスモアの18×24インチのスケッチブックをイーゼルから取って、リビングを横切っていった。ミスター・ダニー・ケイは「マダム、あなたのクレープ・シュゼットがたまらない」と歌うのに忙しい。いや、金切り声をあげるのに忙しいと言ってもいい。デズにはこの男の魅力が理解できないのだ。どうやら彼を好きになるには、ユダヤ系で、高齢で、ブルックリン生まれでないといけないらしい。それに、ひょっとしたら耳が聞こえてはいけないのかも。

「朝食はテラスに用意しておいたわ」ベラがキッチンの床から声をかけてきた。四つん這いになって、昔の洗濯女さながら床を磨いている。

「あたしの朝食の支度まですることなかったのに、ベラ」

「そうはいかないわ」ベラが言い返した。ごしごし、ごしごし。スポンジモップがあるのに、ベラは見向きもしない。「さもないと、その大きな足で濡れた床をずかずか歩き回られちゃうもの」

「大きいんじゃないの。長いのよ」正確には、12・5の2Aだ。「だいたいミッチは気に入ってくれてるわ――特にかかとを」

ベラが顔をしかめた。「ジェナッグ・シェン！」イディッシュで、もうたくさんという意味だ。「あなたたち二人のそういう話は聞きたくないわ」

「あたしを責めないでよね。ユダヤ系紳士を捕まえろと言ったのはあなたなんだから」

「まずい助言だった？」

「いいえ。でも彼には言わないでね――うぬぼれさせたくないから」デズは首を傾げて、不思議そうにベラを見た。「正直な話、聴き続けていれば、あたしもダニー・ケイを好きになれるかしら？」

ベラはうんざりしたように頰をぷっとふくらませた。「もう本物の才能がわかる人はいないのね」

「まあ、あなたはあれをそう呼ぶわけね」デズは愛想よく言った。

「ジル・スコットをかけたければ、どうぞ。ここはあなたの家なんだから」

「あたしたちの家でしょ。あたしはちょっとからかってみただけよ」デズはキッチンから出ていきかけて立ち止まった。「あたしたちだって全部は救えないのよ、ベラ」

「わかってるわよ」ベラがこわばった声で答えた。

デズはテラスに出ると、フランス窓を閉じて、テーブルについた。前にはグレープナッツシリアル、スキムミルク、それにミッチの庭で摘んだブルーベリーがある。ムシムシする物憂い朝だ。若いカップルが湖にカヌーを漕ぎ出している。二人の浮ついた笑い声が、まるですぐ隣にいるかのようにはっきりと水面から運ばれてくる。それ以外は、あたりは静かで、セミが飛ぶ音まで聞こえる。

デズは食べながらスケッチブックをめくって、最近の作品を見た。ドーセット・アートアカデミーのフィギュアドローイングの教授、ピーター・ワイスという名前の素晴らしくもあり腹立たしくもある指導者が、この夏は犯罪現場の肖像画をきっぱり中断して、樹木だけを描くように勧めたのだ。デズにはとても有益な実習になるはずだからと。理由は説明せずに、ただこう言った。「私の言いたいことがきっとわかるはずだ」謎は自分で解明しろというわけだ。デズは言われたことをやろうとした。この六週間、木を、木だけを描いてきた。

で、今のところ、その成果たるや惨憺たるものだ。スケッチブックのページは、次から次へと荒削りな樹木のデッサンで埋められている。この家の瑞々しく茂った真夏のオークやカエデも、さながらミートボールを載っけた棒切れだ。それに、彼女の描いた常緑樹はテレビのアンテナに似ている。どれをとっても八歳の子供が描いたもののようだ。グラファイトスティックを試し、ブドウの木炭でも、コンテクレヨンでも、ペンでも、鉛筆でもやってみた。結果はどれも同じ。クズだ。

デズが見せると、ベラは如才なさの権化になった。「あなたのやることは何でも好きよ」と言ったのだ。

ミッチは、いつだって情け容赦なく正直なので、「ジェリーストーン国立公園——あのクマゴローのアニメの背景画にそっくりだよ。クマゴローとブーブーを覚えてるか？」と言った。

デズは答えたのだった。「動けるうちにゆっくり下がって部屋から出てって」

彼が正しいのはよくわかっていた。なぜか樹木の中に入り込むのではなく、外面ばかり描いてしまう。樹木という対象が摑めていない。デズは、この自分だけの奈落の底から抜け出そうと努めてきた。樹木栽培家や自然写真家の本を片っ端から調べた。チャイルド・ハッサム、ジョージ・ブルーストル、それにヘンリー・ワード・レインジャーといったコネティカットのショアラインを描いた大御所たちを研究した。デズが一方《ひとかた》ならず高く評価している風景画家たちだ。でも、無駄骨だった。どれも役には立たなかった。デズには自分の目で見たものを、線や輪郭や形に転換できない。彼女の描く樹木は平面的で、命が感じられず、生硬。描く手が頑固なまでに機械的なのだ。

デズは困惑と挫折感に憤然として、スケッチブックを力任せに閉じた。これには作業指導書もなければ、自分の内面に届く道筋を教えてくれる地図もないからだ。自分だけ。英知は自分の中にある。

敵は自分の中にいる。

今できることは、自分の身体を痛めつけることくらいだ。デズは猛然とトレーニングルームに戻った。猫は出ていき、狂ったアーティストが残った。まず、マットの上でたっぷり二十分ストレッチをして、頭を空っぽにし、柔軟な身体の凝りをほぐして血液が全身に淀みなく流れるようにした。それから、腕立て伏せ百回に腹筋運動を二百回。次にバーベル——両側各二十ポンドのバーベルで、ベンチプレスを二ラウンド。二十四レップ二セットを二回だ。自分を駆り立てて、頑張れ、頑張れ。一レップ、息を継いで……。一レップ、息を継いで……。筋肉は緊張し、血管はふくれ上がり、汗が滴り落ちた。一レップ、息を継いで……。一レップ、息を継いで……。

マーティーンはどうしてあたしにドッジのことを話したのかしら？　デズにはさっぱりわからなかった。彼らのような地元の名門には心底当惑させられる。彼らは二点を結ぶ最短の道は直線だと考えていない。それどころか道があるとは考えない——避けるべき場所があるだけなのだ。それに、デズにはどうしていいかわからなかった。ミッチはドッジ・クロケットを朝に夕に褒めちぎっている。その新しいウォーキング友だちは不実な男だと教えるべきだろうか。それとも黙っているべきだろうか。

レップの最後のセットをアドレナリンと怒気に任せて何とかやり終えると、台の上にどっと倒れ込んでゼイゼイ喘いだ。ペットボトルの水をごくごく飲んでから、シャワーを浴びた。

最近では、バスルームの鏡の前に立つ時間はほとんどない。化粧はしない。必要ないのだ。アーモンド形の淡いグリーンの瞳に、輝くばかりの滑らかな肌、それに千ヤード離れたチタンも溶かす顔全体に広がる微笑みの持ち主だから。髪もほとんど丸刈りにしているので、夏用の制服を着て、ピカピカに磨いた黒のブロガンを履く頃にはだいたい乾いている。それから、最高級品のシグザウエル・セミオートピストルを備えた犯罪捜査用ベルトのストラップを留める。そして、ベラに行ってきますと声をかけると、パトカーに飛び乗って出発した。

デズが住んでいるのは、ドーセットの標準から言えば種々雑多な人々の住む地域だ。ものすごく多様な白人がいるということだ。専門職の若い夫婦が初めて購入したこぎれいな住まいがあれば、ブルーカラーの貧乏白人が親の世代から孫の世代までぎゅう詰めになっている建て増しを重ねた平屋がある。ニューブリテンからやって来た年配者が借りているくずれかかった夏別荘もある。彼らは芝生でローンボウリング（芝生で行うボウリング。最初に投げた的球の最も近くに止まるように球を転がす）をする。この時間には、郵便配達のフランクがゴールデンレトリーバーを散歩させていた。それに子供たちを連れて湖に向かう若い母親が二人。バケツにシャベル、それに両脇浮き袋を携えている。彼らはみな、デズが通り過ぎると手を振ってきた。彼女も答えて片手を上げた。

夏というのは、デズには忙しい季節だ。ドーセットの海浜別荘を借りる人たちが、七千に満たない年間通しての人口を二倍近くにふくれ上がらせるのだ。加えてペンションもモーテルもキャンプ場も満杯になる。人が増えれば、交通量も増え、騒ぎも増える。気候が暖かくなるせいもある。寒い季節には、酒を飲むのも喧嘩をするのも閉め切ったドアの奥だ。ところが、今は誰もが前庭の芝生にあふれ出している。犬は吠え、癇癪が起きて、隣人同士で殴り合いが始まる。いささか面倒なことになりかねない。

それに、ああ、あの観光客。

デズはまず、歴史地区に向かった。ドーセット通りにある古い図書館の前庭の芝生には、ドーセットの公営バンドによるお昼のサマーコンサートのために椅子が並べられていた。ブカブカドンドン的音楽に興味がある人には、なかなか聴き応えがある。が、デズは個人的ベストテンで、彼らの演奏をダニー・ケイよりはっきり一段下にランク付けしていた。コンサートは、一日中行われている古風で趣のある村の活動の一環だ。隣のセンタースクール前の芝生では、クラフトの露店が並んで、地元の職人が手作りのキャンドルや石鹸、流木作品、さらには貝殻とガラスのかけらで作ったウィンドチャイムを売り出すことになっている。デズは彼女用の郵便ポストに重要なものが届いているかどうか調べ——届いていなかった——パフィン第一理事の新しい秘書のメアリーアンを説得するために、庁舎に立ち寄った。孤独な未亡人のメアリーアンには絶対に去勢した健康な二匹の子猫が必要なのに、本人はまだ気づいていないのだ。それから歴史地区のパトロールに戻った。築二百年の美しい家が立ち並び、尖塔のある白い教会があり、優雅なオークやプラタナスの老木がある。また木だ。木、木、さらに木が……。

匙を投げて、忌まわしい砂漠にでも引っ越すべきなんだわ。

アートアカデミーはこの歴史地区、古いジルハウスにある。上等のギャラリーや古美術商、墓地、消防署、昔懐かしいワイルドルート・ヘアトニックの看板と紅白の看板柱のある〈ジョンの理髪店〉も。

ビッグブルック街道に出て、左に曲がったところで、ようやく二一世紀に戻った。ドーセット・ショッピングセンターがあり、〈A&P〉、薬局、銀行、金物店といったものが入っている。二車線の道路を挟んだ向かいの店舗ビルの一階には、保険や旅行の代理店、不動産屋や医院が並んでいる。どれも見事なまでにしょぼくれている。ドーセットではけばけばしい表示はご法度なのだ。〈マクドナルド〉はないし、大型箱形店舗も、シネコンもない。ほとんどの商売は地域主体だ。

商業地区もまた、概してのんびりしている。交通量は多くないし、駐車用地はたくさんある。夏であっても、動き回るのは可能だ。でも、今年の夏はそうはいかない。チトとエスメが滞在していては。テレビ局のバンが駐車スペースを見つけるや、どこであろうと殺到する。デズにはCNN、フォックスニュース、『エンターテインメント・トゥナイト』、『インサイド・エディション』は言うまでもなく、少なくとも十のコネティカットとニューヨークのテレビ局からのクルーが見分けられた。頭上ではニュースヘリがホバリングしている。そして歩道は、明るい日差しの中を行ったり来たりしている日焼けした観光客でほとんどあふれ返っている。ひと目でいいから二人が見られればと、うろうろ歩き回っているのだ。

狂気。これはもう完全に狂気だ。

デズは自分がいることを気づかせるようにゆっくり車を進めていったが、〈クランシーのアイスクリームパーラー〉で本物の渋滞に出くわした。車の流れが完全に止まっている。ドライバーたちは警笛まで鳴らしているが、ドーセットでは前代未聞のことだ。デズはライトを点灯すると、現場に入れるように車の向きを変えて黄色いラインを越えた。〈クランシー〉に来てみると、クジラほどもありそうな白いキャデラック・エスカレードが店の前に二重駐車していた。ドアはロックされている。持ち主は片側の車線全体をふさいで乗り捨てたのだ。

デズは車を飛び降りて、州警察官の大きな制帽をまっすぐに直すと、近づいてよく調べた。大型のSUVはニュージャージーのナンバープレートだ。特に身障者のステッカーはないし、メディアや警察のマークもない。となれば、持ち主が自己本位で軽率だというだけだ。デズは頭を振って、せっせと切符に必要事項を書き入れた。ちょうど書き終えたところに、ものすごいバーコードヘアがダブルスクープのチョコレートアイスのコーンを舐めながら、ぶらぶらこちらに向かってきた。アイスクリームなどマジに本当にやめた方がいいのに。今でもすでにタンクトップが腹に思い切り引っ張られている。ショーツをはいていることも何の助けにもならない。生っ白い痩せこけた脚は腹をますます大きく見せるだけだ。夏服というのはまったく容赦がない。

それでも、容赦のなさではコネティカット州ドーセットの駐在も負けてはいない。

「おい、ちょっと店に入ってただけだぞ」彼女の姿を見ると、男が抗議した。「ほんの一秒だ」

「それはずいぶんと高くつく一秒でしたね、サー」

「ちょっと待てよ」男が命じた。さらに多くのドライバーが警笛を鳴らした。「こんなことで切符はないだろう」

「いいえ、間違いなく。危険な状況をつくり出したわけですし、多くの人々に迷惑をかけたのです。次からは駐車場に停めてください」

「駐車場は満杯だった」

「次からは待ってください」デズは言った。歩行者たちがぽかんと見とれて集まってきた。

「でもみんながやってることだろう」

「あたしの担当地域では、そんなことはありません」

「信じるもんか、くそったれ！」

「どうか言葉遣いに注意してください、サー」

「あんた、ムカついてるんじゃないか、ネエちゃん？」

「あたしはネエちゃんではありません、サー。コネティカット州警察のデジリー・ミトリー駐在です。そしてあなたは駐車違反です」デズは切符を破り取って、男に差し出した。

男は受け取ろうとしなかった。傲慢に無視して立っているだけだ。アイスクリームが暑い日差しに溶けて、手首にまで垂れている。デズが始終気づかされていることだが、休暇中というのはその人の最低の面が出るものだ。彼らの見解では、週に七日、一年に五十週、社会は彼らを小突き回す。そこで二週間の休暇の間には、やり返す権利があると思ってしまうのだ。

「違反切符を受け取ってください、サー」デズは穏やかなしっかりした声で命じた。「受け取って、車を直ちに移動してください。さもないと逮捕します」

「どうしたの、トミー?」今度は銀髪の混じったブロンドのほっそりした妻が近づいてきた。ぞっとするほど太った二人の小さな子供を従えている。二人ともコーンのアイスクリームを食べている。「何があったの?」

「いや、何でもない」男はうなるように言って、不快そうにデズから切符を引ったくった。「初心者レベルの人間にちょっと権力の味を覚えさせると、途端にこっちをきりきり舞いさせる」

デズなら、その手のことは先刻承知だった。〝初心者レベルの人間〟というのは、ニグロの隠語なのだ。でも、とっくの昔に馬鹿の相手はしないことにした。相手にしてやっても、彼らが少しでも賢くなるわけではない。デズはただ満面の笑みを見せて言った。「どうぞサイコーに楽しい休暇を」そして、彼らがＳＵＶに乗り込んで走り去るまで、腰に手をやって立っていた。

車の流れが正常に戻ると、彼女もパトカーに乗り込んでビッグブルック街道を走りながら、巡回を続けた。頭はまだ考えていた。考えて、考えて……。

マーティーンはどうしてあたしにドッジのことを話したのかしら？

3

ドッジはどうして俺にマーティーンのことを話したのだろう？

ミッチにはさっぱりわからなかった。それが午前中ずっと彼を悩ませていた。愛用の空色のフェンダー・ストラトキャスターで大音響の上質な時間を過ごす間も引っかかっていた。耳を聾するばかりにツインリバーブアンプやらワウワウペダルやらを効かせて、ジミ・ヘンドリクスの『ヴードゥ・チャイル』の特徴的な入り方を執拗になぞったのだ。ビッツィ・ペックが庭のリンゴの木をもっと陽当たりのよい場所に移すのを、トウモロコシ畑に自由に出入りさせてもらうのと引き替えに手伝う間も引っかかっていた。丸っこい深紫色の一九五六年型スチュードベイカーのピックアップで橋を渡って村に向かう間も引っかかっていた。どうして年長の男はこんな形で俺に秘密を打ち明けたのだろう？　二人はそんなに親しいわけではないのだ。例えば、ドッジとウィルのようには。ウィルは彼の息子のようなものなのだから。となると、なぜだ？　ミッチにも理解できそうな説明は一つしかなかった。

それは、マーティーンと寝ている相手がウィルだから。

確かにマーティーンはウィルより十五歳も年上だ。確かにウィルは一応ドナと幸せな結婚をしている。しかしマーティーン・クロケットが今でもかわいい素敵な女性だというのは否定できない。しかもウィルは抜群に素晴らしい体つきの年下の男だ。加えて、ウィルはマーティーンの近くで成長した。つまりは十三歳の時から、彼女に対しておそらく極彩色のじっとりした空想を抱いていた。健康な若者ならきっとそうだ。確かに、それなら今朝ビーチでドッジがウィルにあんな険悪な視線を投げたこともわかるというものだ。

マーティーンと寝ている相手がウィルだから。

ミッチは〈ザ・ワークス〉でデズと低脂肪ランチを食べることになっていた。が、オールドショア街道に出たところで、ガソリンがほとんど半分になっているのに気がついた。途中の〈シットゴー・ミニマート〉に寄って、満タンにした方がいいかもしれない。トルコから来たとても感じのよい働き者の若いカップル、ヌーリ&ネマ・アッカーが最近営業を引き継いだのだが、ミッチは彼らの仕事ぶりが気に入って、ひいきにしていた。地元の労働者の多くも同じで、彼らのピックアップが家畜の群れさながら、ずんぐりした長方形の建物に鼻面を寄せて集まっている。

ミッチはポンプのところで車を停めるとさっさと降りた。〈シットゴー〉は現代ではまずあり得ないようなフルサービスのスタンドだ。が、車に乗ったままシミ一つない半袖のドレスシャツとスラックス姿のヌーリがガソリンを入れてくれるのを待っているのは、観光客と避暑客だけだ。地元の人間は車を降りて、自分で給油する。ミッチも満タンにすると、代金を払い、ネマに挨拶するために中に入った。思いは、舌をだらりと出して、彼女のカウンターにたむろしている五人かそこらの男たちと同じだった。

配管工のルーがいた。村一番の指物師のドリュー・アーチャーがいた。村の浄化槽の補修を請け負っているデニス・アレンも。この三人とは会えば挨拶を交わす間柄だが、他の男たちは顔見知りというだけだ。彼らはミッチと同じネマの常連で、ほとんど毎朝、十時半から十一時の間に〈シットゴー〉で見かける。もっとも、誰もここを〈シットゴー〉とは呼ばないのだが。

彼らは、〈ターキッシュ・ディライトの館〉と呼んでいる。

アッカー夫妻が、キャンディやソーダや宝くじといったミニマートの通常のメニューよりはるかに多くのものを提供しているからだ。ネマ手作りのトルコ風焼き菓子に、濃くて香り高く甘いトルココーヒー。彼女のバクラワ（紙のように薄い生地を砕いたナッツなどを挟みながら重ねて焼き、蜜をかけた中東の菓子）はミッチがこれまで食べた中でも最高だ。彼女はまたボレクも作る。これは薄いパイ生地に刻んだナッツとシナモンを詰めた三角形の菓子。それにラランガ。こちらは揚げたペーストリーをシロップに浸してパウダーシュガーをかけたもの。ラランガは、ご当地のご馳走ともいうべきドーナツで育った労働者にとりわけ人気がある。

〈ターキッシュ・ディライトの館〉は、ドーセットで最もよく守られている秘密だ。〈ザ・ワークス〉をヤッピー好みの観光客向けの店だと考えている地元労働者は、ここそ彼らの場所だと考えている。だから、人には教えない。ミッチも、人には絶対に教えない。ウィルに商売敵からペーストリーを買っていると告げる勇気はない。デズにもひと言だって言えない――ここの空気を吸うたびに、ダイエットを破っているのだから。

アッカー夫妻はドーセットに住む初めての生粋のトルコ人だ。二人とも三十代前半。ネマは小柄で痩せていて、大きな黒い瞳がキラキラしている。ネマを見ていると、ミッチは五〇年代の映画スター、イナ・バリンを思い出す。ただ、彼女がムスリムのヘッドスカーフを取ることはない。ヌーリは上品で、常に礼儀正しい。慇懃無礼《いんぎんぶれい》の一歩手前という感じだ。二人はイスタンブールから来た。ヌーリはボスポラス大学の数学科を卒業している。ネマの話では、両親が結婚を許してくれないので、アメリカに移住したのだそうだ。ミッチにはどうして許されないのか理解できない。どんな二人であれ、一日十四時間一緒に働いていても、決して笑みを絶やさないとなれば、間違いなく相応しい相手なのだから。

「今日はご機嫌いかがですか、ミスター・バーガー、サー?」ミッチがお気に入りのランガをまっすぐ指差すと、ネマが言った。

「ミッチと呼んでくれたら、機嫌ももっとずっとよくなるんだが」

「かしこまりました。でも、あなたはとってもいけない子ですよ、ミスター・ミッチ」

「えっ、さる駐在が立ち寄ったなんて言わないでくれよ」

「いえ、いえ。今朝の朝刊に載ったあなたの『ダークスター』評を読んだんです。もう少しでオレンジジュースを吐き出しそうになりました」ネマは威勢のよい甲高い声で笑った。「ものすごくおかしいのに洞察に満ちていて」

ミッチは彼女に礼を言ってから、トラックに戻るとヌーリに手を振った。ヌーリはニューヨークのナンバープレートのミニバンに給油しているところだった。ミッチは再び村に向かって走り出し、いけないご馳走を飢えた肥満児さながらがつがつ貪った。

〈ザ・ワークス〉の近くで駐車スペースを探すのは難しかった。ニュース班のバンや観光客が、利用できそうな縁石スペースをことごとくふさいでしまっているのだから。結局、〈A&P〉の駐車場にトラックを置いて、二ブロックをてくてく歩くこととになった。ビッグブルック街道の交通は信じられないほど混雑していた。道路を渡ろうとしたミッチは、巨大な白いキャデラック・エスカレードに乗った頭のおかしな野郎に危うく轢かれそうになった。正直なところ、労働者の日が来て、みんなが出かけてしまってもかまわない気分だった。今のドーセットはドーセットとは思えないからだ。やたら活動的な余所者で混み合う、リゾートタウンのようなのだ。そしてこれは、ミッチの生活の新しい秩序感覚を攪乱していた。彼にとっては、ニューヨークこそが人にあふれた騒々しい街路を走り回る場所で、ドーセットは静かにじっくり考える場所なのだ。こんなふうに気になるのは、俺が頑固な中年になってきたからだろうか。ミッチは一瞬ながら考えた。

でも、そんなはずはないと思い直した。

ドーセットで百三十年続いた広大なピアノ工場は、高度な技術を有する地元労働者に代々仕事を提供してきたが、一九七〇年代に閉鎖された。その後は、打ち捨てられた川沿いの工場を取り壊すという噂が頻繁に浮上した。が、ウィル&ドナ・ダースラグが救った。大仕事だった。赤レンガのサンドブラスト、屋根の修復、目地のモルタルの塗り直し、窓の修繕――外観だけでもこれだけあった。内部は、十四万八千平方フィートの工場には、配管も、配線も、暖房も、何もなかった。しかし、仕事に取り組んだ建築技師と施工業者が素晴らしく有能で、工場は驚くべき様変わりを見せた。

古いレンガ造りの目障りな建物が、今では活気のあるヨーロッパスタイルのフードホールだ。陳列台には、地元産の新鮮な農産物に、卵、チーズ、オリーブ、焼き立てのパンとデザート、ピザ、ジェラート、新鮮なフルーツを使ったスムージーが並んでいる。夜十時まで営業しているコーヒーバーもある。ナッツや穀物、コーヒー豆、紅茶、スパイスは量り売りで買える。肉屋があり、魚屋があり、カフェテリアのカウンターではサラダとサンドイッチ、それにテークアウトの子牛のピカタやミートローフを販売している。

テーブルと椅子を備えたカジュアルな食事用エリアはホールの中央にあって、待ち合わせをしてサンドイッチを食べたり、コーヒーを飲みながら新聞を読んだりできる。アーケードにはジェフの〈本の虫〉やワインストアのような店が並んでいる。小売店スペースのいくつかはまだ借り手がついていない。新しく建設された川沿いの板張り遊歩道に面した賃貸マンションの方は、ほとんど埋まっている。

デズの姿がなかったので、ミッチは約束どおり本にサインするためにジェフの店に立ち寄った。ガラスの壁が、彼の店とフードホールを分けている。ミッチは〈本の虫〉に初めて足を踏み入れた時、これはあらゆる出版関係者の夢の本屋だとたちまち気づいたのだった。店というより、個人図書館のような感じだ。二階分のスペースに濃い色の木でできた本棚がそびえている。客が上の方にある本を取るための図書館用の可動梯子がある。螺旋階段を上るとロフトになっていて、さらに本がある。ジェフは店に、居心地のよい肘掛け椅子と真鍮の読書用スタンドをたくさん配置している。古い赤レンガの外壁側には巨大な暖炉と、人目につかない隅っこが山ほどあって、客はヨットがコネティカット川を順風に乗って行き交うのを窓の前で何時間も眺めることができる。とても趣味のよい音楽が流れていることも多い。今は、エラ・フィッツジェラルドがコール・ポーターの作品を歌っている。

書籍の並べ方は気まぐれを通り越している。アルファベット順に並んでいるものなど一冊もない。ジェフ本人のお気に入りの作家が、『店主お薦め』と名付けた入り口近くの壁の棚に並んでいる。これは彼の一番新しい思いつきを反映する流動的で折衷的な配列だ。今週のお薦めには、現代作家のリチャード・フォード、英国生まれの旅行作家のジョナサン・レイバン、食随筆家の故M・F・K・フィッシャー、五〇年代の暗いハードボイルド犯罪小説家のジム・トンプソン、ドロシー・パーカー、エミリー・ディキンソン、フィリップ・K・ディック、ウォーレス・ステグナー、H・L・メンケンがあった。

ジェフが好きでなくても置かなくてはならない人気作品は、はるかロフトの本棚に置かれている。客がほしいのがメアリー・ヒギンズ・クラークの作品とか、ジョナサン・フランゼンの『コレクションズ』だとなると、ジェフは客にロフトまで取りに行かせる。彼の店であり、彼の流儀だからだ。それでも、ここはミッチの知るまず最高の本屋だ。ジェフは本屋が望むすべてを持っている。

客以外は。〈本の虫〉に客の姿はなかった。外のフードホールの喧噪を聞いた耳にはあまりに静かで、ミッチはユダヤ教会に入ったような気がした。

歪んだ黒縁眼鏡の冴えない男は、ミッチが入っていった時には一人寂しく在庫の塵を払っていた。口を尖らせ頰の内側を何度も吸っているのは、どう見てもカープ──鯉──そっくりだ。ジェフの店主の装いは、ハイキング用の装いとそれほど違いはない。まだショーツと黒っぽい靴下にサンダル。シャツだけが違う──ダン・クエイルの肖像と店のモットー、『心をなくしたら大変だ』で飾られた〈本の虫〉のダブダブのTシャツを着ている。

「よう、ミッチ、よく来たな！」彼が叫んで、大急ぎで書庫に飛び込むと、すぐにミッチのペーパーバックが入ったボール箱を二つ運んできた。二人で大型の書き物机に本を出した。「あんたはマジに俺のためにひと肌脱いでくれてるんだ。正直な話、借りられる手はすべて借りなきゃならない状態で」

「ジェフ、俺は著者なんだぜ」ミッチは優しくたしなめた。「ひと肌脱いでくれてるのは、君の方だよ」

そして、本にサインしてはジェフに渡した。ジェフはカバーに〝著者サイン入り〟

のステッカーをぴしゃりと貼っていった。二人がそうやって本の山を片付けていると、十二歳くらいの男の子がひどくおどおどした様子でドアから入ってきた。

「何を探しているのかな、ぼく？」ジェフが励ますように声をかけた。

「コ、コッドファーザーの新刊がもう入ってるかと思って」つっかえる声が何オクターブか高くなった。

「ああいう下らない本はうちじゃ売らない」ジェフが怒鳴りつけるように答えた。「〈ボーダーズ〉を当たってみろ。〈アマゾン〉でもいい。とにかくうち以外を、いいな？」

男の子は恐怖に目を見開いて、慌ててドアを出ていった。

「すごい客あしらいだな」ミッチは感想を言った。

「そりゃもう」ジェフが大真面目に答えた。「昔の俺なら、他の大型店を教えたりしなかっただろうよ」ミッチが首を傾げると、付け足した。「ミッチ、進歩はインチ刻みで測らなきゃ。大事な優しいお袋にそう教わったよ。心温まる陳腐な話とセットで。『お前はろくな人間にはならない』ってやつと。だからアビーは俺を捨てた。彼女は俺が失敗したがってると思ってるんだ。心の奥底で自分には失敗がお似合いだと思ってるからって。そういう雰囲気の近くにはいたくない。感染するからって。どう思う？」

「君は素晴らしい店を持っているんだ。それを誇らしく思うべきじゃないかな」

「マジにそう思うか？」ジェフが泣き出しそうな顔で尋ねた。

「ああ、本当だ」ミッチは請け合った。

ジェフは喜んで、ミッチがサインした本を入り口脇の目立つ場所に移し始めた。ミッチは店内を少し見て回った。そして、ジェフの『店主お薦め』の中に、『孤独なカウボーイ』のペーパーバックを見つけた。ラリー・マクマーティのそれほどページ数のない処女作で、マーティーン・リットが映画化した『ハッド』の原作だ。ミッチは手持ちの本をなくしてしまったのだが、ずっと読み返したいと思っていた。そこでカウンターに持っていって、ジェフに代金を払った。

ジェフは金をレジにしまうと、また口を尖らせて頰の内側を何度も吸いながら、おぼつかなげにミッチをじっと見つめた。「ちょっと訊いてもいいか？　ちょうど今アビーのウェブサイトから宣伝ツアーの旅程表を手に入れたんだが、今週はボストンに向かってコネティカットを縦断してて、サセックスの〈C・C・ウィロビー&カンパニー〉に寄ることになってる、いいか？　一方彼女の宣伝係のクリッシー・ハバーマンはエスメやチトと一緒にここにいる、わかるか？　クリッシーにアビーがここにも寄るように手配してもらえないかと頼んだらやり過ぎだろうか？　アビーは絶対に客を呼び寄せてくれると思うんだが」

「ジェフ、君は奥さんの本を一冊も仕入れていないじゃないか」

「明日の昼までに『コッドファーザーの奮闘』を五十部仕入れるのは可能だ」ジェフが断固とした声で言った。「受話器を上げりゃいいだけさ」

ミッチは彼に向かって眉を上げてみせた。「そいつは構造的転換だな」

「まさしく」彼が認めて、眼鏡を直した。「でもこの世界で生き残ろうと思ったら、ある程度大目に見ることも必要なんだ。どう思う？」

「すごく健全な進展だと思うよ」

「違うよ、俺がクリッシーにアプローチすることだ」

「アビーに直接話せばいいじゃないか」

ジェフが激しく頭を振った。「俺たちは弁護士を通してしか話さないんだ――一時間三百五十ドルかけて。『やあ、元気か？』で二十九ドル九十五セントかかる」

「やってもいいと思うよ。最悪でもクリッシーがノーと言うだけだろ？」

「そうだな」ジェフがあまり納得した様子ではなかったが同意した。「ありがとよ」

ミッチは本を手にフードホールに戻った。ランチタイムで、ホールは腹を空かせたドーセット人であふれていた。耳を聾するばかりの彼らの声が天窓に向かって昇っていく。カフェテリアのカウンターには大勢が並んでいた。ミッチは列の最後尾に並んで、ドナが快活に電話の注文を受け、客とお喋りをして、人当たりのよいリッチ・グレイビルの手を借りて列を進めるのを見守った。リッチは、このフードホールの運営を手伝ってもらうために夫妻が引き入れた若いシェフだ。ウィルはベーカリーからバゲットの巨大なバスケットをせっせと運んでいる。三人ともびっくりするようなスピードで動いている。食品業界で働くには超人的なエネルギーが必要だ、とウィルがミッチに語ったことがある。ミッチは納得した。

カウンターに近づきながら、ミッチは冷蔵ケースに陳列された誘惑的な皿やボウルをじっと見つめた。腹が鳴った。

今やドナは、彼の一人前の若い女性の注文を訊いている。「何にしましょう、マリリン？　まあ、そのヘアスタイル素敵。どこの美容室？　あたしもそこでやってもらわなきゃ。あたしの頭なんかまるでタワシ……何も言わないで、ホントなんだから」

ミッチはドナがとても好きだ。辛辣でひょうきんで、陰日向がない。ピンクの顔はいつも温かな本物の笑みに輝いている。彼女は自分に充足している。身長は低めで、ウィルより一フィート近く低く、やや丸ぽちゃ型だ。髪は確かにタワシのようだ。黒い縮れ髪に若白髪の筋が見える。〈ザ・ワークス〉の縫い取りが斜めに走った青いデニムのエプロンをしている。ここで食品を扱っている者は全員がそのエプロンをしているのだ。

「あら、おデブさん、今日は何を差し上げましょう？」ドナは尋ねてから、ワイヤフレームの眼鏡越しに白々しく驚いたように目を細くしてミッチを見た。「ちょっと待って、バーガー、あなたなの？　何てことかしら、骨と皮がしわくちゃのチノをはいてるわ」ドナはボストン訛りで話す。平板な南ボストン風だ。「この夏どれくらい体重を落としたの？　十五ポンド？」

「十ポンド……いや、九ポンドかな」

「そりゃすごいよ、ミッチ」ウィルがバゲットのバスケットを降ろしながら言った。

「さる駐在は満足してないけどね」

「あら、あの痩せっぽちのガゼルに体重のことがわかるわけないわ」ドナが言い返した。「あたしは、太った男が好きよ。あたしよりお尻の大きい男が。それがあらゆる女性の願望ってもんだわ」

「そうだったのか」ウィルが混ぜっ返した。「ずっと不思議だったんだ」

「よし、わかった、俺は相反する信号を受け取ってるな」ミッチは彼女に言った。

「君とデズは同じ考えを持ってくれなきゃ」

「そうはいかないわ。あなたの裸を見てるのは彼女だもの。あたしは食べ物を売ってるだけ。入れ替わりたくないって言ってるわけじゃないのよ」

「ドナ、君はダンナの前で俺を誘惑してるのか？」

「いいんだ、ミッチ、俺は慣れてるから」ウィルが言って、彼女に微笑みかけた。

ミッチは二人のおどけたやり取りをじっと観察して、ウィルは彼女に隠れてマーティーンと浮気をしているのだろうかと考えた。まったくわからなかった。わからない。

ドナが言った。「あたしをヨットでバーミューダにさらってくれるんじゃないなら、注文して。商売なのよ、バーガー。午後中ここに突っ立って、エッチな話をしてるわけにはいかないわ」

グリルドシュリンプ・シーザーサラダ、スモールサイズのオニオンバゲット、それにオレンジのフレッシュジュースにした。ミッチはそれらをトレーに載せて、空いたテーブルに向かってゆっくり歩きながら、三つの異なるテーブルで、朝刊に載った彼の『ダークスター』評を熱心に読んでいる人を見つけて喜んだ。人に自分の書いたものを読んでもらうのは楽しい。そう感じるのは彼だけではない――ほとんどすべてのジャーナリストの何より後ろめたい喜びだ。ミッチはテーブルにつくと、通りに面した大きなガラスのドアを見張りながら本を開いた。

デズはそれから数分後、大股でドアを入ってくると、ざわざわしたフードホールをしなやかな動きで横切ってきた。顔には最高の笑みを浮かべているが、目だけはこの場所にいるすべての人とすべてのものを注意怠りなく捉えている。ひときわ優れた駐在になってきたな。ミッチは思った。自信を持っているし、役に立っているし、誰にも率直だ。住民は心から彼女に敬意を払っている。しかもデズには清々しいまでに人を操ろうとするところがない。威張り散らしたり、怖じ気づかせたりすることもない。そんな必要はないのだ。何が起きようと対処できることを、彼女は知っている。

ミッチは座っている自分を見つけて、彼女の顔が輝くのを見るのが大好きだった。彼のため、彼だけのために取ってある彼女の特別な微笑みが大好きだ。こちらに向かってくるのを見ながら、もし彼女がこうして今俺の人生に関わっていなかったら、俺はどうなるだろうと思った。あっさり破滅するな。

でも、彼女には思いも寄らないだろう——しっかりしているのは俺の方だと思っているから。

テーブルまで来ても、二人はキスをしなかった。デズには、制服を着ている時は人前でいちゃつかないという鉄則があるのだ。でも、一緒にいられるとなって二人の顔が輝くのは止めようがない。周りのテーブルから詮索好きな目が向けられるのを免れられないのと同じだ。どう見ても違うタイプのカップルだからだ。人は、違っていると怪しまれる。でも、二人にはまったく気にならなかった。一緒にいるとどんなに幸せか、お互いわかっている。

「ねえ、こんにちは」ミッチを見つめる淡いグリーンの瞳が角縁眼鏡の奥でキラキラ輝いている。

「こんにちは、駐在」

「あたしもランチを取ってくるわ」

「ツイてるな」ミッチはほがらかに言った。

デズが不思議そうに頭を引いて彼を見た。「どうして？」

「君が歩いていくのが見られるだろ」ミッチは張り切って両手をこすり合わせながら答えた。デズ・ミトリーには多くの特性があるが、中でもそのヒップは世界のトップテンに入るほどなのだ。

「いやぁね、あたしを野次ってるの？」

「もちろん、そのつもりだよ」

「お行儀よくしないと、ストリップサーチをさせてもらうわよ」

「それ、ぜひ書面にしてくれよ」

彼女は派手にオエッと言ってから、太い革のベルトを軋らせて、カフェテリアのカウンターに向かった。ストライドは大きく、活発で、人の目などまるで無頓着だ。カッコなどつけない。そんな必要はないのだ。自分の持ち味はよく知っているのだから。デズはドナとしばし冗談を言い合ってから、ギリシャサラダとアイスティーを持って戻ってくると、ミッチの向かいに座った。眉間にぎゅっとしわを寄せている。何か心を乱されることがあるのだ。ミッチは彼女をよく知っているので、それくらいは読めた。

ミッチはオレンジジュースを乾杯に掲げた。「君の瞳に乾杯」

「待って、待って、それなら知ってるわ！　一緒に観たもの。ハンフリー・ボガート

でしょ？」

「タイトルは……？」

「えーと、『マルタの鷹』だった？」

「惜しいな。『カサブランカ』だよ。でもすごくいい線行ってたから、サイコーの残

念賞を進呈しよう」

「それって……？」

「俺だよ」

「それじゃもし正解だったら――何がもらえたの？」

「俺だな」

「あたしが損することはなさそうね」彼女は言って、サラダを貪るように食べ出し

た。「でもちょっと白状させなきゃならないことがありそう。先にデザートを食べた

でしょ。あたしの推測ではドーナツの類のものだわね」

「待てよ、何の話だ？」

「襟にパウダーシュガーがついてるわよ」

ミッチはカーキ色の半袖シャツの襟をちらりと見下ろした。確かに小さな白いものがパラパラついている。「君にはごまかしがきかないってことか？」

「妙な気は起こさないことよ。あたしは訓練された刑事なんだから。それにあたしはあなたって人を知ってるの。何かに動転すると、あなたは決まってダイエットを破るのよ」

「俺は君とは違うんだよ」ミッチはムキになって言った。「あんなに徹底的に減らされた食物摂取量じゃ生きていけないんだ。君は近いうちに、『宇宙家族ジェットソンズ』みたいにビタミン剤ひと摑みを俺の常食にさせる気だろうが」

「あら、少なくともクマゴローとブーブーは卒業したじゃない」デズは辛辣に言った。

「前言を何とか取り消させてもらえないかな」

「ダーメ。あなたは真実を言ったんだもの。あたし自身が少しでも成長するつもりなら、真実を聞かなきゃ。ったく、だからあなたをそばに置いてるんじゃない」

「そのとおり」

デズはテーブル越しに彼をじっと見つめた。「どうしたの、ベイビー？」

「君からだ」

「あたしからって？」

「君にも気にかかってることがあるんだろ？」

「ダーメ。あなたはダイエットを破ったの――あなたから」

「そうだな、それは言えてる。でもここだけの話だぞ、いいな？」ミッチはテーブル越しに彼女の方へ身を乗り出して、声を落とした。「ドッジ・クロケットが今朝俺に中性子爆弾を落とした――マーティーンが浮気してるんだ」

「おや、まあ」デズは控えめに反応した。「それは興味深いわ」

ミッチは眉をひそめた。「俺の予想した反応と全然違うな。君は……ほっとしたみたいに見える」

「実際そうなの」デズは白状した。「これ嘘じゃないのよ、けどマーティーンが今朝、あたしにドッジが浮気してるって言ったの」

「まさか！」

「あら、絶対にホント」

「それじゃ、相手は？」

「教えてくれなかったわ。あら、彼は……？」

「いいや、言わなかった」ミッチは答えて、ウィルではないかという直感は黙っていることにした。ともかくも今は。

「まあ、間違いなくヘンにこんがらかってるわね」デズは言って、アイスティーをゴクゴク飲んだ。「どうしてあたしたちに話したのかしら」

「それも同じ朝に」ミッチも不思議がった。「どうして俺たちに?」

デズは鋭く目を細めてしばし考え込んだ。「こんなこと言いたくないけど、利用されてる気がちらっとするわ」

「利用されてるってどう?」

「マーティーンは自分の噂の矢面に立たされないで済むように、ドッジの浮気をあたしに話した。そうしておけば、彼女が誰かと付き合ってるという噂が立っても、言ってもらえるわけ。『かわいそうに仕方なかったのよ――ドッジは何ヵ月も彼女に隠れて浮気してたんだもの』って」

「彼が俺に話したのも同じ理由だと思ってるのか?」

「一つの仮説よ、ミッチ」

「でもそうなると、彼らは俺たちが村中に喋りまくるのを期待してることになるぞ」

「あんまりうれしくないわね」

「全然」ミッチは憤然として言った。「ドッジは内緒で俺に話した。俺は走り出していって、ドーセット中の人間に喋るなんてことは絶対にしない、マーティーンが……。待てよ、俺は何を言ってるんだ? こいつはドーセットじゃない、TVドラマの『ペイトンプレイス物語』だ」そこで言葉を切ると、プラスチックのフォークでランチの残りを突っついた。「あの二人、別れないと思うか？」

デズは肩をすくめた。「彼らにとってはごく普通の振る舞いなのかもしれないわ。嫉妬に快感を覚えるカップルもいるし。嫉妬が情熱に火をつけるの。ったく、もしかしたらこの話全体がエアギターも同然ってことだってあり得るわ」

「彼らは実際に演奏してるわけじゃない？」

「そういうこと」

「今起きているのはそういうことだと考えてるのか？」

「当てずっぽうを言う気はないわ」

「俺もさ」ドーセットに引っ越してきて、一つ確かなことを学んだ——誰も、誰一人として、見かけどおりの者はいない。誰もが自分を偽っている。それは必ずしも、クロケット夫妻のような人たちを好きになれないとか、評価しないということではない。単に彼らを知らないということだ。彼らは本当の姿を見せてはくれない。「クロケット夫妻は完璧な夫婦にも見えるし」

「完璧な夫婦なんてものは存在しないわよ」デズが急に激しい口調になった。「瀕死の結婚には体面なんてものもうないけど」彼女自身のブランドンとの痛ましい別れのことを言っているのが、ミッチにはよくわかった。「クロケット夫妻のようなカップルなら、その気になれば、実際に起きていることを誰からだって隠せるわ」

「それじゃ差し当たり俺たちはどうすればいい？」

「口外しないこと以外に？　することなんてないわ。彼らが助けを求めてこないうちは」デズはサラダを食べ終えて、皿を押しのけた。「今朝、エスメとちょっと一緒になったわ」

「どんな子だった？」

「美人で、子供っぽくて——頭が空っぽに見えるところもあるわね」

「だから俳優って呼ばれるんだよ。俳優は君や俺とは違う。道具なんだ。演じていない時は、オーケストラルームで横倒しのまま拾い上げられて演奏されるのを待ってるチェロと何ら変わりないのさ」

「そうだとしたら、どうして人は彼らを崇拝するの？」

「してないさ。人が崇拝するのは、スクリーンに映し出されたファンタジーだ。俳優はいくらか輝く魅力を身にまとってるだけだ。すべてはファンタジーなんだ。人は現実よりファンタジーをずっと好む。現実というのは気が滅入るし、苦しいし、実にいやな臭いがぷんぷんするから。現実なら、人は十分承知してるわけだし」ミッチはデズを探るように見つめた。「デズ……？」

「なあに、ベイビー？」

「俺たちの間ではその手のゲームはやめような」

「ゲームくらい何とでもできるわ。あなたが他の女と寝るとなったら、話はべつだけど」デズはアイスティーを飲み干した。「ったく、今日はやけに喉が渇くわ」

「お代わりをもらってこようか？」

「どういうつもり？　あたしをスポイルするとか？」

「そんなところだ」

「うれしい、クセになりそう」

ミッチは彼女の発泡スチロールのカップを摑んで立ち上がった。「おい、何か言わないのか？」

「何かって……？」

「すごくツイてるわ、とかさ——俺が歩いていく後ろ姿が見られるんだぜ」

デズがオエッと言った。「ねえ、一緒にいて笑わせてくれる男って、あなたが初めてだわ」

「そいつは好ましいことなのか？」

「それってすごいことよ」

「よし、わかった。それじゃ、いいな、口笛なんか吹くなよ」ミッチはショーツを引き上げ、肩をぐいと引いて、お代わりを注いでもらうためにドタバタとカウンターに戻っていった。

「おや、おや」ドナがからかうように言った。「駐在はあなたをしっかりしつけたのね」

「馬鹿言うなよ。俺たちは相手のために何かしてあげるのが好きなんだ」

「すごくいいね」ウィルが声をあげた。焼いたハムをスライサーにかけている。「女房の話には耳を貸すなよ、ミッチ。俺はまず聞き流してる」

「あたしは妬いてるだけよ」とドナ。「ウィルが最後にあたしに何かを取ってきてくれたのは……あら、ウィルが何かを取ってきてくれたことなんか一度もないわ」

彼女がアイスティーを注いでいるのを見ていると、ミッチの耳に不意に聞こえた――有名人が入ってきた時に部屋に流れる、敬意を表すシーッと言う声。フードホール全体が魔法にかけられたかのようだ。騒がしい海水浴客や観光客がこぞって不気味なほど静かになった。うっとりして口をぽかんと開き、目は飛び出している。あらゆる動きが止まった。

ミッチはくるりと振り返って、自分の目でホールを見回した。やはりチトとエスメだ。手をつないで、クリッシー・ハバーマンを露払いに、まっすぐカフェテリアのカウンターに向かってくる。有名人の宣伝係はダブダブの男物のドレスシャツに白い麻のパンツ、顔には凄まじい表情を浮かべている――三人だけではないからだ。

「ちょっと空けて！」クリッシーがタブロイド紙やワイドショーのカメラマンの集団

に怒鳴り散らした。集団は二人に付きまとい、カニのように横に歩いて互いにつまずきながら、精一杯彼らを無視しようとしているチトとエスメに質問を浴びせ、要求を叫んでいる。クリッシーは肘と腰を使って彼らを寄せつけまいとしている。絶対に関わり合いにはなりたくない女性だ。骨太の大柄なブロンドで、あごは雪かきシャベルのよう、全体に角張った顔立ちだ。しかもニューヨーク一センセーショナルな顧客リストを持っている。クリッシー・ハバーマンにまつわるすべてが、彼女自身のイメージも含めてセンセーショナルなのだ。夫はイーストヴィレッジでダンスクラブを経営するロックのプロモーターだ。「つたく、息をするスペースくらい空けてよ！」彼女がわめいた。ゴールデンカップルは、完璧に普通の若い二人が完璧に普通のランチのために出かけてきたとばかりに、カフェテリアのカウンターに大股で歩いていく。ヘンゼルとグレーテル、ドッジは二人をそう呼んでいた。

エスメは流れるような長いブロンドの巻き毛に、信じられないくらい無邪気なブルーの瞳をしている。顔立ちはとても繊細で、ミッチはミッシェル・ファイファーをアーネスト・ボーグナインのように見せてしまう地球上でただ一人の女性だと評したことがあった。薄く透けるようなゆったりしたワンピースを着ていて、どうやらその下には何も身に着けていない。ひと足ごとにバストが小刻みに揺れて、薄っぺらな生地を通して乳首の輪郭がはっきり見える。

チト・モリーナは大柄な男ではない。痩せてしなやかな身体は五フィート十インチもなく、体重も百六十五ポンドほどだ。それでもその肉体的存在感は、途方もなくエロティックな若い妻に劣らず人目を引く。フードホールを歩いてくるチトには、閉じ込められたボブキャットを思わせる刺々しい雰囲気があった。かつてのスティーヴ・マックイーンが発散していたのと同じセクシーで刺激的な強烈さだ。鬱屈しているのだ。ひげは剃っていないし、青みを帯びて輝く黒い長髪も梳かしていない。破れた黄色のTシャツ、ダブダブのサーファートランクスにサンダルというラフな服装だ。村の若者の大半と何ら変わらない。が、彼は誰とも似ていない。きらめくブルーの瞳や上等のスエードを思わせる色のシミ一つない肌を持つ者は、他にはいないのだ。完璧に整った鼻、高く固い頬骨、彫ったような繊細な唇を持つ者は、他にはいない。チト・モリーナしかいない。

「さあ、どうぞ、バーガー……」ドナがデズのアイスティーを差し出した。ミッチはまだゴールデンカップルを見つめていた。「地球よりミスター・バーガー、ミスター・ミッチ・バーガー……」

「悪かった、ドナ」ミッチは謝って、カップを受け取った。ちょうどその時、チトとエスメがクリッシーとカメラを構えた随行員どもを引き連れてカウンターに到着した。

ミッチはテーブルに戻ろうと歩き出したが、不意に腕に手をかけられたのを感じた。チトの手だった。

「聞こえた気がしたことはホントか？」チトの声はかすかにスペイン語の抑揚がある。「あんたがあの映画批評家なのか？」

「そうだよ」ミッチは答えて微笑んだ。「あの映画批評家だ」

「よし、そりゃいい」チトは言って、頭を上げたり下げたり、上げたり下げたりとうなずかせた。ものすごくピリピリしていて、火花が散っているようだ。「今日の新聞に載ってたあんたの批評について、俺の意見を聞かせたかったんだ」

「ああ、いいとも」ミッチは低い声のまま答えた。チト・モリーナと人前で怒鳴り合いは演じたくない。どちらも勝者にはなれないのだから。「遠慮なく聞かせてくれ、君の――」

ミッチにはそこまでしか言えなかった――チトが彼のあごに一発ぶちかましたのだ。あまりに素早いパンチで、ミッチには飛んでくるところも見えなかった。そのまま後ろに吹っ飛んで、後頭部を床にしたたか打ちつけた。

「チト、ダメよ！」エスメの叫びが、呆然と目をぱちくりさせて横たわるミッチの耳に聞こえた。「チト、やめて！」

しかし、チトはミッチに馬乗りになって、両手を首に回し、絞め殺そうとしていた。タブロイドのカメラマンはその周りに集まって、一部始終を見ている。「俺の批評はどうだ、えっ?!」若いスターはミッチに叫んで、唾を浴びせかけた。「どうだ?!」

ミッチには答えられなかった。それどころか息もできない。

カメラマンは誰一人として、スターを彼から引き離そうとはしない。けしかけるのに忙しくて、それどころではない。

「好き勝手にさせておくのか、ミッチ?!」

「やり返せ、ミッチ！　頑張れ！」

買い物や食事をしていた人たちも加わってきた。街頭演劇だと言わんばかりに二人を取り囲んでいる。観光客は騒ぎをビデオカメラで撮影した。チトは首を絞め続け、ミッチは縫いぐるみの人形さながら床に転がって、頼りなく手足をばたつかせていた。

カウンターを飛び越えて、チトの首根っこを乱暴に摑んで、キレた男をミッチから引き離したのは、ウィル・ダースラグだった。「放せ！　さっさと手を放せ！」

「その手を放せ！」チトが唾を飛ばして、大柄な男に摑まれた身体をもがかせた。

「チト、やめて！」エスメが泣きじゃくった。涙が頰をこぼれ落ちた。「お願い……！」

デズが力ずくで人込みをかき分けてやって来ると、心配そうな顔でミッチのそばにしゃがんだ。「大丈夫？　救急車を呼ぶ？」

「いや、いや、俺なら大丈夫だ」ミッチはしわがれ声で答えた。「絶好調だ」それから、ゆっくり身体を起こして、六インチの毛玉を吐こうとしているクレミーそっくりにゲーッとやった。喉仏は、誰かになまくらな大釘を打ち込まれたみたいな感じだ。あごはしびれて感覚がない。慎重に触って、口を開けたり閉じたりしてみた。すべてはまだ機能するようだ。「どうして俺は……びしょ濡れなんだ？」

「あたしのアイスティーの上に座ってるのよ」

ウィルはまだチトともめている。「俺の店から出ていってもらおう！」

「地獄に落ちろ！」チトが怒鳴り返した。

「貴様こそ落ちろ！　ここは俺の店だ。ここの規則は俺が決める！」

「二人ともそこまで。頭を冷やしましょう」デズが二人の間に割って入って大声で言った。「ミスター・モリーナ、すぐに気を静めてもらわないと困りますよ。あたしの言ってること、わかりますか？」

チトは答えなかった。エスメとクリッシーがすぐさま彼を囲んで、エスメは抱きしめてキスし、クリッシーはなだめる言葉を囁いた。

「みなさん、どうか下がって」デズは群衆に言ってから、「どうか下がってください。それにその忌々しいカメラをあたしの顔の前からどけて！」と怒ったように怒鳴った。

驚いたことに、パパラッチは慌ただしく退散した。この現象について、デズはミッチに説明したことがあった。誰でも、タブロイドの最低の無節操男であっても、銃を携えた腹を立ててるお姉さんには近づきたくないものなのよ。

エスメとクリッシーはチトを落ち着かせたようだ。彼は突っ立ったまま二人の言葉に素直にうなずいている。肩をがっくり落とし、目は床に向いている。

「気分はどうですか、ミスター・モリーナ？」デズは尋ねた。

「上々だ」きらめく長髪を片手でかき上げて、彼が静かに答えた。「何ともない。大したことじゃないんだ」

と、クリッシーがミッチのところへ飛んできた。「ああ、ミスター・バーガー、本当に申し訳ありません。埋め合わせになることがあれば、何なりとおっしゃってください」

ミッチはアイスティーの冷たい水たまりに座り込んだまま、あごをさすった。「俺は大丈夫だ」

この騒ぎにジェフ・ウォッチテルも店から飛び出してきていた。「ミッチ、証人が必要なら、俺は一部始終を見てたぞ」

「大丈夫だ」ミッチは繰り返した。

「歩ける？」デズは尋ねた。

「やってみる」ミッチはふらふらしながらも何とか立ち上がった。

「それじゃ、あたしのパトカーが外にあるから」とデズ。「一緒にウェストブルック署へ行って、この件を片付けましょう」

「わかったよ」チトがぐったりと諦めたように言った。「あんたが大将だ」

「待てよ、何を片付けるんだ？」ミッチは尋ねた。

デズが片方の眉を上げて彼を見た。パンチを食らってふらふらになったのだろうかと、明らかに疑っている。「事務手続きよ、ミッチ。傷害罪で告訴するためには宣誓して正式な申し立てをしてもらわなきゃならないの」

「とんでもない」ミッチは慌てて言った。「絶対にそうはさせない」

チトが啞然としてミッチを見つめた。

チトだけではない。デズもミッチの近くまで来て、腰に手をやった。「どういうこと？　あの男はあなたの首を両手で絞めたのよ」

「強調しようとしただけだよ」

「そう、自分が人殺しをしかねない異常者だってことを。それでどう？　成功したわ」

「デズ、俺たちは専門的な意見に相違があっただけなんだ。いきなり殴りかかられて、俺はアイスキューブに足を滑らせた。ホントに大したことじゃないんだよ」

「ミッチ、彼はあなたを殺そうとしたの！　彼が有名人だってだけで、見逃しちゃいけないのよ」

「そうじゃないんだ」

デズが彼に頭を振った。「そう、それじゃあたしには理解できないわ」

「こいつはもう十分にまずいことになってるんだ、メディア的にはってことだが。これが実際裁判沙汰になったら、俺がどうなるか想像できるか？　タブロイド紙の餌食になっちまう。二度と批評家としてまともに取り上げられなくなる。俺の評判はだいなしになる。俺の人生は破滅だ。こいつは俺の最悪の悪夢なんだ、デズ。どうかなかったことにしてくれ」

「それはできないわ」デズは頑固に言い張った。「あたしは納得できない」

「よし、それじゃどうすれば納得できるか言ってくれ」ミッチが言い返した。

「そうよ、お願い、デズ」エスメが懇願するように言った。タブロイド紙のカメラマンが潮のように、必然的に、音もなく戻ってきた。買い物客もその後ろに詰めかけている。

デズはあごを拳にもたせて、しばし思慮深く黙って立っていた。「いいわ、それじや二人でスマック・ミートして」

「何だって？」チトが疑うように尋ねた。

「握手よ。さもないと二人とも逮捕するわ」

「冗談だよな？」ミッチが言った。

「あたしは本気よ。あたしの管轄で喧嘩するのを許すわけにはいかないの。ここはドーセットで、ドッジシティじゃないんだから」

「そりゃそうだ」とミッチ。「けど、俺たちはもうカブスカウトじゃないんだ、デズ。二人ともいい大人で――」

「スマック・ミート！」デズがピシャリと言った。「さもなきゃ連行よ」

ミッチは肩をすくめて、手を差し出した。チト・モリーナがそれを握った。ミッチが思っていたより小さくて柔らかな手だった。メディアの群れはこの瞬間を後世に残すためにきちんと記録した。

「言いたいことは、ミッチ？」カメラマンの一人が尋ねた。

「ない」ミッチは素っ気なく答えた。「俺は俺の意見を言い、チトはチトの意見を言ったまでだ」

「マジに彼を殴らなくていいのか？」

「あんたはどうだ、チト？」べつのパパラッチが声をかけた。

「自分の心配でもしてろ」チトは即ピリピリ状態に戻って怒鳴った。「俺の生活を食い物にするのはやめろ、いいな？」

「はい、それじゃ行って！」デズは群れを追い立てた。

シーンは終わった。カメラマンは撮ったものを心配そうにチェックしながらドアに向かった。買い物客は散っていった。

「おい、クリッシー！」ジェフが、エスメにサインをねだる連中を払いのけようとしている宣伝係に大声で呼びかけた。「ちょっと話せるか？」

クリッシーは苛立たしげにちらりと彼の方を見やってから、一瞬遅れてゆっくりと驚いた素振りを見せた。「待って、あなたなら知ってるわ……」

「ジェフ・ウォッチテルだ。ミスター・アビー・カミンスキーとしての方が知られてるが」

クリッシーはかすかに作り笑いを浮かべた。「ああ、そうね。で、ここで私に何の用かしら……？」

「〈本の虫〉に立ち寄って、サイン会をするように、アビーを説得してもらえないかと思って」ジェフが言った。口を尖らせ頬の内側を何度も吸っている。「ボストンの往復にドーセットを通ることになってるし、そうしてもらえると俺はすごく助かるんだ。どうだろう、頼んでもらえるか？」

クリッシーはしゃくれたあごを彼に向けてぐいと上げた。「それって冗談よね？」

「いいや、俺はマジだ」

「ジェフリー、ちょっと状況を説明してみるわね。私のクライアントはあなたが裸にされ、親指で吊るされて――実際には親指ではなく、もっとずっと小さい身体の部分でだけど――飢えた鳥に突っつかれてゆっくり死ねばいいと思ってるの」

「つまり、ノーってことか？」

「つまり」クリッシーが答えた。「彼女はあなたを、地上で最低の見下げ果てた生き物だと考えてるってことよ。今日あなたとばったり会ったなんて聞かせようものなら、彼女、冷湿布と精神安定剤のヴァリウムが必要になるわ。あなたは彼女の人生をめちゃめちゃにしたの。彼女はあなたが大嫌いなの。これで私の言いたいこと、伝わったかしら？」それだけ言うと、彼女はくるりと背を向けて、エスメを出口へと導いていった。

「ちょっと間が悪かったかな」ジェフはその背に虚しく呼びかけた。「改めて話し合えるか？」

チトはわざわざ居残って、ミッチの方へにじり寄ってきた。『シェーン』のジャック・パランスさながらの捕食者を思わせる密やかな動きだった。デズが間に入ろうとした時、ミッチは片手を上げて制した。彼女に自分の闘いを闘わせたくない。

「後一つだけ、批評家」チトが低い声で言った。殺意を秘めたようなブルーの目がミッチの目をねめつけている。「貴様を二度とここで見たくない。もし見たら、今度こそマジにぶちのめす。貴様の雌犬がそばで守ろうとしようがしまいが知ったことか、いいな？」

こんな立場に立たされるのは久しぶりだ。しかし、〈ザ・ワークス〉でチト・モリーナと鼻を突き合わせているというのに、ミッチはスタイヴェサント・タウンに戻ってしまっていた。遊び場のいじめっ子のブルース・クーパーマンとやり合った十二歳のデブに。バスケットボールコートに入るゲートを通してくれなかったのだ。当時のミッチには自分のやるべきことがわかっていた。そして今も、やるべきことはわかった。チトの視線をまっすぐ受け止めて言った。「俺はここに住んでるんだ。俺がどこに行けて、どこに行けないかなんてことを、君に言われる筋合いはない。喧嘩をしたいなら、しようじゃないか。でもカメラの前じゃない。どこか静かな場所でやろう。君はすごく腕っ節の強い男だから勝つかもしれない。でも体重は俺の方がある。その貴重な顔を傷つけるためにこの体重のすべてをかけると約束するよ。喧嘩が終わる頃には、君はハーミオン・ジンゴールドと見分けがつかなくなってるだろうよ、わかるな？」

チトは不気味に押し黙って長いことミッチを睨みつけていた――が、突如身をよじらせて大声で笑い出した。「ったく、すげえカッコいい」彼がやっとのことで喘ぎながら言った。「今の瞬間をありがとな。何かのシーンで使わせてもらわなきゃ」

「どうぞ使ってくれ」ミッチは言った。チトの突飛な行動のどこまでが本物で、どこからが単に人の平静を失わせて怖がらせるために目論んだものなのだろう。ミッチにはわからなかった。チトにはわかっているだろうか？

「チト?!」エスメがフードホールの向こうから呼んだ。クリッシーと一緒に出口で待っている。「早く、行くわよ！」

チトはわかったと手を振って、彼女に向かって歩き出した。

「もう一ついいかな」ミッチは俳優をその場に引き止めた。

「今度は何だ？」アッという間に先ほどまでの苛立ちに切り替わっている。

「こんなことはマジに君に相応しくないぞ」

「俺のこと何にも知らないくせに」

「君がもっとちゃんとした人間なのはわかってる。もっとずっと」

チトは下唇を引っ張りながら、ミッチの言葉を長いことじっと考えていた。が、突然ミッチの足下の床に唾を吐くと、猛然と立ち去った。

「と思いきや」ミッチは小さく独りごちた。「見間違えだったかも」

4

〈シットゴー・ミニマート〉は、村からオールドショア街道を三マイルほど下ったところにある。〈マッギー食堂〉を過ぎ、〈ジリーズ艇庫〉を通り過ぎて、ペック岬に入る脇道の手前だ。その先の街道沿いには、数マイルにわたって夏用のバンガローが集中しているので、〈シットゴー〉は通常この季節、商売繁昌だ。が、デズがパトカーを停めて降り立った今は、外に数台のピックアップが駐車しているだけだった。しかも今は、トラブルを抱えている。

窓の大きな板ガラスが粉々だ。

かけらのほとんどが店の床一面に散らばっていた。おかげで、開いたドアから大股で入っていくと、足の下でバリバリ音がした。ガラスのいくらかは窓枠に残っていて、ギザギザに尖った角を見せている。若い作業員がそれを外の舗装スペースに広げたビニールシートにゴムの槌で叩き落としている。

ガソリンスタンドのオーナーのアッカー夫妻は、見るからに狼狽していた。ミセス・アッカーはヘッドスカーフをかぶった小柄な女性だが、恐怖に黒い瞳を見開いてカウンターの奥で震えている。夫はといえば、せかせかと床を掃き、やたらきびきびと動いて、この場を仕切っている。そして、デズの姿が何とも不満らしく、ろくに顔を上げようともしなかった。

夫婦のどちらかがデズに通報したわけではなかった。通報したのは、常連客の若い作業員だ。

「俺のベニヤ板を貸してもいいぜ、ヌーリ」作業員が言った。「新しいガラスが入るまでってことだが」

「それはとてもありがたいです、ケビン」ミスター・アッカーが彼をちらりと見上げて答えた。おかげで、戸口を入ったところに立っているデズに気づかないふりはできなくなった。「こんにちは、駐在。どんなご用でしょうか」

「何があったのか話してください」

「これが」ミセス・アッカーは答えて、スベスベの丸い花崗岩をカウンターに出した。男の握り拳ほどの大きさだ。彼女の小さな手に握られていると、とても大きく見える。石には赤いペンキで9／11と描かれている。「頭のすぐそばに飛んできて」と、彼女は後ろの壁板にできた凹みを指差した。「お客さんが並んでる時でなくてよかったです。もしそうだったら、誰かに当たって、恐ろしい結果になったかもしれません」

「ご覧のとおり、怪我をした人はいません」ミスター・アッカーが大声で言って、顔に無理やりこわばった笑みを浮かべた。「窓ガラスはまた入れればいいだけですし。だから何の問題もありません」

「二人のどちらでも、投げた人を見ましたか？」

「私たちは何も見てません」彼がテキパキと答えた。「客のいない時間帯で。私は倉庫で紳士用トイレの備品を補充していました。ネマは――」

「あなたはどこにいたんですか、ミセス・アッカー？」デズは尋ねた。追い出そうとしている彼の態度が気に入らない。さっさと切り上げて帰ってほしいという思いがいささか露骨なのだ。

「ショーケースを補充してました」ネマが答えて、レジ脇のガラスケースを指差した。ケースには手作りの珍しい焼き菓子がたくさん並んでいる。

「で、見なかったの？」

「ガラスの割れる音がしたのでしゃがみました。私は……何も見てません」そして、意気地なく夫をちらりと見やった。「それから、車がタイヤを軋らせて猛スピードで離れていく音がしました。それだけです」

「車の型式とかナンバーはわかりましたか？」

「いいえ。とてもそんな余裕は。見る間もなく行ってしまいましたから」

「車はどっちに走り去ったんですか――村に向かった？」

「反対方向だったと思います。自信はありませんが」

デズは戸口に戻って、外をちらりと見た。オールドショア街道もここまで来ると、向かい側には店もなく、蔓植物や野生の木いちごが生い茂っているだけだ。村とは反対方向に〈シットゴー〉から百ヤードほど行くと、鋭く左に曲がるバーンハム街道がある。くねくね曲がりながら古い農場をいくつか抜けて最終的には村に戻る細い生活道路だ。誰がやったにせよ、犯人はおそらくそこで曲がって、さっさと消えたのだろう。たぶんピックアップに乗ったガキが二人――一人が運転し、もう一人が後ろにうずくまっていて、石を投げた。推測させてもらうなら、貧乏白人。移民に、とりわけ新しいビジネスで成功している移民に対して、憎悪を抱く土地の迷える若者たち。

「以前にもこの手のトラブルはありましたか？」

「いいえ、まったくありません、駐在」ミスター・アッカーが答えた。「みなさん、とても歓迎してくれて。それに、お出でくださって、とても感謝していますが、この件をこれ以上深追いしないでいただければと思います。かえって人目を引くだけですし、私たちにも望ましいとは思えません。ガラスを交換する費用くらい喜んでもちますよ。ご覧のように、この紳士はもう手伝ってくださってますし」

デズは角縁眼鏡を鼻からぐいと引き上げて言った。「ねえ、あなた方がどこから来たのかはわかるけど、ミスター・アッカー――」

「どうかヌーリと呼んでください」彼がデズのご機嫌をとるように微笑んで、猫なで声で言った。媚びるようにと言うべきか。男は妻の目の前で、デズのすらりとした身体に露骨に熱い視線を浴びせてきた。

「ヌーリ、ここで犯罪が行われたの」デズは言ったが、心ならずも胃の筋肉がこわばった。おべっか使いは、目で服を脱がせるだけでなく、身体を舐めてきているのだ。

「あたしは報告書を提出しなきゃならない――それがあたしの仕事なの。しかもあの石に描かれたメッセージは、明らかにワールドトレードセンターへの攻撃に関係があるわ。州検察局の下で活動する、このような憎悪犯罪を専門に扱う特別捜査班もあるのよ」

「でも誰が私たちを憎むんですか？」彼が訴えるように尋ねてきた。「私たちはトルコ人です。平和を好む国民です。トルコはアメリカのよき友人ですよ」

「あなたやあたしはわかっていても、こんなことをしでかすバカな連中は国際的連携のことをあんまりよく知らないかもしれないのよ。それに」デズはネマのヘッドスカーフに目をやった。「あなた方はイスラム教徒でしょ。異質だってことになるの。異質というのが好きじゃない人もいるのよ。それがどんなものかは、あたしもちょっとばかり知ってるし。こういうことが起きると、当事者だけでなく、共同体全体を傷つけるってことも知ってる。あのね、お見せするわ、ちょっと待ってね？」

デズはパトカーに戻ると、ブリーフケースを探して、ラミネート加工された4×7インチの憎悪犯罪応答カードを取り出した。コネティカット州警察が名誉毀損防止組合と共同で展開しているものだ。カードを手に店に戻ると、アッカー夫妻は激しく言い合っていた。が、デズを見て、たちまち中断。デズには、ネマは夫より協力したがっているという確かな感触があった。どう見ても夫は端から警察を巻き込みたくないのだ。どうしてかしら。他にも何かがここで起こっている——誰かが彼から冥加金を取り立てているとか？

「どうかこれを聞いて」デズは言って、ラミネートカードの内容を読み上げた。「憎悪犯罪を、〝実際あるいは外見上の、人種、宗教、国籍、民族性、性的指向、身体障害、ジェンダーによって加害者が被害者を選ぶ、個人あるいは財産に対する犯罪行為〟と定義する」デズはアッカー夫妻をちらりと見た。今や固く口を閉じて、デズを見つめている。「だからこそ特別捜査班の導入が必要なの。異なる扇動集団とその活動方法に精通しているから、彼らなら州内の他の場所で誰かが同じことをやっているかどうかわかる。これも行動様式の一環かもしれないのよ」

「愚かな少年たちですよ」ミスター・アッカーが素っ気なく鼻であしらった。「愚かな少年たちの悪ふざけに決まってます」

「たぶんね」デズは答えながらも、振り払えない疑問があった。なぜ真っ昼間に？ 午後も早い時間というのは、地元の不良が通常手当たり次第の愚行に走る時間帯ではない――通常は深夜だ。「でもこうやって手順を踏めば、確かなことがわかるわ、そうでしょ？」

「お好きなように」ヌーリ・アッカーがうんざりしたように言った。

店の前のガソリンポンプにＢＭＷが乗りつけた。ミスター・アッカーは、これでデズから逃げられると喜んで、客に手を貸すために外に飛び出していった。

デズも彼が出ていってくれるのを喜んだ。社会生活で苦手なことの一つに、おべっか使いと思われる相手に礼儀正しく接するというのがあるのだ。〝うまく付き合う〟、これはディーコンのモットーで、彼はトップの座に上り詰めるまでそれを貫いた――コネティカット州警察副本部長、州の歴史上、最高位に就いた黒人だ。でも、デズは父親とは違う。だからこそもう殺人捜査はしていないのだ。二十八歳という若さで、デズはコネティカット州における非白人の希望の星だった――凶悪犯罪班で警部補になった唯一の黒人女性だった。結果も出した。中央管区のすべての男性を凌ぐ働きをした。ただ、いわゆるウォーターベリー・マフィア――州警察内のほとんどを仕切っているイタリア系アメリカ人男性の親密なネットワーク――とはうまく付き合えなかった。彼らはちきれんばかりのうぬぼれをおだててもらうのが好きだ。特にかわいい女の子から。デズは同調しなかった。彼らに敬意を払わなかった。彼らにもそれがわかっていた。そして彼女を刺すチャンスが来た時には、実行した。

「コーヒーはいかがですか？」ネマがおぼつかなげに微笑んで尋ねた。「それと、ババクラワでも？」

「あたしならけっこうよ。でもありがとう」デズは答えた。ケビンが割れた窓にベニヤ板を打ちつけ始めた。

「こんなことになって残念ですけど、やっとあなたにお会いできてすごくうれしいです。あなたのお友だちは私のお友だちなんですもの」

「あたしの友だち？」

「ミスター・ミッチ・バーガーですわ」ネマが答えた。「とても立派な方です。それに私の焼き菓子の大ファンで」

「そうでしょうね」デズは甘いものの並んだケースをざっと見回して言った。パウダーシュガーのかかったものもある。昼食の時に彼の襟についていたのとそっくりのパウダーシュガー。彼はここに来て、ダイエットに大穴を開けていたわけね。カウンターの前に立って、デズはふと思った。ミッチは、心情的にはおデブさんの少年で、きっとこれからもずっとそうなんだわ。それでも、彼にはこの程度の嘘が精一杯なら、

　あたしは幸せ者。デズにはそれもよくわかっていた。

「とても謙虚な紳士で」ネマが続けた。「新聞で権威ある立場にいらっしゃるのに、威張ったところはこれっぽっちもなくて。しかもかなりのグルメ。違いのわかる方です」

「ええ、そうね」デズは、ミッチが鍋一杯作ったあのぞっとするようなアメリカ風チャプスイを食べるのが好きなことも、フリーザーに冷凍食品のソーセージと卵の朝食用ブリート（肉やチーズなどをトルティーヤで包んで焼いたメキシコ料理）の箱が入っているのを見つけたことも言わなかった。どんな幻想も壊したくないし、せっかく喋り出したネマにブレーキをかけたくない。この女性は何かを話そうとしている。

「ヌーリは気難しくしたいわけではないんです」彼女が落ち着かなげに咳払いをして、ようやくそう言った。「私たちはうまく溶け込みたいだけです。あなたならきっとわかってくださいますよね」

「もちろん」デズは答えた。わかるからだ。だからと言って、溶け込めてはいないが。「石が投げ込まれた時、ご主人は裏にいたとおっしゃってました。あなたはここのカウンターの中に？」

「ええ、そうです」

「それで、他にはもう話すことはないのかしら、友だちから友だちへってことで」

ネマはガラスのドア越しにそわそわと夫を見やった。「ええ、何も」

この女性は明らかにためらっている。それに怖がっている。いったい何を？　誰を？「そう、それじゃ何かを思い出したら……」デズはネマに名刺を渡して、電話をくれるように頼んだ。絶対にしてこないのはわかっているのだが。それから、石を袋に入れ、ラベルを貼った。彼女の報告書を添えてウェストブルックに送られ、特別捜査班の手に渡ることになる。

それでも、多少調べるくらいかまわないだろう。

ミスターＩ・アッカーはＢＭＷのフロントガラスを洗っている。デズは礼儀正しく彼に向かって大きな帽子に軽く触れた。その身振りに、彼もやはり礼儀正しく手を振って答えた。デズはパトカーに乗り込むと、ゆっくりオールドショア街道を走り、鋭く左折してバーンハムに入る地点で路肩に寄せると、車を降りた。膝を落とし、最近タイヤが横滑りした跡はないかと舗装を慎重に調べた。なかった。

オールドショア街道からほど近いバーンハム街道沿いに、三軒の古い農家が固まっている。最初の家には誰もいなかった。二軒目では、ウォーターフォードにある原子力発電所、ミルストーンで夜勤をしている若い男を何とか叩き起こした。男は、この一時間の間に家の近くを猛スピードで車が通った音は聞かなかったと、ものすごく不機嫌に答えた。

三軒目の家には、いくらか重い足取りで近づいた。ミス・バーカーの家だからだ。この数週間で二度も、とんでもない緊急事態を通報してきた年配の独身女性だ。空き巣狙いは、コネティカット電力社の検針員だった。湿地に有毒廃棄物を捨てている怪しげなチンピラというのは、実際には環境保護局の海洋生物学者だった。それでも、ミス・バーカーは悪い人間ではない。孤独で怯えているだけだ。彼女なら前の道路であったことを見逃すことはあり得ない。

年配の女性がドアまで出てくるには、いくらか時間がかかった。動きがあまりよくないのだ。子猫をもらってもらわなかったのはそのためだ――子猫につまずいて転びかねない。彼女は綿棒のような頭をした痩せたきゃしゃな女性で、パステルカラーのパンツスーツが大好きだ。今日はピンク。彼女とともに甘ったるくてしつこい香水の香りが戸口から漂ってきた。たっぷり振りかけているらしいので、家に入ろうものなら、デズの頭はクラクラしてしまうだろう。

「むろん、あの忌々しい子供たちよ」彼女はデズが訪問の目的を説明すると言下に答えた。「みんな、あの角を猛スピードで曲がってくるの。特に夜。ここでベッドに入っていても、タイヤの軋む音が聞こえるわ。言わせてもらえばね、何が起きるかと思うと怖いの。ああいうバカな子供の一人がいつか私の寝室に突っ込んでくるんじゃないかしらって。その衝撃で、私はベッドに寝たまま死んでしまうのよ。きっと燃えて灰になって――」

「この一時間ほどの出来事なんです、ミス・バーカー」デズは彼女のお喋りにブレーキをかけようとして言った。

「スピード防止帯を設置して、あの子たちを減速させるべきだわ。けど、庁舎で私の話が通ると思う？　一九四六年から財産税を払い続けてるのに。一度だって忘れたことはないのよ」

「ミス・バーカー、この一時間の間にタイヤの軋む音は聞きませんでしたか？」

「あっ、ええ、ちょうどテレビで『オール・マイ・チルドレン』を観ていた時に。あんな番組どうしてまだ見ているのかしらね。きっと義理だわ。そんなの、もうそれほどポピュラーな美徳じゃないのにね」

「どんな車だったか見ましたか？」

「絶対に誰も見ていないわ」ミス・バーカーが急に憤慨したように言った。「だから、当然ながら、どんな車だったかなんてわからない。わかるわけがないでしょ？」

デズは驚いて彼女をじっと見つめた。いつだって出しゃばってくる女性で、退くことなんてあり得ないはずなのだ。なのに、どうして口をつぐむのかしら？　まずネマ・アッカーで、今度はこのミス・バーカー。どういうことなの？「それじゃ、乗用車のような音でしたか、それともトラックのような？」

「乗用車のようだったわ」彼女が一瞬ためらってから答えた。「最近のピックアップは大きなタイヤをはいていて、あの大きなトレッドのせいでものすごい騒音を立てるわ。どうしてあんなに大きなタイヤが必要なの？　私のパパは死ぬまでトラックに乗っていたけど、一度も事故を起こしたことはなかったし、タイヤだって普通のちゃんとしたタイヤだったわ」ミス・バーカーは言葉を切った。淡いピンクの舌が乾いた薄い唇を素早く舐めて、「でも確かなことは、本当に何も言えないの」と続けた。

デズはそれ以上追及しなかった。ミス・バーカーに時間を取ってくれたことの礼を言って、パトカーに戻った。当惑して苛立っていた。おかげで、濃いブルーの靄が渦を巻いて不穏に迫ってくる気がした。

あたしの仕事は無意味で下らない。あたしの存在そのものが無意味で下らないんだわ。あたしは人生を無駄にしている。

そんなふうに感じてしまう本当の理由はわかっていた。ええ、わかっていますとも。でも、理由がわかっても、気分はいっこうによくならなかった。

パトカーに戻り、エアコンを強くして、運転席に座ったまま、フロントガラス越しにミス・バーカーの前庭に茂る巨大なスズカケノキの古木をにらみつけた。実に立派な美しい大木は、その貫禄でデズをバカにしているようにすら見えた。本当にバカなのか、あたしが完全にイカレ始めてるのかのどちらかだわ。デズは携帯を取り出して、手近な援軍に電話した。救援が必要になると決まって彼に手を伸ばすのだ。座ったまま呼び出し音を聞きながら、今この瞬間にミッチ・バーガーがあたしの人生にいなかったら、いったいどうなるのかしらと思った。きっと破滅してるわ。

でも、それを彼に知られるわけにはいかない――あたしこそが冷静で頭のはっきりした人間だと思われているのだから。

留守番電話が応答した。ビーッと鳴るのを待って、待って、待ってから言った。

「こんにちは、あたしよ」

彼が電話に出た。「俺だ」と慌てて言って、「チトのことで、メディアから電話の洪水なんだ」と続けた。

「大げさに騒ぎ立ててるの？」

「大げさどころじゃないよ。NBCのニュースショーがコメントを求めてきたくらいだ」

「あごの具合はどう？」

「実を言えば、去年やった臼歯のインプラントとすごく似た感じなんだ。唯一の違いは、インプラントは有資格の口腔外科医にやってもらったってことだな」

「あら、もし気休めになればだけど、今しがたあなたの大ファンに会ったのよ」

「へえ、誰だい？」

「アッカー夫妻。ヌーリとネマよ」電話の向こうが静まり返った。「彼女の話じゃ、あなたは一番のお得意さんなんですってね」

「まあ、そうだな」ミッチがゆっくりと答えた。「いつもあそこでガソリンを入れてるから」

「すっかりバレてるわよ」

「バレたか」彼が後ろめたそうに認めた。「君の恩情にすがるよ、デズ。さぞや俺に失望してるんだろうな」

「いいえ、ベイビー、そんなことないわ」デズは答えて、アクセルペダルにかけた足から力を抜いた。彼がもっとひどい男だと判明することもないとは言えないのだから。別れた夫のブランドンみたいな男だったなんてことも。「あなたはあたしの恋人。あなたがいてくれればいいの。サイズがどうかなんて関係ないわ――L、XL、ジャンボ、特大……」

「わかったよ、言いたいことはわかった、駐在。それじゃこうする――この件ではネマに文句を言うよ」

「お手柔らかにね。彼女も今日はひどい日だったんだから」そして、窓が割られた話を聞かせた。

「ああ、何てことだ、ひどいな。ホントにイヤな話だ。君はまさか……」

「あたしはまさか、何なの？」

「何でもない。俺はただ、『君は、まさかここでそんなことが起きるなんて思ってなかっただろうな』と言おうとしたんだが思い直した。田舎町でよくないことが起きると、傍観者は決まって『ニューヨークでならともかく』って言うからね。で、ニューヨーカーの俺は決まってカンカンになる。その手のことはどこでだって起きるんだ。どこにだってど阿呆はいるんだから。犯人は捕まるよな？」

「それは憎悪犯罪特別捜査班次第だけど、見込みを言わせてもらえば、イエスよ」

「頭の切れる連中なのか？」

「それはもう。しかもこの手の犯罪に走る連中は正真正銘のバカだって傾向があるの。実を言うと、ネマは認めてる以上のことを知ってると思うわ」

「どうして君に隠すんだ？」

「ダンナにそう言われたから」

「君は彼のことが好きじゃないんだな？　おべっか使いだと思ってるんだ」

「いやだ、そんなに見え透いてる？」

「わかるのは俺だけだよ」初めて会ったその日から、ミッチには彼女の心が読めたのだ。デズにはいまだにわけがわからない。「電話をくれてよかったよ――ちょうどかけようとしてたところだった。フランネルの白い服にアイロンをかけるように言わなきゃと思って」

「何ですって？」

「非常に排他的なドーセット・ビーチクラブのディナーに今夜招待されたんだよ、ダーリン」彼がローカストヴァレー訛りを目一杯気取って言った。全然うまくない。両親の出身地のカナーシー経由になってしまっている。「エスメからチトと俺の間であったことを聞いて、ドッジはみんなが野外料理と水泳のパーティに集まれば、頭を冷やす機会になるんじゃないかと考えたんだ」

「チトは納得してるの？」

「エスメは連れてくると言ってる。ドッジはどんな緊張も和らげられるようにメスメルのメンバーを総動員してるよ」

「メスメル？」

「俺たちのウォーキングクラブの名前だよ」

「知らなかったわ」

「彼らだって知らないさ。俺はトウモロコシを持っていく。後はウィルとドナがすべて揃えてくれる。あの二人のことは君も好きだろ？」

ドナのことは好きだ。ウィルは礼儀正しいが、打ち解けないところがある。ここの住民にはそういうタイプもいるのだ。いやあね、ほとんどの住民がそうじゃない。

「ジェフも来るよ」

ジェフ・ウォッチテルはべつにいなくてもいい。不平屋だという気がするし、歩き方はアヒルみたいだから。「あなたは映画関係者と付き合うのを好まないと思ってたけど」

「それはそのとおりさ。でも、この状況では、やらなきゃならないことだって気がするんだ。チトとエスメはしばらく滞在するわけだし。店に行くたびにあの男と喧嘩になるのはご免だから」

だから、あの俳優に手錠をかけてウェストブルックに連行したかったのに。でも、デズは口には出さなかった。もう済んだことだ。

「で、君は参加するかい？　白のフランネルというのは冗談だ——カジュアルなパーティだよ」

「ありがとう、ベイビー。でも今夜はそういう気分じゃないみたいだわ」

「俺が彼を告発しなかったことをまだ怒ってるのか？」

「あら、違うわよ。あなたが問題なんじゃないの。今夜は絵を描かなきゃならないってだけよ」

「そういう時もあるんだよ、デズ」彼が励ますように言った。「とにかく辛抱するしかない時も」

「ったく、この生パン坊や。そんなふうに励ますのが面倒くさくなるってことないの？」

　返事はなかった。傷ついたような沈黙がたっぷり返ってきただけだ。

　デズは座ったまま自分の勝手な言い草を罵《ののし》ることになった。欲求不満に陥ると、口が悪くなるばかりかイヤな女になってしまうことがあるのだ。そこで、「ワイス教授にも同じことを言われたわ」と認めて、「あたしならできるって言ってくれてる。で、そのプロセスがあたしを強くしてくれるって。けど、そううまくはいかないのよ」と続けた。

「それじゃ彼ともっとよく話し合ってみればいいじゃないか」ミッチの声はデズが当たり散らす前よりずっと素っ気なくなっていた。

「できないわ」

「どうして？　その男、いったい何サマなんだ、ダライ・ラマか？」

「あたしが自分で何とかしなきゃいけないってだけよ。その方法がわかればいいんだけど。あたしは、どうかしらね、とにかく霊感に打たれるみたいなことがあるんじゃないかと期待するばかりで」

「切手の見本市でのテックスか、そうとも」

「何のテックスですって？」

『シャレード』さ。テックス役のジェームズ・コバーンが切手の見本市が開かれてるパリの公園を歩いている時、突然、ジャーン、プロット全体の辻褄がピタリと合うんだ」

「つたく、ミッチ、これは下らない映画とはわけが違うの！」

「わかってるさ」彼がすぐに言い返してきた。「他にもわかってることがあるな——今日はもう、自分のことしか考えない子供じみた不愉快な連中とうんざりするほど付き合ったよ、ホントにどうもありがとう」

デズは唖然として息を呑んだ。ミッチが彼女に向かってこんな口のきき方をしたことはなかった。一度もなかったのに。「あなたの言うとおりだわ、ベイビー」デズは言った。「あたしがいけなかったわ。ごめんなさい。ホントに、ホントにごめんなさい」

でも、間に合わなかった。

彼女の人生における誰より思いやりがあって優しい恋人、ミッチ・バーガーはすでに受話器を置いていた。

5

ミッチは、デズが一緒にビーチクラブに来てくれないのが不満だった。

実を言えば、電話をさっさと切った方がいいと判断した自分のことも、今となってはひどく不満だった。あごが痛い。気分は惨めだ。本気で後悔しそうなことは言いたくなかったのに。でも、彼女があそこまで自己本位で、彼が職業上の途方もない危機の渦中にあって、彼女にどうしてもそばにいてほしいと思っていることもわからないのが信じられなかった。それなのに忌々しい木の話を延々と聞かせるなんて。

彼の状況は悪夢以外の何ものでもないのだ。ケーブル局の二十四時間ニュースチャンネルは、彼がビッグシスター島に帰り着いた時にはすでにビデオ撮影されたあの喧嘩のハイライトシーンを流していた。チトの手がミッチの首をがっちり摑んでいるデジタル写真もインターネットにばらまかれた。チトが彼にまたがり、今にも殺さんばかりに野獣さながら歯をむき出している。その彼に力なく押さえ込まれたミッチは、動きの鈍い怯えた水生哺乳類のように見えた。

これはアメリカのオンライン・ニュースのトップ記事なのだ。プロバイダーのメインスクリーンの見出しは、〝チト、インテリ批評家にガツンと一発〟。

ミッチが寄稿する新聞の文芸欄編集者、レイシー・ミッカーソンからはメールが二通、留守録にも緊急のメッセージが届いた。国中の批評家仲間も大勢やはりメールをくれた。多くはユーモラスなものだ。どこかの時点で、彼らに返事を書くつもりだが、今は次から次へと襲いかかってくる報道各社をかわすので精一杯だ。誰もがコメントを、ひと言を、何でもいいから何かをほしがっている。チトとエスメをドーセット中追いかけ回していた同じワイドショーのバンが、今はペック岬からビッグシスター島に渡る橋のゲートの前に停まっている。こちらに渡って、ミッチをカメラに収めたくてたまらないのだ。ミッチはどれにも応じなかった。コメントもしたくなければ、カメラの前にも立ちたくない。

俺はエンターテイナーじゃない。批評家だ。

ともかくも、これまではそうだった。

机について、アイスパックをあごに当てながら、レイシーに電話した。

「正直言って、ミッチ、あなたの批評は私が見た多くの批評に比べて寛大だと思ってたわ」この一件を彼なりに説明すると、レイシーが言った。多くの特性の中でも、彼女には特に、自分が抱える批評家を猛然とかばうところがある。「だいたいあの映画は、みんなにこぞってこき下ろされてたようなものだったじゃない。観客だってぞろぞろ退席してるのよ。どうしてあなたを目の敵にしたのかしら？」

「目の前にいたから」ミッチはうめくように答えながら、アイスパックの当て方を調節した。それで痛みが和らぐわけではないが、間はもつ。「彼は正真正銘才能のある俳優なんだ。実際俺は彼が気の毒なくらいだ」

「あら、私はそうは思わないわ。長年の間にあの手のいわゆる反逆児が現れては消えるのを見てきたから」レイシーは五十代後半で、若い頃にはネルソン・ロックフェラーはもとより、アーウィン・ショーやミッキー・マントルとも寝たと主張している。

「彼らはみな才能があるわ。けど重要なのは、彼らがその才能をどう使うかなのよ」

「俺はどうすればいい、レイシー？　俺が次に打つ手は？」

「終わりにするのよ」彼女がきっぱりと答えた。

二人は簡潔な声明を急ごしらえした。声明は、レイシーが彼女より地位も上で、たぶん法律の学位を持った人間にチェックしてもらい次第、直ちに新聞社のウェブサイトに送られることになる。明日の新聞にも文芸欄のトップに載るはずだ。声明は、暴行に対するミッチの唯一の反応になる。

本紙映画欄で主筆を務める映画批評家、ミッチェル・バーガーと俳優のチト・モリーナは、昨日午後コネティカット州ドーセットにある評判の飲食店で、創造的な意見の相違から熱のこもった闘いを演じた。ミスター・バーガーは、問題は完全に解決されたと考えている。彼はミスター・モリーナを天分に恵まれた素晴らしい前途有望なアーティストだと信じ、今後の映画作品をこれまで同様心待ちにしている。

レイシーとの作業を終えると、ミッチは鎮痛剤を三錠飲んで、午後中電話を避けていた。彼の留守録電話機はその日みっちり働いた。

それでも、ドッジが電話してきた時には受話器を取った。そして、彼がビーチクラブで和平協定の仲介をしたがっていると聞いて喜んだ。それこそ本物の解決だと思われた。ドッジは頭の回転が早くて機転が利く。彼なら申し分のない仲裁人になってくれるだろう。

デズについては、まあ、彼女が自分で何とかしなければならないことを何とかしてくれればいいと思った。早くしてほしい――彼女がどつぼにはまった時には、ミッチの気持ちなどおかまいなしに彼まで引っ張り込むクセがあるから。しかもそうなると、往々にして対処するのがえらく厄介になってしまうのだ。

べつに、愛は容易《たやす》いもののはずだと言いたいわけではない。

出かける時間になると、ボタンダウンの白いオックスフォードシャツとカーキのショーツに着替え、トップサイダーのデッキシューズを履いた。あごにはミミズばれ、首には赤く指の痕がついているが、それ以外は元気そうで、さりげなくて、素晴らしい。そよとも風のない暖かで靄のかかった夕べだ。太陽は海峡に低く傾いて、すべてに柔らかなバラ色の光を投げかけている。ミッチはトラックのフロントシートに海パンとタオルを投げ込んでから、金《かな》バケツを手にトウモロコシを十本かそこらくすねるために、ビッツィ・ペックの庭の方へぶらぶら歩いていった。トウモロコシの一番の調理法を教えてくれたのはウィルだ。トウモロコシを摘んだら、そのままバケツの水に突っ込んで最低三十分浸し、そのまま皮をむかずにグリルに載せて蒸し焼きにする。

ビッツィはカットオフのツナギに柔らかなつばの広い麦わら帽子をかぶって、豆畑を熊手でせっせと掘り返していた。彼女は、しし鼻の顔にはそばかす、丸々と太った快活な五十代の名門出身の女性で、疲れを知らない非常に熱心な園芸家だ。彼女の広大な段差のある庭では、幾多の花や野菜やハーブが育っている。

実のところ、ビッツィの庭は、誰かの庭というより市販用の苗床に見える。ミッチが初めてビッグシスター島に来た時、彼女は大喜びでガーデニングの指南役を買って出た。この女性は助言と苗と牛糞肥料の泉だった。ミッチは彼女がとても好きだ。

もっとも、最近の彼女は従来どおり陽気だとはとても言えない。バレリーナで二十三歳の娘のベッカ、がママの待つ家――生まれ育った三階建てのばかでかい板葺きのヴィクトリア朝風夏別荘――に帰ってきてからというもの、そうもいかない。ベッカはサンフランシスコでヘロイン中毒になり、ニューケーナンにあるシルバーヒル・リハビリ病院での治療を終えたばかりだ。二人はたいてい一緒に家に閉じこもっている。島を出ることはほとんどないし、客が来ることもまずない。ビッツィは数日置きに食品雑貨を買いに行く。それ以外は、自分の庭という隠れ場所を夜明けから日暮れまで熱心に耕す姿を見るだけだ。

今日は、ベッカも出てきて一緒に働いている。ホルタートップとショーツ姿で、花壇の草むしりだ。が、上の空で気乗りがしないようだ。ミッチは彼らの家でバレリーナの衣装を着たベッカの古い写真を見たことがあった。ほっそりと優雅で美しい、まさに白鳥のような娘だった。本当に美しかった。でも、それは注射針がダメージを与える前のことだ。今の彼女はガリガリに痩せた女性だ。取り憑かれたような目は眼窩に深くくぼみ、黒い隈に縁取られている。きっちり三つ編みにしている長いブラウンの髪は、生気のない二本のロープのようだ。

ミッチは微笑んで、こんにちはと声をかけた。ベッカは礼儀正しく「こんにちは」と返事に口を動かしたが、囁き声すら出てこなかった。彼女は痛々しいほどおとなしい。これも注射針のせいだ。ビッツィの話では、高校時代のベッカはとても社交的な人気者だったそうだ。今の彼女からは、にわかには信じられないのだが。

「今日はゲートにメディアのバンが押しかけてしまって申し訳ないです、ビッツィ」ミッチは言いながら、彼女のトウモロコシ畑にバケツを運んでいった。

「私たちならちっともかまわないわよ」ビッツィが請け合った。

「やれやれ、僕は迷惑してますよ」

ビッツィは鼻の下の汗を拭いた。汗の代わりに泥がこびりついた。「まあまあ、すっかりさっぱりして、いい匂いさせちゃって」ミッチが選りすぐりのトウモロコシを茎からむしって、バケツに突っ込み始めると、ビッツィは母親が自慢するように感想を言った。「こっちは汗臭い二頭の家畜みたいなのにね、ベッカ？」

「そうね、お母さん」ベッカがおずおずと応じた。

「いったい何ごと、ミッチ？」ビッツィが尋ねた。彼女の上機嫌にはいくらか無理がある。

「ビーチクラブに招待されたんですよ。実を言えば、あの場所をこの目でちょっと見てみたくて。これまで誰も招待してくれなかったもんで」

「それじゃ誰がしてくれたのかしら？」

「ドッジ・クロケットです」

途端に、ベッカがコテを落とした。コテは音を立てて低い石の擁壁に当たって地面に落ちた。彼女はコテをしばし見下ろしていたが拾わなかった。と、歩き出して――まっすぐ家に入ってしまった。大股で歩く姿は今も並外れて優雅だ。

ビッツィは苛立たしげに下唇を噛んで、その姿を見送った。「あの子、ドッジの話はしたくないのよ」

「みたいですね。でも、どうしてですか?」

「あの子のことが心配なの、ミッチ。一人で過ごす時間が多すぎるのよ。あの子のためにならないわ。刺激が必要よ。エスメが会いに来てくれるといいんだけど」

ミッチは怪訝な顔でビッツィを見やった。「二人は知り合いなんですか?」

「ええ、ええ、そうなの。子供の頃は親友同士だったのよ。あの素晴らしいエスメ・クロケットはここで育ったようなものなの。夏の間はほとんど毎晩のように泊まりに来ていたわ。パジャマパーティをして、枕投げをして。かわいそうなジェレミーは彼女にすっかり夢中になっちゃって」ベッカの弟はデューク大学の四年生で、夏期実習のためにワシントンに行っている。「内気な子犬みたいに彼女の後をくっついて歩いていたものよ。あの頃は家中に子供と笑い声があふれていたわ」ビッツィが懐かしそうに思い起こした。「今とは全然違うわね」そして、畑を耕す作業に戻った。全身の繊維組織を動員して、土を掘り返している。「あなたとドッジが親しくなったなんて知らなかったわ」

「毎朝一緒にウォーキングをしてるんですよ。彼のこと、すごく好きなんです」

「確かにドッジはみんなに尊敬されてるわね」ビッツィがうなずいて認めた。「何年か前には、彼を副知事に担ぎ出そうとする政党の噂があったほどよ。やめて正解だったと思うけど」

「どうしてですか？」

「確かに彼は頭がよくて熱心な人よ。喜んで地域のために自分の務めを果たすわ。マーティーンもそうね。時間を惜しまず、大義名分のためならいつだって身も心も捧げるのを厭わない。しかもすごく華やかな存在だし」声が小さくなって、ビッツィはおぼつかなげにミッチをちらりと見上げた。「一つ約束してちょうだい。あんまり彼らに騙されないで。私に約束してくれる、ミッチ？」

「ええ、もちろんです」ミッチは眉をひそめて彼女を見ながら答えた。「でもどうしてですか？」

「食人種だからよ」ビッツィが静かに答えた。「彼らは人を食うの」

ドーセット・ビーチクラブは、危険なほど凸凹のある細い泥道の行き止まりにあった。オールドショア街道から沼やイバラの中をくねくねと半マイルほど入った先だ。

未舗装の私道だ。オールドショア街道には、その存在を知らせる標識は何もない。実際、この脇道の路傍の藪は茂り過ぎていて、その気で探さなければ、その先にビーチクラブがあることなど絶対にわからないだろう。

ここドーセットでは、それこそが狙いなのだ。

実際、ミッチはガタガタ走りながら、この泥道でいいのかどうか確信が持てなかった。が、やがておんぼろの古いフォード・カントリースクエアのワゴンやメルセデスのディーゼル車、それにスバルがびっしり駐車している草深い空き地に出た。それで、ここがビーチクラブだとわかった――ドーセットでは、金持ちであればあるほど、乗る車はポンコツになる。ピカピカの新車に乗っているのはワーキングプアだけだ。

水際に、風雨にさらされたグレーの板屋根の地味なコテッジ風クラブハウスがあった。一九三〇年代に建てられたかに見える代物だ。ミッチはトラックを降りて、トウモロコシのバケツを手に一段高い木造の通路を通ってビーチに向かい、そのまま異なる時代と場所の入り口をくぐった。ここでは、青い縞の日除けの下に木造の広いダイニングポーチがあり、きちんと盛装したクラブの会員が、ロブスターの正餐を白いジャケット姿の寡黙で礼儀をわきまえたウェーターに給仕されている。男の盛装は、どうやら縞模様のスポーツジャケットにナンタケットレッドと呼ばれる赤のパンツだとされているようだ。女性の盛装は、キャサリン・ヘップバーンが、そうだな、一九五七年に夏の夜の野外コンサートで着ていたと思われるものなら何でもOKという感じだ。かなり粗悪なサウンドシステムが、何となくポリネシア音楽だと思われる心和む音楽を流している。七十歳以下の会員は一人もいない。実のところは、八十歳以下だと思われる会員も多くはない。実際には誰も口をきかないし、夢の中にいるかのように全員がスローモーションで動いているが、ちゃんと生きているようには見える。ミッチはバケツを手に通路に突っ立って、これは夢だという驚くほど強固な感情を抱いた。何一つ現実ではない。過ぎし日のこうしたプライベートクラブはこうだったのかもしれないという、ユダヤ人小学生だった彼自身の夢にすぎないのではないかと。ミッチはこの地に引っ越してきて以来、こうした超常現象を何度か経験していて、今ではドーセットの幕間劇と呼ぶようになった。

ドッジには、ダイニングポーチを通り越して、ビーチに面した長いウッドデッキベランダまで来るように言われていた。ここには、シャワーや更衣室や、冷たい飲み物のスタンド等、海水浴客のためのアメニティが揃っている。外で料理して、ビーチで食べたい会員のために、傘のついたテーブルと作り付けのバーベキューグリルも用意されている。ビーチクラブの排他性を思えば、どれにもまるで気取りが感じられない。入会には、推薦状三通と一万ドルの支払い保証小切手が要求される——が、それくらいはまだ序の口だ。会員名簿は上限をきっちり二百家族に限定しているのだ。つまり、入会するためには人を知っていなくてはならないし、その人たちが死ななくてはならないということだ。ダイニングポーチでロブスターとトウモロコシを歯のない口で上品に食べている会員の平均年齢を考えれば、必ずしも長く待たされるということではないが。

もちろん、クラブの一番の魅力はビーチそのものだ——とてもきれいで広々とした清潔な白いビーチで、ひっきりなしに熊手でかいているのではないかと思われるほど砂は見事に清潔だ。ゴミもなければ、犬の落とし物もない。何にもまして、ニューブリテンから来た口うるさい妻と金切り声をあげる子供を連れたビール腹の配管工がいない。このビーチにはまともな人間しかいないのだ。この地に相応しい人間。ミッチはその一員ではないし、一生なれないだろうし、それはちゃんと自覚している。それでも、バーベキューグリルに向かってゆっくりと歩いていった。木造の通路に足音が重く響いた。俺は溶け込むためにここに来たわけではない。チト・モリーナと和睦するために来たのだ。

クロケット夫妻はベランダの外れの傘つきテーブルを二つおさえていた。そこで、氷で冷やしたマルガリータのピッチャーをウィルやドナやジェフと分け合っていた。チトとエスメはまだ来ていない。テーブルにはチーズやクラッカーのすごいご馳走が並べられている。まだ誰も手をつけていないようだ。飲んで喋るのに忙しいのだ。目は輝き、声も生き生きしている。

「あら、タフガイだわ」ドナが声をあげた。ミッチを真っ先に見つけたのだ。

「ミッチ、ヘビー級チャンピオンのロイ・ジョーンズ・ジュニアと三ラウンド戦ったばかりみたいだな」ウィルがじろじろ見て感想を言った。

「あごの具合はどうだ?」ジェフが尋ねた。むき出しの膝にビーチタオルをかけて、傘の下にうずくまっている。赤毛なので、日焼けしやすいのだ。

「笑ったり、喋ったり、食べたりしなきゃ、べつに大したことはないよ」

「我らの駐在はどこだい?」ドッジがみんなのグラスにマルガリータを注ぎ足しながら尋ねた。ピッチャーはもう半分くらいになっている――みんな早々とたっぷりきこしめしているのだ。

「残念ながら、彼女は都合が悪くて」

「すごく残念だわ」マーティーンが舌打ちした。日向のラウンジチェアに気だるく寝そべっている。日に焼けて素敵だ。ぴっちりした黒いワンピースの水着を着た姿は三十五歳以上には見えない。ヒップは細く、すべすべの脚は長くて均斉がとれている。ドッジがお代わりを持っていくと、愛しげに彼を見上げ、優しい愛情をこめてその腕をさすった。それから、魅力的なブルーの瞳をミッチに向けて、やすやすと彼をそばに引き寄せた。「でも、あなたが来てくださって、とてもうれしいわ」

「僕なら絶対に来ますよ」ミッチは答えながら、ビッツィ・ペックがクロケット夫妻を評するのに使った言葉を思い出していた——食人種。「美しい夕べですよね？」

「美しいわ」彼女が呟いて、海峡にかかる穏やかに染まった空をじっと見つめた。

「深夜までには雨になるな」ドッジが予言した。「私の左膝が痛んでいる——ラクロスの古傷だ」

「ダーリン、私はずっと右膝だと思ってたけど」マーティーンがからかうように言った。

「ずうっと左膝だったさ」彼が冗談を返した。

「まあ、うれしい、バーガーがトウモロコシを持ってきたわ」ドナが注目した。ミッチを見る彼女の目がきらめいている。もうほろ酔いらしい。「お花やシャンパンを持ってくる男がいれば、ブタの餌を持ってくる男もいるのね。ブタの立場から、お礼を言うわ」

「べつのブタの立場から、どういたしまして」ミッチはウィルにバケツを渡した。ウィルはグリルの一つによく乾燥させた硬木の塊とメスキート材で火をおこしていた。タンクトップにナイロンのショーツ、革のビーチサンダル姿のウィルは、クラブの監視員に間違われてもおかしくない。ミッチの目には、他の連中に比べると少し陽気さが欠けるように見えた。ことによると気持ちが乱れているのかもしれない。マーティーンの夫と自分の妻のいるところで、彼女と一緒だからだろうか。

「マジな話、あごはどうなんだ？」彼が本気で心配そうに尋ねた。

「マジな話、ものすごく痛いよ。やっぱり殴られるのは好きじゃないな」

「でも食える？」

「ああ、それは何とか」ミッチは答えた。ディナーをじっくり見ていると腹が鳴った。山と積まれたブタのリブロース、ポテトサラダ、赤キャベツサラダ、フルーツサラダ、ブラウニー。

「言わせてもらえば、俺はエスメがお下げ髪の頃から知ってる」ウィルが言った。

「彼女には昔から人に対する優れた直感があってね。彼女が誰かを好きなら、そいつにはよい面があるんだよ」

「信じるよ」

「マルガリータをどうだい、ミッチ？」ドッジが尋ねた。

「ビールにしておきますよ、ありがとう」ミッチはドスエキスのボトルをクーラーから取り出し、ポンと蓋を開けてからデッキチェアに座った。そして、「ここは素敵ですね」と言って、喉が渇いているとばかりにゴクゴク飲んだ。

「ちょくちょく私たちのお客になってくださらなきゃ」マーティーンが物憂げに言っ

て、足首を組んだ。「私たちはこちら側の方が断然好きなの。ここには私たちクラブの反逆者が集まってるわ。あのダイニングルームの人混みはひどく息が詰まるのよ」と、脇に置いたキャンバス地のトートバッグの中で携帯電話が鳴った。彼女は手を伸ばし、「きっとエスメよ。いつだって遅刻するの……。もしもし、ベイビー」と電話に向かって言いながら、みんなにはブロンドの頭をうなずかせた。「みんなであなた方を待っているのよ……。外は気持ちがいいわ。パパは絶対に雨になると信じてるけど。右膝が痛くなっているの」

「左膝だ」ドッジが口を挟んで、彼女ににやりとした。

「ベイビー、あなた方二人はいつ——？」マーティーンは顔を曇らせ、眉を寄せた。「どういうことなの、来ないって……。いいえ、さっぱりわからないわ。これはとても大切な機会なの。あなたもわかってるはずよ。チトは——エスメ？　エスメ、聞いてるの？……」マーティーンはスイッチを切ると、ため息をついて、携帯をバッグに投げ入れた。「参加するように彼を説得できなかったんですって。そのことで言い争いになって、彼はぷりぷりして車で出かけてしまったって。あの二人は何でも喧嘩になってしまうのよ、ドッジ。私たちに何かしてやればいいのだけど」

「そいつは二人で何とかするしかない」ドッジが答えた。「夫婦なんだから」

と、ミッチの耳に鋭い足音が近づいてくるのが聞こえた。

「おや、けっこうなことだ。うるさい女のお出ましだ」ジェフが呟いた。

クリッシー・ハバーマンがこちらに向かって堂々と歩いてくる。勢いよく突き進んでくるひと足ごとに、ウッドデッキベランダが震える。宣伝係は決然とした怖い顔をして、両手を拳に握っている。それでもテーブルまで来ると、ドッジとマーティーンには大きく歯をむき出して微笑みかけた。「こんにちは、ミスター&ミセス・クロケット！」彼女が大きな声で言った。大切なクライアントの両親には媚び全開だ。が、いきなりくるりと振り向くと、ミッチの顔に指を突き立てるようにして怒鳴った。「二度とこんな真似はしないでよ！　私が許さないわ、いいわね！」

ミッチはビールをすすってから答えた。「いいけど、クリッシー、何の話かさっぱりわからないよ」

「よく言うわよ」彼女がわめいた。「私に隠れてチトから情報を取ろうとしてるわ。冗談じゃない！　私のクライアントと話したいなら、私を通してもらうわ！　私はあの子たちを守ってるの。あの二人に心血を注いでる。だから、チト・モリーナとの秘密会議なんて、私の目の黒いうちは――」

「君がそれ以上言わないうちに」ミッチはさえぎった。「君はとんでもない間違いをしていると教えるのが礼儀だろうな」

クリッシーがバカにしたように頭を傾けて彼を見た。「それじゃこれが秘密会議じやないと言ってごらんなさいよ」

「実際違うぞ、クリッシー」ドッジが声をあげた。「これは家族と友だちの気軽なパーティってだけだ」

「あなたはそのどちらでもないけど」マーティーンが当てつけるように続けた。

「正直な話、俺はチトとのこの状況を解決したいだけだ」ミッチは言った。

クリッシーがせせら笑いを漏らした。「ええ、そうでしょうとも。あなたのことならわかってるわよ、ミッチ・バーガー――映画批評のマザー・テレサだってことくらい。接待は受けない、金品も受け取らない。で、わかる？　私はそんなことまるで信じてないわよ。今日チトがあなたにしたことは、すべての批評家の性夢。あなただって例外じゃないわ。あなたたちはみんな味見がしたいのよ」彼女はミッチを嘲って、淫らに自分の股間を摑んだ。露骨な強調だ。「やりたくてたまらなくて、我慢できないのよ」

ミッチは啞然として黙って彼女を見つめた。誰もがそうだった。はるかダイニングポーチの頭までこちらを向き始めている。名高いドーセット・ビーチクラブでは、女性が公然とそんな振る舞いをするのを見たことがある者など誰もいないと断言してもいい。むろん、三歳以下の子供ならともかくということだが。

「あなたにはお引き取りいただきたいわ」マーティーンが歯を食いしばった。「このクラブは会員とそのゲスト以外立ち入り禁止です。その下品な口を連れて、今すぐお引き取りになって」

「このケチなしけた場所が会員制だって言うつもり？」

「出ていけ、クリッシー」ウィルが彼女に近づきながら命じた。「出ていかないと、俺が放り出すぞ」

「ええ、いいわよ。ただ私の言ったことは覚えとくことね」彼女がミッチに警告した。

「ご心配なく。当分忘れられないと思うよ」

クリッシーは満足して、猛然と立ち去った。ベランダにその足音が響いた。ダイニングポーチを走り過ぎた時には、彼女を追うように頭が動いた。

「やれやれ、芝居がかった仕草の多い日だな」ミッチはうんざりして言った。「すみません、みなさん」

「あんたが謝ることないさ」ジェフが請け合った。「あんたのせいじゃない」

「君はちっとも悪くない」ドッジも応じた。

「あの女は世界中の人間が自分と同じだと思ってる」ウィルが彼女の背中を目で追いながら言った。「貪欲で、偽善的で、平気で黙認する。自分は違うと説明しようものなら、面と向かって大嘘つき呼ばわりする。彼女が男だったら、それじゃ済まないんだが。男だったら、パンチを食らってるさ」

「合図してくれればよかったのに、ハニー」ドナが両手を拳に固めてカッコよく身構えた。「あたしならあっさりノシてやれたわよ」

「彼女は厄介な仕事をしているが」ドッジが言った。「だからって、彼女を擁護したり容赦したりできるものではない」

「彼女は人格に問題があるわ」マーティーンが主張した。「エスメが彼女を解雇してくれるといいんだけど」

「エスメが雇ってるわけじゃない」とドッジ。「チトのエージェントが雇ったんだ」

「いいわ、それならチトに解雇してほしいわ」

「おい、せっかくのパーティを彼女にぶち壊させるのはよそうぜ」ドッジが無理やり顔に笑みを貼りつけて言った。「みんな食事の前にひと泳ぎしてきたらどうだ?」

「そうさせてもらいます」ミッチは応じた。もっとも、彼の場合、〝浮かぶ〟というのが適切な言葉だろうが。典型的街っ子のミッチは、ドーセットに引っ越してきた時にはまったく泳げなかった。しかし、勤勉な努力のおかげで、仰向けに浮かべるようになった——重要なのは、リラックスして、彼自身の生まれ持った少なからぬ浮力を信じることだ。海パンを手に更衣室に向かうと、ジェフが足並みを揃えるように追ってくるのに気がついた。「君もひと浴びするのか、ジェフ?」

「いいや、そうじゃなくて……あんたに個人的なことを頼みたくて」ジェフは答えて、頰の内側を何度も吸った。「俺の代わりに彼女に話しに行ってくれないか？」

「彼女って、ジェフ？」

「アビーだよ――彼女が木曜日に〈C・C・ウィロビー〉に来た時に。彼女にはどうしても、うちの店でサイン会をしてもらわなきゃならないんだ、ミッチ、どうしても。さもないと俺は間違いなく倒産なんだよ。クリッシーは俺なんか洟も引っかけないし、アビーは俺の声を聞いただけで電話を叩き切る」

「それじゃ彼女がどうして俺とは話すと思うんだ？」

「少なくともあんたの話なら最後まで聞くだろう。あんたのことは嫌っていないから。やってくれるか、ミッチ？」

ミッチとしては、本当はジェフの夫婦の問題に巻き込まれたくなかった。でも、このいじらしい男があまりに孤独で必死に見えて、とてもノーとは言えなかった。「考えさせてもらってもいいか？」

「そいつはイエスってことか？」

「考えてみるってことだよ」

「ああ、いいとも」ジェフがえらくホッとしたように言った。「ミッチ、あんたは親友だ。あんたがいなかったら、俺はどうしていいかわからないよ。嘘じゃない」

ミッチはそのまま戸外シャワーの裏にあるこぶだらけの松材で作られた更衣室まで歩いていった。真ん中に廊下が走り、その両側に小部屋がずらりと並んでいる。全部で五十室ほどもあろうか。個々の更衣室は3×5フィートくらいの広さで、ドアは換気のために上下が一フィートほど切り取られて空いている。ミッチが入った更衣室には、木のベンチと衣類を掛けるための掛け釘がいくつかあるだけだった。

ミッチは少ししてだぶだぶのサーフパンツ姿で出てくると、ゆっくりベランダに戻っていった。マーティーンはすでにロープで囲まれたエリアの浮標近くを行ったり来たりと泳いでいる。他には誰も泳いでいない。ウィルとドッジはグリルの縁にトウモロコシをせっせと並べている。いい火がおきているのだ。ジェフは傘の下の日陰に戻って座っている。

と、ドナがミッチに合流してきた。大胆なカットのワンピースの水着を着て、丸顔には照れくさそうな表情を浮かべている。ドナはビキニの似合うすらりとした女の子ではない——ずんぐりむっくりした体つきだし、そのことを本人も自覚している。

「バーガー、あなたなの？」と冗談を言いながら、自分の前を闇雲に手探りした。泳ぐためにワイヤフレームの眼鏡をはずしているのだ。

「そうだよ」

「あたしの新しいセクシー水着はどう？」と、彼女が優美にお辞儀をして見せた。絶対にマルガリータが効いているのだ。

「いいね。もう入れるのかい？」

「もちろん。けどあなたが先に入らなきゃ。大きなお尻を見られたくないもの」

「でもそうなると、君が俺のを見ることになるぜ」

「そのとおりよ、ハニー」彼女がクスクス笑って、彼の腕を手でぴしゃりと叩いた。

潮は引いている。砂は不安定で柔らかい。足を取られながら進んでいくと、だんだん深くなった。凪いでいても、水は驚くほど冷たい。マーティーンが行ったり来たりと泳いでいる浮標近くまで来ても、まだ胸のあたりまでの深さしかない。靄のかかった陽光がマーティーンの日焼けした滑らかな身体にきらめいている。

「その〝ロッキー・ダイズ・イエロー〟のタトゥはどういうこと？」ドナが彼の二頭筋をじっと見つめた。「あなたって、スタローンの愛人か何かなの？」

「いいや、キャグニーだよ」

「ああ、それなら知ってるわ。『汚れた顔の天使』の最後に出てきたわね。あの映画は大好きよ」

「古い映画に詳しいとは知らなかったよ」ミッチの目はまだマーティーンを追っていた。彼女のストロークはまるで無理がなくて優雅で、海面にほとんどさざ波も立てない。

「ミッチ、あたしにはあなたが想像する以上の層があるのよ。マジに上等なボローニャ風ラザニアみたいなの——けど、古風なところもあってね」

「どういうふうに？」

「女の子と泳ぎに行ったら、他の女の子を見つめてはいけないと信じてるわ」

「見つめてなんかいなかったさ」

「見つめてたわよ」

ミッチは声をひそめた。「彼女のこと、どう思う？」

「ヘンなこと訊くのね」ドナがゆっくりと答えた。「あの厚かましさが嫌いだわ」

ミッチは目を見開いて彼女を見つめた。「ホントに？」

「ええ、大嫌いよ。生まれてこの方ずっと美人で人気があってお金持ちで、男の子だって選り取り見取りだった。しかも今の彼女を見てよ。五十歳に近づいているというのに、まだあたしがなったこともないようなあのスタイルなのよ。そんなの不公平よ」ドナは言葉を切って、ため息を漏らした。「けどホントのこと言うと、彼女は間違いなくいい人で、あたしがここに引っ越してきてからも、とにかくよくしてくれてるの。あなたはどうして訊いたの？」

「単なる好奇心だよ」

「で、ミトリー駐在はあなたの、その……好奇心のことを知ってるの？」

「その手の好奇心じゃないよ」

「あら、そう」

ドナはさらに先に進んだので、背が立たなくなって、いくらか立ち泳ぎをしなくてはならなくなった。ビーチのベランダでは、ドッジはグリルにかかり切りだ。ウィルはミッチたち二人をただ見つめている——あまりにじっと見つめているので、ミッチは妬いているのだろうかと思わずにいられなかった。ジェフは相変わらず傘つきテーブルに肩をがっくり落として座っている。

「今夜のミスター・ウォッチテルはどうしちゃったのかしら？」ドナが目を細くしてビーチの方を見つめた。「何だか落ち込んでるみたい」

「金の心配があるんだよ」

「あら、ない人なんていないでしょ？」

「よく言うぜ。〈ザ・ワークス〉はものすごいサクセスストーリーじゃないか」

「確かに」彼女が同意した。「綿密に見なけりゃね」

「と言うと？」

「ミッチ、こういう言い方をさせて——あたしは今何をしてる？」

「君は、そうだな、ビーチクラブにいる。海に入っていて、それで……」

「話を合わせてよ、ミッチ」彼女がじれったげに言った。

「よし、わかった——君は立ち泳ぎをしている」

「それじゃ、それをやめたらどうなる?」

「底まで沈んで溺れる」ミッチは答えてうなずいた。「でもどうしてそうなる? 店は、朝も昼も夜も客が殺到してるじゃないか」

「経費がすごいのよ」ドナがあっさり答えた。「様々な商売の人たちに支払いがあるの。従業員の給与ものすごい金額よ。借金ものすごい。あたしたちが保有してるものはすべて〈ザ・ワークス〉に拘束されていて自由にならないの。自宅の権利証までもよ。長い目で見れば、あたしたちにも勝機があるとドッジは確信してるわ。ニューイングランド一帯にフランチャイズ展開だってできると考えてる——打ち捨てられた工場があればどこでも。けど短期的には、あたしたちはただのキッチンの奴隷よ。こんなふうに楽しい時を過ごすのがいつ以来かだって思い出せないくらいよ」

マーティーンが岸に向かって泳ぎ出して、二人を通り過ぎながら手を振った。罪のない笑顔は眩しいほどだ。

「今日は冗談を言ったんじゃないのよ、ミッチ」ドナがいくらか頬を染めて言った。

「何のことで?」

「ヨットであなたと一緒にバーミューダに行くって話よ」彼女の目が今や彼の目を見据えている。

ミッチはごくりと唾を呑み込んだ。「君とウィルはどうかしたのか？」

「そっちもあんまり綿密には追及しないで」

「問題があるのか？」

「何があるのかわからないのよ」彼女が打ち明けた。「一緒に仕事を始めてからというもの、何かが違っちゃったの。けど、ねえ、ワイドショーのお喋りはもうたくさん。あたしはあなたを誘惑しようとしてるのよ、ハンサム。あたしと一緒にヨットで船出したい？　どう？」

「マルガリータにやられたんだな」ミッチは軽く流した。

「いいえ、あたしの本心。あたしは本気よ」

「俺はヨットなんか持ってないんだ、ドナ。操縦の仕方だって知らない」

「泳ぎ方は知ってるの？」

「どうして――？」

ドナが両手で彼をグイッと水中に押し込んだ。ミッチは浮かび上がって、口に入った海水をペッと吐き出しながらお返しをした。闘いは続いた。二人は十二歳の子供さながらふざけ合って、金切り声をあげた。一緒に大笑いしながら、ミッチはウィルが戻ってこいと手を振っているのに気がついた。夕食が整ったのだ。

二人が歩いていくと、ドッジは蚊を防ぐためにせかせかと十本かそこらのシトロネラキャンドルを灯した。ドナは身体にタオルを巻きつけて、様子を見るためにまっすぐグリルに向かった。

ミッチは野外シャワーを浴びてから、更衣室にぶらぶら戻り、濡れた海パンを脱いで、身体をタオルで拭いた。ヒリヒリと爽快な気分だった。着替えていると、誰かが敷板を踏みしめて近くの更衣室に向かって歩いていった。更衣室のドアがバタンと閉まる音がして、やがて、他にも聞こえてきたものがあった。

男の囁く声だ。「ここじゃまずい――誰かに見つかるぞ！」と、女が囁いた。「かまわないわよ！　彼は好き勝手にやってるわ。だったら私だっていいじゃない」

ミッチは息を呑んで立ち尽くした。

「正気じゃないぞ！」男が囁いて、小さくうめいた。「こんなところで……」

「あなたがほしいの」女が喘いだ。「早く！　早くして」

ひそひそ声からは誰だかわからない。それでも、次に聞こえたものは聞き違えようがなかった――激しく荒い息遣い、素肌と素肌がぶつかり合う音、木の床が一定のリズムで軋む音。二人はセックスに飢えたティーンのカップルさながら、更衣室でことに及んでいる。

やがて、静かになった。

ミッチはすぐに忍び足で更衣室の奥まで行くと、作り付けのベンチに上った。ここからなら、換気のために切り取られたドアの上からベランダに戻っていく二人が見える。覗き見なのはわかっている。それでも、恋人たちが誰なのか見つけ出さずにはいられない。

少しすると、更衣室のドアが錆びた蝶番を軋らせて大きく開いた。そして足音が。革のサンダルが敷板にカタカタ鳴った。マーティーン・クロケットが涼しい顔で背筋を伸ばして通り過ぎた。ポロシャツとショーツに着替え、足取りはいくらか不安定でも、いつもどおり冷静で沈着で溌剌として見えた。

ミッチは期待に固唾を呑んで待った。と、男が現れた。頬を赤らめ恥じ入ったような顔つきだ。

ウィル・ダースラグではなかった。

ジェフだ。マーティーンの愛人はジェフ・ウォッチテルだった。

そりゃもう……だ。

十時にミッチが暇を告げようと決めた時も、パーティはまだ盛り上がっていた。

濃い霧が立ち込め、雨が近いことを知らせていた。あごは痛むし、目眩がする。とにかく家に帰って、鎮痛剤を三錠飲んだら、まっすぐベッドにもぐり込みたい。ディナーの間、ジェフのことも、マーティーンのこともまともに見ることができなかった。その一方では、二人があの更衣室で裸の身体を派手にまさぐり合っている姿が絶えず脳裏をかすめるのだ。さらには、頭の中で絶え間なく放映されるクイズショーのスイッチを切ることもできなかった。

質問：この事態がさらにおかしなことになる可能性は？
答え：どうか、そんなことにはなりませんように。

霧に覆われた木の橋を渡って帰宅した時には、疲れ切っていて、リビングの照明をつけようともしなかった。まっすぐキッチンへ行き、ボウルにキャットフードを補給すると、フリーザーからアイスパックを取り出して、鎮痛剤を飲んだ。川向こうのオールドセイブルック灯台の哀調を帯びた霧笛が聞こえた。狭い急な階段を上って寝室用ロフトに向かいかけたところで、不意に、まさしく背筋の寒くなる感覚に襲われた。

この家に、俺は一人ではない。

音がする。はっきりと聞こえる。グラスがチリンと鳴る音。それに咳が。

心臓が早鐘を打ち、ミッチは照明をパチンとつけた。チト・モリーナが一つしかないまともな椅子に座って、彼のスコッチを飲んでいた。俳優の膝では、クレミーが満足そうにまどろんでいる。

「やれやれ、チト、人を脅かすのが趣味なのか？」ミッチは問い詰めた。

「暗闇に座ってるのが好きなんだ」チトが答えた。ミッチを見るブルーの瞳がふてぶてしく輝いている。

ミッチは用心深く黙って佇んだまま、このすぐに熱くなる若いスターは何をしに来たのだろうと考えていた。身の危険を感じるべきだろうか。何とかデズに電話すべきだろうか。武装すべきだろうか。何で？　火かき棒か？　が、結局は突っ立ったまま、クレミーに目をやった。「夏になってからは、俺の膝には絶対に乗らなかったんだが」

「動物は俺のことが好きなんだ。俺も仲間だから」チトはミッチのスコッチをごくりと飲んだ。彼の手の中でグラスが激しく揺れて、歯に当たってカチカチ鳴った。この男はとてもまともとは言えない。

クレミーが目を覚まして欠伸をすると、チトの膝から飛び降りて、キッチンに向かって歩き出した。ミッチは彼女を見守りながら、いつの間にか嫉妬していた。

「あんたのあのギター、ありゃクズだぜ」チトがミッチのストラトキャスターに目をやった。「何か弾いてくれよ」

「ちょっと疲れているんだ、チト。何しに来たんだ？」

「話しに」

「そうか、いいとも」ミッチはコーヒーテーブルを挟んでラブシートの端に腰を下ろした。コーヒーテーブルはお手製で、水漏れのする古い手漕ぎボートの上に廃品の木の雨戸をボルト留めして作った。ミッチはこのコーヒーテーブルをとても自慢にしている。「でも、どうやってここへ来たんだ？」アイスパックをあごに当てながら尋ねた。

「何だよ、チカーノ（メキシコ系米国人）だから、電話帳の使い方も知らないと思ってるのか？」

「まさか。ゲートに車が停まっていなかったからってだけだ」

「泳いできたのさ。車は公営ビーチに置いてきた」

　確かにチトの髪は濡れている。着ている黄色のナイロンショーツも。オレンジ色とブルーのＴシャツは乾いている。ミッチのＴシャツを着ているのだ。正確には、すっかり着古した一九八六年のニューヨーク・メッツのワールドシリーズＴシャツだ。ハイスクール時代から大切にしてきたＴシャツ。それをチトは勝手にさっさと着てしまった。

「そいつはあんまり賢いやり方とは言えないぞ」ミッチは言った。「ここまで泳いでこようとして溺れた人もいるんだ――川の流れが不安定で。この島の名前もそれに由来している。橋をかける前には、小型フェリーを使っていたんだが、転覆して、ペック家の娘が沖に流されてしまったんだよ」ミッチは若い俳優を見つめて、こんなにハンサムだというのはどんな感じなのだろうと思った。世界中の人間がチト・モリーナのようになりたがっている――それでも、この比類なき美貌は、わずかなりとも幸せに近いものを彼にもたらしてはいない。「ブザーで呼んでくれれば、ゲートを開けたのに」

「そうはいかないだろ？　あんたはいなかったんだから」

「ビーチクラブに行ってたんだ。君も来ると思っていた。あそこで話すチャンスもあると思ってたよ」

チトは答えなかった。ミッチのスコッチを注ぎ足しただけだ。手が不安定に震えている。

ミッチは急に立ち上がって、非常用に隠してあるものをキッチンに取りに行った――ハーシーのチョコレートシロップの特大スクイズボトルを、シンクの下の洗濯洗剤や家具用つや出し剤の陰に、デズの非難の眼差しを避けて隠してあるのだ。

「そっちで何やってるんだ？」チトが声をかけてきた。

ミッチはシロップを手に戻って座ると、「俺も寛がせてもらおうと思って」と、シロップを舌の上にたっぷり注ぎ入れた。

「マジにムカつく習慣があるんだな」チトが口を歪めて意見を言った。

「何だよ、君も君の治療薬を飲んでるじゃないか。俺だって俺のを飲むさ」

「そりゃそうだ」俳優が譲歩した。「あんた、あの駐在の女性と付き合ってるんだってな」

「それがどうした?」

「べつに。羨ましいってだけさ」

「アメリカ一のセクシー女性と結婚しているのに、俺が羨ましいだって?」

「マジに。あんたたちの付き合いは本物だから。今日、俺たちのあの場面を仕切ったやり方。恐れることなく飛び込んできた……」チトは窓の外に目をやった。膝が神経質に小刻みに揺れている。「すごくカッコよかった」

「エスメは、今夜君もビーチクラブに来ると言ってたぜ」

「言わなきゃよかったのにな。俺は行かないって言ったんだから」チトはまたスコッチをすすった。彫りの深い美しい顔が緊張している。「彼女はミス・アメリカだ。俺の言ってることわかるか? 彼女に必要なのはクソ忌々しい王冠と……あの胸に斜めにかけるのは何だ? あんなものにどんな由来があるんだ?」

「飾り帯のことか?」

チトがうなずいた。「それだよ。けど、俺が何を言っても、彼女は聞こうとしない。俺はあの手の場所には絶対に近づきたくないんだ。ああいう場所は、死刑になってもいいような男しかいない。そんな連中とクソ忌々しいビーチクラブにたむろするようになったら、俺は俺でなくなる。俺の言ってることわかるか？」

「ああ、わかる気がする」

「よし、それじゃあれはどういうことだったんだ？」チトが不意に問い詰めてきた。

ミッチはまごついて、彼に向かって頭を振った。この男はまさしく人に平静を失わせる達人だ。「あれって？」

「今日の午後、あんたは言った。俺がもっとちゃんとした人間なのはわかってるって。あれはどういう意味だったんだ？」

「べつに説明はいらないだろう」

チトが探るように彼を凝視した。「俺はアホで哀れなチカーノなんでね。説明が必要なんだ、いいな？」

チト・モリーナは確かに何かを必要としている。内面の不安に蝕まれているようだ。ただ、ミッチには彼が必要としているものが何なのかわからなかった。あるいは、それをミッチから聞かなくてはいけないと考えているらしい理由が。

ミッチはシロップのボトルを手にラブシートにゆったり座って、霧笛に耳を傾けた。「君が出演した『セールスマンの死』を初日に観させてもらった。君は本物だった。君には、自分がやりたいものをやれるだけの才能もルックスも純然たるスターの資質もある。君がやりたいものをやるのは誰にも止められない。そういうことは滅多にないんだ。君のような資質を持つ者は同世代に一人、あるいは二人しかいない。ポール・ニューマンにはそれがあった。ロバート・レッドフォードにもあった。そして今は君、君だけだ。それなのに、幸運の権利を手中にしているのに、君はそれを賢く投資しないで、『ダークスター』みたいな下らない作品で無駄遣いしているように見える。俺としては、君にそういう真似は絶対にしてほしくないんだ」

チトはスコッチをまたひと口飲んで身震いした。「交換条件ってこともある。ホントにやりたいものをやらせてもらうために、あの手のものにも出なきゃならないみたいな」

「それはわかる」ミッチは言った。「でも、それじゃ君がホントにやりたいものって何なんだ?」

「うーん、わからない」チトは答えて、暗い顔でグラスを見下ろした。

「信じないぞ。君にはやりたいことがちゃんとわかってるはずだ」

チトが疑わしそうに彼をじっと見上げた。「そうか、そうかもな。俺がやりたいのは……俺は親父の映画を作りたい。その、俺の原点を理解する手段っていうか、俺の言ってることわかるか？　ほら、親父はただの怒り狂ためちゃめちゃの飲んだくれで、死んだ――」

「バーの喧嘩だったな」

「俺が親父を演じる。エスメがクレージーなお袋を演じてくれる。脚本は書いた。まあ、その大半は。で、自分で監督したい。となると、資金を自分で調達しなきゃならない。エージェントがすっごく嫌がることだ。けど、そんなことはかまわない。その映画をやらなきゃ、俺は自分に正直になれないと思うから。だから、やらなきゃならないんだ」彼がおぼつかなげにミッチを見やった。「あんたは頭のいい男だ。ものを知ってる。どう思うか聞かせてくれよ」

ミッチはしばし彼の視線を受け止めていた。チト・モリーナが訪ねてきた理由がわかったからだ。何を望んでいるのかが。チトは俳優だ。彼はミッチに指示を出してもらいたいのだ。「やるべきだと思う」

「マジに？」

「ああ、絶対に。君はそのアイデアに夢中になってる。いつだって一番夢中になれるものに取り組むべきだ。そうしなかったら、君はただのでくの坊、時間を無駄にして、人生を無駄にしてるだけ……」ミッチはシロップをもう少し口にふくんだ。「君にそれだけの金銭的余裕があればってことだが」

「もちろん、あるさ。『ダークスター』のギャラは二千万ドルだった。今じゃそれが俺の相場になってる。俺はスターの仲間入りをしたんだ。けど、ほら、エージェントは俺とエスメをロマンチックコメディで共演させたがってて。『パピーの恋』だよ」

「聞けば後悔すると思うんだが、どんなストーリーだ？」

「俺の役はスラム出身の若い獣医だ」チトが無表情に答えた。「彼女はバセットハウンドのチャンピオン犬を育てる高級なブリーダー。俺たちは出会って、恋に落ちて、破局する。俺たちは――」

「それ以上言わないでくれ、頼む」心温まる馬鹿騒ぎという感じだ。映画館主がボックスオフィスに〝糖尿病患者は自己責任で入場のこと〟という告知を出さなくてはならないような映画。「シナリオはいいのか？」

「いいや、俺は大嫌いだ。わざとらしいでっち上げが数珠つなぎになってるだけだ。いかにもハリウッド、俺の言ってることわかるだろ」

「ああ、ばっちりわかるよ」

「けど、もう決まった企画なんだ。大手配給会社がついてる」

「エスメは？」

「俺がやれば、彼女もやるさ。けど、わからないんだよ。何か……」チトは混乱したように、顔を手で拭った。「何がどうなるかについて、俺に決定権があるとはマジに思えないんだ。俺は本物の人間じゃなくて、誰かが創り出した映画の登場人物にすぎないみたいな。現実のものなんて何もない。俺は本物じゃない。エスメは本物じゃない。エスメと俺、クリッシーと俺……」

「クリッシーと君が何なんだ？」ミッチは眉をひそめて尋ねた。

「何でもない。忘れてくれ。俺が書いたシナリオを読んでくれるか？」彼がそわそわと尋ねた。

「ああ、喜んで」ミッチは答えながら、チトについてドッジと同じものを見出している自分に気がついた。俺はこの男が好きだ。まさかと思ったが、本心だった。彼には、あのピリピリした怒りがあるにもかかわらず、本物の無垢な少年の一面がにじんでいる。「ただし、そうなると映画が公開された時には批評できない。おい、待ってくれよ、ひょっとしてこいつは、俺からその資格を奪うためのタチの悪い策略なのか？」

「まさか」チトが言い張った。「俺はそこまで知恵は回らないさ。ホントだ」

「それなら、喜んで君のシナリオを読ませてもらうよ。いつでも届けてくれ」

チトは座ったまま長いこと窓の外に目をやっていた。「どうかな、何もかもがひどく……」言葉が途切れた。少しの間、心がどこか遠くへ行ってしまったようだった。が、身体をブルッと震わせて我に返り、スコッチを飲み干した。「まずいことにハマっちまってるんだ。自分で追い込んじまったんだが、どうしても抜け出せない」

ミッチは不思議そうに俳優を見守った。『パピーの恋』の話をしているのだろうか。それとも話題は移っている？　わからない。「本気で抜け出したいなら、抜け出せるものだ。君の人生を管理してるのは君なんだ、チト。君にはその力があるんだよ」

「どんな力だよ？　俺には自分がどんな男かもわからないんだぜ」

「知りたいか？」

「ああ、ぜひ」

「真面目な話、それだけで君はたいていの人より進んでるってことになる」

と、チトが飛び上がるように立ち上がった。あまりに突然だったので、ミッチは思わずたじろいだ。不本意な反応だったが、俳優は気づいたとしても顔には出さなかった。「行かなきゃ。マジにありがとな」

「何がだい、チト？」

「Tシャツさ」彼が答えて、ミッチに向かってニコッと笑った。

「べつに返してくれなくてもいいよ」

「今でも返せるさ」チトがあっさり答えた。「俺はもうすっかり乾いたから」

「いいや、そのまま着て帰れ。外は湿っぽい。風邪を引いてもいけないから。だいたい君の方が断然似合ってるし」

チトはドアまで行って開けると、戸口で立ち止まった。「午後のことは悪かったよ」

「俺ならもう忘れたさ。車まで送ろうか？」

「いいや、俺なら大丈夫だ。あの橋を渡ってくよ。歩くのも悪くないだろうし。じゃあな」

ミッチは玄関灯をつけて、『秘密殺人計画書』で、フランク・シナトラが若き領主にアラビアのポニーを届けてから消えたように、チト・モリーナが音もなく霧の中に消えていくのを見守った。『秘密殺人計画書』はジョージ・C・スコットのひどいイギリス訛りはあっても、大好きなスリラーだ。クォートが出窓の下の防水シートに丸くなって、目を輝かせてミッチを見ていた。ミッチはお休みと声をかけてから、玄関灯を消すと、何度も深呼吸しながら中に入った。

気がつかなかったが、チトと遭遇してからずっと息を止めていたようなものだったのだ。

まっすぐベッドにもぐり込んだ。何週間かぶりにクレミーが彼の胸に寄り添ってきた。不実だったことへの罪滅ぼしをしようとしているのか、単に寒いからかはわからない。もっとも、ミッチはべつに気にしなかった。彼女がそばにいてくれるだけでありがたい。疲れ切って横たわり、彼女の腹を撫でながら、喉を鳴らす音を聞いていた。と、ベッドの上の天窓に雨がパラパラと優しく落ちてきた。クレミーとベッドに横たわって、その雨音を聞いていると、グングン眠くなってきた。どちらもすぐに眠りに落ちた。

と、ベッド脇の電話が鳴った。どれくらい眠ったかわからない。それほど長くはない気がする。クレミーを押しのけて、ぎこちなく手を伸ばした。クレミーはベッドから飛び降りて、階下へ走っていった。「も、もしもし……どちら……？」

「起こしてしまったなら悪かったよ。知らせたいことがあっただけなんだ」

「そうか……。うーん、いいとも……」ミッチは、背後で間断なく執拗に何かが轟いているにもかかわらず、声の主を聞き分けて身体を起こした。「君は今どこに？」

「シュガーマウンテンだ。客引きや色付きの風船と一緒に」

「ちょっと待ってくれよ。それならわかる……ニール・ヤングだな？」

「そうだ」

「シューシューいう音は何だ？　どこかの男子トイレにでもいるのか？」

「ちょっと違うな」

「いったい何時なんだ？」

「手後れだ。後の祭り。死刑執行人がもう行かせてやる時だと言ってる」

「死刑執行人？　いったい何の話だ？」

「じゃあな、ミッチ」

「待て、切るな――！」

無駄だった。電話はすでに切れていた。

ミッチはベッドに横になって、いったいどういうことだったのか理解しようとした。一瞬ながら、会話全体がただの夢だったのではないかとも思った。が、今理解しようとしても意味がないと判断した。とにかくものすごく疲れているのだ。そこで、寝返りを打って、すぐにまた眠り込んだ。

でも、それも次の電話に起こされるまでだった。今回はデズだった。空が白み始めていて、激しい雨が頭の上の天窓に間断なく打ちつけている。

「ベイビー、起こしちゃってごめんなさい――」

「いや、いや、電話をくれてうれしいよ」ミッチは請け合って欠伸をした。「昨日、話を途中で切り上げてしまったことが気になっていたんだ。一方的に切るべきじゃなかったよ」

「ミッチ……」

「虫の居所が悪かったんだ。君が悩まなきゃならないことはわかるよ。先に進むために必要な試練だからね」

「ミッチ……」

「でも、あれが俺たちの正真正銘最初の喧嘩ってことかな？　そうだとしたら、それほど悪いものじゃなかったと思うんだが、どうだ？」

「ベイビー、お願いだからあたしの話を聞いて……」

彼女の声の何かが引っかかった。「何だ、いったいどうした？」

「デヴィルズ・ホップヤードに向かってるところなの。パークレンジャーが滝の下で死体を見つけたのよ。どうやら飛び降りたらしいわ」

〝死刑執行人がもう行かせてやる時だと言ってる〟

ミッチの心臓が早鐘を打ち出した。「何てことだ、俺としたことが。滝だったんだ、ちくしょう。聞こえていたのは滝だった……」

「いつ？」彼女が問い詰めてきた。「この件で、あなたは何を知ってるの？」

「彼なんだろ？」ミッチは尋ねた。声から恐怖があふれた。「チトなんだ」

デズが答えるまでもなかった。その沈黙がすべてを語っていた。

ミッチは目を閉じて、紛れもない苦悶のうめきを漏らした。

それは、彼自身の最悪の悪夢が純然たる恐怖に一変した瞬間だった。

6

デヴィルズ・ホップヤード州立公園へ続く道路は、ひどく曲がりくねっていて細かった。滝に向かってパトカーを走らせながら、両側に茂るアメリカシャクナゲやアメリカツガに車体をこすりそうになった。陽光が早朝の靄から現れてくると、行く手の濡れた舗装から蒸気が上がった。すでにエアコンはハイにしている。ホップヤードはドーセットの北東外れの片隅にあるので、ここまで来ると、人はほとんど住んでいない。車窓からぽつりぽつりと農家を見かけた。でも主として目に入ったのは、花崗岩の岩棚と、木、木、木だった。

道路は滝に続くゲートで行き止まりになっていて、制服を着たパークレンジャーがグリーンのピックアップの傍らでデズを待っていた。経費節減のために、多くの州立公園が夏休み中は実習生で間に合わせていて、その多くは大学生だ。デズを待っていたキャスリーン・モロニーもすらりとした体格のブロンドだが、血色のよい顔はいかにも若かった。

デズはパトカーを注意深く進めて、ピックアップの隣に停めて降りた。ムシムシと暖かい大気に角縁眼鏡がたちまち曇り、後ろのポケットに入れている清潔な白いハンカチで拭かなくてはならなかった。

他にも一台、こすり傷だらけの黒いジープ・ラングラーがゲート脇の溝にはまって停まっていた。

「ホントにひどいの」キャスリーンが間断のない滝の轟音の中で言った。声がしわがれている。「あんなものを見たのは生まれて初めてよ。あたしはいつもどおりに公園の朝の巡回をしていたの、わかる？　最初は何だかもわからなかった。古着が丸まってるだけだと思ったくらいで」

「大変なものを見ちゃったわね」デズは同情を込めて言った。転落死体を発見すれば、吐き気を催して当然だ。

デズはジープをつぶさに観察するために立ち止まった。こすった傷は新しい――触ると、黒のペンキの剝がれかけた小片が手についた。運転席側から数フィート離れた濡れた地面には、泥まみれの携帯電話が落ちていた。真っ先に袋に入れて、パトカーのトランクにしまった。それから、ジープの助手席側のドアを開けて、中を探しまわった。遺書は見当たらない。が、グローブボックスに入っていたレンタカーの契約書は見つけた。チト・モリーナ名義だった。契約書を戻して、ジープのドアを閉めた。

「それじゃ見に行きましょう、キャスリーン、いい？　もしちょっとでも怖じ気づいたら、大きな声でそう言って。こんなところでヒーローになることはないわ」

若いレンジャーは感謝を込めて微笑むと、徒歩でデズをゲートの中に案内した。中にはピクニック場に隣接して駐車場があった。滝の上にあたる場所だ。「前にもあったの」彼女が歩きながらデズに言った。「八〇年代には、カップルが一緒に飛び降りたし、数年前にもドラッグでハイになったティーンエージャーの男の子が飛び降りた。警告は受けていたの。でも……覚悟ができていなかった」

「できてる人なんていないわ、ホントよ」デズは答えた。二人は警標のあるガードレールまでやって来た。『水は流れ落ちるままに。人はこれより前に出ないこと』

「どこから飛び降りたのかわかると思うの。よかったら、下に行く前に見てみましょう。足下に気をつけて」

デズは彼女について、ガードレールを越え、張り出したむき出しの岩に慎重に足を踏み入れた。花崗岩の表面は滑らかで苔むしている。デズのブロガンの靴底は、ロッククライミング向きとは言えない。ペパーミント・シュナップスの一パイントのボトルが転がっていた。自殺の遺書を巻いて中に入れていないかどうか、じっと見つめたが、何も入っていなかった。現場を乱したくないので、その先へは近づかないことにした。それでも、使用済みのマッチが数本見て取れた。花崗岩の上に泥の足跡はない。べつにあると予測していたわけではない。夜の雨が洗い流してしまったはずだ。

「ここから見えるわ」キャスリーンが言って、岩の縁にしゃがんだ。

デズはそばまでにじり寄って、切り立った花崗岩の横から見下ろした。見えたのは、主として渦巻く川の白い泡だった。それが轟音とともに百フィート下の光沢のある滑らかな灰色へと落下していく。それでも、デズの目はやがて小さな色の断片を捉えた――オレンジ色のTシャツとブルージーンズ姿の人影が灰色の岩に横たわっている。

「わかったわ、キャスリーン、ここはもういいわ」

二人は自分たちの足跡をたどってガードレールまで戻り、滝壺に続く細い小径を下りていった。急勾配の危なっかしい下り坂だ。雨でぬかるんでいるばかりか、露出した木の根が交差している。デズはレンジャーのようなハイキングブーツを履いてくればよかったと思った。

チト・モリーナは川のすぐそばの丸石に、目を見開いて仰向けに倒れていた。腕と脚は着ているTシャツとジーンズの中にグロテスクに縮んでしまったように見える。大人の服を着た小さな子供のようだ。あの彫りの深い有名な顔はぐしゃぐしゃになって、あるべき場所に貼りついている。さながら、解体業者に内破された高層ビルだ。粉々になった頭の下からは血液と脳が岩にしみ出ている。後頭部がまともに衝撃を受けたようだが、デズには少し意外だった。彼の向いている方向も――足先が飛び降りた岩に向いているのだ。デズは長いこと彼を見下ろしながら、あの鼓動が速くなる懐かしい感覚に囚われていた。ここしばらく忘れていた感覚だ。タチの悪い観光客に交通違反切符を切るくらいで感じることはない。

彼女の目は、しばしチトの着ているTシャツを眺めていた。ニューヨーク・メッツの一九八六年ワールドシリーズTシャツで、ミッチが着ているのを絶対に見たことがある。実を言えば、ミッチの取って置きの一枚だ。どうしてそれをチト・モリーナが着てるのかしら。

デズは顔を上げて、断崖のてっぺんを見上げた。真上にのしかからんばかりに張り出している。と、シュナップスのボトルを見つけた岩から十フィートくらい下だろうか、花崗岩の割れ目に、小さくともたくましいヒマラヤ杉がしがみつくように生えているのが見えた。チトが落ちた勢いで、枝が折れてしまっている。生木が黒っぽい岩を背景に露出した骨のようにくっきり浮き出て見える。デズは身じろぎもせずに木を見つめた。彼女の内なる悩めるアーティストに向かって、木が何か決定的なことを囁こうとしているという確信があった。でも、それが何であれ、デズには理解できなかった。言語が違う。単語一つわからない。わからない。わからない。わからない……。

「いっさい動かしてないわ」キャスリーンが声を張り上げた。滝の轟音は上よりさらに大きくなっている。「近づくこともできなかったの」

「それでいいのよ、キャスリーン」

「トラックに防水シートがあるわ。彼にかけてあげた方がいいかしら？」

「彼に近づいちゃいけないわ」デズは答えた。「それは検死官の仕事だから。あたしたちがしなきゃいけないのは、この現場をきちんと守ることだわ。公園の他のゲートはもう開いてるの？」

「いいえ、いつもこのゲートを一番先に開けてるの」

「まあ、それは助かるわ」この件が漏れれば、パパラッチが押しかけてきて一帯を取り囲み、ゲートがあれば突破しようとするのはわかっているからだ。「あたしが無線連絡を入れる間、遺体の見張りをしてもらわなきゃ。誰も、絶対に誰も近づけちゃダメよ、いいわね？」

「ええ……」彼女が答えた。見るからに居心地が悪そうだ。

「べつに彼を見てなくてもいいのよ、キャスリーン。彼に背中を向けてここに立っててくれるだけで。近づいてきた人がいれば、追い払って。一連隊を連れて、できるだけ急いで戻ってくるから。やってもらえる？」

若いレンジャーが勇敢にうなずいた。

「頼むわね、キャスリーン」

デズは小径を戻ってパトカーからウェストブルックのF分署に無線を入れ、ありったけのパトカーをまわしてくれるよう要請し、次に検死局に捜査官のチームを頼んだ。さらに自分の所見に基づき、昔の職場にも連絡しようと決めた。メリデンの凶悪犯罪班中央管区本部だ。

近親者に知らせるのも彼女の務めだ。朝日が明るく暑く木々に降り注いできた中、マーティーンに電話した。エスメには母親から聞かされる方が受け入れやすいかもしれないと思ったのだ。

「マーティーン、実はホップヤードで厄介な事態になってて」デズは穏やかな声を保って言った。「チトなの。滝の下で発見したのよ」

「彼……死んだの？」マーティーンが怯えた囁くような声で訊いた。

「そうなの。エスメに伝えてくれる？」

「もちろんよ。一緒にすぐにそっちへ行くわ」

「それはあんまりいいアイデアとは思えないわ」

「エスメは絶対に彼を見たがるわ、デズ。どうしても。私にはきっと止められない」

「わかるわ。その場合はクリッシーにも来てもらった方がいいかも」

「どうして？」マーティーンが尋ねた。声が冷ややかになっている。

「大混乱になるでしょうから」

「ああ、確かにそうだわ。そこまで考えつかなかったわ。もうすっかり……」マーティーンが悲しそうにため息をついた。「チトはどうしてそんなことを？　あんなに才能があって、愛されていたのに。かわいそうな美しい坊や」

「マーティーン、エスメには他にも覚悟させた方がいいことが……」

「何なの、デズ？」

「チトはもう美しくないの」

現場に最初に到着した州警察官が、細いホップヤード街道を82号線まで遡って封鎖して、立ち入り禁止区域を設定した。それからほどなく、パトカーが次々と到着した。デズは彼らを他のゲートに向かわせ、キャスリーンの交替に州警察官の一人を徒歩で下に向かわせた。やがて検死官のバンが到着すると、ブルーのジャンプスーツ姿のきびきびと手際よい捜査官が二人飛び降りてきた。遺体のある場所を指示した。次に鑑識チームのパネルバンが、凶悪犯罪班の二人の刑事を乗せた覆面パトカーを従えて到着した。

ハンドルを握る刑事は有色の女性だ。助手席には、背の低い筋肉ムキムキの男。デズのよく知る男だ――リコ・〝ソーヴ〟・テドーンは、彼女が凶悪犯罪班の警部補だった頃には巡査部長でパートナーだったのだ。ソーヴはブラス・シティ生まれで、州警察のいわゆるウォーターベリー・マフィアの支部長の弟だ。連中が彼女を刺した時、そのナイフをふるったのがソーヴだった。当時はそのことで彼を憎んだ。彼が悪い人間だというのではない。未熟で、未完成の男だっただけだ。ソーヴが警部補になり、デズがドーセットの駐在になった今は、二人の関係もかなり和らいだ。彼がハイスクール時代からの恋人のトーニーとついにゴールインした時には、デズは招待されて、実際に結婚式に出席したほどだ。

「よう、デズ！」彼が覆面パトカーを降りてテカテカの黒いスーツに包まれたボディビルダーさながらの筋肉を誇示しながら、温かく声をかけてきた。

彼はいつも黒のスーツを着ている。カッコよく見えると思ってのことだ。実際にはお抱え運転手に見えてしまうのだが。

「元気、リコ？」

「絶好調だ」彼がにやりとして答えた。

結婚生活は、彼に合っているらしい。快活で、ゆったり構えているように見える。ひょっとしたら、いくらか二重あごになったかもしれない。しかも、ついにあの死んだ毛虫みたいな口ひげをそり落としている。デズは気づいて喜んだが、本人は親指と人差し指で口ひげを撫でる神経質なクセをまだやめていない。今はただの皮膚を撫でているだけなのだが。

「何を見つけてくれたんだ、デズ？」

「死んだ映画俳優を一名」

「飛び降りたのか？」

「いい質問ね、大物。幸いにも、あたしにはそれに答える義務はないわ。答えを出すのはあなたよ」

ソーヴのパートナーが二人に向かって歩いてきた。ライムグリーンのニットのタンクトップに黄褐色のスラックス、それにがっちりしたブーツを履いている。ブーツのおかげでソーヴより数インチ背が高くなっている。優に五フィート九インチはあり、ロットワイラーのような体つきだ。バストのあるロットワイラー。ものすごいバストだ。

「さて、俺がずっと待ち望んでいた出会いだ」ソーヴが張り切って言った。「デズ・ミトリー、俺の新しいパートナーを歓迎してやってくれ、ヨリー・スナイプスだ」

デズはヨリーの噂を聞いていた。署の男どもは彼女をボンボンと呼んでいる。彼女がシャツの下に持っているもののせいだ。キューバ人と黒人のハーフで、万能選手――若くて、タフで、都会で生き抜くためのしたたかさを備えている。

「ああ、大感激だわ」ヨリーが、握ったデズの手を上下に勢いよく振りながら大喜びした。爪を短く切って、紫色のマニキュアをしている。鉄のような固い握りだ。「あたしの地元ではあなたは伝説的人物なの。あなたと同じ捜査に当たれるだけで、ものすごく光栄だわ」超早口で、その声は横隔膜からわき上がってくるかのようだ。「ああ、すごい。ずっと会いたいと思っていたの」

「知り合いになれてうれしいわ、ヨリー」デズは答えたが、彼女の勢いにいくらか圧倒されていた。ヨリー・スナイプスはせっかちな女性だ。ミルクコーヒー色の肌や輝くブラウンの瞳はラテン系でも、厚ぼったい唇と幅広のヒップは絶対に黒人女性のものだ。編み込んだ髪にしても。彼女の左の頰に一インチほどの細い傷痕がある。カミソリか、ひょっとしたらカッターナイフでつけられたかに見える。耳には銀のピアス、ノーメークで口紅もつけていない。彼女は身体を作っている——波打つ腕の筋肉はウエートリフティングで鍛えたものだ。左の二頭筋には、女性の顔のタトゥ。その下にはACというイニシャルが入っている。

「一緒に来てくれよ、デズ」ソーヴが言った。「遺体に引っかかりを覚えてるんだろ」

「そうよ。もっとも彼が個人的な問題を抱えた男だというのは、みんな知ってるわよね。それに、確かに自殺に見えるの。昨日の夜遅くここにジープで乗りつけて、酔っ払って、断崖から身を投げたみたいに」

「イカレたとんでもないバカだ」ソーヴが非難がましく言った。「何百万ドルという金を稼ぎ出す若者で、超一流のセクシー女と結婚してるんだぜ。どうしてそんなことをするんだよ？」

「幸せにはなれなかったのよ、リコ」

「遺書はあったのか？」

「いいえ、なかったわ。けど彼の携帯は確保した」デズはトランクを開けて、携帯を手渡した。「まさにここから一時半頃に電話をしてるわ」携帯記録から正確な時間はわかるのだ。「彼の使った言葉は、さようならの印象がかなり強いわ」

ソーヴが不思議そうに彼女を見やった。「誰にかけたかわかってるのか？」

「ええ。ミッチにだったの」

「何、バーガーか？」ソーヴは、彼女の生活にミッチが関わっていることに前から当惑していた。「彼とチト・モリーナは親しかったってことか？」

「そういうわけじゃないわ。チトは昨日彼に襲いかかったもの」

「そう、そう、昨日の晩、ニュースで見たわ」ヨリーが声をあげた。「自分に不利な批評をしたからって、チトがその映画批評家をとっちめたの」

「だから彼は自殺したってことじゃないよな？」ソーヴが尋ねた。「バーガーが彼のケチな感情を傷つけたからってわけじゃないだろ」

「ええ、そうは思わないわ」デズは答えながら、ミッチはそう考えているのだろうかと思った。

「それじゃ、彼はバーガーに何と言ったんだ？」

「それならミッチから正確な言葉を聞いて。あなたの連絡を待ってるわ」

「そうか、よし」とソーヴ。「他には何がある？」

「チトの車」デズはペンキが剝がれた新しい傷のあるジープを指差した。

「早朝の出来事だった可能性もあるのよね」ヨリーがよく見ようとしゃがんで言った。「電話で事故を報告していれば、レンタカー会社にその記録があるわ。けどやっぱり、昨日の晩ここに来る途中で誰かの車と接触したってこともある。通報があったかどうか調べるわ。道路沿いの農家に聞き込みをしてもいいし。彼が木か何かにぶつかった音を聞いた人がいるかもしれないから」

やるじゃない。デズは観察した。ヨリーの頭は瞬く間にあらゆる角度を分析している。「断崖の上にペパーミント・シュナップスの空き瓶があったわ。それに使用済みのマッチが何本か。見たのはそれだけよ」

「ヨリー、行って見てこいよ」ソーヴが言った。「俺はデズと一緒に遺体を調べる」

「了解」ヨリーはすぐさま飛んでいった。

「すごく滑りやすいわよ」デズはその背中に声をかけた。「足下に気をつけてね」

「あたしならぬかりはないわ」ヨリー・スナイプスが肩越しに微笑んで答えた。

「頑張り屋ね」デズはヨリーが駐車場を横切っていくのを見守った。大きな尻が揺れている。胸がどんな具合かも想像がついた。

「一日二十四時間、年中無休」ソーヴが同意して、口ひげのあったあたりを撫でた。「叱りつけても、すぐに立ち直る。それがボンボンだ。正直言って、彼女のおかげで、俺は中年になった気分だよ」

「リコ、あなたは中年よ」デズは彼に告げて、一緒に滝壺に向かって小径を下り始めた。

「ここだけの話だが、女房は彼女が嫌いだ。狡くてセクシーなふしだら女だと思ってるんだ。でもそれは違う。いい子だよ。言わせてもらえば、トーニーは妬いてるだけだ」

「トーニーには妬く理由があるの？」

「まさか」ソーヴが憤然として答えた。「俺は幸せな結婚をしている。俺とトーニーは最初の持ち家の申し込みをしたところだし。それに、ボンボンは従兄弟のリッチーと付き合ってるんだ」

「麻薬課の？」

「二人はホントに仲がいいんだ。中央管区で彼女のことを何と呼んでるかわかるか？」ソーヴがデズをいたずらっぽくちらりと見た。「第二のデズ・ミトリーだ。どう思う？」

デズは気に入らなかった。あたしがボカラトンにでも引退したか死んじゃったみたいじゃない。

「はっきり言って、ボンボンは魅力的な女だ」ソーヴは足下の露出した根っこを慎重にまたいだ。「でも、俺は彼女の浮き沈みにはまるで興味ない」

デズは冷たい視線で答えた。

ソーヴがたちまち赤面した。「悪かった、デズ、けどあんたと離れると、俺がどんなに堕落するか知ってるだろ」

「ええ、知ってるわよ、リコ。それでもまだ奇跡を願ってるの」

二人が急いで岩場に降り立った時には、チトは最後の写真を撮られているところだった。検死官助手が考え得るあらゆる角度からスターを撮影した後に、検死解剖のために遺体をファーミントンに運ぶのだ。事故死や原因不明の死の場合は自動的に踏まれる手順だ。

「何とも忌々しい空費だ」ソーヴがうんざりしたように俳優の遺体に頭を振った。

「よし、どんな主張があるんだ、デズ？」

「そんなものないわよ、リコ。彼の落ち方について指摘したいことがあるだけよ」

「と言うと？」

「後頭部が衝撃を受けているの。前を向いて飛び降りたらそうはならないわ。うつ伏せに落ちるはずよ、仰向けではなく」

ソーヴはその言葉をしばらく考えていた。行動を開始したのだ。「ってことは、空中で宙返りをしたわけだ。前方宙返りだな」

「それなら、彼の頭は足のあるところにあるはずだわ。向きがまるで逆なのよ、リコ」

「確かにそうだ」ソーヴが眉根を寄せて考え込んだ。「水流に押されて向きが変わったのかもしれない」

「彼は濡れていないわ。血はあそこにしかないし。彼は落ちた場所にそのまま横たわってるのよ」

「それじゃ、螺旋降下したんだ。それなら説明がつく。風のせいでそうなることはある」

「昨日の晩なら風はなかったわ」

「何が言いたいんだ、デズ?」

「遺体の状況は、人が断崖の端に背中を向けて立って後ろ向きに飛んだ場合に一致するってことよ。あるいは押された場合に」

ソーヴが目を細くしてデズをじっと見つめた。「低速レーンを走るのにまだ慣れないんだな。仕事に復帰したいんだ」

「あたしなら今の立場に満足してるわ、リコ。あなたが捜査を打ち切る前に、職業的関心をあなたと共有すべきだと思っただけよ。けど、あなたが無視したいなら、それはそれでちっともかまわないわよ」

「おいおい、そう怒るなよ」

「べつに怒ってなんかいないわ。イライラして、うんざりして——」

「うわっ、同感だよ、いいな？」ソーヴは降参だと両手を上げた。「こいつはおかしい。ってことは、変死だ。その方向で捜査しよう」そして、鑑識に細心の注意を払って作業を進め、その旨をヨリーにも伝えるよう指示した。二人は小径をゲートに向かって戻った。かなり暑くなってきた。ソーヴはひどく汗をかいている。「いい指摘だよ、デズ」彼がハンカチで汗を拭った。「警告をありがとう」

「どういたしまして」デズはきびきびと答えた。

「今朝は冴えない気分なんだな、自分でもわかってるか？」

「そんなつもりはないんだけど、リコ、あたしの管轄で起きたことだし、知ってる人たちなのよ」

「ものすごい報道合戦になるんじゃないか？」ソーヴが尋ねた。恐れおののいているような声だ。

「それはもう」デズは答えながら、これは彼の成熟を示す新しい徴候だと思った。昔の彼は、テレビに顔が映ると思うとやたら興奮していた。でも何度かあの眩しいライトの前に立ってからは、それがどんなに熱くなって、焼け痕まで残すものかがわかったのだ。

「この件に関しては、メディアにどんな決めつけもさせない」彼が強い決意を口にした。「自殺とは言わない。殺人だとも絶対に言わない。俺の口からはそのどっちの言葉も出ない。一度だって。原因不明の死で、情報を集めている段階だとしか言わないぞ」

「メディアは状況証拠から見て自殺らしいとあなたに認めさせようとするわ」とデズ。「で、あなたは――」

「今の段階では、状況証拠と呼べるものはないと答える」

「メディアは勝手に一歩踏み込んで、自殺だと呼ぶかもしれなくても？」

「そうだ」

二人がゲートに戻った時には、テレビ局のニュースバンがもう路肩に十列くらい並んでいた。カメラマンとリポーターが公園の入り口に群がって、質問を叫び、返答を要求している。制服警官も制止するのがやっとだ。

「道路封鎖をどうやってかいくぐったんだろう？」ソーヴが不思議がった。

「あの連中はネズミみたいなのよ、リコ。四分の一インチの隙間があれば、もぐりこんでくるわ」

そこへ、車の警笛が鳴り響いた。マーティーンのVWビートル・コンバーティブルだ。メディアの大群の中を必死で通り抜けようとしているが、身動きがとれない。とうとうエスメがゲートの百ヤード手前で車を飛び降りて、裸足で走り出した。クリッシー・ハバーマンも飛び降りて猛然と後を追った。メディアの連中が大声をあげ、カメラが回った。

「彼を見たいの！」エスメはデズのところまで駆けてきて泣きじゃくった。涙がその滑らかな美しい頬を伝った。「どうしても！」

「それはやめた方がいいと思うわ、ハニー」デズは答えた。ソーヴはそばに突っ立って、ぽかんと口を開けて若く美しい女優に見とれている。

「チト、どうしてこんなことをしたの?!」彼女が泣き叫んだ。舞台で鍛えた声は滝の轟音にも負けずに響き渡った。「チト、どこにいるの？　チーットーッ?!　……」エスメは膝からくずおれて、ヒステリックに泣きじゃくった。

クリッシーがその傍らに膝をついた。彼女の顔にも滂沱《ぼうだ》として涙が流れているのに、デズは気がついた。

でも、気がついたのはそれだけではなかった。どこか違うエスメの顔に釘付けになった。今朝の女優はすっかりはれ上がった唇をさらしている。

誰かが最近エスメ・クロケットの口を殴ったのだ。

「ここに来る間に、あなたのことをいろいろ聞かせてもらったの」ヨリー・スナイプスが助手席で喋り立てた。デズはパトカーを駆って細いホップヤード街道を戻っていた。「州警察史上初めて殺人事件を担当した黒人女性で、二十三歳の時にはコネティカットの雑誌の表紙を飾った——あなたと同じ車に乗ってるのが信じられないわ」

「それはどうも」デズはお世辞を言われて、お尻がむずむずするタイプではない。

「出身はどこなの、ヨリー？」

「ホロウよ」彼女がうめくように言った。フロッグ・ホロウはハートフォードでも最も麻薬の蔓延したスラムだ。どうにもならない場所。「ママもあたしが生まれて一年で、ドラッグの過量摂取で死んだわ」

「それじゃパパは？」

「どこの誰かも知らないの。あたしが出会った人はみんな、リハビリ施設経験者よ、あたしも含めて。けどセリア叔母さんが立ち直らせてくれたの」

「AC？」デズは尋ねて、彼女の腕に描かれた顔に注意を向けた。

ヨリーの顔がぱっと輝いた。「そう。ラトガーズ大学で四年間を過ごせるようになるまで食べさせてくれたの」

「あなた、バスケの選手だったんじゃない？」

「そうなの」彼女が認めた。「あたしの夢は、ストーズ大学でゲーノコーチのもとでポイントガードをやることだったの。コーチもあたしをスカウトしてくれたわ。でも、スージー・バードをさしおいて、あたしが試合に出られるわけなかった。一生無理よ。それで、ラトガーズ大学に進んで、ヴィヴィアンコーチのもとでプレーした。あたしたちは道を切り開いて、頑張って、いくらか勝った。で、あたしは刑事司法の学位を取って、帰ってきて、試験を受けて、ここにいるの」

二人は配置についている警官に手を振って、82号線の道路封鎖を通過した。デズはパトカーを海岸に向け、自然石の塀に囲まれた青々とした農場の間を抜けていった。道路からはるか奥まったカエデの木陰には、自分では耕作しない裕福な農場主の住む築二百年の屋敷がある。

「こんな場所で仕事するのは初めてだわ」ヨリーは白状して、心配そうに窓から金持ちの田園を見つめた。

「大丈夫よ。ここの人だって、よそのどこの人たちともちっとも変わらないわ。よそより私道が長くて、お行儀がいいってだけよ」

「ちょっと教えてもらえるかしら、黒人女性同士のよしみで？　ソーヴのことなんだけど……」

「彼がどうしたの？」

「いい人だけど、あたしの読みでは、出世しそうもない。だから、馬力はあっても頭がないの。それって正しい読みかしら？」

「彼は立派な警察官よ」デズは如才なく答えた。「見くびらないことね」

「見くびってるわけじゃないわ。ただ、自分のキャリアにおけるこの時期には、学ぶもののある人と付き合いたいの。けど、ソーヴから学べるものはもう学び尽くした気がする。冷淡に思われたくはないわ。本音を言ってるだけなの。あたしの言ってることわかってもらえるかしら？」

「もちろんよ」デズは答えながら、二、三年のうちにソーヴはきっとヨリー・スナイプスの指示を仰ぐようになるだろうと考えていた。

「麻薬課に転属願いを出すかもしれないわ」彼女が続けた。「さもなきゃ暴力団特別捜査班に。都会の市街地こそ、あたしが一番ダメージを与えられる場所。あたしは街ってものを知ってるのよ。それって賢い選択だと思う？」

「ええ。でも彼は本気で侮辱されたと考えるだろうってことは肝に銘じておいて。彼って敏感だから」

「えっ、ソーヴが？　まさか！」

「それに、あなたも言ったように、彼には確かに馬力というか力があるの。真面目な話、あの男を敵に回さない方がいいわ。あのウォーターベリー・マフィアはまさしくファミリーで、あたしたちはその遠縁にも当たらないんだから」

「彼があたしを叩き潰すってこと？」

「気をつけてってことよ」デズは答えながら、ドーセットのビジネス街に入った。ビッグブルック街道は静かだった。行楽客はまだ起き出していない。信号でオールドショア街道に曲がって、ビッグシスター島を目指した。

「話しに行くこのミッチ・バーガーって――あなたのボーイフレンドよね？」

「そうよ」

「どう？」

デズは不思議そうにヨリーを見やった。「どうって？」

ヨリーは片方の眉を上げてみせた。「だって白人でしょ」

「今のところは順調よ」

「あたしは、ブラック以外の男性を試したことないわ」

「あなたとソーヴの従兄弟のリッチーは……」

「違うわよ、彼とはただの友だち。彼はあたしと寝たいかもしれないけど、あたしは今その手の遊びをする気はないの。とにかくもう傷つくのはたくさんなのよ。で、白人って少しはいいの？」

デズは肩をすくめた。「男に変わりはないけど」

「ソーヴはあなたにお熱だったのよ」

「彼がそんなこと言ったの？」

「言われなくてもわかるわよ。あなたのことを話す時の目を見れば。しかもしょっちゅう話題にするのよね」

「まっ、それでどうなったわけでもないわ。あなたが知りたいのがそのことならだけど。彼の甘い空想だっただけ——それがどんなものかはわかるでしょ」

ヨリーが編み込んだ頭を縦に振った。「それはもう。男は誰でも、コミックの『ジャングルの女王シーナ』のシーナと付き合えたらどんなか知りたいの。連中ときたら、あたしたちもシャンデリアに足首を引っかけてぶら下がってるとでも思ってるんじゃないかしら？」

「あら、あなたは違うの？」

ヨリーがブゥーッと非難するような声を漏らした。「ちょっと、かわいくないわよ。あたしたちならうまくやっていけるってば」

「ヨリー、それなら全然心配してないわよ」

ペック岬自然保護区でオールドショア街道を曲がった。保護区は日の出から日没まで開放されている。遊歩道があり、サイクルロードがあり、青々とした草地は潮汐湿地まで急勾配になっていて、ミサゴが巣作りをしている。昨夜の雨で濡れた背の高いイネ科植物が朝日にチラチラ光っている。ヨリーはこの場所の澄み渡った美しさに圧倒されて、口をぽかんと開けて窓の外を見つめている。

デズはすっかり慣れてしまったので、時々その壮観さを忘れてしまうのだが。ゆっくりと泥道を進んで、犬を連れてジョギングしている人たちを何人か通り過ぎた。泥道はビッグシスター島と結ぶバリケードのある橋に行き着いた。デズはバリケードを上げるキーを持っている。ゆっくりとグラグラする橋を渡りながら、ヨリーの目を通してビッグシスター島を見た。ヨリーは灯台から、歴史的な邸宅、何エーカーもの森、そしてプライベートビーチと見ていった。

「すごい！　これじゃあなたも彼を好きになるわけだわ――自分の島を持ってるんだもの」

「全部が彼のものってわけじゃないわ」

「いったいどういう男なの？」

「この地球上で作られたありとあらゆる映画について、知るべきことをたまたますべて知ってる人ってだけよ」

「変人って感じ」

「まさしく――けど、あたしの大切な変人だわ」

デズは小屋の前の砂利道に車を停めた。ミッチは菜園にしゃがんで、脇目もふらずに草むしりをしていた。クォートが傍らに座って、ミッチが掘り返す新しい土塊にいちいち興味津々の態だ。痩せたとら猫は、デズが車を降りる音を聞きつけて、出迎えに駆けてくると、彼女の足首に身体をこすりつけて、延々と話しかけてきた。デズはかがんであごをかいてやった。と、ミッチが立ち上がって、額の汗を拭い、二人に向かってゆっくりと歩いてきた。

悲しそうで、当惑して、傷ついているようだ。実を言えば、デズが初めて彼を見た時とそっくりだった。ちょうどこの菜園で、男の死体を掘り出してしまったあの日と。

唯一違うのは、あごが赤くはれていることだ。

「やあ、駐在」ミッチが言ったが、あごはほとんど開かなかった。夜の間に固まってしまったのに違いない。

「あら、ベイビー」デズは優しく言って、汗で湿っぽい肩に手をかけた。本当はしっかり抱きしめて、すべてを忘れさせてあげたいのだが。「こちらはヨリー・スナイプス巡査部長――リコの新しいパートナーよ」

「チト・モリーナについていくつかお訊きしたいことがあって伺いました、ミスター・バーガー」ヨリーが几帳面に言った。「かまいませんか?」

ミッチはかまわなかった。「中で冷たいものでも飲もう。喋り方がおかしくて申し訳ない、巡査部長。『ゴッドファーザー』で、スターリング・ヘイドンに殴られた後のアル・パチーノみたいな感じなんだ。マイケルがブランドの書斎で、ソニーにイタリアレストランでの殺しは自分がやると告げるシーンを覚えてるかい？　カメラが座ってる彼にじわじわと迫っていって、部屋にいる男たち全員の注意を喚起する。そこで彼が新しいゴッドファーザーだとわかってくるわけだ。ああ、あれは素晴らしい映画表現だった」

ミッチは二人の先に立って、ぶらぶら小屋に入っていった。ヨリーは立ち止まって囁いた。「ねえ、彼っていつでも映画の話をしてるの？」

「起きてる時だけだけど」

「彼がすごくチャーミングだって教えてくれなかったわね。抱きしめたらキューッとか鳴るんじゃない？」

デズはヨリーに微笑んだ。「彼だったらそれだけじゃないわよ」

今朝のニューヨークの新聞がミッチの机に広げたままになっていた。『デイリーニュース』と『ポスト』は同じセンセーショナルな写真を掲載している。チトがミッチにまたがって、両手で首を絞めている写真だ。もっとも、今となっては古いニュースだ。

「リポーターから電話は殺到したの？」デズは尋ねた。

「どうかな。君と話してから、電話のプラグを抜いてしまったから」

ミッチはキッチンの傷だらけの深いシンクで手と顔を洗ってから、三つの背の高いグラスにアイスティーを注いで、庭で摘んだミントの葉を添えた。そして二人にグラスを渡すと、一つしかないまともな椅子にドスンと座った。デズとヨリーは二人掛けソファに座った。「ふうっ、今朝はものすごく蒸すな」ミッチは言って、大きく息を継いだ。「農耕馬みたいな臭いがしたらごめん。でも落ち込んでいる時には肉体労働が救いになることを学んだんだよ」

「あたしは一目散にウェートトレーニングルームに行くわ」ヨリーは言い出したが、頭を巡らせて三方向からの海峡の景色にうっとり見入った。ミッチのこの小屋が、彼女にはすごく居心地悪いんだわ。デズは観察した。それに、ディーコンの娘によい印象を与えようとても気を遣っている。気を遣って、デズの隣でいくらか前かがみに座っている。そうやって、ミッチの目がついつい巨大なバストに吸い寄せられないようにしている。理由はわかる——ボーイフレンドの眼前でバストをちらつかせているとデズに思われたくないのだ。慎重でそつのない娘だわ。何事もなおざりにはしないのね。

「ミッチ、チトからかかってきた電話のことを訊かなきゃならないの」デズは言って、仕事モードに入った。

「ああ、そうだな」彼が同意して、アイスティーをすすった。慎重にすすっても、いくらかはこぼれてあごを伝った。「寝入りばなだったんじゃないかな。彼が帰ってすぐみたいな感じだった」

「ヒエッ、彼は昨日の晩ここに来たの？　そこまでは教えてくれなかったじゃない」

「ああ、ビーチクラブから帰ってきたら、ここに座ってたんだ」

「どうやって入ったの？」

「泳いできたんだって。それでピンと来なきゃいけなかったんだが」

「どうしてですか、ミスター・バーガー？」ヨリーが尋ねて、アイスティーをゴクゴク飲んだ。

「ミッチと呼んでくれないか？　ミスターなんて呼ばれるとビビってしまうよ」

ヨリーは彼にニコッと笑ってみせた。「了解よ、ミッチ」

「満ち潮だった」ミッチが説明した。「危険なんだ。そんな中を泳ごうなんて、正気の沙汰じゃない」

「彼が何をするかまで、あなたにわかるわけないわ」デズは言った。「だいたい何があったのかを論じるのは尚早よ。まだわからないんですもの」

「察するべきだったんだ」ミッチが頑固に繰り返した。

「彼にメッツのTシャツをあげたの?」

「貸したんだよ。あのシャツをもう二度と見られないんだよな?」

「返してもらいたいとは絶対に思わないでしょうね」

「彼がここにいた間に何があったのか話してください」ヨリーがメモ帳とペンを手に、尋問を引き継いだ。

「べつに何も」ミッチは肩をすくめた。「話をしただけだ」

「友好的な話でしたか? いい雰囲気で?」

「ああ、すごく」ミッチは答えたが、悔いのにじむ声になった。「親父さんの人生を描く映画を作りたいと話してくれた。シナリオもほぼ仕上がってると。読んでもらえないかと言われたから、喜んでと答えた」

「彼がここを出たのは何時でしたか?」

「十一時頃だった」

「ハイになってましたか?」

「ドラッグでってことか? それはないと思う。ただ俺のスコッチをかなり飲んでいた。でも頭はしっかりしていたよ。車まで送ると言ったんだが、歩いて帰れるとのことだった」

「車はどこに?」

「公営ビーチの駐車場に置いてきたと言ってた」

「ここから歩くと、どれくらいかかりますか？」

「計ったことはないな、巡査部長。三十分はかかる。四十五分くらいかかるかもしれない」

ヨリーはその情報をメモ帳に走り書きした。「と言うことは、彼は零時頃に駐車場に着いたってことかしら？」

「ああ、そんなところだろう」

「彼はエスメのことを何か言ってた？」デズが口を挟んだ。

「自分のプリンセスだと。彼女は王冠と飾り帯を身につけるべきだと言ったな」

「今しがた滝に現れたんだけど、唇をはらしていたの」デズはミッチに告げた。「喧嘩したとは言ってなかった？　彼女を殴ったとかそういうことは？」

「いいや、全然。エスメへの不満は、彼女が時々彼の話を聞かないってことだけだった。それでも親父さんの映画ではお袋さん役を演じてもらいたいと言ってたよ。だいたい二人の間に深刻な問題があったとしても教えないんじゃないか？」ミッチは言葉を切ると、どこか上の空でアイスティーをすった。「チトは俺に助言がほしいとも言った」

「何についてですか？」ヨリーが尋ねた。

「巡査部長、俺自身デズから電話をもらってからずっと同じ質問をしてるんだ」ミッチはカールした黒い髪に片手を走らせながら打ち明けた。「俺たちは彼の仕事の話をしていた、いいか？『パピーの恋』という映画に、エージェントは彼を出演させたがっているが、彼自身は実はやりたくないってことだった。で、彼はまずいことにハマってしまったと言った。俺はどうしようもないバカだから、つい余計なことをベラベラ喋ってしまう。それで、自分が望まないことに巻き込まれてるなら、君にはそこから抜け出す力があると言ってしまった」

「理にかなってると思いますけど」ヨリーが言った。

ミッチは惨めに頭を振ってみせた。「もう仕事の話をしていたわけじゃなかったとしたら？人生について話していたんだとしたら？考えてもみろよ。彼はここに座っていた。すごく情緒不安定な俳優だ……。もし人生を終わらせたいと告げようとしていたんだったら？俺が何をしてしまったかわからないのか？ゴーサインを出したんだ。どうなったか見てみろよ——彼はここを出るや、まっすぐ車で滝に乗りつけて、断崖から飛び降りたんだぞ」ミッチはがっくりと椅子に沈み込んだ。「ああ、俺が彼の背中を押したようなものだ」

「そんなふうに考えちゃダメよ、ミッチ」デズが命令するように言った。

「彼からもらった電話について話してもらえますか？」ヨリーが言った。

「俺はベッドで眠っていた」ミッチが虚ろな声で答えた。「彼は……すごく落ち込んでるようだった。手後れだと言った。そして、死刑執行人について話し出した。〝後の祭り。死刑執行人がもう行かせてやる時だと言ってる〟と。ニール・ヤングの歌だよ」

「ニール・ヤング」ヨリーが繰り返した。「へんちくりんなヒッピーの年寄りですよね？」

ミッチは冷ややかな目で彼女を見つめた。「彼はへんちくりんでもないし、年寄りでもないよ」

「お願いだから」デズが彼女に忠告した。「ポップカルチャーには近づかないで」

「ミッチ、あなたはそれをどういう意味に取りましたか？」ヨリーがたたみかけた。

「その時には、べつに何も。でも今は……今は、彼は自殺しようとしていたんだと思う。違うか？」ミッチは椅子から立ち上がって、窓まで歩いていくと、長いこと二人に背中を向けていた。そして、振り向いた時には、その目には涙があふれていた。

「俺は彼がこの世で最後に話した人間なんだ」感情があふれて、声が甲高くなった。

「俺が違うことを言ってやってさえいたら。とにかく何か違うことを。相応しいことを言っていれば、彼の考えを変えてやれたかもしれない。彼はまだ生きていたかもしれない」

「もう一度言うわよ」デズが辛辣に言った。「そんなふうに考えちゃダメ！」

「デズ、もう考えてしまったんだ！　しかもどう対処していいかわからない。これからどうやって良心に恥じないで生きていける？　毎日、鏡で自分の顔が見られると思うか？　俺が彼を殺したんだ、わからないのか？　俺がチト・モリーナを殺してしまったんだよ！」

7

デズと胸の大きなソーヴの新しいパートナーが立ち去ると、ミッチは即座にパワーブックと新しいメモ帳をリュックに放り込んだ。そしてクレミーとクォートのために三日分の餌と水を置いてやり、家を閉め、トラックに飛び乗って走り出した。出かけることはデズにも言わなかった。ただ、ここにはいられないことだけはわかった。

〈ターキッシュ・ディライトの館〉に立ち寄って、バクラワと濃くてうまいコーヒーを調達した。店に足を踏み入れて、ネマ・アッカーの顔をひと目見ただけで、彼女がチトの死のダイブについてラジオで聞いていることがわかった。

ミッチの顔をひと目見ただけで、ネマはミッチがそのことには触れたくないのだと察した。

「窓を直したんだね」ミッチの声がいくらかしゃがれた。

「ええ、そうなんです」ネマが明るく答えた。「それに憎悪犯罪担当の刑事さんも来うです。ミッチ、彼らも犯人を見つけられるかどうかわからないんですって」

「見つからないさ」バケツとモップを手に奥の部屋から出てきたヌーリが強情に言った。「何度もそう言っただろ。でも、お前は俺の話を聞いたか？　いいや、耳を貸そうともしなかったんだ」

ネマは口を尖らせたが、何も言い返さなかった。

「刑事さんたちには私の考えをはっきり伝えましたよ」ヌーリが今度はミッチに言った。「警護のために一週間か、二週間、パトカーを配置すると言ってくれましたが、断りました。お客様を驚かせて、足を遠のかせてしまうわけにはいかないでしょう？　これは商売の問題なので、ドーセット商業組合に提起しようかと思います」

ミッチはまさしく、デズの言っていたアッカー夫妻の間にある緊張を目の当たりにしていた。絶対に巻き込まれたくない状況だ。

おつりを受け取ると、そそくさと店を出て、アムトラックのオールドセイブルック駅にトラックを走らせながら、バクラワにかぶりついた。そこで地元の人たちが〝オンボロ・トロリー〟と呼ぶ、海辺の町々とニューヘーヴンを結ぶちっぽけな列車に乗るのだ。ニューヘーヴンで、グランドセントラル駅行きのメトロノースの通勤列車に乗り継ぐ。締めて二時間半の列車の旅だ。

山下書店

半蔵門店

☎5275-6538

あけましておめでとうございます
本年も皆様がご来店くださる店と
なるようがんばってまいります

2009/ 1/17土 14:50(営 1/17)
お買い上げ 3017/001/76407 04

販 文庫
031100 876外

1点 小計 ¥876
¥876 外税額 ¥44
合計 ¥920
預かり ¥1,000
お釣 ¥80

朝のラッシュアワーは過ぎていたので、座ることができた。パワーブックの電池は六時間もつ。すぐさま起動すると、コーヒーを飲み干し、仕事にかかった。

まずメモを作った。チトがミッチの椅子に座って、スコッチを飲みながら語った言葉を一つ残らず思い出そうとした。その口調、その抑揚を洗いざらい。次に夜中に起こされた電話の内容を思い起こしてから、他の記憶に移った。チトの『セールスマンの死』を観た夜、どんなに興奮したかとか。チトの映画俳優としての最高作、『理由なき反抗』について書いた。父親の人生を映画化するという実現されなかったチトの夢について書いた。書き続けるしかない——この苦しみを慰めてくれるものをニューヨークで見つけるまでは。ミッチは書いた。ありとあらゆる記憶や印象をつなぎ合わせていくと、まとまりのあるエッセーになった。その作業にすっかり没頭していたので、一二五丁目の駅に到着したのに気がついて驚いた。時間が飛ぶように過ぎていた。

列車がグランドセントラル駅の腹に入って停まると、タイムズスクエアシャトルを利用し、地下鉄一号線に乗り継いで、一四丁目まで行き、自宅までの残りの道をてくてく歩いた。七月のニューヨークの悪臭にむせるような昼間の熱気に、足取りは這うように遅くなった。ハドソン通りを渡った時には、足の下でタールが焼き立てのブラウニーさながら柔らかく粘ついた。交差点で停止している車から暑気がはっきりと放射されてくる。ハドソン通りにある小さなマーケットに立ち寄って、新鮮なチョコレートミルクの一パイントパックを買ってから、自宅に向かった。

グリニッチとワシントン通りの間、ウェストヴィレッジの古くからの食肉加工場地区ガンズヴォートにある、二〇世紀初頭に建てられたブラウンストーンのマンションを今も手放さないでいるのだ。かつて、このワンフロアの住まいはメイシーと彼のものだった。二人の場所だった。今現在はと言えば、薄暗くて、蒸し暑くて、ものすごく古いチーズとも、ものすごく汚いソックスともつかない臭いがする。ミッチは表と裏の窓のエアコンをつけ、コーヒーメーカーのスイッチを入れると、タジ・マハールの『ファントム・ブルース』を思い切り大音量でかけた。コーヒーが沸いて、部屋が冷えるまでの数分間、請求書やダイレクトメールを上の空で見ていった。やがて濃いコーヒーをマグに注ぎ、リッチチョコレートミルクをツーフィンガー加えると、再びエッセーに没頭した。

仕上げたところで、レイシーに電話した。

「お若いミスター・バーガー」担当編集者が明るい声で言った。「いつ連絡をもらえるかと思っていたのよ」

「俺は彼の死に責任があるんだ、レイシー」

「何言ってるの？　通信社からの第一報はどれも、〝明らかな自殺〟になってるわよ」

「俺は止めることもできたかもしれないんだ。彼にアドバイスしたんだよ。まずいアドバイスだった。で、彼は死んだ。同世代では最高の俳優だったのに、死んでしまった。明日の新聞に批評家の賛辞を載せるべきだよ、レイシー。彼のキャリアはタブロイド紙の馬鹿騒ぎや下らない『ダークスター』なんかではとうてい量れない。その真実の姿が語られるべきだ。俺は語らなきゃならない。どう思う？　俺はわがままか？」

「あたしなら、坊や、あなたのことをあたしが一緒に仕事をした唯一の芸術的批評家だと思ってるわ。自分の言葉に人が興味を持つかどうかを本気で気にしているもの。百万人の熱心な読者があなたの書く最後のチト評を読みたくてうずうずしているのがわからないの？　絶対にやるべきよ、ミッチ、わかった？　あたしに何か渡してよ」

「それなら今向かってるよ」ミッチは告げて、ファイルをEメールした。

それから、慰めを探しに家を出た。

それは、少年時代からいつも見つけていた場所で見つかった。子供時代のお気に入りの通い先は、ほとんどがもうない――〈ザ・ニューヨーカー〉、〈ザ・リージェンシー〉、〈ザ・リトルカーネギー〉、〈ザ・ブリーカーストリートシネマ〉。賃貸料の高騰とレンタルビデオの出現が映画館を廃業に追い込んだのだ。今では、ファンは古い映画を自宅で観ることができる。それはそれでいいのだが、ミッチにとっては、スクリーンに映し出された映画というのが唯一の鑑賞スタイルになっている。映画館の中にいること自体が好きなのだ。照明の落ちた映画館にいると、世界が納得のいくものになってくる。外の世界の苦しいほどの無秩序からの逃げ場というだけではない。彼にとっては、そこが自然の生息地だ。

映画館の暗闇の中で、ミッチ・バーガーは生き返る。

貴重なサンクチュアリが、今も五つの自治区のあちこちに散らばって残っている。どこへ行けばいいかさえわかればいい。そして、この蒸し暑い七月の午後、ミッチにははっきりと行くべき場所がわかっていた――ヒューストン通りの〈フィルム・フォーラム〉での『猛毒カマキリ』と『放射能X』のマチネー二本立てだ。

ありがたい暗がりの中、客は彼一人のようなものだった。周囲十列に人はいない。ミッチはサンドイッチ、ピクルス、ポテトサラダ、クッキー、キャンディ、それにソーダを買い込んで席についた。そしてサンドイッチを開けて、あごが痛いのもかまわずむしゃむしゃ食べ始めると、『猛毒カマキリ』では、クレイグ・スティーヴンスが北極地域の取り壊された見張り所を出て、雪に残るひどく奇妙な足跡の調査に取りかかった。『猛毒カマキリ』が上映されている間に、ミッチは慰めを見出していった。

と、突然、長身でほっそりした人間が隣の席にするりと座って囁いた。「その匂いはコンビーフ？」

「いいや、パストラミだ」ミッチはビックリ仰天して囁き返した。「ここで何してるんだ？」

「あなたを探してたのよ、生パン坊や」デズが答えた。「何してると思ったの？」

「けど、俺の居場所がどうしてわかった？」

「あなたって人を知ってるもの。けど、ここが最初の立ち寄り先ってわけじゃないわ。アストリアの映像博物館にも行ったし――」

「いやぁ、バーグマンを観る気分じゃなかったよ。サンドイッチを半分どうだ？」

「いいわね。それから、〈セーリア〉も覗いた。ローレンス・オリヴィエの回顧上映をしてたわ」

「ああ、彼は気取り屋だったから。ピクルスはどうだい？」

「ったく、この街にはあなたに似て、昼日中から映画を観る白い男が山ほどいるのね。あなただけだと思ってたのに。何を観てるの？　うわっ、巨大昆虫だわ！」

「カマキリだよ」ミッチは意気込んで囁いた。二人は頭を寄せ合って座っていた。「こいつはまさに放射能が自然に与える影響についての古典的訓話なんだ。わかってもいないエネルギーを弄んじゃいけないと告げてる。本当にひどいことが起こりかねないからって。俺たちは謙虚にならなきゃいけない。俺たちがすべてを知り尽くしてるなんてことはないんだから」

デズは不思議そうに彼を見やった。「まだこの映画のことを話してるの?」

「ああ、まあな」ミッチは答えて眉をひそめた。「おい、マロマークッキーはどうだ?」

デズが身を乗り出して、せっつくようにキスすると、ミッチはびっくりした。「すごく心配したのよ、ベイビー」

「ごめんよ、デズ。そんなつもりはなかった。とにかく逃げ出さなきゃと思ったんだよ」

「わかってるわ」デズは囁いて、彼の手をギュッと握った。「パトカーを外に二重駐車させてるの。あなたにはまた外の世界に出てきてもらわなきゃならない、わかるわね? 大事な話があるのよ」

「また戻ってきて、続きを観られるのか?」

「いいえ、それはないわ」

ミッチは食べ物をかき集めると、デズについて通路を抜け、暑い陽射しの中に出て、明るい光と色に目を瞬かせた。警笛が鳴り、タイヤが軋った。人々は大声をあげ、走り回っている。映画館から照りつける太陽の下に出たこの最初の一瞬ほど、世界が鮮やかで生き生きして見えることはない。

パトカーの内部はすっかり蒸し暑くなっていた。デズはエンジンをかけ、エアコンをハイに入れた。彼女がよく見えるようになって、ミッチは生涯の恋人がひどく取り乱してピリピリしているようだと気がついた。

俺のせいだ。彼女は俺のことを心配してたんだ。

「薬物検査の結果が出るまでには数日かかるから、チトがどれくらいハイになっていたかも、あるいは全然なっていなかったかもまったくわからないの」デズはハンドルを握り、制服に包まれた肩をいからせて告げた。「けど、検死官の解剖から、必ずしも自殺を死因とは特定できない徴候が浮上したわ」

「どんな徴候だ、デズ？」ミッチは心臓がすでに早鐘を打ち出しているのが感じられた。

デズはグリーンの瞳で彼をじっと見つめて答えた。「チトの指の爪はひどく剝がれかけていたんだけど、その下から苔が見つかったの。それに彼のサンダルのつま先がこすれていた。鑑識が望遠レンズを持って戻って、断崖の側面を調べると、てっぺんから六フィートくらい下の場所に生えている苔が間違いなくいじられていた。そうしたことすべてが、男が落ちる前にそこを引っ掻いたり蹴飛ばしたりしたことを示唆している」

ミッチは息を吞んだ。「彼は殺されたってことか？　誰かに突き落とされたんだ」

「そう急かないで、カウボーイ」デズは警告した。「確かなものはまだ何もないのよ。彼が飛び降りたと決めつけたければ、完璧にもっともらしい説明がまだ成り立つもの」

「と言うと……？」

「彼は最後の最後に自殺を思い止まろうとした。何とか助かろうとしたけど失敗して落ちた。それでも遺体の落ちていた位置の説明はつくのよ」

「あっ、そうか」

「ただ、聞き込みで見つかった興味深い情報が一つあるの」デズは続けた。「デヴィルズ・ホップヤード街道沿いの農家に住む女性が、午前一時頃に自宅近くのガードレールに車が横腹をこする音を聞いたと言ってるの。耳障りなひどい音だから、彼女はちゃんと聞き分けた。で、車は滝の方向に向かっていたと主張している。これはチトのジープで見つかった新しいすり跡と一致するの、わかる？　で、ここからが興味深いところよ――彼女は寝つけなくなって、二時半頃もまだ起きていて、キッチンでミルクを温めていた。その時に車が猛スピードで走り去るのを聞いた。ただし、この車は滝からドーセット方向に向かっていた。あの道路は滝で行き止まりなのよ、ミッチ。つまり、チトが死んだ時に、他にも誰かがあそこにいたってことよ」

「彼を殺したやつだ」ミッチは言い放った。

「あるいは、少なくとも重要参考人ね。それを裏付ける具体的な証拠が見つかったわけじゃないんだけど。足跡はあの雨ですっかり洗い流されてしまったし。シュナップスのボトルに残っていたのはチトの指紋だけだったし。溝に残っていたタイヤ跡も彼のジープのものだった。もちろん、夜の夜中だから、車を道路のど真ん中に停めていたってこともあり得る」デズはそこで言葉を切った。表情が厳しくなった。「この状況の中にもう一つ加味しなくてはならない要素があるわ……エスメ・クロケットのはれた唇よ」

「チトが殴ったと考えてるんだな？」

「誰かが殴ったのは確かよ」

「彼女はどう言ってた？」

「何も。引きこもっちゃったの。ニューヨークのお偉い主治医によれば、取り乱していて、とても話はできないんだとか。ニューヨークのお偉い顧問弁護士は、明日には尋問に応じさせると言ってるわ。それはそうと、あなたには一緒にドーセットに戻ってもらわなきゃならないの」

「何のために？　もうすべて話した……」声が小さくなって、ミッチはごくりと唾を呑み込んだ。「まさか、警察は俺が彼を殺したと考えてるんじゃないよな？」

「リコはどう考えていいかわからないのよ。現段階では、とにかく調べられることは調べたいってことよ」

「あの新しいパートナーの巡査部長だが、少しは役に立つのか？」

「ボンボンのこと？　なかなかの腕があるわよ」

「どうしてボンボンなんて呼ばれるんだ？」

「気がつかなかったって言うの？」

「真面目な話、デズ、俺は容疑者なのか？」

「重要参考人よ。彼に接触した最後の人間だもの」

「犯人以外ではってことだろ」

「そうだと仮定しても」彼女が反駁した。「現実には、解剖報告書が自殺か他殺かのどちらかを裏付けるわ。まずは自殺だとしましょうか……。彼は遺書を残さなかった。これは行動様式に合わないわ。けど、電話をかけた――あなたに。彼は、仕事やその他諸々をきちんと片付けたりして、自殺を周到に計画したわけではなかった。これも行動様式に合わない。けど、ほら、彼は俳優で、公証人ってわけじゃないでしょ。今度は方針を変えて、誰かが彼を殺したとしましょう……。臭うのはどこ？」

ミッチは眉をひそめて彼女を見た。「臭う？」

「数年前に担当した殺人事件のことを考えてるの。ニューイントンの主婦の事件よ。どこから見ても自殺だった――けど、彼女が死ぬ前日に夫が共有名義の口座から五千ドルを引き出していたの。夫には愛人がいた。彼は本人名義で三ヵ所に私書箱を持っていた。彼はとにかく臭ったの、わかる？」

「ああ、わかるよ」

「あなたの話では、チトは何かにはまってしまっていて、抜け出したいと言ってたのよね？」

「そうだ」

「それが恋愛関係だった可能性はある？」

ミッチは考え込んだ。「あるな。そうだよ、デズ！　彼はあそこで誰かと密会してたんだ。彼は別れたかったが、彼女はそれを望まず、それで彼を殺した。待ってくれよ——昨夜も曖昧にだが、彼はクリッシー・ハバーマンに触れてたぞ。今朝メモを作った時に書き留めたよ。こう言ったんだ。『現実のものなんて何もない。俺は本物じゃない。エスメは本物じゃない。エスメと俺、クリッシーと俺……』そこで、『クリッシーと君が何なんだ？』と尋ねたんだが、彼はすぐに話題を変えた。俺は彼のキャリアに対するクリッシーの影響力のことだろうと思った。でも二人は深い関係だったのかもしれない。それなら、マーティーンがクリッシーをあそこまで嫌っているのも納得できる。けど、どうしてクリッシーなんかと深い関係になるんだ？　あのエスメ・クロケットと結婚してるのに——」

「他人のラブライフを理解しようなんてしないことよ。何の得にもならないわ」

「まあな。これが殺人事件の捜査になっても、タブロイド紙が俺を追いかけないことを願うばかりだよ。俺たちは〈ザ・ワークス〉であの喧嘩をしたんだし、俺が――」

ミッチは喋るのをやめて、惨めな顔で隣のシートのデズを見やった。「タブロイド紙ならできるんじゃないか？　実際あいつらなら俺を第一容疑者にでっち上げられる」

「ベイビー、あの連中には何でも好きなようにできる許可があるのよ」

「けどチトは滝から電話をくれた」ミッチは指摘した。「彼の携帯記録がその正確な時間を教えてくれる。死ぬ直前に家の電話で彼と話した俺が、どうして彼を殺せるんだ？」

「あのね、その論理には穴が二つあるの」デズは答えた。「死亡時刻はそこまで正確ではない。前後二、三十分は誤差の許容範囲だわ。あなたは電話で話してから、車で乗りつけて、彼を突き落とすこともできた」

ミッチは座ったままはれたあごをさすった。この状況が気に入らなかった。「二つ目の穴は？　二つあるんだろ」

「彼が話した相手があなただという証拠はない。あなたが彼を殺すために滝に向かっている間に、誰かが彼からの電話をとったこともあり得る。その時間にあなたの家にいた人間よ」

「確かに。何てことだ、俺は容疑者じゃないか」

「あのね、もしあたしがあなたを愛してなかったら、きっと厳しく綿密に調べてるでしょうね。あなたには動機と機会があって、アリバイはないんだから。それとも、アリバイはあるの？」

「アリバイってどんな？」

「彼が死んだ時間に、誰かがあなたと一緒だったとか」彼女が抑揚のない声で言った。

「よくもそんなことが訊けるな。君なら俺が一人だったくらいわかってるはずじゃないか」

「言ってくれなきゃわかるわけないわ」

「よし、いいか、俺は一人だった」

「いいわ、わかった」彼女がぶっきらぼうに答えた。

ミッチは窓から歩道に目をやった。こぎれいな服装のキャリアウーマンが二人で歩いていく。二人とも携帯で話しているが、お互い同士で話しているのではなさそうだ。「デズ、俺は弁護士を雇う必要があるか？」

「あなたは重要参考人で、容疑者じゃないわ。それでもあたしはあなたを連れて帰らなきゃならないの、わかった？」

「わかった」

「それじゃ行きましょう。今出れば、まだラッシュアワーの渋滞につかまらずに済むわ」デズはギアを入れて、ヒューストン通りをゆっくりとヴァリックに向かった。

「この道からウェストサイドハイウェーに乗れるのかしら？」

「帰るのは明日の朝にするわけにいかないか？」

「どうしてわざわざ延ばすの？」

「この街で二人の時間を過ごしたことがないからさ。君と一緒に〈ザ・ポート・アルバ・カフェ〉でほうれん草のフェトチーネを食いたいんだ」

「あら、おいしそう。すごくいいわ」デズが答えた。ヴァリックでまったく動けなくなったところだった。交差点はどちらを向いても渋滞だ——トラックやバンがずらりと並んで、警笛が鳴り響いている。「けど、タイミングが悪いわ」

「いいタイミングなんて絶対にないだろうさ」ミッチはぼやいた。他にも問題があるからだ。デズは彼の部屋をメイシーの縄張りだとみなしている。泊まろうとはしないはずだ。着替えを置こうともしないだろう。「パソコンや何かが部屋に置きっ放しなんだが」

「それじゃ寄っていきましょう」彼女があっさり言った。

「デズ、今夜は泊まるべきだよ。これも君がしなきゃならないことなんだ」

「動きそうもないわ」彼女が上の空で答えた。信号が赤から青へ、そしてまた赤へと変わっても、渋滞の列はまるで動かない。「いいわ、どうして私がしなきゃならないわけ？」

「それは、君が途方に暮れてるからさ」

デズは身を引くようにして、彼を睨みつけた。「それって、あの忌々しい木の話？」

「君は方向性を見つけられなくて、そのためにすっかりおかしくなってる。ものすごく付き合いにくいやつになってるってことも指摘しなきゃ。君に嘘はつけないからね」

「嘘も方便かもよ」彼女が険悪に言った。

「俺がそれをやったら、昨日の晩俺の家には誰もいなかったと言っても、信じてもらえないんじゃないか？」

「まあ、そうだわね」

「絶対にそうだろ？」

「まあ、そうね」

「それじゃ俺のこの言葉を信じろ――君にはニューヨークが必要だ」

デズは苛立たしげにため息を漏らすと、ほっそりした長い指でハンドルをコツコツ叩いた。「ミッチ、あたしは地方に住んでるの。忌々しい木々があるのもあそこなの、忘れたの？　ここは都会で、舗装と割れたガラスしかないわ。それに、ああ、この交通渋滞も大嫌いよ」

「だからわからないんだよ。車のキーはしまわなきゃ。ニューヨークは歩いて、見て、聞く街なんだ。ここにいると、あらゆるものからプラスアルファの衝撃を受ける——美しいものはより美しく、醜いものはより醜く、興奮は増幅され、危険はより危険になる。そのせいで人はさらに活気づく。そうなると五感が研ぎすまされる。デズ、君にもきっと効果がある。俺には自信があるんだ。俺が君を誤った方向に導いたことがあるか？」

「あるわよ。『風と共に散る』はいい映画だと、あたしに保証したじゃない」

「ソープオペラの名作だぞ。ダグラス・サーク監督の最高傑作だ。君にはキッチュに対する鑑賞眼がないってだけだよ」

「それは利点にこそなれ、欠点にはならないわよ」

「けど、ドロシー・マローンはアカデミー助演女優賞を受賞したんだぞ」

「どの人？」

「あのブロンドの色情狂だよ。興味深いことに、彼女はその路線を続けたな。テレビの『ペイトンプレイス物語』ではコンスタンス・マッケンジー役だったんだから」

「うわっ、因果は巡るわけね。あなたの頭って途切れることのない輪みたい。自分でもわかってる?」

二人はようやく交差点を渡り、デズはハドソン通りを目指して西へと車を飛ばし、ふらふらと進路に入ってきたバイク便に警笛を鳴らした。

「もう一つ、言っておくことがある」ミッチは付け足した。「都会の方がセックスはいいよ」

「あれよりよくなったら、鎮静剤でも飲まなきゃならなくなるわ」デズは彼に向かってニコッと笑ってみせた。「あなた、元気になってきたわ——魔力を取り戻してる」

「俺に魔力があるのか?」ミッチは顔を輝かせて尋ねた。

「ええ、もう絶対に」ハドソン通りに出ると、鋭く右に曲がってアクセルを踏み込み、彼のマンションのあるアップタウンを目指した。「ねえ、このチトの事件が片付いて、あたしが一日休暇を取れたら、試しにやってみてもいいかもよ。ダンスに行ければの話だけど」

「ダンス?」ミッチは繰り返して、眉をひそめて彼女を見た。「人前で?」

「そう」

「いいや、ダメだよ。俺はやらない」

「俺はやらないってどういうこと?」

「俺が身体を動かしてダンスしてるのを、その目で見たことあるか？」

「そう言えば、ないわね」

「見られたもんじゃないんだ、デズ。ケツはたるんでるし、身体はこちこちだし、これと言った動きもできない。真面目な話、俺のダンスは見ない方がいいよ」

「ダンスするのよ、生パン」

「何だ、セットだってことか？」ミッチは尋ねながら、どうしてこんなことになってしまったのだろうと思った。アッという間に、とんでもないことになってしまった。

「そう、セットよ」

「フェアじゃないぞ」

「あたしは許されるのよ、女の子だから。あなたはあたしの恋人なんだし。あたしはあなたがダンスフロアで、ママにもらったその身体を揺するところが見たいの」

「わかった、それで君をここに連れてこられるならやるよ。君のアートより大切なものなんて、俺には何もないんだから。俺個人の尊厳なんて目じゃないさ」ミッチは言葉を切ると、彼女に向かって厳めしくあごを引いた。「君が自分で招いた紛れもない恐怖を実感してくれることを願うばかりだよ」

8

エセル・マーマンにベッドから叩き出されたようなものだった。

ベラと、『アニーよ銃をとれ』キャストアルバムの忌々しいデジタルリマスター盤のせいだ。デズに関する限り、エセル・マーマンの『アイ・ゴット・ザ・サン・イン・ザ・モーニング』で目を覚ますというのは、マグニチュード5・1の地震の震央で意識を取り戻すようなものだった。

うめき声をあげ、角縁眼鏡をかけると、タンクトップとジムショーツ姿のまま裸足でよろよろ階段を下りた。昨日はほとんど一日がかりでドーセットとニューヨークを車で往復したので、グロッキーで、全身がこわばっている気がする。目もはれぼったくて、かすんでいた。

キッチンではコーヒーが沸いていた。エセルの声がさらに大きくなった。この忌々しい女性のビブラートは、はるかデラウェアの窓ガラスさえ粉砕してしまいそうだ。ベラは、耳が遠いとしか思えないのだが、ダイニングテーブルでオールブランを食べながら、今朝のニューヨークの新聞にパラパラ目を通していた。

家猫たちが揃って飛んできた。ベラが朝ご飯をくれなかったことを、デズにわかってもらいたいのだ。デズは膝をついて撫でてやってから、大声で呼びかけた。「おはよう、ベラ！」

「おはよう、デジリー」ベラも大声で答えた。

「ねえ、エセルの音量ちょっと大きすぎない？　ルームメートはセミオートマチックを持ってるのよ」

「やっちゃった」ベラはすぐさまリビングに駆け込んで、音量をしぼった。「孫のアビーの口癖なの。いつも言うのよ。『やっちゃった、お祖母ちゃん。ごめん』って。来月にはハーバードに入学するというのに、三歳児みたいな口のきき方で。べつのCDをかけた方がいい？」

「かまわなければ、少し静かに今日を始めたいんだけど」

「ええ、いいわよ」ベラはステレオを止めて、席に戻った。そして、「あなたの素敵なミスター・バーガーがチト・モリーナについて書いたとてもいい記事が朝刊に」と、ずんぐりした指を記事に突き立てた。「思いやりのこもった記事よ」

「ミッチは起きたことにとても心を痛めてるの。チトの仕事を本気で評価してたし」

デズはコーヒーを注ぐとひと口飲んで、ベラの肩越しに新聞をざっと見た。「捜査については、新聞は何を摑んでるのかしら」

「テドーン警部補は殺人の可能性を除外していないし、検死官も同様だって」ベラは親指を舐めると、ページをめくっていって、一面に戻った。「ここよ……『検死官はミスター・モリーナの死の状況には問題があるとしている』そうなの？」

「まあね」デズは答えて欠伸をした。「タブロイド紙はどう？」

ベラの顔が曇った。「あなたは見ない方がいいわ」

デズはよく見えるようにすぐさま『デイリーニュース』と『ポスト』をテーブルに広げた。どちらも、出血した唇をはらしてチャップマン滝のゲートに到着した狂乱状態のエスメ・クロケットの写真を一面に載せていた。『デイリーニュース』は唇についての憶測にあふれている。セックスが元凶とされ、ゴールデンカップルに近い名前を伏せた情報源の、「二人とも荒っぽいのが好きだった」という言葉まで引き合いに出している。この情報源っていったい誰かしら。デズは思った。一方、『ポスト』はもうミッチをチトの死と結びつけようとしていた。「ミッチ・バーガーは現時点では容疑者とされていないが、名前を伏せた情報源はこう付け足した。『当局は明らかに聞き出せる限りのことを彼から聞き出したがっている』」これじゃ当局が、彼は何かを隠してると考えてるみたいじゃない。この名前を伏せた情報源って誰なのよ？

どうしたらその男か女かわからないやつの首を、この手で絞めてやれるかしら？

「ねえ、お次はどうなるの？」ベラが熱心に尋ねてきた。

「またパラダイスの一日が始まるわ」デズは答えて、見ないで済むようにタブロイド紙をミッチのコラムの載った新聞の下に入れた。猫の一匹が床に毛玉を吐いたのに続いて、他の猫たちも同じようにエリアラグを台無しにしている。「クマゴローやブーブーと一緒にもう一度ジェリーストーンに行くことから始めるつもりだったんだけど」

「そう。一応はうなずいてるけど、何の話かさっぱりわからないわよ」

「制服に着替えて、パトカーに乗って、駐車違反呼び出し状を書くの」

「デジリー、あなたはチトに何があったんだと思う？」

湿度の高い靄のかかった朝だ。空は食器を洗った後の水のような濁った色をしている。デズは湖を見晴らす窓まで行って、ゆっくりストレッチをした。つま先に触れようと屈むと、脚がこわばっているのが感じられた。「あたしなら、そういうことを考えるのはもうあたしの仕事じゃないと思ってるわ」

「でもあなたなりの考えはあるはずだわ。水道の蛇口みたいにあっさり締めておしまいにできるわけないもの」

「それができるのよ」

呼び鈴が鳴った。デズはドアまで歩いていって開けた。

クロケット家の二人だった。

エスメは、ブロンドのたてがみのような髪はくしゃくしゃ、下唇を赤くはらしたまま。女優は陸軍の作業パンツにチューブトップ姿で、若く美しい顔にはいくらかぼうっとした表情が浮かんでいる。

マーティーンが隣で娘の腕をしっかり摑んでいる。彼女の顔には勇敢な断固とした笑みが刻まれている。「さあ、話すのよ。デズにあなたの決心を話しなさい」

「子猫」エスメが震える声でデズに告げた。「子猫が見たいの。見てもいい？」

「もちろんよ」デズは請け合った。「期待には背を向けない主義なの。ちょうどコーヒーを飲んでるところだったんだけど、一緒にいかが？」

「私たちならけっこうよ、ありがとう」マーティーンが答えた。大股で入ってくると、彼女のシックなエナメル革のサンダルの薄い靴裏が、磨き込まれたフローリングに小粋にコツコツ鳴った。「おはよう、ベラ！」

彼女とベラが上機嫌でお喋りを始めると、エスメは床に膝をついて、ミッシー・エリオット、クリスティ・ラブをはじめとする家猫たちと遊び始めた。

「こんにちは」優しい声で言って、彼らと一緒に床に寝そべった。「こんにちは、お嬢さんたち」

「男の子もいるのよ」デズは指摘した。「あなたのバストの真ん前に立ってるその大きなオレンジ色の雄は、キッド・ロックっていうの」

「やっぱりね」エスメはクスクス笑って、キッド・ロックを優しく撫でた。

マーティーンは感嘆の眼差しで家を見回した。「この家に奇跡をもたらしたのね、デズ。すごくダーリンだわ」

「この光が好きで」デズは答えた。物が素敵だと評するのに〝ダーリン〟という言葉を使う人に会うのは生まれて初めてだった。

「あなたのボーイフレンドの記事はとってもよかったわ」エスメがデズに言った。

「けど、チトのシナリオのことは違うのよ」

「どう違うの？」

「シナリオなんて一ページもないの。存在しないのよ、もともと。プロジェクトは空想にすぎないの。素晴らしく美しい空想だったのよ」

「デズ、率直に話していいかしら？」マーティーンがきびきびと口を挟んだ。「エスメは、いえ、私たち二人は、朝一番にあなたに話すのがいいだろうって考えたの。娘はできる限り当局に協力したいと考えてるの。それに……打ち明けたいこともあって」

「それって、その唇と関係があるの、エスメ？」

「まあね」マーティーンが代わって答えた。

エスメはまた猫と遊び始めている。

「協力を申し出てくれて感謝するわ」デズはキッチンの電話に向かって歩き出した。「テドーン警部補を呼んで始めましょう」

「男の人はいや」エスメがいきなり言い出した。「警部補はいやよ」

デズは立ち止まった。「今何て言ったの？」

「あなたと話したいのよ、デズ。あなたのことは好きだから」

デズは彼女に微笑みかけた。「あたしもあなたのことが好きよ、エスメ。でもあたしはこの捜査に関わっていないの。あたしは駐在にすぎないのよ」

「マミー、やっぱりいやだわ」エスメがゆっくり首を左右に振った。

「まあ、そう急かないで。きっと何か方法があるわよ」そして、マーティーンはデズに向かって言った。「事情聴取に立ち会ってもらうことはできるでしょ？」

「できるんでしょ？」エスメが懇願するように尋ねた。

「その方がよければ、立ち会えるように要請することはできるわ」デズは慎重に答えた。「けど、あくまで警部補の判断次第なの。それはそうと、顧問弁護士はあなたがここにいるのを知ってるの？」

「彼なら娘がクビにしたわ」マーティーンが答えた。

「弁護士なんて大嫌いよ」エスメが突然罵った。「あいつらって嘘で食ってるのよ」

「デズにならわざわざそんなこと言う必要はないわよ」ベラが指摘した。「その一人と結婚してたんだもの」

「クリッシーはどうなの？」デズは言った。「今朝はどこにいるのかしら？」

「クリッシーはチトに雇われてたのよ。エスメとは関係ないわ」マーティーンが冷淡に言った。「彼女もクビよ」

「もうここにはいないの？」

「私たちはすごくラッキーだと言うべきかしらね。居座ってるわ。チトの死がこんな大ニュースになってしまったからとかで。けど、もうエスメの利益の代理人じゃないし、一緒に住んでもいないわ」

「今はマミーが住んでくれてるの」エスメが言った。

「娘には話し相手が必要なんじゃないかと思って。かわいそうに、ドッジは一人で自宅を守ることになるけど、二、三日ならやっていけるでしょう」

「デズ、あなたにだけ話すわけにはいかないの？」エスメがまた懇願してきた。

「そうよ、そうするわけにはいかない？」マーティーンも続いた。彼女自身も通常の凶悪犯罪班ルートを本気で避けたいらしい。

どうしてかしら。デズは思った。単に娘を守らなくてはいけないという思いからだろうか。それともこの状況には他にも何かあるのかしら？　ミッチからマーティーンとジェフのことはすっかり聞いている――ほんの一秒だって理解できたわけではないが。マーティーンは自分の義理の息子とも寝ていたってこと？　チトが滝で会っていた女性というのは彼女なの？　そんなことがあり得るかしら？

ここはドーセット。もちろんあり得るわ。

「あたしはシャワーを浴びて着替えなきゃ」デズは言った。「ベラが地下のガレージに案内して、子猫たちに会わせてくれるわ」

「子猫ちゃん！」エスメが幼い子供のように手を叩いた。「子猫ちゃんたちに会いたい！」

「時間をかけて、彼らと知り合いになって。それからどうするか決めましょう、ねっ？」

ベラはクロケット家の二人を地下に案内していった。彼らが部屋からいなくなるや、デズはソーヴに電話して、ここまで来るように言ってから、シャワーに飛び込んだ。

呼び鈴が鳴ったのは、制服のボタンを留めている時だった。ドアまですっ飛んでいって開けた。ベラとあの母娘はまだ地下室だ。

「知らせてくれてありがとうな、デズ」ソーヴが胸をふくらませてドアを入ってきた。テカテカの黒いスーツの中では隆々の筋肉がぴくぴく動いている。

「どういたしまして、リコ。とにかくあなたが近くにいてくれてよかったわ」庁舎に臨時の捜査本部を立ち上げたのだ。

ヨリーはちょっと遅れて入ってきた。ブラウンの瞳が興味津々で、デズの家の内装を素早く見回した。今日はレーヨンの濃紺のトップを着ている。ルーズフィットで、バストもそれほど目立たない。意識的に選んでるんだわ。デズは思った。

「ねえ、ここに住んでるの？」ヨリーが驚嘆のあまり、声をひそめた。「ステキ！あのテラスを見てよ。あそこならその気になれば、素っ裸で日光浴ができるじゃない。訊いてもいいかしら。この手の物件の家賃ってどれくらいなの？」

「持ち家よ」

「まさか！」

「リコ、あたしも同席していいかしら？　その方がエスメも不安を感じないかもしれないから」

「俺はかまわないぜ」ソーヴが口ひげのあったあたりを撫でた。「で、弁護士は立ち会うのか？」

「クビにしたんですって」

「そりゃますますけっこうじゃないか」

「あなたたち、コーヒーはどう？」

「ありがたいな、デズ」ソーヴが答えた。

二人はテラスに出ていき、デズはコーヒーを注いだ。クロケット家の母娘がベラを連れずに地下から戻ってきた。

「タフガイの散歩をしてくるとあなたに伝えてって」マーティーンがデズに告げた。

「どういう意味かわからないんだけど」

「湖一周よ」デズは説明した。「一周三・六マイルで、最後の一マイルが上り坂なの」

「かわいい子猫ちゃんがいっぱい」エスメが夢見るように言った。「ポインター・シスターズが好きだわ。中でもあの白い足の子が」

「ボニーよ。あの子たちは似た者同士の三姉妹――どれか一匹が気に入ったとしても、三匹まとめてもらってもらわないと」

「いいでしょ、マミー？」

マーティーンはテラスの方を見ていた。「昨日滝に来ていた警官ね。三つ編みのあの女性も来ていたわ」

「何の用なの？」エスメが迫った。

「話を聞きたいのよ」デズは優しく言った。「大丈夫。あたしがついてるわ」

彼らの声に気づいて、ソーヴとヨリーが戻ってきた。ソーヴがゆっくりとエスメに近づいた。精巧なクリスタル製なので、うっかり圧力をかけ過ぎたら粉々になりそうだと言わんばかりの気遣いようだ。「我々のために時間を割いていただき、とても感謝しています、ミス・クロケット。どんなことでも亡きご主人について話していただければ、我々には大いに役立ちます」

「チトはどこにいるの？」エスメがせっついた。

「チト？」ソーヴはたちまち当惑した。「遺体は……彼は、ファーミントンの検死官のもとにいます」

「いつ家に連れて帰れるの？」

「すぐに。その、数日のうちに」

「どうか答えてください、警部補」マーティーンが言った。「娘は容疑者なのですか？」

「現時点では、誰も容疑者ではありません。まだ何があったのかを判断しようとしているところですから」

「まだわからないってことですか？」

「そういうことです」

「それじゃ、どうしてエスメが何かを知ってるなんて考えるの？」彼女が詰問した。

「マーティーン、これはあくまで情報収集のための事情聴取よ」とデズ。

「そうです」ソーヴが応じた。「参考までに話を伺いたいのです」

「ああ、それなら」マーティーンは見るからに得心したように言った。

全員がデズのダイニングテーブルについた。凶悪犯罪班は通常情報収集のための供述は録音しない。後で供述書にサインを求められることはあるにせよ。今朝は、ヨリーがメモ帳とペンを出して、テーブルに筋肉の波打つむき出しの腕をついた。誰かと腕相撲でも始めるかのようだ。

その向かいから、エスメが彼女の一挙手一投足を油断のない目で見守っていた。女優は母親の隣に座って、母親の手をしっかり握っている。

デズはと言えば、ソーヴをじっと見守っていた。ソーヴはコーヒーをすすると、頭の後ろで手を組んで椅子にもたれた。尋問はヨリーがやるということだ。デズもボンボンのやり方を見てみたいと椅子の背にもたれた。

「今日の気分はどう、エスメ？」ヨリーはエスメに向かってぐいっとあごを上げて尋ねた。この女性たちと一緒にいるのが落ち着かないのだ。デズにはわかった。

「まあまあじゃないかしら」

「チトが亡くなってから医者にかかってたんでしょ。今も何らかの薬物を服用しているの？」

エスメは横目で母親をちらりと見てから、ヨリーに向かってこちらもあごをぐいっと上げた。「どうして？」

「どうか質問に答えて」ヨリーは無愛想に言った。

「いいえ、素のあたしよ」エスメが答えて、おずおずと微笑んだ。「ねえ、あなたのその傷痕、好きだわ」

「あたしの何が好きですって？」ヨリーは照れくさそうに指を頬にやった。

「ギャングスターみたい」

今度はヨリーが当惑する番だった。「えーと、脇道に逸れないようにしましょう、いいわね？　エスメ、その唇はいつ怪我したの？」

エスメは目を伏せて、いくらか顔を赤らめた。「この間の夜」

「チトが死んだ夜ね？」

「そう」

「どうしてそんなことになったのか、話してくれる？」

「その、チトは夕方ずっと外出してたの。あたしに頭にきてたのよ。彼が嫌がるのに、一緒にビーチクラブに行ってって言ったから」

「彼はどこに行ってたの？」

「知らないわ」エスメは答えて、ブロンドの髪を指に巻きつけた。

「夫が夕方ずっとどこにいたのか見当もつかないってこと？」

「そう言ったでしょ」

ヨリーは目を細くして、テーブルの向かいのエスメを見つめた。「それって、よくあることなの？」

「まあね」

「それじゃ、あなたはどこに行ったの？」とヨリー。エスメの煮え切らない返答にいくらか苛立ってきている。

「どこにも。あたしは家にいたわ。TVランドで『かわいい魔女ジニー』の連続放映をしていたの。あのドラマ、あなたは好き？　宇宙飛行士が出てくるのよ。あたしは大好きなの」

「あなたも一緒でしたか、ミセス・クロケット？」ヨリーはマーティーンに尋ねた。

マーティーンは答える代わりに首を振った。

「家には他に誰かいたの？　メイドとかコックは？」

「あたしたちは、そういう生活は好きじゃないの」まだチトがいて、まだ彼がライフスタイルを決めているような言い方だ。「昼の間にちょっとお手伝いさんに来てもらうだけよ」

「地元の未亡人に買い物と洗濯をしてもらっています」マーティーンが説明した。

「不動産屋が手配してくれました」

ね？」


「了解」ヨリーは情報をメモ帳に走り書きした。「それじゃ他には誰もいなかったの
「あら、クリッシーがいたわ」エスメが言い出した。

「あなたの宣伝係の？」

「元宣伝係です」とマーティーン。

「彼女はゲストハウスにいたの」エスメが明かした。「ガレージの先にあって、入り口も何もべつになってるわ」

「母屋で何かあれば、彼女には聞こえるかしら？」

「あたしにはわからないわ。彼女に訊いてよ」

「ええ、そうするわ。その夕方のご主人の気分はどんなだったのかしら？」

「あたしに頭にきていた。今話したじゃない」

「今度はもう少し全体的なことよ。むっつりしてたとか、意気消沈してたとかは？」

エスメが驚いて彼女を見つめた。「彼はチトなのよ」

ヨリーはその視線を正面から受け止めた。「つまり？」

「つまり、いつだってあたしに話してたってことよ。ジェームズ・ディーンは正しかったって——享楽的に生きて、若くして死んで、美しい死体を残す。いつだって自殺するって言ってたわ」

「彼は本気だったと思う？　それともカッコをつけてただけ？」

「チトはカッコつけようとしたことなんて一度もないわ」エスメがムキになって言い返した。

「あの夜、彼は何時に帰宅したのかしら？」

「深夜十二時頃だったと思う」

「それで何があったの？」

「まっすぐ寝室に行くと、海水パンツを脱いでジーンズにはき替えた。それからクロゼットを引っ掻き回し始めたわ」

「何か探していたの？」

「そうなんでしょうね」

「何だったか見当はつく？」

「いいえ、全然」

「エスメ、彼は家に銃を置いていた？」

「まさか。チトは銃なんか大嫌いよ」

「そう。それじゃそれからどうなったの？」

「また出かけるって言ったわ」

「で、あなたは何と答えたの？」

「あたしと一緒に家にいるべきだって。あたしもちょっと頭にきてて。で、その時
……」エスメの声が途切れた。はれた下唇が震えている。

「その時、彼があなたを叩いた？」ヨリーがたたみかけた。

「そう」

「拳で？　それとも平手？」

「拳」

「それじゃあなたを殴ったってことね」

エスメはうなずき、マーティーンは傍目にも身をこわばらせた。

「あなたを殴り倒したの？」

「ええ」

「それで他にもどこか痛めた？」

「べつに」

「あなたは怒った？」

「たぶん」

「夫に口を殴られたのに、たぶん怒ったと思うですって？　ねえ、あたしに対してカッコつけるのはやめて」

「ええ、あたしは怒ったわ」

「それで、あなたはどうしたの？」

「何もしなかったわよ！　彼は猛然と出てってしまって、もう二度と会えなかった――とにかく生きた姿では」

「腕にあざや引っ掻き傷があるわね」ヨリーが観察した。「それはどうしたの？」

「もっと前のものよ」エスメが答えて、ちらりと見下ろした。「彼とあたしは……二、三日前に喧嘩をしたの」

「それじゃ彼にはあなたを殴り倒すクセがあったってこと？」

「ク、クセとは言わないんじゃないかしら」

「それじゃ何と言うの？」

「あたしたちは喧嘩をしたの、わかる？　愛し合ってる二人がやることよ。二人は喧嘩する。二人は気遣い合う。愛し合ってるってそういうことなの」エスメの大きなブルーの目から涙がこぼれた。「あなたは愛について何も知らないのね。そうじゃなかったら、そんなに野暮で、無神経で、下らないことは訊かないはずよ！」

デズは立ち上がって、彼女にティッシュをとってやり、事態が収拾できればと口を挟んだ。「ちょっと訊いてもいいかしら……」

「かまわないぞ、デズ」ソーヴがうなずいた。

ヨリーはぽかんと口を開けて、テーブルの向こうから黙って彼女を見ていた。明らかに中断されたことに面食らっている。

デズは再び席につくと、エスメに穏やかな笑みを向けてから、「そういうあざは荒っぽいセックスのせいだって、この間は言ったわよね」とゆっくり優しい声で思い出させた。

エスメは目を拭いて、鼻をすすった。「ええ、言ったわ」

「それじゃあたしに嘘をついたのね」

「ええ。ごめんなさい、デズ」

「それじゃ、あなたの唇について今朝の『デイリーニュース』に載ってたあの記事は？」

「あれも嘘。どうしてあんな話が流れたのかもわからないけど、嘘よ」

「どうして嘘をついたの、エスメ？　チトを守るため？」

「そうなの」エスメが認めた。「ちょうど今彼女が考えてるようなことを、あなたに考えてほしくなかったの」彼女というのはヨリーのことだ。「彼が悪い人間だったなんて。彼は悪い人じゃなかった。混乱してたってだけよ」

「彼を怖いと思ったことはある？」

「いいえ」

「あなたに危害を加えると脅したことは？」

「まさか」

「わかったわ。そこをはっきりさせたかっただけなの」デズは言った。「あたしたちはみんな、あなたがこうやって話をするのがどんなにつらいかわかってるわ、エスメ。感謝してるの。あなたは立派にやってるわよ」

「ホントに立派よ」マーティーンがエスメの手をギュッと握った。

「中断させてごめんなさい」デズはヨリーに言った。「後は任せるわ」

「二人の間に問題を抱えていたの？」ヨリーが尋ねた。追及するような口調がいくらか柔らかくなった。

「ええ、そうなの」エスメがうち沈んで答えた。

「はっきり言って、チトが誰かと付き合っていたとか？」

エスメが口元を引き締めた。「ええ、そうなの」

「いつから？」

「わからないわ。ここに来てからだと思うけど」

「なるほど」ヨリーはペンを歯にカチカチ当てながら考え込んだ。「相手の女性が誰かはわかってるの、エスメ？」

「いいえ、でも……」エスメは言い淀んで、また髪を指にからめた。

「でも、何？」

「チトはあたしに誠実じゃなかった。もうずっと。彼ってそういう人だったの」

「で、あなたは悩んだ？」

エスメは答えずに、肩をすくめた。

「彼があなたの口を殴ってからはどうだったの？」

「それならもう話したわよ」エスメが冷淡に答えた。「彼は出かけたわ」

「十二時半頃？」

「そんなところね、ええ」

「何か持っていった？」

「ペパーミント・シュナップスのボトルを」

「彼が出かけてから、あなたはどうしたの？」

エスメは顔を赤らめて、母親をちらりと見やってからヨリーに目を戻し、何も言わずにもう一度肩をすくめた。

ソーヴは首を傾げて女優を不思議そうに見た。

ヨリーにしても、いくらか身を乗り出したので、バストが突き出て、テーブルの上に載っかった。「エスメ、あたしたちはチトが一時半から二時の間に死んだと考えてるの。彼が死んだ頃、あなたは家にいたの？」

「そうでもないわ」彼女が震える声で答えた。

マーティーンまでが彼女を不思議そうに見ている。

「エスメ、どこにいたの？」ヨリーが食い下がった。

「出かけてたわ」エスメが蚊の鳴くような声で答えた。

「どこへ？」

エスメは拗ねたように黙り込んでいたが、ようやくデズに向き直って言った。「答えなきゃダメ？」

「あたしだったら答えるわね」デズは助言した。「警察にはどうせわかってしまうもの。いろいろ考え合わせても、あなたの口から話した方がいいわ」

「そう、わかった」エスメはしぶしぶ言った。「男性と一緒だったの」

マーティーンが容赦のない非難を込めて彼女を睨んだ。「あなたも誰かと付き合っていたの？」

「そうなの、マミー」エスメは気まずそうな顔で認めた。「チトが出ていってしまうと、あたしは彼の家に行ったわ」

「で、彼といつまで一緒にいたの？」ヨリーが尋ねた。

「朝の四時頃まで」

「それからどうしたの？」

「家に帰ったわ」

「帰宅して、チトが帰っていないことがわかって、どう思った?」

「べつに何も考えなかったわ。シャワーを浴びて寝たわよ」

「彼がどこにいるのか心配じゃなかったの?」

「べつに」

「あなたの相手って誰なの、エスメ?」

女優はまたデズに向き直った。「言わなきゃダメ?」

「それは答えてもらわないと、エスメ。チトの死はまだ解明されていないでしょ。その男性はあなたの証人になってくれる立場にあるの」

「そう、あなたがそう言うなら……」と、エスメの顔にいたずらっぽい笑みが広がった。「ジェフリー・ウォッチテルよ」

マーティーンの落ち着き払った美しい顔が、途端に不快で醜悪な形相を呈した。

「この浮気娘!」彼女は大声をあげると、娘の顔を思いっきり張った。

デズはマーティーンの手首を無造作に摑んで、立ち上がらせた。「ちょっと、あたしの家ではやめてもらうわ!」

「おい、どうなってるんだ?」ソーヴが呆気にとられて言った。

エスメはほとんど何の反応も示さなかった。うろたえた様子もなく座っている。はれた唇からはまた血がにじんできた。この人は明らかに殴られることに慣れている。

デズは以前にも、叩かれ役になっている女性に遭遇したことはあった。でもそういう女性は、金持ちでも、美人でも、白人でもなかった。その点では、エスメは初めてのケースだ。

「どうして帰ってきたのよ?!」マーティーンが娘に向かってわめいて、懸命にデズの手を振りほどこうとした。驚くほど力が強くて、デズが持て余すほどだ。「世界のどこにだって行けたのに――どうしてここに帰ってきたのよ?!」

「ヨリー、彼女に氷とタオルを持ってきてあげてくれる?」デズはマーティーンをフランス窓へと力ずくで連れていきながら言った。

「了解」ヨリーは答えて、即行動に移った。

「あてつけだったんでしょ?! 私を傷つけたかったんだわ！」

「だったら何なの？」エスメがせせら笑って言い返した。

「イヤな娘！」

「あら、やっとわかったの！」

「とにかく外に出ましょう」デズは命令するように言って、マーティーンをテラスにせき立てた。

ソーヴがついてきた。「それじゃ、何だ、二人ともそのジェフってやつと寝てたってことか？」と尋ねて、口ひげのあったあたりを撫でた。

「みたいね」デズは答えた。マーティーンはすっかり取り乱して、両手で自分を抱くようにして、行ったり来たりとテラスを歩き出した。

「どんな男なんだ？　世紀の色男か？」

「リコ、本気でどう答えていいかわからないわ」

ソーヴは頭を振りながら中へ戻っていった。デズはマーティーンとテラスに残った。涼しい屋内から出てくると、外は蒸し暑く感じる。

「あの娘は私にどうしてこんなことを、デズ？」マーティーンは歩きながらすすり泣いた。「私のお腹を痛めた娘が――どうして？」

「ドッジのことを話してくれた時には、あなたも浮気していることは教えてくれなかったわね」

マーティーンが足を止めた。「私を見損なったみたいね」

デズは答えずに、彼女をじっと見つめた。

「私たちの結婚生活は、このところ必ずしも健全というわけではないの」マーティーンが白状した。「ドッジは自分のやりたいように、私も私のやりたいようにしているわ。ジェフリーは……必ずしもブラッド・ピットってわけじゃないのは認める。けど、彼は楽しいの。それに優しくて、あんなに思いやりのある恋人は初めてよ。私をお風呂に入れてくれるの。キャンドルの光のもとで、エミリー・ディキンソンを読んでくれる。生クリームを舐めてくれるのよ、私のあそ——」

「そんなことまで聞かなくていいわよ」デズはうなるように言った。

「ドッジとの二十六年の結婚生活がどんなものだかわかる？」マーティーンが迫った。「男本位のセックスで自分だけさっさと満足したら、お休みなさいなのよ。ジェフリーは私に自分を取り戻させてくれる。なのに、あいつったら、私の娘ともずっとセックスしていたなんて。痛い目に遭わせてやるわ。彼のタマで蝶ネクタイを作って——」

「マーティーン、あたしの前でその手のことは言わない方がいいと思うわよ」

「そうだわね」彼女が慌てて言った。「脅し文句を並べるつもりじゃなかったの。ただ、とても傷ついているのよ。娘がこんな真似をしたわけもちゃんとわかってるの。私に仕返ししたいのよ」

「仕返しって何の？」

マーティーンは顔を曇らせたが答えなかった。手すりまで歩いていって、湖に顔を向けた。デズから見える後ろ姿がこわばっている。

デズは長いこと彼女の背中を見つめていた。「マーティーン、あなたとドッジはチトが死んだ時間には一緒にベッドに入っていたの？」

「ここからベラが見分けられるわ」マーティーンが片手を目にかざした。「水際の遊歩道を猛然と大股で歩いている、ボウリングのボールみたいなあの人よ。見える？」

「エスメがジェフと一緒だったなら……」

「私は彼と一緒ではなかったってことになるわね」マーティーンが認めた。「私は自宅にいたわ」

「ドッジも一緒に？」

「ここはとっても気持ちがいいわね」マーティーンがはぐらかすように言った。「ただ、もう少し水面から風が吹いてくると思ったのだけど」

ヨリーが出てきて、エスメの事情聴取は終わったと告げた。マーティーンは娘を連れて帰ってもいいかと尋ねた。ヨリーはまず、勿体ぶって軽はずみな言動は慎むことを約束させた上で、かまわないと答えた。

マーティーンが中に入ってからも、ヨリーはデズと一緒にテラスに残った。「まったく、あれがお上品な人の態度？　だって、あれなら低所得者向け公営アパートで朝から晩まで見られる光景よ」

「あたしだってあなたと同じくらい驚いたわよ」

「ねえ、あたしはさっきドジったの？」ヨリーがおぼつかなげにデズをちらりと見た。

「いいえ、全然。全然問題なかったわ」

「けど、あたしの手からボールをとったじゃない。どうして？」

デズは口をつぐんだ。ヨリー・スナイプス巡査部長を批判する立場にはないのだ。

しかし、ヨリーは納得しなかった。「お願い、教えて」とせっついてきた。「ここはあたしのホームグラウンドじゃないのよ。それに、適切な振る舞い方なんてことで、ソーヴが当てにできるわけないし」

「ああ、それはそうね」とデズ。「あなたは止めを刺そうと構えていた。それはかまわないの。けど、あなたは彼女がキレそうになってるのに気づかなかった。それはまずいわ。彼女は繊細な若い役者で、夫を亡くしたばかりなのよ。あなたがあのまま後一分でも続けてたら、彼女はあなたに完全に口を閉ざしてたわ」

「優しく親切になんて、あたしのスタイルじゃないのよ」

「そうしろと言ってるわけじゃないわ。あなたはあなたに合ったやり方で行けばいいの。ただ、怯えてる人の息の根を止めないように、相手の温度計から注意の目を逸らさないことよ。手を緩めるタイミングがわかるように」

「そうね、つい無神経になっちゃうことがあるの」ヨリーがうなずいて認めた。「特に緊張してる時に。ほら、彼女が有名だったりしたから。けど、彼女はどうしてあたしの頬についてあんなことを言ったのかしら？」

「女優だからよ。彼女の世界ではすべてが架空なの。気にすることないわ。あなたはよくやってるわよ」

「ホントに？」

「ホントよ」

「ありがとう」ヨリーが本当にありがたそうに言った。「じゃあ行ける？」

「行くってどこへ？」デズは眉をひそめて尋ねた。

「聞き込みよ。ソーヴが一緒に来てほしいんですって。あなたはここの人たちを知ってるから」

「そう、わかったわ」デズは家に入りかけて、立ち止まった。「あっ、ねえ、昨日夕ブロイド紙にはミッチのことを何も漏らしてないわよね？」

「えっ、あたしが？」ヨリーが大声で笑った。「まさか。ソーヴはあたしをメディアには絶対に近づかせないもの。〝口は一つ、メッセージも一つ〟って、いつも言ってるわ。ここだけの話だけど、あの男がテレビに映るたびに、トーニーはすごい快感を得てるんじゃないかしら。けど、どうしてそんなこと訊くの？」

「ちょっとどうなのかなと思って」デズは彼女に微笑みかけた。「さあ、ドーセットに出陣しましょ」

9

ひどくムシムシした朝で、ビッグシスター島では木の葉一枚揺らす風もなかった。ミッチは朝のコーヒーを飲み、セミの甲高い鳴き声を聞きながら窓辺に立っていたが、靄のせいでオールドセイブルック灯台もろくに見えなかった。プラムアイランドの業務用小型船がエンジンを轟かせて出ていく。ロングアイランド海峡はバスタブさながらの凪ぎだ。避暑に来ているヨットマンが今日の帆走に出かける姿はない。天候がこんな時にヨットを出しても意味がないのだ。

ミッチはよく眠れなかった。一つには、あんなふうにぶらりとニューヨークに行ってしまったことが、クレミーの機嫌を損ねたのだ。彼女はひと晩中、それこそ三十分ごとに遊び好きな牧神のように飛び跳ねてベッドを横断し、その不満を伝えてきた。クレミーの世界では、しっぺ返しと呼ばれる行為だ。

が、それがなければ眠れたはずだというわけでもない。ニューヨークのタブロイド紙のウェブサイトから、彼らがチトの死をその朝刊でどのように報じるかをチェックするという間違いを犯してしまったのだから。

下らない記事だった。チト・モリーナの死に彼が関わっているという、名前を伏せた情報源からの悪意に満ちた引用があった。認めた以上のことを彼が知っている、ひょっとしたら関与している可能性も……という卑劣な仄めかしがあった。〝明らかに当局は彼から可能な限りの情報をとろうとしている……〟いったいどこの誰が、俺が何かを隠しているなどと考えるのだろう？　ミッチには皆目見当もつかなかった。でも、これがものすごく心をかき乱すものだというのはわかった。最善の努力を払ったのに、進行中のメディアの見せ物における呼び物俳優にされてしまっている……。〝太めで人のよいミッチ・バーガーが知性派のカトー・カエリン（O・J・シンプソンの親友で、彼のアリバイ作りに貢献した）として共演……〟そして今では、我が身に起きているというのにコントロールすることもできない。まったくできない。お手上げだ。

おかげで天井のファンが寝室用ロフトの暖かく湿った空気をかき回す中、ひと晩中寝返りを打っていた。そしてクレミーは、物悲しい声をあげながら周期的にそんな彼の腹を飛び越えていた。ミッチは夜が明けるのも待たずに起き出して、ひげを剃り、服を着た。当然ながら、彼が起き出すと、クレミーは椅子に丸くなってさっさと眠り込んだ。片方の前足を目にかざして、朝日をさえぎっていた。

パソコンは起動しなかった。自分とチトの死を結びつけた記事など、もう読みたくない。今朝の朝刊に載ったチトについての彼自身の記事すら見たくなかった。

自分の生活を取り戻したいだけだ。

ミッチはメスメルのメンバーとの日課のウォーキングを待ち望んだ。ドッジ・クロケットの陽気な元気づけの言葉、ウィル・ダースラグのクロワッサンと物静かな力強さ、さらにはジェフ・ウォッチテルとそのぼやきすらも、本気でたっぷり味わいたかった。

が、バードウォッチングの双眼鏡を手に橋をえっちらおっちら渡った時には、ドッジの姿はなかった——大柄なウィルと小柄なジェフが待っていただけだ。

「おい、昨日はあんたがいなくて寂しかったぜ」ジェフが元気よく声をかけてきた。

「警察のために待機しなきゃならなかったんだ」

「連中はマジにあんたを容疑者とみなしてるのか？」

「マジにわからない。でも、俺はチトを断崖から突き落としちゃいない」

「俺たちなら、それくらいわかってるさ」ウィルが請け合った。焼き立てのご馳走を詰めたリュックを持っている。「彼についてのあんたの記事はすごくよかったよ、ミッチ」

「ありがとう、ウィル」ミッチはドッジの姿を探して靄の立ち込めた小道に目を凝らした。「キャプテンが遅刻だなんてことはないよな」

「ドッジも腕時計を買うべきなのかもしれないぜ」ジェフがしゃがれ声で言った。

「そうだな。金を出し合って買ってやろうか」ミッチは話を合わせながらも、まだこの小男とマーティーンが裸で抱き合う意味を推し量ろうとしていた。美しい長身の妻と陰で寝ていながら、毎朝ドッジと歩調を合わせて歩いているジェフの心にどんな思いが去来しているのか、想像もつかない。どんな気分なのだろう――悦び、優越感、罪悪感……そのすべてだろうか。

「ドッジは絶対に遅刻しないはずなんだが」ウィルが眉をひそめた。「どこにいるのかもわからない」

「今朝はきっとエスメのことで手一杯なんだよ」ミッチは言った。「そうは思わないか？」

「いいや」ウィルが答えた。「昨日の晩電話で話した時には、マーティーンが二、三日、彼女に付き添うことになったから、朝にはここで俺たちに会うと言ったんだ」

「それじゃ急用でもできたんだろ」とジェフ。「なあ、歩こうぜ。今日は午前中にやらなきゃならない荷解きが待ってるんだ」

ウィルは動こうとしなかった。「急用ができたのなら、俺に電話をくれたはずだ」と頑固に主張した。ウィルはドナが連絡をとる必要ができた時のために、このウォーキングにもいつも携帯電話を携えている。それを尻ポケットから取り出して、ドッジの番号を打ち込むと、真剣な顔で呼び出し音が鳴るのを待った。やがて、「留守番電話になってる」とうめくように言って頭を振り、伝言を残さずに切った。「ドッジらしくないよ、絶対に」

ミッチは不思議そうにウィルを注視した。「何かおかしいって気がするのか？」

「わからない」ウィルが見るからに心配そうに言った。「でもドッジは昨日の晩一人きりだったんだ」

「彼には俺たちの知らない健康上の問題があるのか？」ジェフが尋ねた。「心臓の病気とか？」

「まさか」ウィルが答えた。「彼なら健康そのものさ」

「それじゃ何でそんなに大騒ぎするんだ？」

「見に行くべきだと思うってだけさ。彼の無事を確認するんだ」

「彼のことを一番よく知ってる、君がそう言うなら」ミッチは応じた。

「まっ、時間の無駄だと思うぜ」ジェフが言い張った。「この時間は、俺の唯一の休憩なんだ。俺はウォーキングに行かせてもらうぜ」ジェフはそれだけ言って、遊歩道を歩き出していった。つま先が外に向いた、すこぶるアヒルっぽい足取りだった。

ミッチのトラックで行くことにした。ミッチは温かなクロワッサンを頰張りながら、ペック岬の轍のついた泥道をゆっくりオールドショア街道に向かった。ウィルの肩幅の広い大柄な身体が隣で車と一緒に弾んでいる。フロントガラス越しに道路を見つめる細面の顔には気苦労が刻まれている。どうしてだろう。ミッチは思った。ウィルは俺の知らない何を知っているのだろう?

「君の秘密がわかったと思う」ミッチはむしゃむしゃやりながら言った。

「俺の秘密……」ウィルは驚いたようだ。

「ものすごく美味いクロワッサン。その秘訣がわかった」

ウィルが口元を歪めてにやりとした。「よし、ミッチ、言ってみろ」

「俺の仮説でいくと、何かがものすごく美味い場合、たいてい極上のバターと関係がある。極上のバターをたっぷり入れてる。当たってるか、どうだ?」

「ミッチ、外れちゃいないぞ」ウィルが声をあげて笑いながら認めた。

「なっ?」ミッチは勝ち誇ったように叫んだ。「わかってたんだ」

クロケットの屋敷はターキーネック街道のコネティカット川を見晴らす十エーカーほどの瑞々しい緑の草地と湿地にある。ターキーネック街道はオールドショア街道から分かれて細い半島に沿ってくねくね続く唯一の細道だ。土地はドッジの一族が何代にもわたって受け継いできた。所有地の外れにはマイルクリーク川が流れ、所有地そのものは、土地が初めて開墾された一八二〇年代に造られた自然石の塀に囲まれている。

ミッチが私道に曲がり込むと、ウィルが止めてくれと言った。車を飛び下りて、ドッジが今朝の『ウォールストリート・ジャーナル』を郵便箱から取っているかどうか見るからと。ドッジは取っていた。ウィルはトラックに戻ってくると、長い砂利の私道の先に目をやって、まとまりのない板葺き屋根の屋敷を見つめた。その昔は質素な夏用の平屋だったが、やがて防寒設備が施され、その後現代風に改装された。さらにドッジのピアノのための音楽室、オフィス、フランス窓のある設備の整った素晴らしいキッチンを増築。フランス窓の先は、潮汐湿地を見晴らすブルーストーンのテラスだ。

「雪が降ると、俺の親父がこの私道の雪かきをしたんだ」ウィルが助手席側のドアをバタンと閉めながら言った。「俺も時々一緒に来た。決まって早朝で、凍えるほど寒かった。ああ、あの朝が大好きだったよ。親父もこれみたいな古いトラックに乗っていたんだが、暖房が効いたためしがなかった」

「このトラックも効かないんだ」ミッチは彼を励ますように言った。ノーマン・ロックウェルの絵を思わせるようなウィルの子供時代の思い出を聞くのは楽しかった。

「ある年、俺が十二歳の時だったが、一晩で二フィートの粉雪が積もったことがある」砂利道を屋敷に向かう間に、ウィルが懐かしそうに思い起こした。「明るく澄み切った朝で、来てみると、雪だるまがあった。十二フィートほどもある雪だるまが屋敷の真ん前に立っていたんだ。ドッジが夜の間にエスメのために作ったんだよ。エスメはまだほんの子供で、三歳か四歳だった。鼻は人参、目は石炭で、スカーフや帽子や何もかも揃っていた。あんなすごいものを見たのは初めてだった。あれには親父も肝を潰してたよ。お、親父は、それからほんの数ヵ月後に死んだ。膵臓癌で、ホントに呆気なかった。以来俺はこの私道を数えきれないほど通ってるんだが、驚いたことに、ここに車を停めると決まって、あの朝とあの雪だるまを思い出して、あの冷えきったトラックの中で親父の隣に座ってた自分に戻ってしまうんだ」ウィルはそこでためらって、恥ずかしそうにミッチを見やった。「あんたにもあるか――そんなふうに自分の記憶の中に入ってしまうってことが？」

「ある、ある。ウェストヴィレッジの街角のいくつかでは、決まってメイシーを思い出して、目が潤んでくる。彼女が死んでから一度も行っていないレストランもあるし。ファイアアイランドは立ち入り禁止。ニューパルツのモホンクマウンテンハウスは完全に呪われてるし、ハネムーンで行ったトスカーナも然りだ。ったく、二人のマンションも処分しようとしたくらいだよ」

「でも手放さなかったんだろ？」

「ああ。それよりずっと賢明なことをした――ここに引っ越してきたんだ。で、デズに出会った。君やドッジにも」

「ドッジは信頼できる男だ。彼がいなかったら、親父が死んでからの日々を絶対に乗り切れなかっただろう。マーティーンにしても。あの二人にはすごく世話になってるんだ」

ウィルはクロケット夫妻のことを本当に心から気にかけてるんだな。ミッチは思った。でも、それならドッジはビーチでどうしてあんな目で彼を睨んだのだろう？　それに、あの夫婦がそんなに手厚くウィルの面倒をみてやったのなら、ビッツィ・ペックはどうしてあの二人を食人種と呼んだのだろう？

ガレージのドアは開いていた。中にはドッジのディーゼルのワゴン車が停まっていた。ミッチはフロントポーチの近くに車を寄せて、エンジンを切った。静かだ。あまりに静かなので、ミッチには頭上でカモメが羽ばたく音まで聞こえた。

「呼び鈴を押そうか？」トラックを降りながら、ウィルに尋ねた。

「裏を調べてみようぜ。普段はキッチンのドアの鍵はかけていないんだ」

テラスには、錬鉄製のダイニングテーブルと椅子が、穏やかな潮汐湿地の景観を最大限に生かせるように配置されていた。空になったジュースのグラスとコーヒーカップがテーブルに載っていた。『ウォールストリート・ジャーナル』も、車のキーの束も、サングラスも、ドッジのバードウォッチング用双眼鏡も、ドッジの日除け帽も……ドッジ以外はすべてが揃っている。

「こいつはマジにヘンだ」ウィルは気難しい顔になって、キッチンに入るフランス窓を試した。施錠されている。「イヤな感じだな」

二人はガラスに鼻を押しつけると、ギラギラした陽射しから目をかばって両手をかざした。

ウィルが思わず喘いだ。「ああ、大変だ……」

ドッジがアイランド型キッチンの陰になったタイルの床に横たわっている。ミッチには足しか見えない――ハイキングシューズと脛だが、弱々しいすすり泣くような声が確かに聞こえてくる。

「911を呼んだ方がいい、ウィル」

ウィルにはべつの考えがあった――でかい肩からドアに体当たりして、ガラスを粉々に割ったのだ。錠が外れると、中に駆け込んだ。ミッチも続いた。が、飛び込んだ先にあったのは、床で痛みに悶え苦しんでいるドッジの姿ではなかった。

ドッジは一人ではなかった。

彼はキッチンの床で誰かと励んでいたのだ。ハイキング用ショーツが膝で丸まっている。裸の女性は痩せて色白で、とても若そうだが、正直なところミッチにはよくわからなかった。粗い麻布の袋を頭にかぶって、喉で引き紐をしっかり締めていたからだ。すすり泣くような声は彼女のものだった。ドッジの下で四つん這いになり、両手首はレンジの隣のどっしりした調理台の脚に縛られている。

ミッチとウィルが飛び込んでいくと、ドッジは驚きに転げてカウンターにぶつかり、前を隠そうと布巾に手を伸ばした。ミッチとウィルがビックリ仰天して言葉を失い、口をぽかんと開けて佇んでいる間も、ドッジはそのまま横たわっていた。荒い呼吸に胸がふくらみ、汗が滴り落ちた。

「で、電話をしたんだ」ウィルがようやく間の抜けた声でもそもそ言った。「でも出なかったから、心配になって」

「無用だったのに」ドッジが驚くほど穏やかに請け合った。「今朝になって、べつの機会が到来したというだけだ。私が独り寝だったこともあって」

調理台のそばの床では、女性が抵抗するように縛られた手首を引っ張りながら、頭にかぶった麻袋の中でわけのわからない言葉をうめいている。ミッチは突っ立ったまま、激しい嫌悪に身を震わせた。ゲシュタポの幹部将校が特別注文で作らせた、ポルノ映画の世界に足を踏み入れてしまったような気がした。

「べつに異常なことじゃないぞ」ドッジが、ミッチの顔に浮かんだ紛れもない嫌悪に答えるようにはっきりと言った。「二人の大人が合意の上でセックスしているだけだ」

ミッチはドアから走り出したかった。まっすぐ家に帰って、石鹸と水で自分の脳を洗い流したい。が、思い止まって、キッチンを歩いていくと、女性のそばにしゃがんだ。とても痩せているので、あばらも背骨も浮き上がっている。

手を触れると、ビクッと動物のように反応した。

「シーッ、大丈夫だよ」ミッチは囁いて、そっと頭から袋をはずした。

彼女はパニックに目をギラギラさせて懸命に呼吸しようとした――黒い物が口に詰め込まれているのだ。ミッチが手を伸ばして取り出してみると、彼女のパンティだった。彼女はすぐさま大きく息を吸い込んだ。耳障りな早い呼吸だ。ミッチはショーツからポケットナイフを出して、手首を縛っている革ひもを切った。彼女の薄いコットンのサマードレスがそばの床に丸まっている。手伝って着せてやった。

それから、彼女に片手を差し伸べて言った。「さあ、ベッカ、家まで送ろう」

10

「チトが彼女を殴る音は聞かなかったわ」クリッシー・ハバーマンは言い張った。「何も聞いてないわよ――聞いたと言わせようたって無駄よ」

「そんなことは考えてません、ミス・ハバーマン」ヨリーがいくらかたじたじの態で応じた。「あたしたちはあの夜何があったのかを解明しようとしているんです」

「それじゃ、私のことなんか見ないでよ、いいわね？　私が一番の容疑者だなんて考えついたんだとしたら、あなたたち、本当に頭がおかしいわよ」

「あなたは容疑者ではありません」ソーヴが宣伝係の興奮を鎮めようとして言った。彼であれ誰であれ、鎮められると思っているのだろうか。「我々は原因不明の死を捜査してるんです」

「あなたたち、こんなに注目の集まる事件に対処できるの？」クリッシーが訊いてきた。「外部からコンサルタントを招くことを検討すべきよ。私なら電話一本でニューヨーク市警を退職した刑事部長を、三時までにここに呼んであげられるわ。彼なら五時のニュースに間に合わせてくれるでしょうよ。電話してほしい？」

「あたしたちとしては」デズはゆっくりと口を開いた。「あなたが緊張を解いて、質問に答えてくだされはいいんです」

「そう、何でも訊けばいいでしょ」クリッシーは怒鳴ると、頰をぷっとふくらませた。

彼らはドーセットの庁舎のカビ臭い予備会議室で会議用大テーブルを囲んでいた。凶悪犯罪班のパソコンが運び込まれて稼働している。制服姿の州警察官が数人、電話にかかり切りになっている。外は、完全に狂乱状態だ——ドーセット通りのあっちこっちに衛星発信機を搭載したニュースバンが列をなし、縁石にはリポーターやカメラマンが集まってざわざわと落ち着きなく十二時のニュース用のネタを待っている。

クリッシーは背筋をピンと伸ばしてテーブルの端の席についている。黄色のシルクのブラウスに白い麻のパンツ、それにスエードのローファを履いている。指を大きく開いて、両掌をテーブルについている。手は大きく、手首は太い。大柄な女性で、長身で痩せ型、そして自信に満ちている。美人ではないが、彼女の態度のすべてが、もし美人だと思わないならそれは見る者のひどい誤解だと暗に語っている。

「我々はまだ空白を埋めようとしているところなんですよ」ソーヴが説明した。

「顧問弁護士の同席を求めると言ったら？」クリッシーが三人を睨みつけながら迫っ

た。

「それはあなたの権利ですから」

「必要ないわ」彼女が素っ気なく言った。「私自身が弁護士資格を持ってるから」

「あなたは宣伝係だと思ってましたが」ソーヴが眉をひそめた。

「だからって高学歴じゃないとは言えないでしょ？」クリッシーが高い鼻を上に向けて、クンクン嗅いだ。「ねえ、この建物、グレートネックにある祖母の家とそっくりの匂いがするわ。これは……待って、防虫剤の匂いね？　他にも……」

「鎮痛軟膏のベンゲイですよ」デズが穏やかに告げた。

「それ、ベンゲイよ」彼女が叫んだ。「ああ、何かしらと考えて、ひと晩中眠れないところだったわ。ありがとう、駐在」

「どういたしまして」

ヨリーが言い出した。「エスメの話では、彼女が契約を解除したにもかかわらず、ドーセットに留まるつもりだそうですね」

「もし私がクビになったと思ってるなら、それは違うわよ」クリッシーがすらすらと言った。「エスメには私をクビにできないの。彼女には雇われていなかったから――私はチトに雇われていたの。そして、今ほど彼が私を必要としている時はないわ。映画スターとしての彼の遺産そのものが風前の灯になってるの。チト・モリーナに対して世界中の観客が抱く不変のイメージが、今この瞬間にも地に落ちようとしている。やめるわけにいかないのよ。あまりに多くのものがかかっているわ」

「あなたにとってもものすごく大きなキャリアになるんでしょうね」ヨリーが仄めかした。

「どういうつもりなの、私を賭博師呼ばわりしたいの？」クリッシーは怒ったようにヨリーに向かって怒鳴った。

ヨリーはこの妥協を知らない海千山千のニューヨークのイメージ・ブローカーにいくらか圧倒されてたじろいだ。今日はきっと、ボンボンの日記に研修日として残ることになるだろう。「どうしてまだ留まってるのだろうと思っただけですよ」

「私が留まってるのは、あの子を気にかけてたからよ」とクリッシー。「実際にはあの二人の両方を。エスメが信じようと信じまいとね。彼女は自分ではどうすることもできない子羊よ。私がここに残らなかったら、彼女は外で待ち構えているあの捕食者どもに殺されてしまうわ。他に誰が後ろ盾になってくれるというの？　あのとうの立った良家のお嬢さんの母親？　それに私のべつのクライアントがこの地域を今日通るの。だからニューヨークに帰るなんて、私にはナンセンスなのよ。フレデリックハウス・インに二、三日泊まるわ」

「よくできましたね」デズは好奇心に駆られて言った。

「よくできましたねって、何が?」

「夏のシーズン真っ盛りです。しかもここにはアメリカ中のタブロイド紙の記者が集まっています。こんな急な話で、よくあそこの部屋が取れましたね」

「楽勝よ」クリッシーがぶっきらぼうに答えた。「『デイリーニュース』の記者が独占記事と引き換えに譲ってくれたわ」

「どんな独占記事ですか」デズは尋ねた。

クリッシーがバカにしたようにデズを見た。「仕事の話に本気で興味があるわけじゃないんでしょ?」

「質問に答えてください」デズはしつこく繰り返した。ヨリーは今度ばかりはベンチを暖める立場に満足して、二人のやり取りを見守っている。

クリッシーが肩をすくめた。「ええ、いいわよ。エスメの出血した唇の説明として荒っぽいセックスという解釈を教えたの。美しいスター同士の変態セックスなんて、大衆が夢中になるわ。妻を殴るとなったらそうはいかない——チトのイメージにも悪いし」

「エスメの唇にももちろん悪い」とデズ。「それじゃあなたがゴールデンカップルに近い情報源だったんですね。ホントに職務能力があるんだわ。感心しました」

「クライアントのためにはしっかり働くわよ」クリッシーがあっさり答えた。

「ホントですね。でも今度は愛を見せていただかなくちゃ」

「何の話？」クリッシーが知りたがった。

「あなたはここに座って、あの夜チトとエスメの間にあったことは聞こえなかったと話してらっしゃるってことです。それじゃ済まないってことですよね、警部補？」

ソーヴが重々しく頭を振った。「ああ、全然」

「でも本当なの！」クリッシーが抗議してきた。

「何を聞いたか話してください、クリッシー」デズは声を張り上げた。「あたしたちが使える情報をくださいよ」

「ねえ、あそこの敷地はものすごく広いの。ゲストハウスと母屋の間には何エーカーもの芝生がある。ものすごく離れてるのよ」

「夜も早い時間にはどこにいましたか？」ソーヴが尋ねた。

「記者の友人数人と食事に出かけてたわ。十時半頃帰宅して、ベッドに入ってから、電話をかけたわ」

「そんな遅い時間に誰に電話したんですか？」

「まず、他のクライアントたち。彼らは私の大事なベイビーだから、ちゃんとベッドに入れてあげないといけないの。それから夫のガンナーにかけた。出張中は毎晩電話で話すの。それから、ええと、西海岸にいるチトのエージェントと話して、『デイリー・ヴァラエティ』にいる知り合いとも話した。どう言えばいいかしら？　私の生活は電話で成り立ってるのよ。で、神経が高ぶって眠れなかったから、ヴァリウムを飲んだわ」

「そういうことはしょっちゅうあるんですか？」ヨリーが尋ねた。

「私の個人的な短所が問題なわけ？」クリッシーが言い返した。

「どうか質問に答えてください、ミス・ハバーマン」ソーヴが言った。

「けっこう頻繁によ、わかった？　私はちょっと興奮しやすいの。気づいてると思うけど」

「それでも、チトとエスメがわめき合っているのは聞かなかったんですね？」ヨリーが執拗に迫った。

「何度言ったらわかるのよ――聞かなかったってば」

「車の音はどうですか？」デズは尋ねた。「車が入ったり出たりした音も聞きませんでしたか？」

クリッシーは一瞬考え込んだ。「言われてみれば、聞いたわ。あそこの私道は砂利を敷いてるから、聞き違えようのないジャリジャリって嚙む音がするのよ。十一時半頃、十二時だったかもしれないけど、誰かが入ってきたわ。それから数分後にまた出ていった。それから間を置かずに、もう一台出ていったわね」

それじゃクリッシーはエスメの話を裏付けられるんだわ。デズは思った。チトは帰ってきたが、ぷりぷりして出かけてしまったので、エスメ自身はジェフ・ウォッチテルのもとに駆け込んだという話を。「あたしたちはチトの死亡推定時刻を一時半から二時と推定しています」デズは言って、ずり落ちた角縁眼鏡を鼻から押し上げた。「あなたは寝てらしたわけですね」

「眠ってたわ」クリッシーがうなずいた。「一時頃には寝ついていたわね」

「一人で、ですよね？」

「ええ、一人で」クリッシーが冷ややかに答えた。「次に気がついたら、エスメが私の寝室で、警察がチトを発見したと叫んでいた。で、私は時を移さず一度に六方向に走り出した。あれからずっとそんな状態よ」

「彼女はそれほどあなたのことが好きじゃないみたいですけど」デズは言った。「エスメのことですが」

「べつにかまわないわ」

デズはここぞとばかりにバッターボックスに入り、思いっきりバットを振った。「それはあなたがチトと寝ていたという事実と関係あるんですか？」

クリッシーは挑発には乗ってこなかった。「あら、彼女は私たちのことをどう話したの？」と慌てた素振りもなく尋ねた。

「何も」

「それじゃどうして……。ああ、わかった。チトが誰かに話したのね。どう見ても、思慮深いとは言えないから」クリッシーはそこで黙り込むと、テーブルに載せた自分の手をじっと見下ろした。「エスメもたぶん知ってたわね。で、私の個人的経験則でいくと、彼女が知っていれば、ママも知ってる」

「二人の関係はいつからなんですか？」デズは尋ねた。

「〝関係〟なんてものじゃないわ。チトは深入りしないから。深夜にうろつくだけ。ある晩遅く、酔っ払って玄関先に現れたのよ」

「で、あなたは彼を入れた？」

「当たり前でしょう？　彼はアメリカ一のセクシー男よ。入れるに決まってるじゃない。で、次の質問に答えると──ガンナーと私は、お互い独占欲は強くないの。だから大したことじゃないの、わかった？」彼女は言葉を切ると、秘密を打ち明けるように声を落とした。「その点はチトもだわね。セックスについてはってことだけど。でも、全部で四回しか寝てないわ。厳密には三回ね。最後の時には、彼、できなかったもの」

「酔っ払ってたせいで？」

「何かのせいでよ。私に訊かないで。何でも打ち明けてくれたわけじゃないから」

「それで、彼は動揺しましたか？」

「まあ、喜びはしなかったわね。あなたの質問がそういうことならだけど」

「こいつは非常に興味深いアングルだぞ、デズ」ソーヴが言い出した。「俺はすごく気に入った」

「あたしも」ヨリーが三つ編みの頭をうなずかせた。

途端にクリッシーの目が見開かれた。「ちょっと、それだけはやめてよ」声が切迫して甲高くなった。「チトがあの滝から飛び降りたのは、私のせいじゃないわ。もう昔の話だもの。五ヵ月か六ヵ月前よ。彼らと一緒にロスに滞在していた時のことなの。で、その後は彼、もう二度と絶対に私のドアは叩かなかったわ。あれ以来、私たちは純然たる仕事の付き合いになったの。それから、もし私が家庭を壊すきっかけになったと考えてるなら、それも忘れることね。あの二人の結婚はとっくにお笑い草になっていたんだから」

「彼が派手に遊んでたってことですか？」ヨリーが尋ねた。

クリッシーが大声で笑った。「すべてを彼のせいにしないで。エスメだって負けていなかったわよ。しかもあの娘の男の趣味は今いちで、本当よ。とんでもない野暮天が好きなふしだら女なの。チトがボディガードを置こうとしなかった本当の理由はそれよ。ビリヤード室でしょっちゅう彼らとやってたのよ」

「チトは嫉妬しましたか?」デズは身を乗り出して尋ねた。

「それはもう」クリッシーが断言した。「チト・モリーナについて、これは理解して。彼は本物の反逆児だった——怒りがあって、情熱的で、才能豊かで、まさしく反逆児。でもこと女性に関しては、断固として保守的だったの。自分はその気になったらいつでも女の子を追いかけたいくせに、エスメには家でじっと彼を待っていてほしかった。で、彼女が口答えしようものなら、バシンと顔に一発。本当よ。エスメはそんな仕打ちにいつまでも我慢するつもりはなかった。せいぜい後数ヵ月ってところだった。結婚はもうダメになっていたのよ。だからこそチトのエージェントは、二人にどうしても『パピーの恋』をやらせたかった。一緒に稼ぐ最後のギャラになるはずだった。二人で三千万ドルを上回る金額よ。でも、それにはとにかくすぐに撮影を開始するのが肝心だったわ」

「肝心って、誰にとってですか?」デズは尋ねた。

「誰にとってもよ」クリッシーがいきり立った。「二人は超大物スターなの。二人が仕事をするとなれば、何百人という人が仕事をすることになる。スクリーンに出る人たちの話じゃないわ。衣装係の助手を務める女の子とか、仕出しのトラックを運転する男とかのことよ。彼らは家族を養うためにその仕事を当てにしているの。ファンのこともあるわ。二人が揃ってスクリーンに登場する姿をひと目見ようと、雨の中を何時間も並んで待つ、何百万という若い子たち」クリッシーは急に話すのをやめた。テーブル越しに挑むようにデズを見つめる目がキラキラ輝いている。「私たちが彼らを利用していると考えてるのね？　私たちが私利私欲のために、かわいそうなチトとエスメを操っていたと考えてるんだわ。でも、それは違う。私はたまたま俳優ってものをあなたたちよりよく知っている。彼らが人生で何を一番恐れるかわかる？　無視されることよ。あの二人が『パピーの恋』で共演していたら、まさにタブロイド紙の天国になったでしょう——ちょうど『クレオパトラ』でエリザベス・テイラーとリチャード・バートンが共演した時のように。で、これは本当よ、あの二人はその大狂乱の一分一秒を堪能したはずよ」クリッシーはため息をついた。痛惜に声がうち沈んだ。

「でも、もうあり得ないのよね」

「二人がドーセットに来てから、チトがしようとしていたことを教えてください」ヨリーが言った。

「ええ、いいわよ」クリッシーがあっさり答えた。「何が知りたいの？」

「彼が誰かと付き合ってたのには気づいてましたか？」

「そうだろうと思ってたわ。よく夜遅くこっそり出かけていたもの」

「彼女は誰なんですか？」

「一人の彼女だと思ってるのね。むしろ何人かいた可能性の方が高いわ」

「名前を教えてもらえますか？　一人でもいいですから」

クリッシーは首を振った。「それはできないわ。クライアントの噂話はしないことにしてるの」

「待ってよ」ヨリーが叫んだ。「それじゃ今自分がやってることは何なの？」

「他人事のように噂話をしてるみたいだが」ソーヴがうなずきながら応じた。

「違うわ。私はチトと私について話したの。他の人の名前は出していないわ。どうぞ、自分のメモ帳を見てごらんなさいよ」そこで、クリッシーはデズの目をじっと見つめた。「エスメが会っていた相手のことはどうして訊かないの？」

デズは眉毛一本動かさなかった。

「誰なのかもうわかってるからじゃない？」

それでも、デズは揺らがなかった。

「なるほど、質問するのはあなたで、私じゃないってわけね」クリッシーが激高して、胸をふくらませた。「それじゃ言わせてもらうわ——あなた方もミッチ・バーガーくらいは殺人犯としてじっくり厳しく検討しているんでしょうね？」

「どうして殺人犯なんですか？」ソーヴがすぐさま言い返した。「我々は原因不明の死を捜査してるんですよ。あなたは我々の知らないことを何か知ってるってことですか？」

「彼がとても深く関わってることは知ってるわ」クリッシーはデズをまっすぐ見つめながら言った。わざとデズを怒らせようとしている。「彼とチトが〈ザ・ワークス〉で本気になって暴れたのを知ってるわ」

「チトが暴れて」デズは訂正した。「ミッチは倒されたのよ」

「だからこそ彼はあの晩チトを探したんだわ」クリッシーが続けた。「彼は公然とプライドを傷つけられた。男には許せないものよ。正気を失わせるの。真面目な話、彼と話さなくていいの?」

「もう話しました」ヨリーがうっかり応じた。

「そう、それで彼はどう言ってたの?」クリッシーが熱心に尋ねた。外にいる飢えたメディアの群れに食わせてやる選りすぐりのご馳走を嗅ぎつけたのだ。

「我々はみんなから話を聞いています」ソーヴがぶっきらぼうに答えながら、警告するように素早く若いパートナーを見た。ボンボンにはまだクリッシー・ハバーマンの世界について学ぶべきことが多々あるのだ。

「明日新聞を広げて、警察が彼に焦点を当てているなんて記事を読むことがないよう願ってます」デズは容赦のない低い声で付け足した。「捜査本部に近い高位の情報源によればなんて記事を」

「いい記事になるのはわかってるはずよ」とクリッシー。

「誰にとってのですか？」

「あなたはあなたの仕事をして、私は私の仕事をするってことよ」

「それには賛成です。ただ、あなたは車のオイルチェックをするように、ご自分の価値観をチェックすべきかもしれませんけど」

「何が言いたいの？」

「ミッチ・バーガーを中傷してタブロイド紙の部数を伸ばさせたりしない方がいいってことよ」デズは言った。「そんなことをやろうものなら、あたしがあなたを探し出して、病院行きにしてやるわ」

「あなたは警察官じゃない」クリッシーが抗議してきた。「そんなふうに私を脅せないはずよ」

「警官として言ってるんじゃない。あたし個人が言ってるの。わかった？」

「ええ、何とでも。けど、あなたたちが何も掴んでいないのは見え見えよ」

「我々はみんなから話を聞いています」ソーヴが冷ややかに繰り返した。「とりわけチトの愛人たちに関心があります」

「あら、私を見ないでよね」とクリッシー。「他愛もない情事——私たちのはそんなものだった、本当よ。そんなことで私が嘘をつくわけないでしょう？　嘘をつく理由がないもの」

「理由ならありますよ」デズは反論した。「あなたはチトと関係があったばかりか、彼の死亡推定時刻の所在を証明してくれる人はいないんですから」

クリッシーはしばらくむっつりと黙り込んでいた。「そうね、いないわ。だから、私はあなたのことも私自身のことも救えない。人生はいつも勉強だわね。温かな身体を連れ帰ればいい夜に、私は冷たくて固い携帯電話を手にベッドに飛び込まなきゃならない。そこに学ぶべき貴重な教訓があるってわけ」

「どんな教訓ですか、ミス・ハバーマン？」ソーヴが尋ねた。

「気をつけないと、いい子でいることでとんでもないトラブルを背負い込みかねない」彼女が答えた。「それじゃもう帰ってもいいかしら？　私を必要としているクライアントがいるの」

11

「ベッカはどうしてドッジにあんな真似をさせるんだろう?」ミッチはビッツィ・ペックに尋ねた。二人はビッツィの家の日陰になったポーチでロッキングチェアに座り、べた凪の海峡を眺めていた。「だいたい彼女は何をしにあそこに行ったんだろう?」

「ミッチ、あの男は彼女にずっと特異な影響力を及ぼしていたのよ」ビッツィがアイスティーをすすりながら答えた。「私は昔、それに立ち向かわなきゃならなかった。ベッカのことになると、ドッジはやりたい放題なの。ベッカは弱くて言いなりになるし、彼を喜ばせたくて仕方ないから。初体験の相手だったのよ」

「彼女の最初の恋人?」

「恋とか愛とかには関係ないわ」ビッツィが苦々しげに言った。

ミッチのトラックで帰ってくる途中も、ベッカはひと言も口をきかなかった。ミッチとウィルの間に座って、トランス状態にあるかのようにフロントガラスの向こうを凝視していた。それにひどい臭いがした――濡れた汚い一セント銅貨をひと摑みにしたような金気のする悪臭だった。ウィルは一人でひっそり座っていた。二人で踏み込んでしまった現場にひどく動揺しているようだった。

ミッチはといえば、この頭の混乱した二十三歳の元ヘロイン中毒患者が、ドッジの理想の愛人だとは思えなかった。確かにベッカは、ドッジがわざわざ断ったように大人だ。でもそれはあくまで法的にはということだ。人間としての彼女は、迷える少女。ドッジにとっての彼女は――彼が大切に思う対象なのだろうか。それとも、縛り上げて、心ゆくまで相手をさせるボロ雑巾のような女なのだろうか？　ミッチには皆目わからなかった。わかるわけがないではないか。

俺はどう見ても、ドッジ・クロケットという人間がまるでわかっていない。

ミッチはペック岬の入り口でウィルのバンに並べてトラックを停めると、ベッカにはすぐに戻ると言って、ウィルと一緒に飛び下りた。そして、「ウィル、こんなことじゃないかと思っていたのか？」と声を落として尋ねた。

「何の話かわからないな」ウィルはバンの錠を開けて乗り込んだ。

「ドッジが現れないのをすごく心配しているようだった。彼とベッカのことを知ってたのか？」

ウィルは答えなかった。エンジンをかけて、ハンドルの後ろに座っているだけだ。

よそよそしく口を閉ざす秘密の守り人だ。

いったいどんな秘密なのだろう。ミッチは思った。ウィルはあの男について他には何を知っているのだろう。どれほどのことを隠しているのだろう。

「彼を裁くな、ミッチ」ウィルは言って、バンのギアを入れた。「あの男は完璧ではない。が、一つ教えよう――俺たちの誰一人完璧なわけじゃないんだ」

そして彼は走り去り、ミッチは橋を渡って、ベッカをビッグシスター島に連れ帰った。と、シルバーのVWビートルがペック家の不規則に広がった夏別荘の外に停まっていた。

エスメがストリングビキニ姿でベランダにあぐらをかいて、ビッツィと一緒に静かにエンドウ豆の莢をむいていた。トレードマークのたてがみのようなくしゃくしゃのブロンドを後ろでポニーテールにしている。一心に莢をむいている姿に、この美しい女優はこんなにも十歳の子供に似ていたのかと、ミッチは驚かずにいられなかった。はれて出血した口元からピンクの舌がチラチラ覗いている。少女らしい繊細で小さな耳や丸い鼻、お腹にはブロンドの産毛。それでも、彼女は少女ではない。カメラ映りのよい頬骨と、アカデミー賞受賞のキャリアと、とても有名でも演技ではなく本当に死んでしまった夫を持つ、しなやかで官能的な女性だ。

ミッチは突っ立って見ているうちに、エスメ・クロケットの両手首の内側にうっすらと細く白い傷痕があることにも気がついた。

「あっ、帰ってきた!」女優がベッカに呼びかけて、温かく微笑んだ。が、昔の同級生から上の空の視線を向けられたのに気づくと、もう何も言わずに――莢をむいたエンドウ豆のボウルを置いて、敏捷に裸足の足で立ち上がり、ベッカの手をとって家の中に連れていった。

「彼女は……ドラッグはやってないわよね、ミッチ?」ビッツィが不安に目を見開いて、真っ先に尋ねた。

「それはないと思います」

「ああ、よかった。私はあの子のことを毎日四六時中心配してばかりなの。何があったのか、きっと話したくないんでしょうね?」

ミッチはまるで話したい気分ではなかった。「エスメがどうしてここに?」

「かわいそうにあの子は、警察やらメディアやら深い悲しみやらで、とてもつらい状態でしょ。しばしの息抜きが必要だったのよ」ビッツィが柔らかな麦わら帽で自分を扇ぎながら言った。「ここに座って、エンドウ豆の莢をむきながら問わず語りの彼女の話を聞いてやっていたの。昔みたいにね」

エスメが一人でポーチに戻ってきた。「ベッカはシャワーを浴びてるわ」そう言って、男物の白いドレスシャツを取って羽織った。「もう行かなきゃ。長時間留守にすると、ママが癇癪《かんしゃく》を起こすから」

「チトのことは気の毒だったね、エスメ」ミッチは言った。

「ええ、そうね」エスメが冷淡に答えた。「みんなそう言うわ」

「俺は彼のことが好きだったんだよ」

エスメは初めて彼に気がついたとばかりに鋭い目を向けた。「ありがとう」それから、ビッツィに近づいて、額にキスした。「大好きよ、ビッツィ」

「私もよ、ベイビー」ビッツィが愛情を込めて言った。「いつ来てくれてもいいのよ。あなたならいつだって歓迎よ」

そして女優は帰っていき、ビッツィはミッチにもう一度ベッカに何があったのかと尋ねた。そこで話して聞かせた。どこでどのように彼女を見つけたのかを詳しく説明すると、ビッツィの丸い頬が怒りのせいで斑に赤く染まった。

「ドッジはずっとティーンエージャーの女の子に目がなかったの」ビッツィが明かした。二人はロッキングチェアを前後に揺らしていた。二人の下では床板が軋んでいる。「信用して自分の妻を任せられない男というのがいるでしょ。ドッジ・クロケットは信用して娘を任せられない男なの。だから彼を副知事に担ぎ出せなかった——彼の通った跡にあまりに多くの幼気《いたいけ》ないヴァージンを残していたから」

「ベッカのような？」

「そう、ベッカのような。で、どうやら彼はまた彼女がほしくなったのね。もしあの男のせいで娘が回復への道から逸れるようなことがあれば、私は父の古い猟銃を持ち出して、野犬のようにあいつを撃ち殺すわ。まさしく野犬だもの。それで一生刑務所に入ることになっても、私はかまわない」

「バカ言わないでください、ビッツィ」

「ミッチ、私は誓って正直な気持ちを言ってるの」

日焼けした避暑客を満載した大型の黒い高速ボートが、海面をかき乱した航跡と轟音を残して島のそばを猛然と通り過ぎていった。

「もう、あんな恐ろしいものは法律で禁止してくれればいいのに」ビッツィが短気に意見を述べた。「だいたいあんなものにどんなろくでなしが乗ってるの？」

「騒音を立てるのが好きなろくでなしですよ」

「一体全体連中はどうしてそんなことをしたがるの？」

「あなたのような人たちに気づいてもらいたいからかな。そうでもしなきゃ、あなた方は気づかないだろうし」ミッチは不思議そうに彼女を見やった。「ドッジと最初に関係を持った時には、彼女はいったい何歳だったんですか？」

「法定年齢、十八歳だったわ。法的にはレイプじゃない。道徳的に問題だっただけ。しかもドラッグが使われたの。彼女はあの頃しょっちゅうマリファナでハイになっていて、新しいものを試したがっていたの。あの男は彼女のそのお粗末な判断力につけ込んで、うぶな若い娘をものにしたのよ。ベッカはそれまで深刻な問題を起こしたことはなかったと言わせてもらうわ、ミッチ。自由に跳ね回るのが好きな無鉄砲な女の子だっただけ。ヘロインに手を出したのだって、ドッジと深い関係になってからよ」

「あなたが彼のことをどうして食人種と呼んだのだろうと思ってましたが、今ならわかります」

「ミッチ、あなたにはまだ肝心なことはわかっていないのよ」ビッツィが陰気に言った。

　ミッチは注意深く沈黙を守って椅子を前後に揺らしながら、他に何があるのだろうと思った。教えてもらいたいような、もらいたくないような気分だ。人について、知らない方がいいことがあると、実感するようになっていたからだ。

　ビッツィはゆっくりとアイスティーを飲んでから口を開いた。「あれは彼女たちが十五歳になった、素晴らしい夏のことだった。二人は離れられないほど仲がよくて。エスメは、それはかわいかったわ、ミッチ。泳ぐこととウィンドサーフィンが大好きな快活で楽しい女の子だった。それにとても美しかったから、二人の周りにはいつも男の子がいた。上品な男の子たち、楽しい男の子たちだった。みんな、とても健康的で朗らかで、熱意にあふれていた。でもね、彼女とベッカはどちらもウィル・ダースラグに熱を上げていたの。当時の彼は公営ビーチでライフガードをしていて、女の子はこぞって彼に夢中だったのよ。彼は断然ハンサムな男の子──年上の男の子だった。彼にとっては、二人はうっとうしい妹みたいなものだったけど」ビッツィが長々と心痛のため息をついた。「ああ、もうはるか昔のことのようだわ……」

「その夏に何があったんですか、ビッツィ？」

ビッツィは眉根を寄せて、椅子を前後に揺らした。「あなたに話していいものかどうかもわからないの。でもあなたのことは家族みたいに思っているし、あなたは正しいことをする人だと、いつも信頼してきたから。けど、絶対に誰にも話さないと約束してもらわないと。デズはべつだけど。彼女に秘密を打ち明けているのは知ってるから。でも、他の人にはダメ。いい？」

「わかりました……」

「エスメがドッジの最初だったのよ、ミッチ」ビッツィが静かに言った。

ミッチはグッと唾を呑み込んだ。「ストップ、それは……？」

「彼はあの夏に、十五歳の我が子から性虐待を始めたってことよ。エスメの性格が傍目にもわかるほど大きく変わって、本当にただならぬものがあった。ふさぎ込んで、よそよそしくなったの。具合が悪そうに見えた。彼女……自殺しようとまでしたの」

あの手首の傷痕。ミッチは、皮膚の下で何かがうごめいているとばかりに、いつの間にか自分の手首を掻いていた。そんな自分を抑えて、座ったまま身をくねらせた。

「私は本気で、俳優の道がなかったら、エスメは生きていられなかったと思うわ」ビッツィが続けた。「演じることは彼女の逃げ道だったの。ここからも連れ出してくれた。彼からも引き離してくれた」

「彼女は父親を告発しなかったんですか？」

「ええ、一度も。彼女はとにかく遠くに行きたいだけだった。そして行った。高校卒業後は一度も帰ってこなかったわ。今年の夏まで」

「マーティーンはどうなんですか？」

「彼女が何なの？」

「どうして彼との結婚生活を続けられたんですか？　よく彼のそばにいられましたね」

「事実を認めるのを拒否したのよ。すべてはエスメの作り話だと言い張った。娘が父親を傷つけようとしているだけだと」

「それじゃ終始認めない立場を貫いた？」

「そういう状況では、拒否というのは珍しいことではないわ、ミッチ。他に採るべき道は恐ろしくて考えることすらできないから。エスメの沈黙もやはり典型的だわ。彼女は怖くて誰にも話せなかった。私が知っているのだって、彼女がニューヨークに行く前の晩にとうとうベッカにすべてを話したからよ。そしてベッカが私に教えてくれたから」

それもまたパラダイスの一日か。ミッチはビッツィのポーチで前に後ろにと揺れながら思い起こした。ドーセットと呼ばれるこのヤンキーの楽園における家庭生活のひとコマ。「今になってエスメはどうして帰ってきたんですか？　どうしてチトを連れてきたんだろう？」

「正直な話、私にはわからないわ、ミッチ」

「傷がようやく癒えたのかも」

「こういう傷は絶対に癒えないものよ」

「このことを知ってる人間がもう一人いるかもしれないですね……」

「誰なの、ミッチ？」

「ウィル・ダースラグですよ」

「あり得るわね」ビッツィが同意して、下唇を突き出したり引っ込めたりしながら考え込んだ。「長いことウィルの人生における役割は、ドッジが残したボロボロになって泣きじゃくる娘たちを片付けることだった。お別れの贈り物を届け、傷ついた心を癒すの。何年か前にターキーネック街道に住み込みで働いていた女学生がいたわ。愛らしいスコットランド人の娘よ。で、彼女が妊娠すると、ウィルが責任を認めて、帰国費用を負担したの。ドッジがビーチで遊んだ娘だと、みんな知っていたのにね。ウィルはいつだってドッジに忠実なの。ドッジをとても尊敬しているのよ」

「そんな、いったいどうして？」

「まだ小さい時に実の父親を亡くしたからよ。ドッジしかお手本にする人がいないの」

「とんでもないお手本だな」

「それに、二人の間の取り決めで得をしなかったわけでもない。ドッジのおかげでアメリカ調理専門学校を卒業できたのよ。ドッジは〈ザ・ワークス〉にも資金提供したわ」

「ここだけの話ですが、ドナの話じゃ店はかつかつだそうです」

「ここだけの話、私は驚かないわ」ビッツィが片方の眉をつり上げた。「ドッジは最近ひどくお金に困ってるもの」

「どうしてわかるんですか？」

「ドーセットには、今や彼らのために仕事をする配管工も電気工もいないからよ。噂が広まったの——クロケット家は請求書の支払いをしないって。マーティーンが美容院に払った小切手があまりに多く不渡りになったものだから、美容師のリタはもう現金払いでなければ彼女を店に入れないのよ」

「でもどうしてそんなことになるんですか？」

「ナスダックよ。ドッジは全財産をハイテク株に注ぎ込んだの。で、インターネット関連企業のバブルが弾けると、彼の投資もそっくり弾けた。あの男は賢い投資家ではないのよ」

「でもそう見えますよ。だから、何でも熟知してるように」

「まっ、そうじゃないのよね、本当は。この二十年間で、少なからぬ一族の財産を二つも使い果たしたんですもの。彼のとマーティーンのを。あの屋敷だって、屋根までどっぷり抵当に入ってるわ。彼に残っているのは〈ザ・ワークス〉だけよ。あれがもし成功しなければ、彼とマーティーンは文字通り路頭に迷うわ」

「驚きだな」ドッジの生活で、完全な見せかけではない面が一つでもあるのだろうか。ミッチは疑い出した。

と、ベランダの床板に足音がした。振り向くと、ノースリーブの白いコットンのナイトシャツを着たベッカが裸足で立っていた。ストレートに撫でつけた濡れた髪が輝いている。とても若く、無邪気に見える。「しばらく自分の部屋で横になろうと思うの、お母さん」彼女が静かに言った。

「いいわよ、ダーリン」ビッツィは懸命に元気づけるような笑みを浮かべた。

「助けてくれてありがとう、ミッチ」ベッカが恥ずかしそうな笑みを浮かべた。

「お安いご用さ。それが隣人ってものだから」

「まだ私のことが好きだと言ったの。私のことをしょっちゅう思い出して、寂しかったって」

「それじゃ彼と付き合っていたの？」ビッツィが辛辣に尋ねた。

ベッカは目を伏せると、「ええ、少しは」と認めて、大きなつま先で床板をこすった。バレリーナの足だ。節くれ立って、タコができている。「この間の夜、公営ビーチを二人で散歩したわ」

「一昨日の夜かい？」ミッチは怪訝な顔で尋ねた。

「ええ、そうよ。雨が降ってたわ。雨の中を何時間も歩いて話したの。素敵だった。彼はとても優しかったわ」

「彼とは何時に会ったんだい、ベッカ？」

「どうしてそんなことを訊くの？」

「重要かもしれないからだよ」

「深夜。彼とは深夜に会った。お母さんはベッドで眠っていたわ」

「今朝もでしょ」ビッツィは、ベッカがそんなふうに自分の目をごまかして抜け出していたのが気に入らないのだ。

「私は大人よ、お母さん」

「ええ、それは確かに」

二人には明らかに争うべき境界線があるらしい。でも、それはミッチには関係ないことだ。興味があったのは、ベッカ・ペックはチトが死んだ時間には、どうやらドッジと一緒にビーチを歩いていたらしいということだった。そうなると、マーティーンはどこにいたのだろう？　誰が彼女の所在を証明してくれるのだろう？

「こ、今回は違うと思ったの」ベッカがためらいがちに言った。「彼は変わったのだろうと。私の間違いだったわ、ミッチ。でもそれに気がついた時には、もう止められなかった」

「俺に弁解しなくていいんだよ、ベッカ」

「いいえ、しなきゃいけないの。あの現場に踏み込んだ時に、どう思われたか想像もできない。あなたが……今この瞬間に私をどう思ってるかも」

「君は遊ばれたと思ってるよ。誰にでも起こりうることだ。本当だよ、君だけじゃない。絶対に」

「あなたに何とかお返しがしたいわ」

「そんな必要はないって」

「いつかお昼を作るというのではどう？　私、料理の腕はなかなかなのよ。野菜料理でもかまわなければだけど」

「それは確かよ」ビッツィが励ますように相槌を打った。「創意に富んだズッキーニの調理法をいろいろ教えてもらったわ」

「それはいいな」

ベランダに二人を残して、ベッカは静かに中に戻っていった。二人は長いこと黙って椅子を前後に揺らしていた。

「彼女がドラッグに手を出さないでいられる見込みは？」

「あまりないわ」ビッツィがすっぱりと答えた。「人は毎日鏡で見る自分を好きでなきゃいけないけど、ベッカはそれがダメなの。彼女はもう一度、自分のことを肯定的に受け止められるようにならないといけない。自分が関心を持てるものを見つけないと。長年、それはバレーだったんだけどやめてしまって、代わるものを見つけられないでいるの。彼女に今必要なのはそれよ――自分は無価値だという思いにつけ込む男との、自尊心を傷つける情事なんかじゃなくて。あの子は、ドッジがあんなふうに扱うのは自分がそんなふうに扱われても仕方がない人間だからだと、自分に言い聞かせてるのよ。でも、そうじゃないわ、ミッチ。あの子は優しくて、かわいくて、自分以外の誰を傷つけたこともないの」ビッツィの声が小さくなって途切れたが、帽子で扇ぎながら言葉を続けた。「自分の子供を持った時にわかることだけど――あなたにもぜひ持ってほしいわ。あなたなら素晴らしい父親になれるもの――親は子供自身の過ちからは子供を守れないものなの。できるのは愛することだけなのよ」

「どうして俺がいい父親になると思うんですか？」

「私は〝素晴らしい〟って言葉を使ったと思うけど」

「それはともかく、どうして？」

「あなたは人のことを気にかけるから。子供を持つ多くの夫婦はそうじゃないの。そういう夫婦がすごく多いのよ」

「マーティーンのことを教えてください」

「彼女の何が知りたいの？」

「そうだな、彼女は少なくともドッジが若い女の子を追いかけ回してることは知ってると思うんですが」

「もちろんよ」

「どうして耐えられるんですか？」

「ミッチ、マーティーン・クロケットについて忘れてはいけない最も重要なことは、彼女が潰れた花だってことよ」

ミッチは不思議そうに彼女を見やった。「潰れた何ですか？」

「ミス・ポーター女学院の古い言い回しなの。今ではもう使う人もいないんじゃないかしら。だから彼女は、そうね、彼女は、浅はかな結婚をしたすごい美人だってことよ。そして、以来その大きなつけを払ってきたってこと。後悔、憤懣、そして押し殺した絶望の人生よ。つまり……」ビッツィはしばしためらった。胸がふくらんではしぼみ、丸い頬が赤く染まった。「早い話が、彼女はドーセットのあばずれ女なの、もう二十年以上も。私はそんな彼女が絶対に許せないの、ミッチ。誰の夫と寝ているかが気になるわけじゃないわ——正直言って、十人やそこらはすぐに思いつくけど——そうじゃなくて、彼女はあのかわいそうな少女の母親で、あんな事態を招いた張本人だからよ。あの恐ろしい獣からエスメを守るどころか、自分勝手な快楽を求めて出歩いていたんですもの。そして、身の毛もよだつ真実を知らされた時、ドッジに何をされているかエスメが話した時には、あっさり信じないことにした。それで美しい娘がどうなったか見てよ、ミッチ。私の娘がどうなったか見て。私の、う、美しくてかわいい——」ビッツィは急に涙にむせんで、両手で顔を覆うと、家に駆け込んでいった。麦わら帽子が頭からベランダの床にひらひら落ちた。

　ミッチに泣き顔を見られたくないのだ。泣くというのは、人に隠れてこっそりするものだから。ビッツィはとても古風な女性なのだ。

　ミッチは帽子を拾い上げて、ドアの外側のフックに掛けてから、ビーチ沿いの岩だらけの小道を通り、灯台を回って、重い足取りで自宅に向かった。両手をポケットに突っ込み、胸が悪くなるような虚ろな気分だった。クォートが玄関脇のフジウツギの木陰で昼寝をしていた。クレミーの姿はどこにもなかった。

留守録には地方放送局のニュース担当から、チトの死について話したいというメッセージがいくつか入っていた。無視した。ドッジからも三本のメッセージがあった。

「ミッチ、私たちは話し合わなくては……。ミッチ、何としてもこのままにはしたくないんだ……。ミッチ、どうか電話をくれ。ミッチ……」

それらを慎重に消去した。ドッジ・クロケットに電話は返さなかった。

〈C・C・ウィロビー〉は、ちょっとした趣のあるサセックスの、ちょっとした趣のある中心街のど真ん中にあった。サセックスは、グリニッチとコス・コブに挟まれた海岸線にある非常に好ましいベッドタウンだ。最新の集計では、サセックスの何と三十八パーセントの住宅が、個々に百万ドルを下らないと評価されている。昔のままの白いコロニアル様式の邸宅、塵一つない緑の芝生、そして新しいピカピカのシルバーのレクサスSUVが数多く見られる。要修繕家屋も、ホームレスのたまり場も、ポンコツ車もない。古いスチューディでゆっくりと街を走っていると、ミッチは別世界に紛れ込んだ気がしてきた。金持ちで、ブロンドで、痩せていて、オシャレな人しか事実上存在しない世界だ。ドーセットには、少なくとも中間層の労働者が多少はいる。不格好で、浅黒くて、だらしない連中が。

ドーセットには、まあ、少なくとも俺がいる。

ほとんどの店が、連なって建つ古びたレンガ造りの建物に入っている。その前にある駐車場は斜めに車を停める。『赤ちゃん教育』のあのコネティカット州の村とそっくりだ。ケーリー・グラントとキャサリン・ヘップバーンが〝赤ちゃん〟のために肉を買おうと立ち寄った場所だ。成人向けの外国映画を上映する映画館があり、理髪店があり、クリーニング屋があり、〈ザ・ビーナリー〉という名前のコーヒーショップがある。本当に高価なベビー服や台所用品のようなものを売るシックなブティックもある。

それに、〈C・C・ウィロビー〉。元は村の金物屋だった店舗から始めて見事成功し、上階にばかりか両側の建物にまで店を拡張した。C・C・ウィロビー&Co.は書店業における類稀《たぐいまれ》に見る現象だ――独立系の書店が金を儲けたのだ。本好きは単に本を買うために〈C・C・ウィロビー〉に来るのではない。一日を過ごすために来る。しかも彼らはコネティカット州の至る所からやって来る。従って宣伝ツアーをするベストセラー作家は絶対に素通りできない。大物作家の多く、トム・ブロコウからトニ・モリソンからアビー・カミンスキー――『コッドファーザー』三部作の著者――に至るまで、ニューヨークからボストンに向かう途中、ここでサイン会を開くのだ。

この七月の午後、ミッチは店に近づくこともできなかった。何百という人が店内でアビーに会うために列をなしている。並んでいる多くは子供で、先の尖ったカールトン・カープの頭のついた衣装を着ていた。駐車スペースを探して彼らを通り過ぎていくと、彼らが集会に参加するために街に集まったKKK、クークラックスクラン（アメリカの白人至上主義団体）の子供版に見えてきて、不安に駆られるほどだった。

それに気づいた者がこれまで他にもいただろうか。ミッチは思った。

結局三ブロック離れた町営の駐車場に車を停めて、ぶらぶら歩いて店に戻った。ギフトショップとつながった騒がしいカフェを通り抜けた。ギフトショップでは、高級顧客向けの文房具、石鹸、香料入りのキャンドルを売っていた。ハーブの香りが書店全体を満たしている。ミッチは常々、書店は、その、本の匂いがするべきだと考えている。ラベンダーの香りではないだろう。それでも、〈C・C・ウィロビー〉には感嘆していた。本を売って利益を生み出せる者は誰であれ、すごいと思う。広大な一階のほとんどが最新のハードカバーのフィクションとノンフィクションに当てられている。アビーは二階で新作のサイン会をしていた。二階は児童書売り場だ。そして、彼女に会おうと待っている子供とその親の列が、階段を下りて入り口の外まで続いていた。

ミッチは列をかき分けて進み、隣の部屋からアビーに近づこうとした。が、戸口は前もって塞がれていた。従って、テーブルについて、ファンを一人一人迎えては、

『コッドファーザーの奮闘』にサインしている彼女の姿がかろうじて見えただけだった。アビーは丸ぽちゃのブロンドで、クリーム色の麻のスーツを着ている。脇を固めるのは、クリッシー・ハバーマンと六フィート四インチのアビーの護衛だ。花崗岩の厚板のような体つきで、山羊ひげとスキンヘッドがお気に入りらしい。恐ろしげに見えるようにやっているのだろうが、ミッチに関する限り、効果はあった。

今彼女に近づくのは無理だ。どうにもならない。

そこで外に出ると、通りの向かいのベンチに座って、カフェで買ったアイスカプチーノをちびちび飲みながら待った。ドッジと十代の実の娘が一緒にベッドにいるという恐ろしい映像を思い浮かべまいとしたが、そうはいかなかった。映像は消えてくれなかった。

三十分後、アビーがクリッシーと一緒にようやく戸口に現れた。二人はちょっと話し込んだ。その間も、アビーは数人の若い読者の本にサインしてやって感謝された。一方、彼女の護衛は二軒先に駐車している黒いタウンカーに歩いていって、錠を開け、後部ドアを押さえて彼女を待った。ミッチは立ち上がって、ジリジリと近づいていった。アビーとクリッシーはハグを交わし、クリッシーは店に戻り、アビーは車に向かって歩き出した。彼女が乗り込むと、護衛はすぐにドアをバタンと閉めて運転席に乗り込んだ。

その一瞬のスキに、ミッチは彼女の側のドアを引き開けて、隣に乗り込んだ。「アビー、話があるんだ」

「ちょっと、何のつもりよ！」彼女が怒ったように抗議した。

「すまん、でもこうするより他に――」

「降りなさいよ、このマニアックなストーカー！」

「俺はストーカーじゃない、俺は――」

「おい、そいつは誰だ、アビー？」彼女の護衛が尋ねて、運転席から身体をひねって
ミッチのしわくちゃのボタンダウンの襟を摑んだ。

「待って、私、この人知ってるわ……」アビーがマニキュアをした指をミッチに振り立てた。「新聞で写真を見たわ。確か――」

「ミッチ・バーガーだ」ミッチは喘いだ。

「そうよ」彼女が叫んだ。「それにあなたは例のチト・モリーナの件でクリッシーともめてる……。放してあげて、フランキー」フランキーが従った。「この男性が誰かわかるから。何が狙いかはさっぱりだけど。何の用なの、ミッチ？」

「ジェフの件だ」ミッチは襟を直しながら言った。「彼の友だちなんだ」

アビーの顔が曇った。「あら、そうなの」

アビー・カミンスキーは小柄で、身長も五フィートくらいしかない。そして、ミッ

チがすぐに気づいたことが二つあった。一つは、物心ついた時からかわいらしいと言われてきた女性だということ。もう一つは、昔からずっと自分の体重と闘ってきた女性だということだ。アビーを見ていると、なぜか五年生の時に猛烈に恋したマリエル・ブルーム先生を思い出した。ハート形の顔やミルク色の肌や驚いたような大きなブルーの瞳のせいだろうか。アビーはプラチナブロンドの髪を洒落たボブにしている。メークや口紅やマニキュアを見ると、専門家がルックス全体をトータルに――着ている麻のスーツに至るまで――指南したことがうかがえる。スーツは彼女の豊かなカーブを隠すよりむしろ生かして強調している。

彼女の座るシートには、子供向けシリアルのココアペブルズの箱とミネラルウォーターのペットボトルがあった。アビーはミッチを注意深く観察しながら、ペットボトルに手を伸ばした。「あのね、私はボストンに行かなきゃならないの。こんなことに――それが何であれ――付き合ってる時間はないのよ」

「ほんの数分でいいんだ」ミッチは約束した。「ランチは食べたかい？　実はそこの〈ザ・ビーナリー〉は、すごく美味いＢＬＴ（ベーコンレタストマトサンド）を出すんだ」

「まあ、あなたって私の弱みを突く術を心得てるのね」

〈ザ・ビーナリー〉は狭くて暗かった。木の床はすり減り、高い背もたれのブースもくたびれていて、新旧とりどりのイニシャルのいたずら書きが刻まれていた。もう二時を過ぎているので、他にランチを食べている客はいない。表が見える窓のそばのブースに座った。フランキーは外に残って、タウンカーにもたれて太い腕を組み、ミッチを睨みつけていた。

「彼のことは気にしないで、ミッチ」アビーがドア脇のコート掛けに麻のジャケットを掛けながら言った。ジャケットの下は、白いシルクのキャミソールだ。むき出しの腕は丸々していてもよく引き締まっている。定期的にジムに通っているかのようだ。「警護に忠実なだけだから。それにちょっと、その、あったものだから、ホルモンが刺激されちゃうみたいで」

「彼とはもう付き合っていないのか？」ミッチはジェフが二人の情事に激怒していたことを思い出して尋ねた。

「誰ともそんなに長い付き合いはしないことにしてるのよ。ねえ、私、手を洗ってこなきゃ。この一時間あの人たちと握手してたでしょ。あの手がどこにあったか想像できる？　口の中、鼻の中、さもなきゃ……もう、考えるのも恐ろしい」アビーはそこで言葉を切ると、ミッチをじろじろ見た。「あなたの言葉を信じるわ。ＢＬＴとチョコレートシェークを頼んでおいて」

ミッチは年配のウェートレスに同じものを二セット注文した。フランキーは相変わらず窓越しに彼を睨んでいる。

「チトのことは本当にひどい話ね」アビーはブースに戻ってくると、向かいのシートにするりと座った。「彼が飛び降りる前にこの世で最後に話した人間だったなんて、気味が悪いでしょうね」

「実際はそういうことではなかったみたいなんだ。彼は殺された可能性もある」

「あなたが殺したんじゃないわよね？」彼女が大きなブルーの目を見開いて、固唾を呑んだ。「お願いだからあなたじゃないと言って、ミッチ。あなたはいきなり私の夕ウンカーに乗り込んできたわ。あなたには悪い評判が立っている。あなたは捨て鉢になっている。あなたには傷ついたテディベアみたいなところがあるわ。私はもうすっかりあなたにひと目惚れしちゃってるのよ」

「俺じゃないよ」ミッチは言った。

「ああ、よかった」

ウェートレスがシェークを持ってきて、どうやらアビーを見分けたらしくやたら世話を焼いた。

ミッチはシェークを飲んでみた。よく冷えていて美味い。「でも警察がチトの死の真相を突き止めるまで、事件を忘れるつもりはないんだ。俺には彼が救えたんじゃないだろうか。どうしても知りたいんだよ」

「ミッチ、私があなただったら、自分を責めないわ。チト・モリーナは何をどうすればいかまるでわかっていなかった。ただの惨めな子犬だったんだもの」

ミッチは不思議そうに彼女を見つめた。「彼を知ってたみたいな言い方だね」

「知ってたわ」アビーがシェークをごくりと飲んだ。ピンクの舌先が上唇についた分を素早く舐めた。「私たちには、ちょっと、あったのよ」

「そうか、いつのことだい？」

「私が今回のツアーに出る前よ。もう六週間以上もツアーをしてるなんて信じられる？　四十九日間で二十三都市を回ったの。べつに数えたわけじゃないけど。顔にはレーガン政権の頃以来の吹き出物が出ちゃったわ。生活らしい生活もないし、フランキー以外話し相手もいない。フランキーは、あなたが気づいてないならだけど、必ずしもミスター・デイヴィッド・ハルバースタムのような知的な刺激をくれるわけじゃないの。あの数日は、そうね、戦没将兵記念日（五月の最終月曜日）以降初めて自分のベッドで眠った夜だったわ。その最初の朝なんて、目を覚まして自分の部屋が見分けられなかった。どの街にいるのかすら思い出せなかった。ツアーに長く出過ぎていたと思い知るのはそんな時よ。しかも私はまたツアーを始めている。ボストンに二日泊まって、それから……」アビーはミッチの質問に答えていないと急に気づいて、話すのをやめた。「ある朝、クリッシーが朝食のためにチトのホテルに連れていってくれたの。彼は英国人の脚本家と会うとかでニューヨークに来ていてね。それに、映画会社が実写版の『コッドファーザー』で、カールトンの声を彼にやらせたがっていたの。彼は最終的にオーケーを出したのだけど、仕事にかかる前にカールトン像について私の意見を聞きたいってことだった」

ミッチはうなずいた。最初のカールトン映画は、最高技術水準のアニメプロダクションが制作に二年を費やした。映画会社のクリスマス公開の目玉になるはずだ。フレディ・プリンツ・ジュニアがカールトンの声を担当している。

「彼ってとっても魅惑的だと思ったの」アビーが続けた。「で、クリッシーがいなくなってから、気がつくと私はホテルの階上にあった彼の部屋で服を脱いでいた。嘘じゃないのよ、私はチト・モリーナとセックスしたの——ニュージャージー州マーゲイト出身のしがないアビゲイル・カミンスキー、すごい太腿のこの私がよ。白状すると、私はものすごく神経質になって、まるで婦人科の診療室にいる時みたいになってしまったわ。手も足もじっとり汗ばんで、震えが止まらなかった。でも彼はとても優しくて、思いやりがあったわ」

ウェートレスが今度はサンドイッチを持ってきた。「ミス・カミンスキー、孫娘があなたの本を、そりゃもう大好きで」彼女が皿を置きながら言った。「サインをいただけますか？」

「そりゃもう！」アビーも調子よく応じて、ナプキンに名前を走り書きすると、ウェートレスに渡した。「そのお孫さんに、私からよろしくと伝えて」

「ええ、きっと」ウェートレスは感激して慌ただしくブースを離れた。

二人は飢えたようにサンドイッチにかぶりついた。食べ物をありがたく思っている丸ぽちゃの二人だ。

「あなたは本当にサンドイッチってものを知ってるわ、ミッチ」何口か食べて、マニキュアをした指についたマヨネーズを舐めると、アビーが宣言した。「こんなに美味しいBLTを食べるのは生まれて初めてよ。秘訣は何かしら?」

「採れたてのトマトを使ってるんだと思う。それがBLTの味を一変させる」ミッチは上の空でシェークをすすった。頭がフル回転していた。アビーがこの一件に一枚嚙んでいる可能性はあるだろうか? 「君とチトはどれくらいカップルだったんだ?」

「そんなもんじゃないわよ」彼女がにべもなく言った。「そもそもそういう話じゃなかった。一度きりのマチネーだったの。よくあるクイックセックスよ。それに、さっきも言ったように、私は誰とも長い付き合いはしないし」

「ジェフとも?」

アビーが途端に赤面した。「ジェフリー・ウォッチテルは私の哀れなハートを粉々に打ち砕いたのよ。別れた時には二十ポンドも太ってしまったわ。ひと言も書けなくなって、家から一歩も外に出られなくなった。食べることと泣くことしかできなかったの。泣きに泣いたわ。今でも毎晩泣きながら眠るの。ねえ、ミッチ、私を見て——私はお金持ちで、有名で、もう死ぬ一歩手前まで身体を絞ってるわ。真面目な話、今の私はこれ以上なれないくらいすごくキュートなの。それなのに、最後に本物のデートに出かけたのがいつか思い出せないくらいよ」そして、窓からフランキーに軽蔑するような一瞥を送った。フランキーは立ったまま眠ってしまったらしく、どちらかと言えば家畜に似ている。「私のどこに問題があるのかしら？　私ってそんなに感じ悪い？」

ミッチは再びサンドイッチを食べ出した。「今はツアーのせいで疲れ切ってるだけだよ。すぐに誰かに出会えるさ」

アビーがはにかんでミッチに微笑みかけた。「本当にそう思う？」

「思うよ。それにもう一つ言わせてもらうと――ジェフはどうかしてる」

アビーがテーブル越しに手を伸ばして、ミッチの手に自分の手を重ねた。「一緒にボストンに来て、ミッチ。今夜一緒にディナーを食べて、一緒に泊まって」

「それは無理だよ、アビー」ミッチは彼女の柔らかな小さい手をじっと見下ろした。

「どうして？」

「そうだな、まずは君と知り合ってまだ一時間も経っていない」

「そんなふうに始まることもあるのよ」彼女がミッチの手をギュッと握った。

「それに、今俺がこの州を離れるのは賢明とは言えない」

「私があなたの所在を保証するわ。私なら信用されるわよ」

「それに、俺には付き合ってる人がいる」

「ああ、そんなことだろうと思ったわ。いい男はいつだって売れちゃってるのよね」

アビーは手を放すと、シェークをゆっくり飲んで、大きなグラスを透かしてミッチをじっと見つめた。「それじゃジェフリーとはどういう知り合いなの？」

「毎朝一緒にビーチを歩いてる」

「彼、元気なの？」アビーが鼻孔をふくらませて尋ねた。「べつに心配してるわけじゃないけど」

「まだ君を愛してる。ともかくも本人はそう言ってる」

アビーは嘲るように甲高い笑い声をあげて、「ええ、そうでしょうとも」と吐き捨てるように言った。「いいこと、ミッチ、ジェフリーと女性について、唯一覚えておくべき重要なことは、彼の口から出る言葉はことごとく嘘だってことよ。しかもあのイヤなやつにはそれが許されてるってこと。どうしてかわかる？　彼がたまたま世界でもトップクラスのその道の達人だからよ。外からはわからないでしょうけど、本当なの。ジェフリーのおかげで、私は完全に他の男性では満足できないようになってしまった。もう祟りなのよ。白状するけど、あのホテルでチト・モリーナとベッドにいた時でも、『ああ、この人がジェフリー・ウォッチテルならいいのに』とばかり考えていたんですもの。そんなの異常でしょ？」

「君がもうあの小男を愛していないのならね」

「私はあの小男を憎んでるわ！　見下げ果てた野郎なんだから。あの小男は……」アビーはふっと口をつぐんで、ナプキンで口を軽く叩いた。「今は母娘のタッグチームを相手にしてるのよね――エスメ・クロケットとその母親を同時進行で相手にしている。クリッシーからすっかり聞いたわ。驚いたみたいね、ミッチ。驚いちゃダメよ。あの男は想像もつかないほど巧妙な女たらしなんだから。美女たちですら揃って彼には母性本能を刺激されて、守ってあげたくなっちゃうの。そうせずにいられなくなっちゃうのよ。付き合いの半分は、女性の方が彼を誘惑しているの――彼なんか全然自分のためにはならないことがわかっていてもよ。嘘じゃないわ、私はエキスパートなんだから。最悪の形で代価を払ったのよ」アビーはブースにもたれて、むき出しの腕で自分を抱いた。「私は、私たちのアパートの、私たちのベッドで、彼が私の大切な実の妹のフィリスとやっているところに遭遇してしまったんだもの。ミッチ、私がどんなに踏みにじられた気がしたか、あなたにはきっとわからないわ。どんなに汚された気がしたか」

「そんな話を聞くなんて残念だよ、アビー」

「私だってよ」彼女が身を震わせた。むき出しの腕にびっしり鳥肌が立っている。「だから、一セントだって私の稼ぎを渡すつもりはないの。彼が被害者なんじゃない。被害者は私なのよ」

ミッチは立ち上がって、彼女の麻のジャケットを取ってやった。

アビーはありがたそうにジャケットを着込んで、そのびっくりしたようなブルーの目でミッチをじっと見た。「私たちの和解闘争についてジェフリーが何を言ったか知らないけど……」

「一作目の売り上げの二十五パーセント。創作の早い段階から関わっていたのだから、利益に与ってもいいはずだと主張している」

「絶対に無理ね」アビーが鼻であしらった。「絶対に」

「君を責めようとは思わないよ。でも、これは認めなきゃ、だから、ジェフがカールトンなんだろ？」

「カールトンは登場人物なの」アビーがいきり立った。「カールトンは私の創作。ジェフリーとは何の関係もないわ。いっさいないわよ！」

「そ、そりゃもう自信がある？」

「その忌々しい言い回しだって、彼に著作権があるわけじゃないわよ！　誰のものでもないわ。使うのは自由だったの。私は使いたいだけ使い続けるつもりよ。カールトンはジェフリー・ウォッチテルじゃない。そんなわけないじゃない。カールトンは嘘つきじゃないわ。カールトンは一週七日、一日二十四時間、ひと言だって泣き言は言わないわ。自分に訊いてみて、妻の妹と寝るカールトンなんて想像できる?」

「いいや、まさか。カールトンは大人じゃない。まだほんの子供だ。いや、魚だ。いや、その……」

「カールトンは善良だってことよ」彼女が断言した。「カールトンは正直で、勇気があって、誠実なの。私は、売り上げから一セントだって渡さないうちに、ジェフリー・ウォッチテルを弁護士費用で破産させてやるつもりよ」アビーは大きく息を吸い込むとゆっくり吐き出して、声には出さずに10数えた。ジェフが彼女をひどく悩ませているのは間違いない。「それはそうと、彼の書店はどうなの? クリッシーの話じゃ、すごくしけた店だそうだけど」

「それは違うな。なかなか素晴らしい店だよ。経営には苦労してるけどね」

「それはけっこう」

「実は俺が来たのもそのためなんだ――彼は君に立ち寄ってサイン会をしてもらえないかと考えてるんだよ。州間高速自動車道で、ドーセットのすぐ近くを通るわけだし、彼にはどうしてもキャンペーンが必要なんだ」

「あり得ないわね」アビーがつっけんどんに答えた。「ボストンの次はバーハーバーだし、それからマーサズヴィンヤードを回って、家に帰るの。誰も聞いたこともないような辺鄙《へんぴ》な村の本屋になんか寄らないわ。私にはメリットがないもの、ミッチ。彼に何冊さばけると思う——五十冊？　私は今日の午後だけでその十倍は売ったわよ」

「それでも、君にやる気があればできることだろ」

「それは確かに」彼女が認めた。「でもあなたが今はっきりと指摘したとおり、やる気があればよ、ミッチ、けど私にはまったくないの」

「でも、きっと彼の助けになる」

アビーは頬杖をつくと、驚いたように彼を見つめた。「ねえ、あなたって私の言葉をひと言も聞いてなかったの？」

「まさか」

「それじゃ答えて——どうして私がジェフリーを助けるわけ？」

「今でも彼を愛してるからさ。彼も今でも君を愛してる。君たち二人はお互いに相手を気遣うべきだ。傷つけ合うんじゃなくて」

「優しいのね、ミッチ、でもあなたはお伽話の世界に住んでるわ。現実の世界では、憎み合っている人間は、本気で憎み合ってるのよ」

「現実の世界がいいのか？　それならタブロイド紙が君の中傷に二十五万ドル払うとジェフに持ちかけてるぜ」

「中傷？」アビーはたちまち青ざめた。「どんな中傷なの？　あの狡い男は私の何をあなたに吹き込んだの？」

「君は子供が大嫌いで、彼にパイプカットを受けさせた」

「それは彼が言い出したことで、私じゃないわ」彼女が激しい口調で言い返した。「親になるのを怖がったのは彼よ。私は何をおいても母親になりたいわ。私ならよい母親になれると思わない？」

「俺にはとんとわからないよ」

「まっ、私はわかるわ。自分の心にあるものはわかっているもの。それにね、彼の受けた処置は完全に元に戻せるものなの。まったく、彼がそんな下らない話を売ろうとしてるなんて信じられない！　待って、私ったら何を言ってるのかしら？　もちろん信じられるわよ。何と言ってもジェフリーですもの」

「俺の勘では、彼は絶対に君の悪口を言いたいとは思っていないよ、アビー。はっきり言って、彼がそんなことをするとは思えない。ただ、経済的に窮地に立ってるから」

アビーがたじろいで、彼に指を振り立てた。「ちょっと待ってちょうだいよ。あなたが来た理由がこれでわかったわ――私を脅そうとしてるんでしょ！　ええ、そうよ。私が彼のしみったれた店に行かなければ、彼はタブロイド紙に私を売ると言いに来たんだわ。あなたは彼の忌々しい使い走りなんでしょ？ 私が間違ってると言ってごらんなさいよ、ミッチ。さあ、言って！」

「まっ、君は間違ってるね。そんなこと思ってもみなかったよ」

「そうかもしれないけど」彼女が譲歩した。「彼は思ったと保証してもいいわ」

「アビー、そいつは俺の読みとは全然違うよ」

「それじゃ目の検査でもすることね。私はジェフリーという男を知ってるの。彼の頭がどう働くかわかる。その彼があなたを通して私に言ってるのよ。彼のためにサイン会をしなければ、私を売り渡すって」

「でも、絶対にしないと言ってたぞ」ミッチは指摘した。「君は彼の愛したたった一人の女性だから、すぐにでも取り戻すと言っていたよ」

「それであなたは彼を信じたの？」アビーが信じられないとばかりに尋ねた。

ミッチはシェークを飲み干すと、だらしなくブースにもたれた。急にすっかり自信がなくなり、へとへとになった気分だった。「アビー、正直な話、俺はもう誰を信じていいかわからないんだ」

「俺が君だったら」ミッチは背中で水が優しくうねるのを感じながら言った。「この数日間のアビー・カミンスキーの所在を確かめるよ。あるいは、もっと厳密には夜の所在を」

「ジェフの元奥さん？」デズが尋ねた。やはり仰向けに彼の隣で浮かんでいて、月の光に濡れた肌がきらめいている。「どうして？」

「チト・モリーナと寝てたから」

「まさか。彼女まで？」

「間違いないよ」

「彼女もこの件にからんでるかもしれないってこと？」

「このごたごたの中には確かにいるな。ひどく湿った胡椒入れって感じだが」

二人は夜も遅い時間に、ビッグシスター島の専用ビーチで裸のスイミングを楽しんでいた。海水は心地好く、夜の大気も素晴らしく爽やかで澄み渡ってきた。見上げれば満月、それに星が明るく瞬いている。

ミッチは夕刻の時間をほとんど、ビーチのお気に入りの流木に座って過ごした。病的な好奇心から買ったペパーミント・シュナップスのボトルを陰気に試し飲みしていたのだが、彼の意見では、ひどい味だった。でも、なぜだかさっぱりわからないのだが、妙に馴染みのある味でもあった。十時頃、デズが彼の小屋の前に車を停め、数分後には冷たいバスエールを二本とタオルを二枚持って、ビーチにいる彼のところに来た。

ミッチは彼女の姿を見てこれほどうれしかったことはなかった。

遠くに街の灯を見ながら、月光に照らされて二人して裸で浮かんでいると、この夜、この女性と、ここにいる幸せに改めて気づかされた。これはあんなふうにメイシーを失ってから彼がとった唯一の前向きな行動で——この幸運を当たり前だと思って過ごす日は一日としてない。

「その湿った胡椒入れとはどうして会ったの？」

「妬いてるのか？」

「質問するのは私よ」

「訪ねてくれとジェフに頼まれた。彼の店でサイン会をやらせたいんだ」

「いつからジェフの走り使いをするようになったの？」

「何もかも筋が通らなくなってからだよ。納得するためにはそれも必要なんだ」

「そうはいかないかもよ、ミッチ。多くの場合、ものごとはますます混乱していくだけだもの」

「そんな話、今夜は聞きたくないよ、デズ。今夜は、人生はフランク・キャプラの映画の拡大版に過ぎないと言ってもらいたいんだ。実際にはフランク・キャプラなんか大嫌いなんだけどね——ジャック・ホルトとフェイ・レイが出ていた『大飛行船』はべつかもしれないが」

「あたしとしたことが」デズは彼にちらっと笑顔を向けた。「注意を向けてくれてありがとう。リコに伝えるわ」

「アビーは護衛とも寝ていた――フランキーっていうでかい野郎だ。名字は知らないが、彼も調べてみる価値があるかもしれない。それはそうと、聞いてくれよ、実はジェフはマーティーンを裏切って、彼女の実の――」

「エスメね。ええ、知ってるわ」

「エスメが話したのか？」

「話すしかなかったのよ。ジェフは彼女のアリバイ証人だもの。それにね、それがマーティーンには大いに不愉快な驚きだったの。彼女を力ずくで娘から引き離さなきゃならなかったわ」

「で、ジェフはどう言ってるんだ？」

「エスメの話をばっちり確認してるわ。チトが死んだ時間、彼女は彼の部屋でお取り込みだった。今日の午後、ヨリーとあたしとで彼から裏を取ったわ」

「フーム、つまり彼らは互いに相手のアリバイになってるわけだ……」

「だから何なの？」

「べつに」ミッチは答えた。二人は相変わらず浮かんでいる。「ただ、そうだな、もしエスメとジェフが一緒にチトを殺したとしたら？」

「二人がどうしてそんなことを?」

「復讐だよ。彼は、アビーと寝たことでチトを憎んでいた。エスメは、自分には暴力をふるい、しかも浮気をした彼を憎んでいた。チトを殺したのは単独犯だと、事実としてわかってるのか?」

「ミッチ、事実なんて何もわかっていないわよ」デズはうんざりしたように言って、彼をちらりと見た。「あなた、月光に照らされて、すごい輝きを放ってるわよ、自分でもわかる?」

「満月の夜に白人男と裸で海に入ったことがないみたいだな」

「あら、あたしは本気よ、ミッチ。お腹を見てごらんなさいよ——放射性物質でも飲み込んだみたいじゃない」

「腹が海面から突き出てるってだけだよ」ミッチはブツブツ言った。「でもご指摘をありがとう、痩せっぽち」

「あたしの務めだもの、生パン」彼女が愛想よく答えた。「まだ何かあるのかしら?」

ミッチは今朝一番の出来事を聞かせた。彼とウィルが、ドッジとベッカの荒っぽいセックスの最中に踏み込んでしまった話を。さらにはベッカから、チトが死んだ時間には彼女とドッジはビーチで深夜の散歩をしていたと聞いたこと。従ってドッジには所在を証明してくれる者がいる——が、マーティーンにはおそらくいないことを。

「どうしてマーティーンが義理の息子を殺したいのかしら？」デズが訝った。

「彼女もチトと関係を持っていたのかもしれない。そしてその哀れな浮気心を彼に傷つけられたのかも。そう考えるとマーティーンとエスメがどちらもジェフ・ウォッチテルと不倫関係を持っていたのも納得がいく。ほら、その不健康な情報を了解してしまえば、どんなこともあり得るように思えてくるだろ？」

「言われてみればそうね」

「エスメはジェフとお袋さんのことを知っていたのか？」

「彼との関係を言い放った時の薄ら笑いから判断して、間違いないわね。愛しいママに苦痛を与えるための取って置きの手段だったのよ。具体的にどんな事情があるのかは知らないけど」

「俺は知ってるよ、デズ」ミッチは静かに言った。そしてついに、エスメが十五歳の時からドッジが性虐待を始めたことを話して聞かせた。マーティーンが彼女の話を信じるのを拒んだことも。エスメが自殺を図ったこと、ドッジが長年ドーセットの若い娘たちの災厄だったこと、そしてウィルが将来の見返りと引き換えに結果的に彼を助けていたことを。

デズは押し黙って聞き入っていたが、やがて口を開いた。「まあ、それを聞くと、今朝マーティーンに平手打ちを食らった時のエスメの反応が理解できるわ」

「どうだったんだ?」

「生まれてこの方ずっと殴られてきたみたいだったの」

「何だ、君はドッジが彼女を殴っていたと考えてるのか?」

「いいこと、元気な十五歳の美しい少女はおとなしくパパのために脚を開いたりなんかしないものよ。あたしはあなたに同感よ、ミッチ——エスメは守ってくれなかったママを憎んでるわ。けど、マーティーンが知らなかったというのは信じられないわね。彼女は知ってたのよ。だからこそ、今朝だってあんなに警察に行きたがったんだわ。ぐずぐずしていれば、警察はもっと突っ込んでくるから。彼女は警察に曝露されることを恐れたの。それはともかく、どうしてわかったの?」

「ビッツィから聞いた。ベッカが彼女に話したんだよ。他に知ってる者はいないと思う、ウィルはべつだが」

「それにおそらくチトね。エスメは彼に話したかもしれないわ」

ミッチは彼女を見やって、彼女の頭はどこに向かっているのだろうと思った。「ビッツィは君には話してもいいと言った。でも、ソーヴは知る必要あるか?」

「たぶん彼には言わないでいいと思うわ」デズはゆっくり答えた。「捜査にとって重要でなければってことだけど」

ミッチは彼女に微笑みかけた。「君も俺たちの仲間になったんだな、自分でもわかってるか？」

「仲間って何の？」

「ドーセット人」

「あんまりはしゃがないことよ、生パン。あたしはたぶんって言ったんだから」

「わかってる、わかってる。それより寒くないかい？」ゆっくり足で水をかいて浮かびながら尋ねた。

「少しね。でも大丈夫よ。あなたは？」

「大丈夫だ。余分な皮下脂肪を蓄えているのはこのためなんだから」

「なるほどね」

「そりゃもう」

「ミッチ、二度とその言葉は口にしないと約束してほしいわ」

「約束するよ」ミッチは答えて、彼女ににやりとした。「クロケット夫妻については、実はビッツィからもう一つ聞いてることがある——二人はひどく金に困っていて、マーティーンはもうここいらの店では小切手が切れないんだそうだ。どうやらこのまやかしそのものの締めくくりだな。ドッジはビジネスマンとしては最低なんだ」

そして岸を振り返って、四方に広がるビッツィの屋敷を見た。二階にいくつか明かりが灯り、階下にはポーチ灯がついている。「彼女はベッカがまた彼と関わっていることを本気で心配している。ベッカはもろくて傷つきやすいし、脱がせたパンティを口に詰めるような男がいいわけ……ああ、ちくしょう、何でもない」

「ああ、あたしならかまわないのよ、ベイビー。何を言おうとしたの？」

「もうドッジとは友だちでいたくないってだけだよ」

「無理もないわ。けど、メスメルはどうするの？」

「もう一緒にウォーキングはしないだろうな」

「残念ね、ミッチ」

「俺も残念だよ。毎朝本気で楽しみにしてたのに、もうできないなんて。皮膚がむずむずしちまうからね。ウィルは今朝あの男を擁護したんだぜ、信じられるか？『彼を裁くな』なんて言って。それはそうと、彼とドナも問題を抱えてるんだ。ドナから聞いたんだが」

「ドナ・ダースラグがいったいいつから、あなたに自分の結婚生活について話すようになったの？」

「ビーチクラブでマルガリータを飲み過ぎてからさ」

「ひょっとして彼女、あなたを誘惑しようとしたのかもね」

「妬いてるのか？」

「言ったでしょ。質問をするのはあたしよ」

「デズ、俺はああいう連中にはついていけないよ」ミッチは認めた。「ベストは尽くしたんだ。社交的な普通の人間になろうと努力した。でもこれが普通とみなされるとなると――」

「そうよ、ミッチ、これが普通なの。あたしなんか来る日も来る日もそれを相手にしてるのよ」

「それじゃ俺は環境不適応の変人でよかったよ。一人で日がな一日暗い中に座って、壁にチラチラ映る映像を見つめていればいい」ミッチは水の中で彼女の手を探して見つけると、ギュッと握った。「いつになったら人に驚かされなくなるんだろう？」

「それはないわね。けど、驚くことがいつも不快なものだとは限らないわ。実際問題として、思ってもみない時にばったり誰かに出会って、すっかりその気にさせてもらえるかもしれないんだし」

「俺を元気づけようとしてくれてるのか？」

「ホントは破廉恥にもあなたの気を引いたつもりだったの。あたし、あんまりうまくないのね？」

「ことと次第によるな――誰にでもやるのか？」

「輝きを放ってる、さる紳士に対してだけよ」

ミッチは巧みに身体を回して彼女に近づくと、その濡れた冷たい唇にしっかり塩辛いキスをした。「その紳士って俺かな？」

「かもね」彼を見つめるアーモンド形のグリーンの瞳が月光を受けてキラキラ輝いた。

「それじゃ俺に関する限り、すっかりその気にさせられたよ。家に戻ろうか？」

「あら、家まで競走してもいいくらいよ」

「乗った。ただし一つ約束してもらわないと」

「言って」

「今夜はキッチンの床ではやめようぜ、なっ？」

「了解よ」

二人は爽やかな夜の大気の中、歯をカチカチさせながら大急ぎで戻ると、そのまま一緒に熱いシャワーに飛び込んだ。大声をあげたり、鼻を鳴らしたりと、騒がしい子供のようだった。そして、タオルでお互いの身体を拭いてから、ミッチの寝室用ロフトに上がった。ロフトでは、もう何もかも、誰彼のこともすべて忘れて、二人だけの時間になった。ステキだった。

毛布の下でクレミーも一緒に穏やかに眠り込んでいた午前四時、デズのポケベルが鳴った。デズは慌てて服を探しながら、携帯でウェストブルックの通信指令係から詳細を聞いた。

「何事だ？」彼女が通話を切ると、ミッチはうめくような声で尋ねた。

デズはもう靴のひもを結んでいた。身支度は信じられないほど早いのだ。ウェストポイントで四年間を過ごしたおかげだ。「ヤンキー・ドゥードゥル・モーターコートの夜勤のマネージャーが見つけたの……。バスタブの中で女性が頭の一部を強打されて死んでいるのを」

彼女の口調の何かが非常ベルを鳴らした。ミッチは眠気も吹っ飛んで、唾をごくりと呑み込んだ。「誰なんだ、デズ？」

「ベイビー、ドナ・ダースラグよ」

12

もしドーセットにもまさしくいかがわしい側面と呼ばれる地域があるとすれば、カーディフに入る手前のボストン・ポスト街道だ。カーディフはドーセットの北側にある活気のない隣町で、夏の観光客から利益を得ることもなく、一九三七年に分割されたにもかかわらず、年配の住民は今も北ドーセットと呼んでいる。ゴーマンの果樹園を過ぎればすぐに、元は住居だった木造建物で営業されているおんぼろのビジネス街がある。ソファの張り替えが必要になったり、顔のむだ毛を処理したかったりすれば、人はここへやって来る。〈パールのウィッグ店〉、〈ノーム銃器店〉、それに〈ショアライン空手道場〉がある。アンカス湖の貧乏白人に人気のある居酒屋の〈ザ・ラスティック・イン〉もここにある。

それに、ヤンキー・ドゥードゥル・モーターコート。これはドライブイン・シアターやフレアースカートの五〇年代の生きた化石だ。通りがかりの人にとっては、この荒れ果てたバンガローのモーテルが二十年前に取り壊されなかったのが不思議に思われる。プールもないし、ビーチにも州間高速自動車道にも近いわけではない。誰にとってもここに泊まるべき明白な理由はない――よほど途方に暮れているか、自暴自棄になっているのでもなければ。

でも、デズは知っている。

ヤンキー・ドゥードゥルは、ある特定分野でドーセット社会に珍重されているのだ――既婚者がいちゃつくために来る場所。デズは警察官になってほどなく、規模や豊かさの程度を問わずどこの町にも、このような不義の逢い引きの場所があることを知った。主としてヤンキー・ドゥードゥルがカップルに提供するのはプライバシーだ。バンガローは慎重に間隔をあけて建てられているし、ボストン・ポスト街道を通る人たちに誰の車が停まっているのかわからないように、駐車スペースは裏にある。管理には慎重を期しているという評判だ。

夜明け前の紫色がかった光の中、無精ひげを生やした血色の悪い夜勤のマネージャーのダニー・ローチンが、到着した彼女を迎えるためにオフィスから飛び出してきた。大き過ぎるアロハシャツにスラックス、寝室用スリッパを履いた六十歳くらいのくたびれた貧乏白人で、髪を真っ黒に染めているが、中庭の投光照明の下ではひどく不自然に見える。とりわけもじゃもじゃの白い眉毛との対比が。みんな、眉毛にまで気を遣わないが、大きな間違いだ。

「昨夜から泊まっている客はいるのかしら?」デズはパトカーを降りながら尋ねた。

「いいえ、客はもう誰もいません」彼が答えた。目が興奮に輝いている。歯が何本か抜け落ちていて、いつにない朝の冷え込みに貧相な肩をすぼめている。七月なのに気温は十度に届かないほどまで下がって、身体に応えるのだ。

「それじゃ見に行きましょう、ダニー」

血があった。ダブルベッドのカバーに飛び散っている。ベッドの奥の壁にも。ナイトテーブルに置かれたスタンドの笠にも。ドナのワイヤフレームの眼鏡が、ナイトテーブルの一つにきちんとたたんで置いてあるが、血はそれにも飛び散っている。ベッドに人が寝た形跡はなさそうだ。ベッドカバーにはまだピシッとした折り目が残っているし、枕も凹んでいない。

ヤンキー・ドゥードゥルは、下層階級の客が持ち逃げしたくなる可能性を考慮して、スタンドやテレビといった備品がボルト留めされている類の場所だ。それでもドナを殺害した犯人は、彼女を殴るものを何とか見つけた――ナイトテーブルの引き出しだ。引き出しはベッドの傍らのラグに落ちている。バラバラに壊れて血まみれだ。彼女のショルダーバッグがテレビの隣のドレッサーに載っている。薄手の農民風の夏服もきちんとたたんで載せてある。シースルーの黒のネグリジェも。とてもセクシーで、大きな期待が込められているようで、とても悲しい。

バンガローは狭い。バスルームまでは、ベッドをすり抜けていくスペースがかろうじてあるだけだ。そのバスルームの床に、ドナはいた。デズが立っている位置からは裸足の足が見えるだけだ。

「何かに触った、ダニー？」デズは、神経質にタバコを吸いながら外に残っているダニーに尋ねた。

「まさか、滅相もない。ハンドバッグも見つけた時のままです。気の毒な女性の財布から二十ドルを盗むために、ここに来たわけじゃないです」

「それはわかってるわ、ダニー」デズは安心させるようにニコッと微笑んだ。「あたしはただ犯行現場を判断しようとしてるだけなの」そして、もっとよく見るためにさらに奥に入った。

ドナは裸でバスタブの前にひざまずき、大きなお尻を誰に憚ることなく宙に突き出していた。彼女が肥満体だというのではないが、十九歳のステージモデルというわけでもないのだ。バスルームの床は死ぬのに最も気品のある場所ではない。エルヴィスに訊いてみればいい。バスタブには血に染まった水が一フィートほど入っている。この様子では、犯人は彼女を引き出しで殴って失神させ、バスルームに引きずってきて、息絶えるまで水の中に頭を押さえ込んでいた。死後、ドナの身体は自分の重心のせいでいくらか後ろに戻り、顔も水から出た。目の周りの血管が切れ、唇は真っ青だ。濡れた後頭部の血だらけの傷は、バスルームの戸口からでも難なく見えた。床にも血痕があるが、それほど多くはない。血のついた靴跡はない。床は拭かれている。が、血まみれのタオルは見当たらない。いや、どんなタオルもない。犯人が持ち去ったのだ。誰であれ、犯人は周到だ。

そこに立って、ドナ・ダースラグを見ていると、デズはあの絶望と戦慄と陶酔の入り交じった気持ちに襲われた。人が人にやってしまうことを見るたびに、いつも感じる気持ちだ。現場写真が必要になるわ。これを紙の上に描かなくては。ひょっとしたら等身大で。ひざまずいて死んでいるドナの姿の衝撃を余すところなく描き出すのだ。描くわ。これはどうしても描かなくては。そうやって正気を保ってきたのだ。

ワイス教授と忌々しい木なんて、クソ食らえよ。

「ここは頻繁に掃除機をかけてるの、ダニー?」デズはベッドを回って彼の方へ戻りながら尋ねた。

「週に一度……かな」彼が答えた。

それじゃ、これまでの客の毛髪がラグには山ほど落ちているわ。もっとも、鑑識がそんなことで時間を無駄にすることはまずない。でも、ベッドの表面に残っている毛髪や繊維は絶対に調べる。飛び散った血痕についても、被害者のものではない血液サンプルを探すはずだ。壊れたナイトテーブルの引き出しについても、指紋を探す。もっともバスルームをきれいに拭いたくらいだ、犯人は引き出しもきっと拭いているだろう。鑑識は何も見つけられない。デズは確信した。これはどこから見ても完全犯罪の臭いがする。

「彼女の車はどこに、ダニー？」

「裏です」

色あせたグレーのプジョー・ステーションワゴンだった。ロックされている。助手席にも後部席にも空になったテークアウトのコーヒーカップや食べ物の包み紙が散らかっている。裏に停まっている車は他には一台だけ。ダニーの赤いニッサンのピックアップトラックだ。

ダニーに案内されて、オフィスに戻った。オフィスには模造板でできた受付カウンターがあり、コークの自販機、テレビ、それに緑色のプラスチックの椅子が二脚あった。すり減った入り口の床は、缶詰の鮭のような色をしている。『部外者立ち入り禁止』と記されたドアの奥が内オフィスだ。

「彼女がチェックインしたのは何時だったの？」

「十時少し過ぎです」ダニーが答えて、カウンターの奥の席についた。持ち場に戻ってずっとゆとりが出たらしく、誠実で堂々として見える。

「一人で？」

「そうです」

「彼女、宿泊者名簿に名前を書いたの？」

「もちろんです。うちは真っ当な商売をしています。売春婦も未成年者もお断り。不正行為はなしです」

デズは宿泊者名簿に目をやった――ドナは本名を記載している。誰の目にもわかる。「支払いは現金だったの？」

「クレジットカードです」ダニーが答えた。クレジットカードの伝票を取り出した手がかすかに震えていた。お酒が必要なんじゃないかしらとデズは思ったが、彼はタバコで我慢した。

「この女性には夫がいたの」デズは、ドナが自分の行動を隠す努力をまるでしていないのに驚いていた。「ここではよくあることなの？」

「イエスともノーとも」ダニーは答えて、洞察力を示すように無精ひげのあごに親指をやった。「いわゆる時間外の行動が家計簿に載らないように慎重を期す者もいれば、そうでない者もいます。月々の請求書の管理を誰がしているかによるんじゃないかと、私は常々思ってますが」

「彼女は前にも来たことがあるの？」

「いいえ。初めてのお客です。私の勤務帯ではってことですが、私はここで十三年間夜間勤務をしています」
「彼女、あなたにはどう見えた？　酔っていたのかしら？　それともハイになってい
た？」
「神経質になってましたよ。客の多くがそうですが。男性も女性もどちらもです」
「一般的に言って、それはどうしてだと思う？」
「自分がやるとは思ってもいなかったことをやっているから」
デズは振り向いて、カウンターの窓から中庭の向こうに見えるドナのバンガローに
目をやった。「男が来たのは見た？」
「いいえ、見ませんでした。誰だか見当もつきません」
「男の車が入ってきたのは見たかもよ。お願いだからよく考えてみて。重要なことな
の」
「協力できればと思いますが、夜のあの時間帯はてんてこ舞いの忙しさなんです。十
一時、十二時は、私のラッシュアワーで。大勢の客が出入りするんです。たいていは
帰る客ですが。ここにキーを返していく客もいるんです。多くはドアに差しっ放しに
していきます――二人が一緒のところを誰にも見られたくない人たちです。どういう
ことかおわかりかと思いますが。ったく、週に一度は、疑い深い亭主が自分のカミさ
んの内情を教えろと金を握らせようとしますよ」

「で、教えるの？」

「まさか」ダニーが憤然として答えた。「うちの客にはプライバシーの権利があります。だからこそうちを利用されるんです」

デズはこの手の奇妙な現象に前にも遭遇したことがあった――まずもって思ってもみない場所に、素晴らしいプロとしての誇りを持った人がいる。でも、いいんじゃない？ダニー・ローチンには間違いなく品位がある、そうね、ドッジ・クロケットよりずっと。「あの女性はめった打ちにされてたわ。二人が喧嘩する声は聞かなかった？」

「ああ、それは……」ダニーは肩越しにオフィスのドアを物欲しげに見やった。

「向こうで対処する必要のあることに対処したいんじゃない？」

彼はありがたそうに裏の部屋に素早く入ると、後ろ手にそっとドアを閉めた。デズの耳に机の引き出しを開け閉めする音が聞こえた。それからすぐに、ダニーはウィスキーの匂いをさせて戻ってきた。「確かに女性の……悲鳴らしきものを聞きました。あのバンガロー、六号室の方角からでした」

「何時頃だったの、ダニー？」

「一時半頃です。でも、何でもなかったかもしれないです。カップルによっては、ある種の大声を出すこともあって、その……」ダニーはそこまで言って、気まずそうに言葉をにごした。デズから目を逸らしている。

「わかるわ。話を続けてちょうだい」

「だから、気に留めませんでした──今朝バンガローを掃除して、彼女を見つけるまでは。私が処置を誤ったのなら、本当に申し訳ないです」本気で動揺しているようだ。「でも、誰かが悲鳴をあげるたびに、ドアをノックするわけにはいかないでしょう？」

「そんなに思い詰めることはないわ、ダニー。あそこで行われていたことが、あなたにわかるわけないもの」

「ホントにそう思いますか？」

「ええ、ホントよ」

「私の当直でこんなことが起きたのは初めてで。最悪でも三、四年前にあったレイプ未遂です。それだって痴話喧嘩だったことが判明したんですよ」

外では、ソーヴとヨリーがデズのパトカーの隣に車を停めて降りてきた。二人ともテークアウトのコーヒーカップを摑んでいる。二人とも、怒ったような恐い顔をしている。ソーヴは口を固く引き結んでいる。ボンボンはあごを突き出している。口喧嘩をしていたか、互いに相手を苛つかせていたのだ。そういうこともある。パートナーは多くの時間を一緒に過ごさなくてはならないし、それは生易しいことではない──

とりわけ、扱っている事件が悪い方に急展開した時には。

ソーヴはデズがオフィスの戸口に立っているのを見て、ホッとしたようだった。

「また早出だな、えっ？」そう言って、無理やりくたびれた笑みを浮かべた。目は血走り、大きな肩も疲労のせいで前かがみになっている。

「習慣になっちゃうかもよ、リコ」

「くそっ、そうならないことを祈ろうぜ」

ヨリーは彼から早く離れたくて仕方ないらしい。「宿泊者名簿を調べて、聞き込みができるように客のリストをまとめるわ」ソーヴに向かって早口でそう言って、オフィスの中に入りかけた。バルキーの黄色いコットンセーターを着ているので、上半身がものすごく大きく見える。「誰かを見た人がいるかもしれないし、誰かを見分けられる人もいるかも……」と、戸口で立ち止まって、デズに明るく微笑みかけた。「おはよう」

「おはよう、ヨリー。バンガローの裏手に犠牲者の車があるわ」

「了解」

デズはソーヴを犯行現場に案内していった。二人の足が砂利を踏みしだいた。中庭を抜けている間に、パトカーがさらに二台、鑑識チームを乗せたパネルバンを従えて到着した。制服警官が周辺を確保した。鑑識は慌ただしく装備を降ろした。

「あのボンボンのやつ、絶対に俺の頭をイカレさせるぞ」ソーヴが愚痴った。「今朝だって、あの映画スターにさっさと勝負をかけたいと。すべてはエスメ・クロケットの仕業だと確信してるんだ。どっちも相手のアリバイになってるんだから、彼女とジェフ・ウォッチテルの共犯だと」

「それは興味深いわね」とデズ。「ミッチもそんなことを言ってたわ」

ソーヴが彼女に冷ややかな目を向けた。「何だ、今度はバーガーが俺の捜査を補佐してくれてんのか？」

デズは聞き流した。「それで、あなたは彼女にどう言ったの、リコ？」

「まだ証拠が固まっていない。相手はエスメ・クロケット、どっかのチンピラとはわけが違う。彼女なら世界一の刑事弁護士チームを雇える。ばっちり準備を整えてからでないと手は出せないって」

デズはその言葉に思わず微笑んだ。二人がチームを組んでいた時には、いつだってソーヴはせっかち派で、デズが慎重派だったのだ。

「で、彼女、何と口答えしたと思う？」

「リコ、見当もつかないわ」

「俺は自分の男らしさにまだ自信がないから、彼女の意見を受け入れられないんだと。彼女の言葉によれば、『あなたは仕事におけるあたしの能力に性的に脅威を感じている』。だから、彼女はなかなか俺を尊敬できないと。信じられるか？」

「彼女には、あたしの親友のベラ・ティリスが言うところの気骨があるのよ。女性のそういうところは好きにならなきゃ」

「あんたはいいだろうが――俺はイヤだね。えらく手こずってるんだぜ、デズ」

「彼女はハングリーなのよ、リコ。怠け者よりいいと思わない？」

ソーヴはデズに向かって頭を振った。「彼女の味方をするんじゃないかと思ってたよ」

「バカ言わないでよ。誰の味方もしてないわ」デズは怒ったように言い返した。「それにすごくいい考えがあるわ――自分の問題くらい自分で解決すること、わかった？」

「悪かったよ、デズ」ソーヴが顔を赤らめて謝った。「そんなつもりじゃなかったんだ。ただ、昨日も二時間しか寝てないし、この事件までとうてい手が回らない。あんたの意見をぜひ聞きたい。マジに聞かせてもらえたらありがたいよ」

二人はバンガローまで来た。ソーヴはバスルームのドナの遺体を見るために中に入った。表情が険しくなった。「知り合いだったのか？」

「ええ。素敵な女性だったのよ、リコ。プロのシェフで、〈ザ・ワークス〉をご主人のウィルと一緒に経営していたの」

「そんなに素敵な女性なら、ここで何してたんだ？」

「破廉恥行為」

「相手は？」

「知ってればいいのにと思うわ。目下のところは、それが大問題」

鑑識が入り込んで、写真を撮りたがった。

ソーヴは道を譲って、外に出た。「違うね、デズ」彼が反論した。「大問題は、これがチト・モリーナの死のどこに適合するかってことだ」

「二つの事件は関係があるってこと？」

「そうは思わないか？　こんな狭い地域で三日の間に二つの非業の死だ——関連がないわけないだろ？」

「同感だわ、リコ。でもこちらはまったく自殺に見せかけようとはしてないわよ」

「そいつは状況に左右されたのかもしれない」ソーヴは提案すると、音を立ててコーヒーをすすった。

「それも同感。けど、ドナはどうしてクレジットカードで支払ったのかしら？　そんな浮気ってある？」

「デズ、俺にはここで起きていることが理解できないんだが、あんたはできるか？」

「全然」

「チト・モリーナとドナ・ダースラグの二人が死んだ。それには理由があるはずだ」ソーヴは口ひげのあったあたりを撫でながら声に出して思いを巡らせた。「俺が決まってどこに立ち返るかわかるか？　以前すごく思慮のある警部補がいて、こう言ってたんだ。『犯罪というのは絶対に複雑なわけじゃない。お金にまつわるか、セックスにまつわるかのどちらかだ。さもなきゃお金&セックスにまつわることだ。でも絶対に複雑なわけじゃない』」そこで言葉を切ると、デズに向かってにやりとした。「彼女は思慮があったよ。その警部補だが」

「今でもよ、大物。現実を甘く見ないことね」

二人はしばし黙り込んだ。車が一台、ボストン・ポスト街道を通った。運転手はスピードを落として様子を見てから、再びスピードを上げて走り去った。

「ドナとチトが深い関係だった可能性はあるか？」

「それはないんじゃないかしら、リコ。彼女がもしチトと深い関係だったなら、昨日の晩はここで何をしていたの？　いえ、もっとはっきり言えば、彼女は昨日の晩ここで誰とやっていたの？」

「言えてるな、デズ」

「でもそれを言うなら、あなただってよ」

「と言うと……？」

「ドナはそんなに素敵な女性じゃなかったってことよ。彼女はウィルに隠れて浮気をしていた。ミッチの話じゃ、二人には夫婦の問題があったそうよ。だから、彼女がチトと深い関係だったことにしてみましょうか。チトは別れようとしたが、彼女は応じなかった。そして嫉妬に狂ってチトを殺した。ひょっとしたら誰か、チトに近い誰かがそれを知って、昨日の晩彼女に仕返しをした」

「誰かって例えば誰だ？」ソーヴが訝った。

「その一方では」デズは続けた。「彼女を殺した犯人は凶器を持ってこなかったみたいじゃない。彼女に襲いかかるのに引き出しを使わなきゃならなかったのよ」

「激情による偶発的犯行ってこともあり得るわけだ」ソーヴがうなずきながら言った。

ヨリーがオフィスから中庭を横切って走ってきた。ドナを見るためにバンガローに入ると、怖い顔で出てきた。

「リコ、ウィルに正式に知らせた方がいいわ」デズは言った。

「その役、やってもらえるか？」

「いいわよ。何なら知らせながら彼の考えを探ってみる。妻の恋人に心当たりがあるかもしれないから」

「ぜひ頼む」ソーヴが促した。

ヨリーが二人に加わってきた。太い腕でしっかり自分を抱くようにしている。寒いのか、ドナの姿にショックを受けたのか。たぶん両方だろう。「ねえ、彼女を殺ったのは男だと考えてる?」

ソーヴはぽかんとした顔でデズを見てからヨリーに向き直った。「何だ、どうしてそんなことを?」

「ベッドに寝た形跡はないわ」ヨリーが答えた。「彼女はネグリジェも着なかった。鑑識が調べなきゃ確かなことは言えないけど、彼女が死ぬ前にセックスをしたようにはどうしても見えないの」

「それじゃ犯人はお楽しみに入る前に殺したんだろう」ソーヴの声に苛立ちがにじんだ。「だから何だ?」

「だから、彼女が男とセックスした形跡がないなら、犯人が男だという証拠もないじゃない」ヨリーが答えた。声が鋭くなっている。

「彼女の言うとおりだわ、リコ」デズは同意した。「ある程度力のある女なら犯行は可能よ」

「ドナは恋人が来るのを待っていたのかも」ヨリーがデズの支持に元気づけられて続けた。「ところが嫉妬に駆られた恋人の女が先に現れて、自分の手でけりをつけようと決心した」

「可能性はある」ソーヴが譲歩した。「しかしその女にどうしてドナがここにしけ込んでるのがわかる？」

「簡単よ」とデズ。「二人が約束しているのを、べつの受話器で盗み聞きしたのよ。あるいはEメールのやり取りをこっそり見たか。さもなきゃあっさりドナをここまで尾《つ》けてきたのかも」

「さもなきゃ、その女と恋人が共犯だったら？」ヨリーが熱心に提案した。「それがあたしたちの追ってるカップル——嫉妬に駆られて自暴自棄になってる女とその愛人だったら？　エスメとジェフよ。二人はまずチトを殺して、今度はドナを殺ったの」

ソーヴが途端に腹立ち紛れのうめきを漏らした。

ヨリーは目を伏せて、ブーツで砂利を踏み固めた。「それじゃ、あなたはどう思う、デズ？」

「ヨリー、これはべつに突拍子もない話ではないわ」デズは慎重に答えた。二人の板挟みにはなりたくない。「エスメは最高の陰謀家ってわけじゃないけど、女優で、すごい美人よ。議論のために、彼女にはジェフを巧みに言いくるめて、彼女のためにチトを殺させることができたとしましょう。それでもやっぱりここに戻ってくる。ドナ・ダースラグのどこがそんなに特別だったのか？」

「何を言いたいのかわからないわ」ヨリーが難しい顔でデズを見た。

「それじゃ深呼吸をしたら10数えて、よく聞いてよ」デズは説明した。「チトと他の女たちに関して言えば、単に数の問題、列ができてたわ。あの坊やは誰とでも寝ていたの。エスメはそれを知っていた。実際には、彼女自身もけっこう忙しかった。だから、彼とドナが寝ていたとして——それをエスメがどうして急に気にするわけ？」

「チトが彼女と離婚して、ドナと結婚したがったのかもしれないわ」

「バカも休み休み言え！」ソーヴが怒りを爆発させた。「あそこにいるデブ女のために、世界でも指折りのセクシー女を捨てるって？　あり得ねえ！」

「人生はP・ディディのビデオとは違うのよ、リコ」デズは言い返してすぐに後悔した。これで間違いなく二人の板挟みになってしまった。

「そりゃどういう意味だよ？」ソーヴが身構えるように肩を揺すりながら迫った。

「愛というのは引き締まったお尻だけじゃないってことよ」ヨリーがすぐさま言い返した。

「おい、俺だってそれくらいわかってるぞ、ヨリー」

「そうは聞こえなかったわよ」

「話題を変えてくれないか？」ソーヴが怒ったように言った。「俺はこの殺人事件を解決しようとしてるんで、お前さんと性の政治学を朝中議論してるわけにはいかないんだ、いいな？」

「いいわよ」ヨリーがぷりぷりしながら答えた。「あたしは議論したいわけじゃない。そんなことのためにここに立ってるわけじゃないわ」

「地元の情報は何かあるか？」ソーヴがいきなりデズに尋ねた。どう見ても無難な話題に逃げ込みたいのだ。

デズは、ドッジ・クロケットはチトが滝に落ちた時には、ベッカ・ペックと一緒にビーチを散歩していたというミッチの話を伝えた。従って、マーティーンはクリッシー・ハバーマンと同じ明白なカテゴリー――アリバイなし――に入ると。「それにクリッシー・ハバーマンのもう一人のクライアント、アビー・カミンスキーのあの夜の所在も調べた方がいいわ。ジェフ・ウォッチテルの別居中の妻なんだけど」

ヨリーはジェフの名前を聞くとすぐさましゃんとした。「彼女がどうしたの？」

「チトとあったの」

「ウッソー！」ヨリーが興奮したように手を叩いた。「すごくいいわ」

「いいぞ、デズ」ソーヴが繰り返した。「他に俺たちが知っとくべきことはあるか？」

「ないと思うけど」デズは手の中でつば広の制帽を回しながら、抑揚のない声で答えた。

「そうか……」ソーヴが緑の赤い目を細くして彼女を見た。何かを隠しているのを察したのだ。お互い知り過ぎた仲の上に、デズは世界一嘘がうまいわけではない。

「そのアビーの居場所の見当はつく？」ヨリーが尋ねた。

「ボストンだと思うわ。クリッシーなら正確な日程を知ってるはずよ。何なら確認しましょうか」

「それ以上のことをやってくれないか、デズ」ソーヴが言い出した。「彼女に話を聞いてきてくれよ」

「うわっ、リコ、あたしは駐在よ、忘れたの？　遠出はしないのよ」

「それはわかってる。でも俺とヨリーはここでの仕事に一日中忙殺されるだろうし、慣れないやつにこいつをすべて任せる余裕もない。ほら、俺は完全にお手上げ状態なんだ、わかるか？　この二十四時間のうちに何とかしないと、俺は捜査からはずされちまうだろう」ソーヴはうなじにボスの熱い息を感じているのだ。ブラス・シティに生まれ育った一族の絆があろうがなかろうがヤバい立場だと。「この件にはあんたが必要なんだよ、デズ。あんたは犯罪者ってものを知ってるし、捜査の腕もある。俺のために捜査に加わってくれないか？」彼が懇願した。声がいくらか喉につかえた。

「もう信じられないくらい感謝するよ。マジに本気で感謝する。正直言って、断られたらもうどうしていいかわからない……」

「いやぁね、リコ、何をぐしゃぐしゃ言ってるのよ」デズは彼ににっこり笑ってみせた。「ひと言、お願いしますって言やいいのよ」

ウィル・ダースラグの母親は彼に、ケルトンシティ街道にある農場風の家を遺した。ケルトンシティ街道というのはウィンストン農場を過ぎてすぐに156号線から分かれる凸凹の未舗装の道だ。デズはゆっくりパトカーを進めながら、昨日の晩のミッチは全面的に正しかったと実感した。

あたしはもうドーセット人だわ。

いざとなったら、メリデンの意向よりここの住民の利益を優先してしまった。ソーヴはエスメに対するドッジの性虐待を絶対に知る必要があるわけではない。だから、彼には告げなかった。そんなことはこれまでの彼女にはあり得なかったことだ。これまでにも仕事上多くのショッキングなニュースを聞いてきた。でも、自分の知っている人のこととして聞くのは——初めてだった。同僚に教えないというのも初めて。そのことにべつに驚いたわけではない。駐在というのは、覚悟していたよりはるかに器用さが必要とされることはよくわかっている。この新しい仕事では黒か白かで片付くものは何もない。日を追うごとに、真新しい灰色の色合いが生じるのだ。

ダースラグの住まいはケルトンシティ街道の一番奥、轍のついた泥の私道の先にあった。石ころの多い三エーカーの土地に建つ、一九二〇年頃の築だろうか、二階建ての崩れかかった農場風家屋だ。ポーチはたわんでいる。屋根はたわんでいる。何もかもがたわんでいる。土台の隅に、ジャッキをあてがっている箇所があるし、屋根の張り替えが必要な箇所にはブルーシートが広げられている。多くの窓ガラスにひびが入っていて、ガラスをおさえるゴムはボロボロになっているか、完全になくなっている。

ウィルとドナはある時期に私道の舗装を始めたが、家と薪小屋の間を仕上げたところでやめてしまった。薪小屋の前には移動式のバスケットボールゴールが据え付けられていて、その傍らに配送用のバンが停まっている。ウィルはまだ出かけていない——朝のビーチの散歩にしろ仕事にしろ他のどこにしろ。

デズはバンの後ろでパトカーを降りた。ひやりとする朝の大気にツーンと木の煙の匂いがする。

パトカーの音に、ウィルがドアから腐りかかったポーチに出てきた。「何か知ってるのか、デズ?」両手で細い髪をかき上げながら、心配そうに大きな声で言った。スウェットシャツとカットオフ姿の彼は、夏休みに帰省した大学生のようだ。「彼女はどこにいる? 心配で心配でひと晩中眠れなかったんだ」

「中で話しましょうよ、ウィル」デズはポーチの階段を上り始めた。

「えっ、君は何を知ってるんだ?」

ドアを入ってすぐのリビングは、狭くて、むさ苦しくて、じめじめしていた。ヴィクトリア朝風の二人掛けソファは紫色のシルクのブロケード張りだが、穴だらけで詰め物がはみ出している。一脚だけある肘掛け椅子には毛布がかけてある。古い雑誌や新聞が山になっている。綿埃があり、クモの巣がある。とにもかくにもダースラグ夫妻は整頓好きの住人ではない。ウィルは古いだるまストーブに火をおこしていた。冷え冷えとした部屋で、それだけがありがたい暖かさをかもしている。

「ありとあらゆるところに電話したよ」彼が不機嫌に言った。「911にまで電話して、ハイウェイで交通事故がなかったかどうか訊いたくらいだ。ったく、彼女はどこにいるんだ？」

キッチンからコーヒーの香りが漂ってきた。「コーヒーはいつもどうしてるの、ウィル？」

「ブラックだよ、どうして？」

キッチンは、同じ家とは思えなかった——明るくて、日当たりがよくて、手が行き届いている。農家風の広々としたキッチンで、バイキング社の業務用レンジ、サブゼロの冷蔵庫、それに巨大な寄せ木のアイランド型調理台がある。使い込まれた銅鍋が頭上のラックからぶら下がっている。ペンキの飛び散ったダイニングテーブルは、森を見晴らすガラスの引き戸の前に置かれている。明らかに、ここここそ二人が時を過ごしている部屋だ。デズは食器棚にあったカップにコーヒーを注いで、リビングに持っていった。彼に対して何をしようとしているのかを思うと憂鬱だった。

ウィルはストーブの蓋をはずして、節くれ立った薪をくべていた。切羽詰まったような苛立たしげな動きだ。「今朝はひどく冷えていて悪いな。この家は断熱材がまるで使われていないし、この薪はちょっと湿気ってる。外の湿度がひどく高かったから」

「座った方がいいわ、ウィル」

「どうして？」彼が油断のない目でデズを見た。

「ドナについての悪い知らせなの。こんなことを伝えなきゃならないのは残念だけど、彼女は殺されたわ」

ウィルはゆっくりと二人掛けソファに沈み込んだ。「そんな、まさか、そんなわけ……。そんなわけない」

「さあ、これを飲んで」デズはコーヒーを差し出した。

ウィルは受け取ろうとしなかった。茫然と座っているだけだ。

「ウィル……？」

やはり反応はない。目を剝いて座るばかりで、呼吸が浅く、早くなっている。大柄でがっしりした男だが、ショックを受けた時に身体の大きさは何の役にも立たない。

ウェストポイントでも、屈強の恐れを知らない戦士タイプの男が、インフルエンザの予防接種にアッという間に失神したのを見たことがある。

デズはキッチンに駆け戻って、シンクの下からアンモニアを探し出した。リビングに戻って、蓋を取り、彼の鼻の下で振った。

ウィルは二度嗅いでもほとんど反応を示さなかったが、三度嗅ぐと目の焦点が合ってきて、彼女から飛び退いた。それから、知らせが改めて理解されていった。「彼女は魂の伴侶で、すべてだった。俺はどうすればいいんだろう？」

「コーヒーを飲んで、あたしと話し合うのよ。ほら、これを持って。カフェインは助けになるわ」

彼は素直に手を伸ばして受け取ると、ひと口すすった。胸が大きく波打った。「何があったんだ？」

デズは彼の前の肘掛け椅子に腰を下ろして、長い脚を組んだ。「あんまり気持ちのいい話じゃないのよ」

「かまわない」彼の目がデズの顔を探るように見つめた。「全部話してくれ。どうしても知りたい」

「ヤンキー・ドゥードゥルで発見されたの」

ウィルの目が驚きに見開かれた。「モーテルか？」

「彼女は昨夜十時頃にチェックインした。誰かに会っていたのよ、ウィル。それが誰であれ、彼女を殴り倒して意識を失わせ……」

「それで？」ウィルが迫った。

「バスタブで溺れさせた」

「まさか、あり得ない」ウィルがうめいた。ソファに座った身体が前後に揺れている。「何かの間違いだ。もう一度確かめてくれ。死んだのはドナじゃない、誰か違う人間だ」

「ドナなのよ。あたしがこの目で見たの」

彼がコーヒーをさらにいくらか飲んだ。両手でマグをきつく摑んでいる。「解剖しなきゃならないのか？　頼むから解剖はしないと言ってくれ」

「解剖は要請されないと思うわ」デズは答えた。「誰か一緒にいてくれる人はいるの、ウィル？　こんな時には一人でいちゃいけないわ」

「いないよ」ウィルが無表情に答えた。「ドナだけだ――そのドナがいなくなってしまった」

「電話を借りてもいい？」

彼は返事をしなかった。彼女の言葉もほとんど聞こえていないようだ。

デズはキッチンからミッチに電話した。すぐに行くと言ってくれたので、ウィルの前の椅子に戻った。「ミッチがしばらくいてくれるわ、いいわね？」

「誰がドナにそんなことを、デズ？」ウィルが突然訊いてきた。ショックがむき出しの怒りに変わったのだ。「俺のドナを誰が殺した？」

「まだわからないわ。でもあなたは協力できるのよ。耐えられるならだけど」

「もちろんだ。でもどうやって？」

「質問に答えることで。ただし忠告しておくわ。つらくて不快な思いをするかもよ」

「何でも訊いてくれ。俺はかまわない。ひと晩中気が変になりそうだった。彼女が帰ってこない。そんなことはこれまで一度もなかったのに」

デズはメモ帳とペンを取り出した。「昨日の晩、彼女がどこにいたのか見当はつく？」

「彼女はドーセット商業組合の定例会に出席した。月に二回集まって夕食会をしてるんだ」

ウィルの口から商業組合のことを聞いて、デズの頭の奥をかすかな記憶がよぎった。「いつもどこで集まってるの？」

「〈ザ・クラムハウス〉だ。裏にクラブの集会用の部屋があるんだ」〈ザ・クラムハウス〉はドーセットマリーナに隣接するシーフードレストランで、船遊びをする人や観光客に人気がある。「普段は七時から十一時まで営業してる」

「あなたはいつも一緒に行かないの？」

「ああ、商業組合は彼女の受け持ちだ。俺たちはいつもお互いの強みに応じて仕事を分担していた。ドナは店に出ての仕事が得意だった。好きでもあった。俺は料理人だ。深鍋や平鍋に囲まれたキッチンが持ち場だ」

「彼女はその夕食会だけで帰ってくる予定だったの？」

「いいや、まっすぐにじゃない。帰る途中でパーティへのケイタリングの件で誰かに会うことになっていた」

「それが誰だかわかる？」

ウィルは眉間にしわを寄せて考え込んだ。「彼女から名前を聞いたかもしれないんだが、思い出せない。もういつもてんてこ舞いだから。カクテルパーティだった。送別会だな。それしか覚えていない」

「彼女はその手の約束をどこに控えていたの？　どこかのパソコンに入れてたとか？」

ウィルが弱々しく微笑んだ。「いや、いや、彼女は嫌いだから……嫌いだったから、パソコンは。でも手帳には書いてあるはずだ。黒い革のやつだ」

「それは彼女のショルダーバッグに入ってるかしら？」

ウィルはうなずきながら、ごくりと唾を呑み込んだ。

「そう、よかった」デズは答えたものの、書かれていないことはわかっていた。パーティへのケイタリングの件も。寄り道をして愛人と寝る時間を稼ぐために、彼女がウィルについた罪のない嘘にすぎない。「あなたは昨夜何時頃帰宅したの、ウィル？」

「九時半頃だな。彼女は十時か、十時半には帰ってくると思ってた。俺たちはいつも携帯で連絡を取り合っている。もしそれより遅くなりそうなら、彼女は電話してきたはずだ。十一時頃、俺から彼女に電話したんだが出なかったものだから、心配になった。で、彼女が〈ザ・ワークス〉に立ち寄ったかどうか訊こうと、遅番のリッチ・グレイビルに電話した。リッチはたいてい深夜まで店にいて、掃除と朝の準備をしてるから。でも彼女は来てないとのことだった」

「彼のことを聞かせて。どんな人なの？」

「誰だ、リッチか？　若くて、いいやつだ。ガールフレンドのキンバリーと一緒に住んでる。彼女はうちのペーストリー担当の一人だ」

「彼女の名字は？」

「フィオレ」

「それで、あなたはそれからどうしたの、ウィル？」

「家の中を散々歩き回ったよ」彼が打ち明けた。「何度も彼女の携帯にかけた。それでますます心配になった。で、さっきも言ったように、州警察に電話して、交通事故がなかったかどうか調べた。それが何時頃だったのかも覚えていない……」

「べつにいいのよ」重要だとしても、警察が彼からの電話を記録しているはずだ。

「ある時点で、〈ザ・ワークス〉まで彼女を探しに行くことにした。明日のパン焼きを早く始めようと考えたのかもしれないと思って。筋が通らない話なんだが。もし店にいるなら、俺に電話してるはずだから。でも俺はとにかく必死だった。ここにじっとしてられなかったんだ、わかるか?」

「ええ、わかるわ」

「それで、俺が出てる間に彼女が帰宅したらと、キッチンのカウンターにメモを残した」彼は大股の軽い足取りでキッチンからメモを取ってくると、それがドナと、二人の結婚と、二人の人生が存在した確固たる証拠を示す最後の断片だとでもいうようにじっと見つめた。それから、デズに見えるようにメモをコーヒーテーブルにそっと置いた。罫線の入った黄色い紙にエンピツで走り書きしている。『ドンドン——君を探しに出かける。どこにいるんだい? 早く帰ってこいよ。愛してる、ウィリー・ボーイ』

「帰った時も、彼女はまだ帰宅していなかった」そして、静かに付け足した。「それからずっと俺は起きてる」

「ウィル、いくつか訊かなきゃならないことがあるんだけど、ひどく残酷でひどいと思われるかもしれないの。でもあたしは訊かないわけにはいかないし、あなたには答えてもらわなきゃならない。答えられるならってことだけど」

「わかってる」彼がため息をついて、再びドスンとソファに座った。「遠慮なくやってくれ」

「ドナには誰か付き合ってる人がいたの？」

ウィルは歯を食いしばってデズを睨んだ。一瞬ながら、復讐に燃えるバイキングの戦士のように見えた。が、すぐに緊張を解いて、視線をデズの足下のすり切れたラッグラグに落とすと、「俺たちには問題があった」と認めた。「どんな夫婦にもある。でも、誓って俺は、彼女に隠れてべつの女と付き合ったりしちゃいない。これは嘘偽りない真実だ」

「わかるわ」デズは彼に辛抱強く接した。この人は衝撃を受けているのだ。「それじゃドナは？　彼女は誰かと付き合ってたの？」

彼が惨めそうに彼女を見上げた。「彼女にボーイフレンドがいたかどうか知りたいのか――ひと言で言えば、イエスだ」

「相手は誰なの、ウィル？」

「わからない。話してくれなかったから。と言うか、二人でそいつについて話し合ったことは一度もないんだ。でも、俺にはわかった。俺が出ると必ず切れる電話があった。彼女には午後出かける仕事もあった——予定を一時間オーバーして帰ってきても何の説明もなかったし、帰宅すると一目散にシャワーを浴びようとした。身体にあざや引っ掻き傷があるのに気がついたが、ちゃんとした説明は聞けなかった。彼女は……態度が変わった、匂いが変わった、彼女は変わった。どう言えばいいかわからないが、しばらくでも結婚してれば、そういうことはわかるものなんだ」

「いつ頃からそうだったの?」

彼が大きな肩をすくめた。「三ヵ月か、四ヵ月か」

「昨日の晩彼女が帰ってこないとなって、ひょっとして考えた……?」

「彼女はそいつと一緒だって? もちろんだ。ただ、これまでそんなことは一度もなかったんだ。ひと晩中家を空けることなんて。だから、俺に知られたくなかったんだよ、わかるか? 俺にしろ他の誰にしろ。ドーセットは小さな共同体で、みんなが知り合いだ。ここで浮気をするとなったら、とてつもなく慎重にならなきゃならない」

ウィルは半分空になったマグに手を伸ばした。そして、コーヒーをすりながら、「もう一つ浮かんだことがあった」と認めた。「ひょっとしたら……そいつと駆け落ちしたんじゃないかって。これを最後に、俺を捨てたんじゃないかって。うちの銀行は八桁の暗証番号を使えば、昼でも夜でも自動で残高を確認できる。だから電話して、彼女が夫婦共同名義の当座預金から金を引き出してないかどうか調べた」

「引き出してたの？」

「いいや」

「共同名義の当座預金って言うけど、月々の請求書は誰が払ってたの？」

「たいていは俺だ」

「それじゃ普段から彼女のクレジットカードの明細書は見ていた？」

「まあな」彼が眉をひそめて答えた。「どうして？」

「ウィル、ドナはヤンキー・ドゥードゥルの宿泊料をビザカードで支払ったの。あなたが請求書を支払うなら、気づくんじゃない？」

「たぶん。いや、だから、絶対に」

「もし見たら、あなたはどう思ったと思う？」

「そうだな、あそこがどういう評判の場所かは知ってる。あんたが訊いてるのがそういうことならだが」

「彼女はきっと来月の明細書を抜き取って、自分で払うつもりだったのね。それなら筋は通りそうよね？」

「デズ、どうしてそんなことが問題なんだ？」

「昨夜の彼女の行動はよくあるものじゃないからよ。あなたも言ったように、彼女はこの浮気をとても慎重に隠していた。それでも十時にヤンキー・ドゥードゥルに現れた。彼女は帰宅が遅くなって、あなたに警報を鳴らしてしまうことを知ってたはず。なのにどうしてそんなことをしたのかしら？　それに、どうして現金で払わなかったの？」

「現金を切らしてたのかも」彼が寂しそうに答えた。「ムラムラして向こう見ずになってたのかも。ひょっとしたら、へべれけに酔っ払ってたってことも」

「彼女には飲酒の問題があったの？」

「まさか！　俺はただ……」ウィルは話すのをやめると、重苦しい沈黙に陥った。

「彼女があの時間にあんなところで何をしていたのか、俺には本当にわからないんだ、いいな？」

「わかったわ、ウィル」デズは優しく言った。

と、外でエンジンのうなりが聞こえたので、窓に歩み寄った。ミッチの古い深紫色のピックアップが未舗装の私道をガタゴトやって来る。デズはたわんだポーチに出て、彼を迎えた。ボサボサ髪の雄々しい恋人、すり切れたボタンダウンのオックスフォードシャツにダブダブのカーキショーツをはいたずんぐりした白い騎士だ。

「彼の様子は？」ミッチが彼女を素早くギュッと抱きしめて尋ねた。

「あんまりよくないわ」

「ああ、イヤだな」彼がむっつりと呟いた。そして、深呼吸すると、顔に無理やり笑みを貼りつけて玄関から飛び込んでいった。デズはすぐ後ろに続いた。「うわっ、ここは肉の冷凍庫みたいだな、ウィル」彼が叫んで、手をこすり合わせた。「君の家もうちと同じくらいひどいな。断熱材はゼロなんじゃないか？」

ウィルはほとんどミッチに気づかなかった。ソファにだらしなく座り込んで、悲嘆に沈んでいる。

ミッチはドスンドスンとストーブまで歩いていくと、手を温めながら友人をおぼつかなげに見やった。「ドナのことは本当に気の毒だったね」

彼女の名前を聞いて、ウィルは目覚めたらしい。「ありがとう」と、しゃがれ声で答えた。「今朝の……ビーチはどうだった？」

「歩かなかったんだ」ミッチが答えた。

「そうか、俺もだ」ウィルは片手で顔を拭った。目に涙があふれた。「俺にはとても乗り越えられないよ、ミッチ。絶対に無理だ」

ミッチは傍らに行って、ウィルの肩に手を置いた。「メイシーを失った時、俺もそう思った。君の場合とは違うと思うのはわかるが、ウィル、君はきっと乗り越える。日毎に少しずつ回復していくから、俺が保証するよ」

「俺には明日すら見えないよ」ウィルが打ち明けた。「わかるのは、ひとりぼっちだってことだけだ。ドナは俺のすべてだった……親友だった。魂の伴侶で、パートナーだった」

ミッチがギョッとして弾かれたように彼から離れた。

デズにはわけがわからなかった。きっと彼も、メイシーのことをまったく同じ言葉で表現したことがあるのだろう。「あたしは帰るわ、ウィル」デズは声をかけた。

ウィルはぼんやりうなずいたが、何も答えなかった。

デズは一緒にポーチに出るようにとミッチに合図した。

ミッチは出てきて、後ろ手にそっとドアを閉めた。「ふう、あんまり楽しくなりそうもないな」

「とうてい無理よ」デズはつば広の帽子をきちんとかぶった。「これからボストンに行くって知らせたかったの」

「アビーと話しに行くのか」

「そう」

「俺からよろしくと伝えてくれ。それから、そうだ、帰りにケンブリッジを抜けるなら、〈イーストコースト・グリル〉に寄って、東部ノースカロライナ風ポークのスライスを買ってこいよ、なっ？　今夜の夕食にしよう。ホントに絶品なんだから」

デズは不思議そうに首を傾げて彼を見た。「ねえ、こんな時によくバーベキューポークのことなんか考えられるわね」

「俺は君と違うからね。俺は気が動転すると、食い物のことしか考えられなくなるんだ、忘れたのか？」

「忘れられることじゃないわ、ホントよ」

「〈イーストコースト・グリル〉だ」彼が繰り返した。「ケンブリッジ通りをプロスペクト通りとの交差点を渡ってすぐのところだ。誰に訊いてもわかる。それから、何をするにせよ、あの忌々しい95号線だけは通らないでくれ、頼む。74番の出口で降りて、３９５号線でノリッジを抜けたら――」

「ミッチ、ここからボストンへ行く道くらい知ってるわ」

「95号線は使わないと約束してくれ」彼が食い下がった。

「どのルートを取るかがどうしてそんなに重要なの？」

「あのハイウェイでは少なくとも週に三回死亡事故があるからだよ。俺は君を愛してる。君を失いたくないんだ」

デズは文字通りほろりとした。これほどメロメロにしてくれる男は生まれて初めてだ。身を乗り出して、彼の頬にそっとキスした。「わかった、約束するわ」

「俺にはわからないよ、デズ」ミッチが当惑に頭を振った。「どうしてドナが殺されるんだ？　ここでいったい何が起こってるんだろう」

「あたしだって」デズはため息をついた。「知りたいわよ」

156号線を戻りながら、ドナが言っていたパーティのケイタリングとやらの話と黒い革の手帳について、携帯でヨリーに注意を促した。デズはまた、ダースラグの遅番の男、リッチ・グレイビルの名前も教えた。ヨリーは絶対に話してみる価値があると認めた。ガールフレンドのキンバリー・フィオレとも接触して、キンバリーがリッチの帰宅時間を裏付けるかどうかも調べると言った。

デズはボストンに向かうハイウェイに乗る前に、アッカーのミニマートに立ち寄って、満タンにするためにパトカーを降りた。

ヌーリがいつもの白いシャツとスラックス姿で、彼女の作業を代わろうと飛び出してきた。「おはようございます、駐在」彼が礼儀正しく言った。が、その目は礼儀正しいどころではない。またもや彼女の身体をくまなく眺め回している。「私がやりましょうか？」

「ええ、お願い」デズは答えながら、少し身震いした。この男には本当にゾッとさせられる。と、新しいきらめくばかりの正面窓から中にいるネマが見えたので、手を振った。ネマも手を振って、満面に笑みを浮かべた。「その後問題はありましたか、ミスター・アッカー？」

「いいえ、一度も。私が思ったとおりですよ」彼が答えて、彼女のフロントガラスを石鹸水に浸した雑巾で拭き始めた。「皆さん、とても支えになってくださいまして。とりわけ、ドーセット商業組合の仲間は、ああした心ない破壊者の身元に関する有用な情報に千ドルの賞金を出すことにしてくれました」

デズは腕を組んで、パトカーの横腹にもたれた。「昨日の夜は定例会だったのよね？」

「そうです」彼は注意深い正確な動きで窓から石鹸を拭き取った。「〈ザ・クラムハウス〉で。シーフードとステーキのコンボが、私の意見ではとりわけ美味しかったです」

「ドナ・ダースラグに会ったんじゃない？」

「隣に座りましたよ」彼があっさり答えた。ためらいもなければ、頬がうっすら染まることもなく、肩越しにそわそわと妻を振り返ることもなかった。「とても素敵な女性です、ミセス・ダースラグは。とても魅力的で。彼女には〝陽気な〟という言葉がぴったりだと思いませんか？」

「それじゃあなたには彼女が上機嫌に見えたのね？」

「そうです。とても快活で愉快でした」

「二人でどんな話をしたの？」

「特別のことじゃありません。地元の商売のことです。観光事業やその他諸々について」

「彼女の服装は覚えてる？」

ヌーリ・アッカーがとうとう不思議そうにデズをチラッと見た。ドナに対する興味が世間話では済まないことに気づいたのだ。「白いワンピースだったと思います。べつにシャレたものじゃなかったです」

「農民風の？」

「そうですね」

「会合が終わったらどこへ行くか、何か言ってなかったかしら？」

「いいえ、言わなかったと思います」ヌーリは雑巾を石鹸水の桶に放り込むと、ガソリンポンプのノズルに戻り、満タンになるまでしっかり押さえていた。「どうしてそんなにミセス・ダースラグのことを訊くんですか？」

「散会後、あなたはどうしたの、ミスター・アッカー？」

「ネマを手伝うためにここに戻りました。店は十時まで開けてますから」

「ここに戻ったのは何時だった？」

「たぶん九時十五分過ぎ」彼が答えた。ノズルがゴボゴボ音を立てて止まった。満タンになったのだ。「二十二ドルちょうどです」

「まっすぐここに帰ってきたの？」デズはクレジットカードを手渡しながら尋ねた。

ヌーリはカードを受け取りながら、デズを睨みつけた。「いったい何なんですか？」

「ミスター・アッカー、もしあたしに話すことがあるなら、後より前に話した方がずっと身のためよ」

「後って、いったい何のですか？」

「あたしがはっきりと、ドナ・ダースラグは昨夜殺されたと言った後だわね」

ヌーリが目を見開いた。「ああ、何てことだ。でもいったい誰に？」

「彼女のボーイフレンドに」デズは彼に向かってあごを突き出した。「それが誰であれ」

「私はあの女性とは付き合ってません」彼が言い返した。「そんな仄めかしは不快です」

「何も仄めかしてはいないわ。あなたが質問したから答えたのよ」

「私の誠実さを疑うなんて」彼がひどく憤慨して迫った。あるいはその迫真の演技か。何と言っても見え見えのお世辞を平気で並べる男なのだ。「私はちゃんとしたビジネスマンです。妻もいます。それなのにどうして？」

「単に仕事だからよ、ミスター・アッカー」

「卑劣で恐ろしい仕事なんだ。ちゃんとした若い女性ならそんな仕事はしない。きっとしませんよ」彼はデズを睨みつけるとくるりと背を向けて、クレジットカードを処理するために店に走っていった。笑顔なしのサービスだ。

デズはパトカーに乗り込んで、冷静に彼の帰りを待った。

彼は戻ってきても、目を合わそうとしなかった。デズはまともに相手にする価値もないということだ。

「あたしは犬の糞取り具を持ち歩いてるの、ミスター・アッカー」デズはクレジットカードの伝票にサインしながら説明した。「他の人間の後をきれいに片付ける女の子よ。あなたの言うとおり――時にはあんまりいい仕事とは言えないわ。あたしたちはあんまりいい動物じゃないから。実のところ、この惑星で最も残酷で、最も軽率な動物だわ。あんまりくよくよしないようにはしてるけど、もう、めちゃくちゃ混乱させられる朝もあるの」そして控えをはぎ取ると、伝票を彼に返して、最高の笑顔を奮発した。「でもあなたはよい朝をね」


アビー・カミンスキーは、ツアーではとても贅沢に暮らしていた。

児童書のベストセラー作家は、ボイルストン通りにある最高級のフォーシーズンズホテルの九階、マンションほどもあろうかという広いスイートに泊まっている。瑞々しく生い茂ったパブリックガーデン、ボストンコモン、さらにはビーコンヒルの、目を奪われるほど美しい景色まで備わった部屋だ。明るく清々しいニューイングランドの午後、真っ青な空にはふわふわの白い雲が浮かんでいる。かなたでは、チャールズ川が陽射しを受けて揺らめいている。

「電話でも言ったけど」アビーはデズを招き入れながら陽気に喋った。「今日はものすごく忙しいの。ほんの数分しかあげられないわ。書店二軒に顔を出して、ラジオの視聴者参加番組に出演したら、うるさい子供たちと眉唾物の話をすることになってるの」ジェフ・ウォッチテルの別居中の妻は、非の打ち所のない身だしなみの騒々しい女性だ。プラチナブロンドの髪を建築学的にデザインされた崩れないヘアスタイルにまとめていて、そのおかげでいくらか長身に見える。実際には五フィートそこそこなのだが。

「二十分後にはスタイリストが来て、私をゴージャスに変身させてくれるの。本当にスケジュールびっしりの日なのよ」

「わかってます」とデズ。「割り込ませていただいて、ありがとうございます」

リビングにはフルーツのバスケットや花束があった。アルマーニの麻のスーツとシルクのブラウスがびっしり掛かった移動式衣装ラックがあり、〝ゴー・フィッシュ！〟と書かれた吹き出しの下でアビーがカールトン・カープの新作を持っている等身大の厚紙の切り抜きがある。

それに、山羊ひげを生やしたでくの坊がソファに座って、ダイエットソーダを飲みながら、テレビで『ベイウォッチ』の再放送を見ていた。

「私の護衛よ」アビーが言った。「フランキー、ミトリー駐在にご挨拶して。コネティカット州ドーセットからはるばるいらしたのよ」

フランキーはデズの方をろくに見もしないで小さくうなずいた。自ら作り上げた強面の雰囲気を保つのに懸命なのだ。

デズはすぐさま彼の全身から塀の中の臭いを嗅ぎ取った。「よろしく、フランキー」愛想よく言って、「名字は……？」と続けた。

フランキーは長いこと黙って睨んでいたが、ようやく答えた。「ラミステラだ」

「ニューヨークを拠点にしてるの？」

「ベイリッジ」

「住所は？」

フランキーは教えながら、重い瞼の下から敵意にぎらつく目でデズをじっと見上げた。

「お行儀よくね、フランキー」アビーが命じた。「彼女は自分の仕事をしてるだけよ。それじゃ私たちを二人にしてちょうだい、いいわね？　散歩でもしてきて。それから二時ぴったりに階下に車を用意してね」

彼はわざとゆっくり立ち上がると、テレビを消し、ドアに向かって歩き出した。

「あっ、待って」アビーが呼びかけた。「私の切り抜きを持っていってくれる？」

フランキーは屈辱に顔を歪めて、厚紙のアビーを脇に抱えると、部屋を出て後ろ手にそっとドアを閉めた。

「ミニバーから何かいかが、駐在？」アビーがデズに尋ねた。「お水か、ジュースは？」

「あたしならけっこうです」

アビーはソファに腰を下ろすとパンプスを脱ぎ捨て、ストッキングの脚の片方をお尻の下にたくし込んだ。そして、子供用のココアペブルズのシリアルを膝に載せると、箱に手を入れて、ひと摑み取り出してバリバリ食べた。「少し食べる？　私ったら何を言ってるのかしら。そんなわけないわよね。ペブルズは私の好物なの」彼女が快活に説明した。「やめられないの。で、何を話せばいいのかしら？」

デズは帽子を脱ぐと、コーヒーテーブルを挟んだ向かいの肘掛け椅子に座った。「ここ数日の夜、どこにいらしたのか教えてください」

「ええ、もちろん」アビーがシリアルをモグモグやりながらあっさり答えた。「ただその前に教えて――どうして知りたいの？」

「チト・モリーナと関係のあった人間すべての所在を確かめようとしてるからです」

「ああ、そう、わかったわ」彼女がばっちりセットされた頭を縦に振った。「私がチトと、その、ちょっとあったことを調べたのね。クリッシーが話したの？　いいえ、待って、話したのはボーイフレンドでしょ。ミッチだわ」

デズはわざわざ答えたりしなかった。

「いいのよ、クリッシーからミッチとあなたのことはすっかり聞いてるから。で、こうしてお二人両方に会ったから言うんだけど、あなたたちは死ぬまで一緒にいるこの世で最後の二人になるんじゃないかしらね。ほら、普通じゃないカップルでしょ。あなたはブラックで、彼はユダヤ系。彼は批評家で、あなたは警官。あなたは痩せっぽちで、彼は……違う」アビーはマニキュアをした指をデズに振り立てた。大きなブルーの瞳がきらめいている。「ねっ、あなたたち二人は素晴らしい変人カップルになるわ」

デズは声をあげて笑った。「今のお話、必ず彼に伝えます」

「あら、そんな、私は本気よ。かねてからもっと人種の問題に触れたいと思っていたの。スラム化している人口密集地区の子供たちにはロールモデルが必要なのよ。しかもあなたはとっても背が高くて、ゴージャスで、自信を持ってるわ。本気で憧れちゃう。あなたを使わせてもらってもいいかしら？」

「これ以上うれしい話があるとは思えないわ――ただ、あたしの名前をハリー・ポッターならぬハリー・バット《お尻》なんかにしないでくれるならですけど」

「それ、いただき！」アビーが大喜びで歓声をあげた。「あなたってすごく運がいいのよ、自分でもわかってる？　ミッチなら絶対にあなたを心配させたりしないわ。ホントよ、私が個人的に実地試験したもの」

「彼に実地試験した？」

「昨日ね、あばずれみたいに彼を口説いたの」彼女が女の子同士の話よとばかりに打ち明けた。「テーブルの下にもぐり込んで、彼の前のファスナーを歯で開ける以外のことはすべてやったわ。ほら、ツアーに出ると、その、少しうずうずしちゃうのよ。けど、さりげない興味の気配すら引き出せなかった。あの男はキープしておく価値があるわ、私を信じて」

「はあ、信じます」デズは答えながら、子供のお気に入りの作家がいささかイカレていて、かなりふしだらだと知ったら、アメリカの親たちはどう思うだろうと思った。

「で、ここ数日の夜の行動は……」

「ああ、それね」アビーは膝で小さな手を組むと、深呼吸をして心を静めた。「チトが死んだ日に、ツアーからニューヨークに戻ったの。ロサンゼルスからのフライトで午後六時着だったわ」そして、航空会社の名前と、ロサンゼルスの離陸時間を教えた。

「フランキーも一緒でしたか？」

「もちろん。もう一人では旅行できないのよ。私と話したり、私に触ったりしたがる子供が多過ぎて。おねがぁーい……」アビーが身を震わせると、手をヒラヒラさせて自分を扇いだ。「空港でリムジンに拾ってもらって帰宅したわ。フランキーが荷物を二階に運ぶのを手伝ってくれて——ツアーには着る物を山ほど持っていかなきゃならないの」

「お住まいはどちらですか?」

彼女がリバーサイド通りの住所を告げた。西九一丁目の角にあるドアマンのいる建物だった。

「そこで落ち着かれたのは何時でしたか?」

「八時頃ね」

「フランキーも一緒に?」

「いいえ、彼はリムジンで自宅に帰ったわ」

「それじゃ夜はどのように過ごされましたか?」

アビーは急に立ち上がると、ストッキングだけの足で窓までぶらぶら歩いていった。豪華な絨毯の上では子猫さながら足音はしない。「ひどい話に聞こえるのはわかるんだけど、あなたに嘘はつけないわ。私は正直の権化なんですもの——そうじゃない時もあるけど。あなたは私を信じてくれるわよね?」

「それは何とも言えません。まだ何も話していただいてませんから」

「言えてるわ」アビーが認めて、神経質な笑い声をあげた。「本当のことを言うと、ドーセットにいたの。わ、私は最近しょっちゅうドーセットに行ってるのよ」

デズは椅子から身を乗り出して、アビーを一心に観察した。「何をしに？」

アビーはミニバーへ行くと、ペリエの小瓶を出して蓋を開けた。「ジェフリーのマンションの外に停めた車の中に座ってるのよ」そう答えて、美味しそうにちびちび飲んだ。

「彼をストーキングしてるってことですか？」

「そんな、違うわ。車を停めてマシンガンを構えてるってわけじゃないのよ。ココアペブルズの箱と、そ、双眼鏡を持ってるだけ」彼女は赤面して言葉を切った。「そうね、ちゃんと釈明した方がいいかもね」

「ええ、たぶん」

「私はただ……彼が誰と寝てるか自分の目で見たかったの。どうしても知りたいの。こんなことをあなたにはっきり認めるなんて、恥ずかしくてそのソファの下にでももぐり込みたい気分よ。だって、ものすごく情けないでしょ？　でも、本当なの。私は毎晩自分の車の中で、あのこそこそ野郎が次から次へとゴージャスな女を楽しませるのを見守って、さめざめと泣いてるのよ」

「彼とは直に接触してるんですか？」デズは尋ねて、角縁眼鏡を鼻から押し上げた。

アビーはソファに戻って、再び腰を下ろした。「直に接触というと？」

「そうですね、彼はあなたが見張ってるのを知っていますか？」

「そんな、彼は知らない方がいいわ。彼に知られたら、私は死んじゃうもの」

「彼と話してないんですか？」

「もちろんよ。どうして私が？」

「それは、あなたがまだ彼を愛してるからです」

「彼のことなんか、もう愛していないわ」アビーが怒ったように言った。

「そんな雄牛は外につないで。親友のベラ・ティリスならそう言いますね。女の子は、愛がなければ、双眼鏡を手にひと晩中車に座ってはいません」

「わかったわ。そうね、多少はあるかもね」アビーがしぶしぶ認めた。「でもそういう問題じゃないのよ」

「それじゃどういう問題なんですか？」

「私が真実を話してるってことよ。ブロードウェーと九二丁目の角にある私のガレージを調べて。何時に車を出して、何時に戻したかを教えてくれるはずよ。黒のメルセデスのステーションワゴンよ。私はツアーから戻って以降あの車の中で暮らしていたようなものなの。毎晩あそこに停めた車の中に座っていて——明け方に帰ってくるの。ホントに惨めなドライブよね」

「ずっと一人で？」

「もちろんよ。他に誰が、私と一緒にバカみたいにひと晩中座っててくれるの？」

「フランキーなら」

「フランキーとは付き合っていないの。ちょっと付き合ったことはあるけど、今はもう。私はずっと一人。一人だったわよ」

と言うことは、アビー・カミンスキーの所在を確認してくれる人はいないんだわ。デズは思った。彼女がチト・モリーナを断崖から突き落としていないと断言する人間はいない。確かに彼女は小柄だ。でも、不意を襲うという要素は非常に大きな力を付加してくれるものだ。それにあの花崗岩の岩棚はけっこう滑る。でも、ドナ・ダースラグは？　アビーに彼女を死なせたい理由はあるだろうか？

「私を信じてくれるでしょう？」アビーがおぼつかない表情でデズを見守りながら尋ねた。

「信じなくはないです」デズは答えた。「あそこに駐車してる間に、見たことを聞かせてもらえませんか？」

「ええ、いいわ、かまわないわよ。そうね、最初の晩にはエスメ・クロケットが現れたわ」

「チトが死んだ夜ですか？」

「そう。夜中の十二時頃だった。キッチンの窓越しに彼女とジェフリーが顔を舐め合ってるのが見えた――彼が照明を消して、暗闇で口にするのも憚られることを二人で始めるまではってことだけど。彼女は朝の四時頃帰ったわ」

これはエスメとジェフの証言の裏付けになる。「他には誰か見ませんでしたか？」

「母親が現れたこともあったわね」

「マーティーンは泊まったんですか？」

「十分もいなかったわよ」アビーが上機嫌で答えた。「入口でものすごい癇癪を起こしたの。ジェフリーにフラワーポットを投げつけたほどよ」

「エスメと二股かけていたのを知ったんだわ」デズは思い切って持ち出した。

「そのとおりよ。それにあの女、何て口のきき方かしら。入口に突っ立って、彼の夕マで蝶ネクタイを作ってやると大声でわめいていたわ。信じられない！　それからぷりぷりして立ち去ったわ」

「それじゃ改めて伺いますが、昨夜は何を見ましたか？」

「昨日の晩はここ、ボストンにいたわ」アビーが慌てて答えた。「けど……どうして訊くの？」

「昨夜人が殺されたからです」

「本当に？　誰が？」

「ドナ・ダースラグです」

「あっ、そう。〈ザ・ワークス〉を夫と経営してたわよね」

「彼女をご存知だったんですか？」

「名前だけは。ジェフリーが彼らから店を借りてるでしょ」

「では、昨夜は一晩中彼の住まいを見張ってはいなかった。そうなんですね？」

「そうよ」アビーは答えて、目を伏せた。

「あたしをナメないでください。あなたが昨夜ホテルの駐車場からタウンカーを出していたら、あたしにはわかります。べつの車をレンタルしたのだとしても、あたしにはわかります。あなたがここのロビーのドアを出ただけでも、あたしにはわかるんです。あたしにはその手段があります、その技術もあります。あたしには——」

「わかった、わかったわよ。そんなに怒らなくてもいいわ」

「べつに怒ってなんかいません」

「昨夜もずっとジェフリーのマンションの前にいたわ」アビーが認めた。「これまでと同じように見張ってた——十一時から四時頃まで。タウンカーで行ったの」

「どうしてそこだけ嘘をついたんですか？」

「きまり悪いからよ」彼女が悲しそうに泣き言を言った。「あなただってきまり悪くなると思わない？　だって、ものすごく屈辱的なのよ」

「昨日の晩は誰がジェフリーを訪ねましたか？」

「誰も。本当よ」

「彼は出かけましたか？」

アビーは首を振った。「彼はひと晩中一人だったわ」

「彼のドアをノックしようと思いましたか？」

「まさか」

「どうして？　フランキーが一緒だったんですか？」

「あのねえ、この話にフランキーはからませないでもらいたいの、いい？」

「それじゃ答えになってませんよ」

と、スイートのドアにノックがあった。

アビーが吐息を漏らした。邪魔が入ったことに、見るからにホッとしている。「出てもらえるかしら？」

デズは立ち上がると、ドアまで行って開けた。

無精ひげを生やした胸の薄い貧相な体つきの若い男が、使い古した金属製のキャリングケースを二個抱えて廊下に立っていた。「アビーの用で来ました」彼が言った。

「入って、グレゴリー！」アビーは大声で呼びかけると、慌ただしく机に向かった。

「話はここまでにしてもらわないと、駐在。グレゴリーは私の口のメークをしなきゃならないの」

「いいですよ」とデズ。「ここに来た目的は果たしましたから。今夜はどこにいらっしゃいますか？」

アビーが眉をひそめてデズを見た。「ここボストンよ。なぜ？」

「確認しただけです。意外性に富んだ女性ですから、どこにでも現れそうで」

「あら、ここにいるわよ。本当よ。私はいつだって正直の権化なんですもの」

「そうじゃない時もあるけど」デズは引き取って、彼女に微笑みかけた。「確か、そう聞きました」

ロビーにいたドアマンの一人が〈イーストコースト・グリル〉へ行く道順を教えてくれた。パトカーは二重駐車していたが乗り込んで、携帯でヨリーに聞きたくない情報を伝えた――アビー・カミンスキーがエスメとジェフの話を裏付けたと。

「で、あなたは彼女を信じたの？」ヨリーがすっかり落胆した声で尋ねた。

「ヨリー、正直わからないわ。彼女はお金持ちで、不安定で、恋をしてる。何だってありだわ。そっちはどう？」

「今のところめぼしいものは何も。ヤンキー・ドゥードゥルの客で犯人の出入りを見た者はいなかった。ったく、みんな尋問されるのを嫌がって。キンバリー・フィオレはボーイフレンドのリッチ・グレイビルの証言を確認したわ。彼は〈ザ・ワークス〉の遅番から深夜十二時頃帰宅したの。ああ、うまくいかないわ」ヨリーがぼやいた。「ねえ、あたしたちなら解決できるわよ、ヨリー。気を落とさずに頑張って、いいわね？」

「任せといて」ヨリーは断言して、通話を切った。

デズはパトカーのエンジンをかけて、バックミラーにちらりと目をやり、大男のフランキーに気がついた。パトカーの後方に広がるホテルの荷積みエリアに停めた黒のタウンカーの運転席から、あらん限りの脅威を込めて睨みつけている。間違いなく塀の中の顔だ。デズは確信した。

パトカーを出すと、デジタル無線で彼をチェックした。チャールズ川をマサチューセッツアヴェニューブリッジで渡ってケンブリッジに入ったところで返事が来た。フランク・ラミステラは十代後半には暴行の告発を二度凌いだものの、その後武装強盗でニューヨーク州の刑務所に三年間服役した。それでもこの六年間は、警察沙汰は起こしていない。

それはそれでいいけど。デズはセントラルスクエアに向かってパトカーを走らせながら思った。それでもあの男はプロの用心棒。しかもアビーにえらくご執心だ。彼なら、あのかわいいブロンドの頼みを聞くだろう。それがチト・モリーナを崖から突き

●**主な登場人物**〈シルバー・スター〉

ミッチ・バーガー　映画批評家。ドーセット村のビッグシスター島に住む

デズ・ミトリー　ドーセット駐在の女性警官で元州警察の警部補。ミッチの恋人

ドッジ・クロケット　ドーセットの資産家。ミッチのウォーキング仲間

マーティーン・クロケット　ドッジの妻

エスメ・クロケット　人気若手女優。ドッジとマーティーンの娘

チト・モリーナ　人気若手俳優。エスメの夫

ウィル・ダースラグ　〈ザ・ワークス〉を経営する料理人。ミッチのウォーキング仲間

●主な登場人物（つづき）

ドナ・ダースラグ　ウィルの妻

ジェフ・ウォッチテル　ドーセットで本屋を経営。ミッチのウォーキング仲間

アビー・カミンスキー　児童書の作家。ジェフの別居中の妻

クリッシー・ハバーマン　チトとアビーに雇われているセレブの宣伝係

ヌーリ&ネマ・アッカー　〈シットゴー・ミニマート〉を経営するトルコ人夫婦

ベラ・ティリス　デズと同居する未亡人

リコ・〝ソーヴ〟・テドーン　州警察の警部補

ヨリー・スナイプス　リコのパートナー

落とすことだとしても。でも、それでもドナの問題が残ってしまう。アビーがドナの死を望むどんな理由があり得るだろうか？

デズにはその答えがわからなかった。

それが彼女をひどく悩ませた。実のところは、この事件全体に悩まされていた。知れば知るほど、混乱してくるのだ。実際には、少しも解決に近づいていない。

実際には、唐変木と化した頭がクラクラしていた。

13

「うーん、そうね、もう一度どうしてここに座ってるのか話して」

「俺に予感があるからだよ」ミッチは答えた。もう何度となく説明したことだった。

「あなたには予感がある」デズが暗闇の中、隣で繰り返した。まだ制服を着ている。襟のボタンをはずし、袖をまくり上げている。

「そうだ。紛れもない確かな予感だ」

「ふうん、紛れもないわけね、なるほど」

二人は、ドッジ＆マーティーン・クロケット夫妻の私道から百ヤードほど離れた夕ーキーネック街道に停めたミッチのピックアップの中に座っていた。二人ともバーベキューポークで満腹だった。私道の入り口を角灯が縁取り、鈍い金色の光を投げかけている。暗闇に沈む草地の向こうでは、屋敷に照明が灯っている。十一時を過ぎたところだ。午後から夕刻へと移るにつれて、南から蒸し暑い大気が低い雲と霧を伴って流れ込んできた。今も、風もなくムシムシする中をセミの飛ぶ音がする。かなたからオールドセイブルック灯台の霧笛が聞こえた。

「さらに重要なことには、君には俺の協力が必要だ」ミッチは付け足した。「君は二件の殺人事件を抱えている。二件は関係がなさそうに見えても、そんなはずはないという単純な現実がある。で、君はすっかり混乱してる――君も、ソーヴも、ヨリーも、全員が」

「まっ、それは間違ってはいないわね」デズは噛みつくように言い返した。

「どうしてそんなに混乱してるのか知りたくないか？」

「いずれにしろ、あなたは話すつもりだっていう予感があるわ」

「三人とも、箱の内側に頭が行ってるからだよ。批判してるわけじゃないぜ。ただ、君たちは仕事のルールや手順に縛られてるが、俺は違うってことだ。おかげで俺はもっと自由にものを考える役が果たせる。俺のことを、そうだな、洞察力があると考えてくれてかまわない」

デズは暗闇に手を伸ばして、彼の手をぎゅっと摑んだ。「ベイビー、あなたを殴ることにはならないわよね？」

「この夜が終わる前に、俺に感謝することになるさ」

「ミッチ……？」

「何だい、デズ？」

「その予感っていったい何なの?!」

「俺たちはセックスに振り回されてきたってことさ。大勢のドーセット人がベッドを出たり入ったりしたから、誰が誰を愛していて、誰が誰を嫌っていて、誰が誰の死を望んでいる可能性があるかもわからなくなった……。ここまではわかるか?」

「いい線行ってる、聞いてるわよ」

「よし。そこでだ、チトが死んだ夜にアリバイのないアビー、クリッシー、マーティーンがいる。うちの二人は彼と深い関係にあった。三人目は義理の母親だ。一方、俺たちにはどうしてドナ・ダースラグが死ななきゃならなかったのかがわからない。従って、三人のうちの誰に、彼女を殺すことに利益があったのか見当もつかない。でも、俺たちにははっきりわかってることがある――ドッジ・クロケットが病的でタチの悪い道徳的に堕落した男だってことだ」

「その点に異論はないわ」

「それだけで彼には殺人の第一容疑者の資格があるってもんだ、そうだろ?」

「それにはちょっと飛躍があるわね。でも、まあ、いいわ。話を進めてみて」

「俺たちは彼が今夜一人だということを知ってる。今朝、彼の口から聞いた。だから俺たちは待てばいい。そうすりゃ彼が手の内を見せるだろう」

「手の内って?」

「今夜何かが起きる」ミッチは絶対の確信を込めて断言した。「いいか、俺には感じられるんだ」

「うわっ、ちょっと待って、カウボーイ——それがあなたの予感なの？」

「まっ、そうだな。彼の身になって考えてみろよ、デズ。ドッジみたいな変態がムービーチャンネルで『花は贈らないで！』を観ながら夜を過ごすわけないだろ。悪い映画だってことじゃないぜ。ロック・ハドソンとドリス・デイはコメディチームとして過小評価されてるが悪くないし、ポール・リンドは仕事好きの葬儀場の責任者としてちゃんと成功している、ただちょっと——」

「ああ、やっぱりあなたを殴らなきゃならないみたい」

「今夜誰かがドッジを訪ねてくるだろう。さもなきゃ彼が誰かに会いに行く」

「それで……？」

「彼が本当は何を企んでるのか、そして誰とつるんでるのかを見つけ出すチャンスだ。彼が出かければ、後を尾ける。誰かが訪ねてくれば、忍び足で家まで行って、ガラスに鼻を押しつける。抜け目ないし、簡単だし、きっとうまくいく。どうだい、駐在、俺は正しいだろ、なっ？　なっ？」

デズは長いこと暗く黙り込んでいた。「そのやり方が、『少年探偵ハーディー・ボーイズ』の受け売りなのはわかってるのよね？」

「そうかもしれない」彼が認めた。「でも、手詰まりになった時には、ものすごく有効な戦術になったぜ。だいたいフランクとジョーは私立探偵の親父さんの難事件を数多く解決してるんだ」

「あれがフィクションなのはわかってるわよね――少年向けの？」

キタオポッサムが藪から出てきて、クロケット家の私道に入った。長くしなやかな尻尾を引きずっている。まさしく地上で最も醜い生き物の一つだな。ミッチは思った。みすぼらしいウッドチャックと同位置だ。これもドーセットに引っ越してきて学んだ多くの新しいことの一つだった。「下らない考えだと思うってことか？」

「実を言うと、あなたは恐ろしいほど道理にかなってると思いながら、ここに座ってるわよ」

「それじゃ何が問題なんだ？」

「一つには、あなたは個人的な復讐をしようとしてると思う。ドッジを崇拝していたのに、見下げ果てたやつだったから、あなたは彼を懲らしめたくなってる。あなたの判断は曇ってるのよ、ミッチ。あなたに不賛成だってわけじゃないのよ。あの男はイヤなやつだし、エスメやベッカや他にもいるはずの女の子たちにしたことの償いをすべきだわ。でも、だからって必ずしも彼が殺人犯だってことにはならない。見下げ果てたやつってだけよ」

ミッチはその言葉をしばし考えた。「そうか、で、他には？」

「朝の四時までここに座っていても、首が痛くなるだけで何の成果もない可能性が非常に高いってことも考えてるわ」

あたりは異様なほど静まり返っている。二人でここに待機してから、車一台通っていない。

「かもな。でも、少なくとも俺たちは一緒にいる」彼が身を乗り出してきて、デズの滑らかな頬にキスした。「その点は気にしてないだろう？」

「ええ、ベイビー、ちっとも」デズの抜け目のない唇が彼の耳の下にあるスイートスポットを探し当てた。彼を震える人間ゼリーの塊に変貌させるスポットだ。

「〈イーストコースト・グリル〉に寄ってきてくれた礼を言ったっけかな？」彼がデズの口を自分の口で探しながら呟いた。

「ええ、三回も……。これで四回ね」

「感極まってるんだよ。これまで俺にポークを届けてくれた女性なんていなかったから」

「あなたがそんなに扱いやすいのを知ってたら、もっと前にやっていたのに」デズは優しくうめいた。「けど、そのコーヒーを回してくれた方がいいわ。今日は夜明け前からずっと起きてるんだから」

ミッチは持ってきた魔法瓶からいくらか注ぎながら、彼女の言葉を考えた。彼女の言うとおりだからだ。そのとおりなのだ。

犯人はドッジであってほしい。

今朝ウィルの家で言葉を交わした。ミッチはウィルの家にそれほど長くいる必要はなかった。デズが帰るとすぐに、あの気の毒な男はさっさと父親代わりに電話した。ドッジの到着は、そのままミッチには帰れという公式の合図だった。この男と一緒にぶらぶらする気はないのだ。

それでも、二人の道は表のポーチで交差した。日焼けして、健康的で、男盛りの匂いをプンプンさせて、ドッジがマニラ封筒を小脇に階段を跳ねるように上ってきたのだ。「ミッチ、君がいてくれてとてもうれしいよ」顔には懸念が刻まれている。「まったくひどい話だ。誰であれどうしてドナにひどいことを？」

「僕にはさっぱりわかりません、ドッジ」

「で、我々の友だちは頑張ってるか？」

「我々の友だちはひどく動揺してます」

「今朝は待ってたのに来なかったな」彼が注意深くじっとミッチを見ながら言った。

「潮が引いていて、美しかったぞ」

「間に合わなかったもので」ミッチはかなり堅苦しく答えた。

「そうか、そうか」ドッジはその冷淡な反応に感情を害したようだったが、「あっ、そうだ、君に持ってきたよ」とマニラ封筒を差し出した。「青少年局のティーンを指導するプログラムの申込書だ。君が週に一時間、時間を割いてくれたら、みんなも喜ぶだろう」

ミッチはおそるおそる手を伸ばした。本当はドッジが触れたものになど触れたくない。実際には、彼と同じポーチに立っているというだけで、一種の本能的嫌悪感があるくらいだ。

気詰まりな沈黙の後、ドッジが言い出した。「昨日はベッカとの……プライベートな場面に遭遇させてしまって悪かったよ」

ミッチは何も言わなかった。この年配の男が安心させてもらえるのを待っているのはわかる。が、あえてそんなことをしてやりたい気分ではなかった。

「今も気が転倒しているのはわかる」ドッジがしつこく続けた。

「ドッジ、正直そんな話はここでしたくありません。家に入ったらどうですか？　ウィルが待ってますよ」

「あれは見かけとは違うんだ、ミッチ。ベッカと私には本物の関係がある。古い付き合いなんだ」

「あなたとエスメとの関係みたいなものですか？」ミッチはぴしゃりと言い返して、

すぐに後悔した。秘密は守るべきだったのだ。

ドッジは顔色一つ変えなかった。ミッチの目をまっすぐに覗き込んだだけだ。「君が誰から何を聞いたのか知らんが、私は娘を愛してる。絶対にあの子を傷つけたりしない。そうではないと言う者は誰であれ嘘つきだ」

「彼女を傷つけたことはないと？」

「その件を突っ込んで話し合う機会を持ちたい、ミッチ。今夜マーティーンはエスメのところへ行くはずだ。私は一人で家にいる。テラスで一杯やりながら話し合おうじゃないか、なっ？　その頃には君も冷静になっているだろうし」

「ドッジ、ずっと悩まされていることがあります——どうしてマーティーンが浮気をしてるなんて、僕に話したんですか？」

「しているからだ」彼が答えた。「それに、君と私は友だちだからだ。少なくとも私はそう思っていた」

「ああ、なるほど、わかりました」ミッチはうなずいた。「悩みがあるのは僕なんですね」

「ミッチ、我々は誰しも、自分では理解できなかったりコントロールできなかったりすることをしてしまうものだ」ドッジが説明するつもりで言い出した。「悔やまれることを。それが人間というものだ。でも唯一真の怠慢は、お互いを理解する努力をしないことだ。ともかくも努力してみてくれないか？　私のためにやってくれないか？」

「いいですとも、それくらいは」ミッチはにこりともせずに答えた。この友だちは今、チト・モリーナとドナ・ダースラグの殺人を告白したのだという恐るべき確信に囚われていた。

やがて、ミッチは彼に別れの挨拶をして帰宅した。ビッグシスター島では、ポケットに手を突っ込んで潮溜まりを一人でうろついた。トマトの苗木を剪定し、芝を刈り、野生のブラックベリーとビーチプラムを摘んだ。身体を動かしてさえいれば大丈夫なのだ。そしてようやく、デズが一クォート容器入りのバーベキューポークを手にボストンから戻ってきた。

そして今は、二人で彼のトラックに座り、デズはコーヒーをすすりながら、彼の仮説の穴を突っついている。「ドッジには、チトが殺された時間のアリバイがあるという事実はどうするの？」

「彼のアリバイはベッカだ」ミッチは指摘した。「冷たい言い方をするつもりはないんだ。ベッカのことは好きだからね。でもドッジは、頭に袋をかぶって四つん這いになるよう彼女を説得できるんだ。彼のために嘘をつかせるくらいできるさ」

「その点は譲歩するわ」デズが答えた。「けど、これはどうするの——ドッジがチトを殺す動機は？」

「それはなかったのかもしれない。逆だったのかもしれないぜ。チトがドッジとエスメの関係を知ったとしよう。エスメがチトに話したのかもしれない、なっ？　で、チトがあそこにドッジを呼び出したとしよう。あの夜チトが家で俺に言ったことを考えてみろよ。まずいことにハマってしまって、どうしても抜け出せないと言ったんだ。こいつはまさに条件にぴったりなんじゃないか？　〝死刑執行人がもう行かせてやる時だと言ってる〟チトは俺に、ドッジが罪の償いをするところだと言ってたのかもしれない」

「ところがドッジはあの上でキレた」デズが声に出して考えた。「そういうこと？」

「まっ、あり得るだろ？　チトをあの崖から突き落としたのは女性だという確証はないんだろ？」

「ええ、まったく」デズは答えた。「それじゃこれに答えて。どうしてドッジは手の裏を返すように、今度はドナを殺したの？　どんなつながりがあるの？」

「ないのかもしれない。あれは単に荒っぽいセックスの抑えがきかなくなっただけってことも。よくあることさ」

「それはないわね。彼が三日の間に第二の犠牲者を図らずも殺しちゃったなんて話はいただけないわ」

「なあ、俺はあの男が女性にどんなことができるのかを、この目で見た。正直言って、彼と異常な世界に入った女性たちからもっと多くの死者が出なかったのは奇跡だよ」

「べつに異常な世界じゃないわ、ミッチ。ドナは凶暴に残忍に殺された。壁には血が飛び散っていたという現実を話してるのよ」

「血痕は多かったのか？」

「十分あったわよ。なあに、それが重要な――？」デズは急に言葉を切って、ハッと息を呑んだ。

ミッチは咄嗟に背筋を伸ばして、彼女と同じ音を聞いた――車のエンジンがかかった。クロケット家の草地の向こうから聞こえる。と、館の前でヘッドライトが灯った。ライトはゆっくりと向きを変えて、長い砂利の私道をこちらに向かってくる。ミッチはディーゼルエンジンの空疎なざわめきを聞き分けた。ドッジの古いメルセデスワゴンだ。

真夜中に、ドッジは出かけようとしている。

「信じられない」デズが小声でミッチに言った。

「俺には君が俺を疑ってたことが信じられないけどね」ミッチは勝ち誇ったように声をあげた。「俺がこれほど安定した人間でなかったら、本気で傷ついただろうな」

「シーッ」

メルセデスが私道の入り口の角灯に近づいてきた。二人が座っているところからでは、車にはドッジ一人なのかどうかわからない。それを言うなら、運転しているのがドッジかどうかも定かではない。メルセデスが道路手前で一時停止した時、ミッチはイグニッションに挿したキーに手を伸ばした。

が、デズが警告するように手を伸ばして止めた。「まだよ。まず彼に行かせるの」

ドッジの車はディーゼルの排気ガスをモクモクたなびかせて、オールドショア街道に向かった。ミッチは車が角を曲がるのを待ってから、ピックアップのエンジンをかけてギアを入れた。

「ヘッドライトはつけないで」デズが忠告した。「テールランプに入らないぎりぎり後ろについて」

ミッチはメルセデスを追って、暗闇の中を走り出した。幸い、所々に街灯があって、道筋を教えてくれた。そうでなければ、まず間違いなく側溝にはまっていただろう。

オールドショア街道は、夜のこの時間には車の往来もなかった。メルセデスは半マイルほど前をダッダッとエンジンを轟かせて、街の方角へと走っていく。ヘッドライトが霧の立ち込めた中に柔らかなフィルムノワール風の光を投げかけている。ミッチはウィリアム・コンラッドとチャールズ・マッグロウの二人がスエードを探して活気のない小さな街に車を乗り入れる『殺人者』の冒頭のシーンを思い出した。バックに流れるミクロス・ローザの不気味な音楽がないだけだ。

ミッチは時速四十五マイルの安定した速度でメルセデスを追った。

「近づき過ぎないで」デズが隣から心配そうに声をかけてきた。興奮に膝が小刻みに揺れている。「余裕を持たせて」

ミッチがにやりとして彼女を見た。「自分で運転したいんじゃないか、駐在？」

「まさか。あなた、よくやってるわよ」

「これが懐かしいんじゃないか？」

「懐かしいって何が？」

「追跡だよ。君は大好きなんだ。目を見ればわかるよ」

「生パン坊や、この運転台は真っ暗なのよ」

「それじゃ、想像してるのかもな」

「それじゃ、想像は道路に向けるべきかもよ。気をつけて、彼がスピードを落としたわ……。気をつけて！」

ミッチはブレーキを踏んで、ぴたりとトラックを停止させた。前方では、ドッジが〈シットゴー・ミニマート〉に車を乗り入れた。店はもう閉まっているのに。イルミネーションの看板は暗く、大型の投光照明も消えている。明かりはアッカー夫妻が帰宅する際に店内に残した常夜灯だけだ。それでもドッジはトイレやゴミ箱のある裏手に回って、ライトを消した。

「つたく、いったい何をしてるの？」デズが訝った。トラックはアイドリングしている。

「誰かに会ってるとか？」

デズは飛び降りて、ドアをそっと閉めると、「ゆっくりそっとついてきて」と開いた窓越しにミッチに告げた。「合図したら、ライトをつけて、いいわね？」

「了解」

デズはトラックを離れて、ミニマートに向かってダッシュしていった。膝を高く上げ、勢いよく腕を振っている。ミッチは店内の常夜灯に逆光で照らされた彼女を見ながら、その後ろをそっと進んだ。彼女が駐車場を突っ切ってドッジの車に向かっていって、片腕を頭上に高く掲げた。と、その腕を下ろした……。

ミッチは即座にヘッドライトを点灯した。

ドッジ・クロケットがスプレーペイントを使って一心に、ミニマートの横腹に縦二フィートほどの赤い文字で、〝9／11　WTC〟と書いていた。

「やめなさい、ミスター・クロケット！」デズが怒ったように叫んだ。

ドッジは初め立ちすくんだ。が、すぐにスプレー缶を彼女に投げつけて逃げようとした。無駄だった――デズは彼より速いのだ。二十フィートも行かないうちに追いついて、舗装に乱暴に投げ飛ばし、彼の腰に膝をめり込ませた。そしてカチリと手錠をかけると、店の裏口まで引きずっていき、重い鋼鉄のハンドルに手錠をつないだ。それから、携帯でパトカーを呼んだ。さらにアッカー夫妻の自宅の番号を聞いて、彼らにも電話した。

ミッチはトラックから降りて、ゆっくりドッジに向かって歩いていった。ヘッドライトに浮かぶドッジの顔を貪るように探って、この男の頭がどうなっているのか見抜こうとした――尊敬し、信頼し、友だちだと思った男なのだ。

ドッジは恥や敗北に頭を垂れることはなかった。へこたれることもなく、悪びれた様子もない。ミッチとウィルが、彼とベッカの現場に踏み込んでしまった時と同じだ。

「五分でパトカーが来るわ」デズが携帯をポケットにしまいながら言った。

「アッカー夫妻は？」ミッチは尋ねた。

「出ないから、留守電にメッセージを残したわ」

ミッチは眉をひそめた。午前零時を回っている――外出するには遅い時間だ。でも、ベッドに入ったら、電話には出ないのかもしれない。そういう人は多い。

「ようやく納得が行ったわ」デズが冷淡にドッジを見つめて言った。「これでわかった」

「何がだい？」ミッチは知りたかった。

ドッジはひと言も口をきかない。

「ミス・バーカーの態度がおかしかったのよ」デズが説明した。「あの石が投げ込まれた後で、彼女の家の前を誰か通らなかったかと尋ねたら、急に口を閉ざしてしまったの。ミスター・アッカーもそうだった。いっさい話したがらなかったわ。ちょっかいを出しているのが分別のない若者じゃなかったからよ。あなただった、ミスター・クロケット。そしてあなたはこの共同体ではまだ重要人物だから。ミス・バーカーはあなただと知っていた――あなたの車を見分けたのよ。ミスター・アッカーも知っていた。あなたは彼に警告してたんでしょう？　手を引かなければどうなるか、彼に話してたんだわ」

ミッチはドッジに向き直った。「どうしてこんなことを？　アッカー夫妻があなたにどんな関係があるんですか？」

「彼らのせいで我々の朝のテークアウトは売り上げが半減したってことだ」ドッジが口を開いた。声は穏やかで淡々としている。「あのトルコ風ペーストリーで、二人はまさしく我々を殺していた。彼女があれを売り出してからというもの、地元の連中は

〈ザ・ワークス〉に寄り付かなくなった。私はヌーリに助けてくれと懇願した。私は彼に言ったよ。なあ、ガソリンスタンドが繁昌しているじゃないか。食料品の方は、どうか、我々に任せてくれと。が、あいつは拒否した。あの忌々しいペーストリーを買い取って、〈ザ・ワークス〉で売ってもいいとまで申し出た。あいつはそれも拒否した。とにかく理性的に考えようとしない。あのアッカー夫妻というのは信じられないくらい強情な連中だ」

「それじゃ、あなたは彼らを怖がらせてここから追い出そうとしてたんですか？」ミッチは尋ねた。

「自分の投資を守ろうとしているんだ。これはビジネスの話だ、ミッチ。誰でも本気でやる。いいか、本当に無慈悲な人間なら一ヵ月も前にここを焼き払って、そのために眠れぬ夜を過ごすこともないはずだ。彼らが手を引かなければ、我々はベーカリーの操業を半分に縮小しなくてはならなくなる。銀行から見れば、それは危険信号だ。私はこの先資金の調達ができなくなる。経費もまかなえなくなる。〈ザ・ワークス〉は管財人の管理下に置かれ、私は一文無しになる。私はすべてを失うことになるんだ」

「つまり、アッカー夫妻は抜け目のない実業家で、あなたは違うということです」

「わかりもしないのに批判するな」ドッジが声を荒らげて言い返してきた。

「それどころか、僕はあなたのことが完璧にわかりましたよ、ドッジ」ミッチは答えた。「あなたのような傲慢な自己チューには会ったこともありません。あなたは他の人たちに適用されるルールも、自分には適用されないと考えている。自分のしたいことを自分のしたい相手にしてもいいと。それが実の娘であってもです。でも、あなたは間違ってますよ。今の今まで長年にわたって、それに気づかずにやって来られたというのが、僕には驚きです。あなたが田舎の過保護坊やだってことなんでしょう。けど、これだけは訊きたい――どうしてチトをあの断崖から突き落とさなきゃならなかったんですか？　それにどうしてドナがライバルになるんです？　僕には彼女もあなたの最大の財産に思われるんですが」

「おい、ちょっと待ってくれ」ドッジが目を剝いた。初めて本気で平静さを失ったように見える。「私はほんの少しばかり行き過ぎた行動を取った。それは認める」

「何が認めるよ」デズがピシャリと言い返した。「こっちは現場を押さえたのよ」

「私は窓に石を投げた」ドッジが進んで認めた。「壁にスプレーペイントで落書きした。でもそれだけだ。私にあの殺人の罪を着せることはできない。私はあの二件とは無関係だ。私は殺人犯ではない、本当だ」

「僕にわかるのは」ミッチは言った。「ドナが彼女の仕事についても結婚生活についても、あんまり綿密に見るなと言ったことだけです。そして今や彼女は死に、あなたはここで勤勉な移民の夫婦を商売から締め出そうとしている」

「昨日の晩はどこにいましたか、ミスター・クロケット？」デズが尋ねた。

「ずっと家にいた」

「一人で？」

「ああ、一人も一人だ。最近は私もあんまり人気がないらしくて」

「どうしてだか想像もつかないわ」デズは彼にあごを突き出した。「ドナと浮気してたんですか？」

「まさか」ドッジが答えた。「ドナ・ダースラグは浮気などしない。彼女はそういうタイプの女性ではない。本当だ、私はそうしたことには詳しいんだ」

ミッチは言い返しかけたが、言葉が口から出るより先に頭の中で何かがカチッと鳴った。ミッチは仰天してぽかんと口を開いたまま立ち尽くした。わかったのだ——ずっとこちらをまっすぐ見ていたのに、まったく無視していたものが。

そして今、〈シットゴー〉の駐車場に突っ立っているミッチは目眩がしていた。デズが呼んだパトカーが到着して、やけに若い州警察官が降り立った時も、目眩がしていた。デズが州警察官と容疑について話している間も、目眩がしていた。彼女がドアのハンドルから手錠をはずして、ドッジをパトカー後部席に収容した時にも、まだ目眩がしていた。パトカーがドッジをウェストブルックのF分署に連行するのを、デズと一緒に見送る間も、目眩はおさまらなかった。

「大丈夫？」デズが心配そうに彼を観察した。「ちょっとぼうっとしてるみたいよ」

「デズ、わかったよ……」

「何が？」

「チトとドナを殺した犯人」

「あら、それであたしに教えてくれるの？」

「もちろんだ。ただ証明する方法がまったくない。通常の方法ではってことだが。デズ、残念だが、こいつにはもっと、その、非現実的な判断が必要になりそうだ」

デズは腰に手をやって、彼を睨みつけた。「ミッチ、ふざけないでよね」

「どういうことだよ？」ミッチは何食わぬ顔で抗議した。

「あなたのその表情には覚えがあるってことよ。クッキーの広口瓶に太った手を突っ込もうとしてるデブの少年みたいよ」

「おっと、まずはそのデ何とかという言葉に憤慨するし――」

「何らかの罠を仕掛けたいんでしょ。で、あたしを後ろ盾にしたいんじゃない？　違うって言ってごらんなさいよ。さあ、言って」

「ほら、前にはうまくいったじゃないか、そうだろ？」

「で、あなたは病院行きになったわ」

「俺はかまわなかったさ。傷はすぐに治ったし、食いたいだけアイスクリームも食えた。好物のタピオカまで食えたんだ」

「ミッチ、おかげであたしは凶悪犯罪班での仕事を棒に振ったのよ」

「でも、今はずっと幸せじゃないか。来る日も来る日も一緒にこんなに楽しくやってるし」ミッチは断固とした足取りでトラックに戻ると乗り込んで、デズが来るのを待った。

デズはしぶしぶ続いてトラックに乗り込んだ。ミッチを見る目が射るように光っている。「ミッチ、あたしは本気なの、いい？　お願いだから、どうかやらないで——それがどんなことであれ」

「そうはいかない」ミッチは言い張って、オールドショア街道に出ると帰宅の途についた。

「どうしてよ？」

「俺が大切に思っていた人たちを誰かが殺してるからだ。君たちには止められないが、俺にはできる。それに、君は俺の心配をする必要なんてまったくないんだ。自分のことは自分で守れる。俺は完全に……」ミッチは眉をひそめて彼女をちらりと見やった。「今の音は何だ？　絶対に君から漏れた音だった」

「人間の紛れもない苦悶の声よ！」彼女が叫んだ。「あたしは頭のおかしな人と付き合ってる。あなたは正気じゃないわ！」

「正気さ。心を痛めるドーセット人がキレたってだけだ」

「それじゃどうか教えて、キレたドーセット人――あたしはリコとヨリーをどうすればいいわけ？　二人に何て言えばいいの？」

「何も言わなくていいさ。彼らが事前に気配を察しただけで、もうおとり捜査になっちまうんだから。こいつは君との付き合いから学んだ真に貴重な教訓の一つだよ、デズ」

「ミッチ、あたしが関わったらおとり捜査になっちゃうの！」

「でも君は関わらない。まずいことになった場合に備えて、俺のやることをバックアップするだけなんだから。ちょうどいい時にちょうどいい場所にいたからって君を咎めることはできないさ。完璧に合法だ」

デズは腸を煮えくり返らせながら、黙ってフロントガラスの先を睨みつけた。「あたしが何を言ってもやるつもりなんでしょ？」

「一緒にやりたくないなら、そう言ってくれ。それで君を恨んだりしない、約束するよ」

「あたしのすべきことがわかる？　今すぐあなたをそのハンドルに手錠でつなぐべきなんだわ」

「でも君はやらない」ミッチは彼女ににやりとした。

「どうしてよ？」

「理由は二つある。一つには、俺は君の愛しい恋人だから――」

「愛しい恋人だったの。今はあたしたちの愛も生死の境をさまよってるようなものよ」

「もう一つには、きっちりとした高い道徳規準が生きている心の奥底では、君は俺が正しいことを知ってるからだ」

デズはそれには答えなかった。ミッチがトラックをビッグシスター島に向けて走らせる間も、感情を押し殺して彼の隣に座っていた。

「できないわ」デズはとうとう言った。苦しそうな低い声だった。「二度はできない。今回はあなたを助けには行かない。独力で頑張って。あたしは降りるわ」

「いいよ。わかるから」

「あたしは本気なの！」

「俺だってさ」

「ミッチ、今のあなたをどんなに嫌ってるか口では言えないほどよ」

「俺は君がものすごく好きだよ、駐在」

ようだ。デヴィルズ・ホップヤードへの道は細くてくねくね曲がっている。しかもヘッドライトに浮かぶ前方の低くたれ込めた霧のせいで、路肩がトラックの周囲に迫ってくるようだ。

ミッチはゆっくりと車を走らせた。道連れはと言えば、隣のシートのマイクロカセットレコーダーとペパーミント・シュナップスの一パイントボトルだけ。口の中はカラカラに渇き、掌は何度もショーツで拭いているのにじっとり汗ばんでいる。

道路の外れまで来ると、ゲート脇の路肩に停めた。チトが彼にさようならを言うために電話してきた時と同じように。黄色の規制線は片付けられているが、あふれんばかりの証拠の品がまだ残っている——メディアの一団とセレブを見物に来た連中が残したゴミだ。空のフィルム容器、食べ物の包装紙、コーヒーのカップにソーダの缶が、二つのゴミ箱からあたり一面にあふれだしている。

忌々しいゴミだ。これがチト・モリーナへのファンからの最後の贈り物なのだ。

ミッチはエンジンを切り、持ってきたものを摑むとトラックを降りた。滝の轟音を聞き、恐怖が全身を駆け抜けるのを感じた。霧の中、足下の定まらない遊歩道を歩き出して、懐中電灯を頼りにピクニックテーブルを通り越し、木造のガードレールに向かって歩いていった。ガードレールはクレオソートの臭いがした。ここで、新聞がこぞって引き合いに出した警標を見つけた。『水は流れ落ちるままに。人はこれより前に出ないこと』と書かれたやつだ。

ミッチはガードレールを乗り越えて、かすかに光る滑りやすい岩棚に慎重に歩を進めた。すぐ脇を流れ落ちて、はるか下の岩場に激突する水の轟音が大きくなった。滝の上はいくらか涼しいが、まだ汗をかいている。突端に向かってじりじりとゆっくり進む間、心臓がドキンドキンと大きな音を立てた。

そして、いよいよ膝を抱えて座ると、懐中電灯を消した。轟音に包まれて湿っぽい暗闇の中に一人だ。怖かった。デズがバックアップしてくれていたら、間違いなくずっと自信が持てるだろうに。彼女がノーと言ったことを責めているのではない。彼女も自分の将来を考えなくてはならないのだから。それはわかっている。それでも、彼女がセイフティネットなのも確かなのだ。彼女なしでこの特殊な難しい状況に対処するとなると、仕事ははるかに難しくなる。ペパーミント・シュナップスをひと口すり、今の今になって風邪薬のナイクィルと同じ味だと気がついた――もっとも、ペパーミント・シュナップスを一杯飲んでも、十分か十二分であごに涎を垂らして眠り込むことになるとは思えなかった。

実を言えば、もう当分眠れるとは思えなかった。

滝が遠くの音をいっさい遮断している。べつの車が到着したのは聞こえなかった。ドアがバタンと閉まる音も聞こえなかった。暗がりの中、足音が近づいているのも

――滑りやすい花崗岩の岩棚を敏捷かつ確かな足取りですぐそばに来るまで――わからなかった。

が、甲高い声が言った。「一人で来たのか?」

ミッチは手を下ろして、足下のマイクロカセットレコーダーのスイッチを入れた。小型でもパワフルな装置だ。バスルームでシャワーと蛇口を目一杯開いてテストした時も、四フィート先の彼の声をきちんと拾った。「もちろんだ」ミッチは答えながら、張り上げた自分の声に恐怖の震えを聞き取った。「一人で来ると言っただろ?」

「あんたは緊急の話だから、ここで会いたいと言った。どうしてここなんだ?」

「君の特別な場所だからさ。君はここなら安心できる。そのわけもわかる気がするよ。ものすごい闇と水に囲まれていると慰められるから。君は何の束縛もなく自由に自分になれる――日中は見事にみんなの目から隠している自分に」そこでミッチは、ボトルからごくりと飲んだ。「ペパーミント・シュナップスはどうだ?」

「そんなもの、昔から嫌いだ。あんたはいつから好きになった?」

「いやぁ、好きじゃないさ」

「それじゃどうして持ってきた?」

「敬意を表して」

「俺たちがここにいるのを、知ってるやつはいるのか、ミッチ?」

「いいや、一人も」

「どうして俺たちだけで？」

「それは友だちだからだ。君を助けたい」

「電話で、あんたは知ってると言った。何を知ってるんだ？」

ミッチは懐中電灯を取って、スイッチを入れた。光線がウィル・ダースラグのたるみのない骨張った顔を照らした。「君がチトを愛していたこと、そしてチトを殺したことを知ってる。君がドナを愛していたこと、そして彼女を殺したことを知ってる。でも理由がわからないんだ、ウィル。俺はどうしてもその理由が知りたい」

ウィルの目が怯えたように細く鋭くなった。たいまつの明かりの中にうずくまる捨て身の野獣のようだ。

ミッチは懐中電灯を消して、再び二人を暗闇に投げ込んだ。二人ともその方が落ち着けそうだ。「一緒にビーチを歩きながら、俺たちはいろんなことを話してる。このことも話せないか？」

「いいとも、ミッチ」ウィルがようやく言った。悲しみに重く沈んだ声だ。「やろうじゃないか。こいつを話すのも悪くないだろう。俺もそれほど怖くないかもしれないし」

「君が怖がるなんて想像もつかないな。うまく逃れたじゃないか。証人はいない。物的証拠もあのだるまストーブの中にあるだけだ」

「うちのだるまストーブ……？」

「そうとも。だから君は今朝リビングでストーブを焚いたんだ。寒かったからじゃない。君の衣類にドナの血がべったりついていたから。それに、それを拭いたタオルにも。彼女を殺した時、君はゴム底の靴は履いてなかったんじゃないかな——ゴムは燃えると臭いからね。革のビーチサンダルだったんだろう。埋めることもできたはずだが、燃やすというのはすごく理にかなってる」ミッチは暗闇の中でちらりと彼の方を見やった。「何が怖いんだ、ウィル？」

「自分自身だ。もう自分で自分がわからない。ああ、何てことだ、俺は妻まで殺してしまった。こいつは通常見下げ果てた行為とみなされるんだ」

「通常はな」

「教えてくれ、ミッチ——あんたにはどうしてわかった？」

「君が話してくれた」

「俺が？」ウィルが驚いて言い返した。「いつ？」

「この間の朝、ビーチで。俺がクロワッサンのレシピについて訊いた時に。君はパートナーから、俺の記憶では、〈ナグズヘッド〉時代に、教わったと言った」

「ああ、そうだ」

「ビジネスパートナーなのかと尋ねると、君はノーと答えた。でも、それ以上は明かさなかった。宙ぶらりんのままにされた感じで」

「それで……？」

「それで、俺は言葉を使う仕事をしてるんだ、ウィル。俺たちくらいの年齢の男は、大切な恋愛相手のことを話す時には、普通は〝ガールフレンド〟という言葉を使う。無理をして性差を意識しないようにするのでないならな。言い換えれば――」

「言い換えれば、ゲイでないなら」ウィルが言った。

「そのことはあまり考えてなかったんだ。でも今朝、君はドナについて同じ言葉をまた使った、パートナーと。あの時に君がバイセクシャルだとわかった。それに、チトとやっていたのは君だったと――チトも、君のように、男と女の両方と関係を持っていた」

「違う」ウィルが断固として言った。「どっちも違う」

「そうか、それじゃどう違うのか教えろよ」

「まず、俺たちはやっていいたんじゃない。そんな言い方は、停めた車のバックシートで汗まみれになってさっさと済ませるものを連想させるじゃないか。そんなんじゃなかったんだ、ミッチ」彼が主張した。声が痛ましいほど真剣になっている。「あれは本物の恋だった。俺は彼に一生を捧げようとしていた。ドナを捨てて。すべてを捨ててもいいと思った。俺たちは恋をしていた、チトと俺だ。それに、チトはバイセクシャルではなかった。彼は百パーセント、ホモ野郎だった――あいつの言葉だ、俺のじゃないぜ。ああ、そう、彼はエスメと結婚した。ある程度は女とも性的関係を持てたんだ。だいたい途轍もない俳優なんだし。でも、心が伴っていたことは一度もない。チトはヒスパニック地区のバリオにいた子供の頃からゲイだったんだ、ミッチ。いつも俺に言っていたよ。バリオでゲイだというのがどんなものか、あんたには絶対にわからない。軽蔑され、侮辱される。あいつはゲイだというのがイヤで仕方なかった。だから俳優になった――他の人間になれるから、とにかく自分ではない他の人間に。だからあいつはいつもハイになっていた。だから、いつも多くの違う女と試そうとした。そのうちの誰かが治してくれることをずっと願っていた。まるで自分は病気だとでもいうように。ったく、あいつはまるで一九世紀の人間だった」

ミッチは背中を丸めて湿った花崗岩の上に座り、アビーとクリッシーが揃ってチトとのセックスはつまらなかったと指摘したのを思い出した。クリッシーは、二人が最後にベッドを共にした時に、銀幕のアイドルはセックスそのものができなかったとまで、デズに語ったのだ。

「チトは悩める魂だったんだよ、ミッチ。本当の自分でいられなかった。彼らはチトを本当の自分にならせてやらなかった」

「彼らって誰だ、ウィル?」

「上層部、権力のある連中だよ。他の誰よりあんたはその理由を知ってるはずだ」

ミッチはうなずいた。「そのとおりだ、ウィル、俺は知ってる。こいつは最後のフロンティアなんだ。しかもこれまで誰も、誰一人、越えることができた者はいない」

確実に金になるハリウッドの主演男優は決して多くない。現在のギャラの基準から二千万ドルの男として知られる、タイトルの上に名前が載って、映画の資金調達を即保証する俳優たち。いつの時代もそうした俳優が六人と揃うことは滅多にない。現在は、二人のトム、クルーズとハンクス、ハリソン・フォード、ロバート・デ・ニーロ。それに、数日前までチト・モリーナがいた。こうした主演男優はそれぞれまるで違う資質がある。しかし、彼らにはとても重要な共通の特性がある。

彼らはゲイではない。絶対にゲイではない。

公然とゲイだと認めているハリウッドの主演男優など存在しないのだ。大衆はそんな男優をまず受け入れない。どちらかと言えば、ゲイの俳優はロック・ハドソンの時代――映画界の人間は皆知っていても、大衆は知らなかった時代――よりさらにないがしろにされている。今ではタブロイド紙ネタのためにあまりに多くの金が注ぎ込まれるからだ。スターの私生活への下品な興味があふれている。エイズに対する意識の高まりは言うまでもない。長引く呼吸器系の感染症や原因不明の体重減少が囁かれただけで、スターの座にのし上がるのも完全にアウトになりかねない。ミッチはそれが現実になったケースを自分の目で見たことがあった。

「ウィル、チトはどうやって性的アイデンティティの秘密を守ったんだ?」

「絶世の美女と結婚することで」ウィルが答えた。「大勢の女と関係を持つことで。一日として幸せな日を過ごさないことで」

「君は彼が有名になってから初めて関係を持った男なのか?」

「いいや、まさか。他にもいたさ。けど、エスメと結婚してからはいない。ミッチ、彼は便乗してくるやつの手中に陥ることを死ぬほど恐れていたんだ。だから、常に相応しいタイプを慎重に選んでいた」

「相応しいタイプというと……?」

「既婚者だよ。子供がいて、共同体と深い結びつきのある男。彼と同じように関係を内密にすることが重要な男だ。チトはバーで相手を漁ることは絶対にしなかった。ナンパもしなかった。誰にも打ち明けなかった。エージェントにも、クリッシーにも……」

「エスメには? 彼女は知ってたのか?」

「絶対に知らない。彼女との結婚は、チトの一世一代のパフォーマンスだった。彼女が嫌いだったとかってことじゃない。彼は本気でエスメという人間が好きだった。それに、あの二人はある意味、妙な形で同類だった。二人ともとても混乱していて、ひどく傷つきやすい。だから、くそっ、あのかわいそうな娘はドッジにやられてからというものもうめちゃくちゃなんだよ」

「どうしてドッジを見逃したんだ、ウィル？　どうして彼をかばった？」

「仕方なかった」

「何だ、父親代わりだからか？　そんなことでは正当化されないぞ」

「あんたにはわからないさ、ミッチ。仕方なかったんだよ」ウィルは黙り込んで、岩棚をミッチのそばまで移動してきた。「親父が死んでからというもの、散々ひどい目に遭った。マジにひどいトラブルにも巻き込まれた。お、俺は車を盗んで、イースト・ドーセットで人をうっかりはねてしまった。婆さんだった。もう少しで殺すところだったんだ、ミッチ。当時ドッジは州議会議員で、俺の力になってくれた。新聞には伏せてくれた。告訴を取り下げさせてくれた。だから俺に前科はない。俺はそのことをドッジに感謝しなきゃならない。彼には借りがあるんだよ、わかるか？　だから彼には常に忠実でないと。彼は忠誠心が大好きだ。信頼が大好きだ。あんたにはわからないのか？」

「わかると思うよ」ミッチは、ドッジがビーチで〝信頼〟という言葉を言いながら、ウィルを冷酷な目つきで見たのを思い出した。

「エスメにはどうしてもチトを幸せにできなかった」ウィルが話を続けた。「彼女にはそのわけがどうしてもわからなかった。そいつが彼女のひどい苦悩のもとになっていた。チトはチトで、そのことを気に病んでいた。彼女を傷つけているのはわかっていたからだ。でも、彼を本当に幸せにできる人間は、この世に一人しかいなかったんだ、ミッチ。それが俺だ。他の人間に対しては、彼はうわべだけの芝居をしてたんだ」

「君と一緒の時には芝居をしていなかったと、どうしてわかる？」

「あれは本物だったからだ、ちくしょう！」ウィルが怒って大声を出した。「俺たちは愛し合っていたんだ！」

「どれくらい付き合った？」

「俺たちは、彼とエスメがここに来たその日に出会った。クロケット夫妻が夕食に招いてくれたんだ。それで……それで、夕食の間、俺たちはずっとダイニングテーブルを挟んで、ただただ見つめ合っていた。相手から目が離せなかった。ああ、チトは素晴らしく美しい目をしていた。最初の行動は彼が起こした。デザートの後、パティオに出た時に。彼が俺に最初に言った言葉を、俺は一生忘れないだろう。こう言ったんだ。『警告した方がいいな——俺はあんたに胸の張り裂ける思いをさせるぜ』俺は、それでもやってみると答えた。彼は確かに俺に胸の張り裂ける思いをさせた——俺よりスターの地位を愛したんだから。金だけの問題じゃない。彼はチト・モリーナでいたかった。それだけはどうしても捨てられなかったんだ、ミッチ。俺は結婚も、仕事も、これまで築いてきたものすべてを犠牲にしてもかまわなかった。彼のためにすべてを捨てる覚悟だった。でも、俺のために同じことをする覚悟が、チトにはなかった」ウィルは悲しみに打ちひしがれたすすり泣きを漏らした。「そして彼は死んでしまい、俺は彼が恋しくてたまらない」

「殺す前に、そこまで考えるべきだったな」

「考えられなかった、わからないのか？　怒りに我を忘れて突っかかってしまった。とにかく彼を失うなんて耐えられなかった。チトは真の魂の伴侶だったんだ、ミッチ。そんな相手は……一生に一度しか出会えない」

「本当にラッキーなら、二度出会えることもあるよ」

「俺は彼を愛していた、ミッチ。彼も俺を愛していた。でも十分ではなかった。俺のためにエスメを捨てるつもりはなかった。俺のために自分のキャリアを賭けるつもりはなかった。あの夜、彼がここまで来て、俺に告げたのはそういうことだった。わ、別れなきゃならないと」

ミッチはペパーミント・シュナップスの蓋を開けて、ゴクゴク飲んだ。「俺は彼が何にはまり込んでいるのか知らなかったんだが、ウィル、彼は確かに身動きがとれなくなってる気がすると言っていた。俺は、それが何であれ離れろと勧めた。だから、あの夜彼が君に何を言ったにせよ——俺にも責任がある。俺が余計なことを言わなきゃよかったんだ」

「自分を責めるなよ、ミッチ」ウィルが我を張った。「チトは別れたかったから別れたんだ。しかもいざとなると、彼は氷のように冷たかった。俺に何と言ったか知りたいか？　こうさ。『何も喧嘩別れすることはないんだ。終わらせなきゃならないだけだ』キッチンの器具についてのサービス契約の話でもするように。俺は聞こうとしなかった。彼のいない生活なんて想像もできなかった。俺は彼に懇願した。が、彼は拒否した。俺たちは言い争った。そして俺は今独りぼっちだ」

「ウィル、ドナはどこまで知っていたんだ？」

「俺が男と関係を持ってきたことは知っていた。あんたが訊きたいのがそういうことならだが。でも彼女にとっては大したことではなかった。つい最近まではってことだが」

「君がチトに会うまではか？」

「俺は仕事から家に帰るのがどんどん遅くなっていた。彼女の身体を求めることはグンと減った。彼女はしきりに訊いた。『誰なの？』俺は答えた。『お前が心配することはない。何でもないんだ』でも、ある晩、ここで一緒に過ごしてから、チトが俺を

〈ザ・ワークス〉で降ろすところを見られてしまった。俺のせいだ。夜も遅かった。彼女はもう家に帰ってると思ったんだ。甘かった。彼女は言った。『彼と何をしてるの？』俺は答えた。『友だちなんだ』すると彼女は、『いつから？』と言った。ドナはバカじゃない、ミッチ。どういうことか察したよ。そして傷ついた。そして恐れた。普段より酒を飲むようになった。人といちゃつくようになった。俺に嫉妬させようとしたんだ。ビーチクラブであんたとじゃれ合ってるのを見たよ」

「君がチトを殺した夜だな。彼女はそのことも知ってたのか？」

「あれこれ事情を突き合わせて結論を出した」ウィルが認めた。「それで、俺のいるところではすごく用心深く振る舞うようになった。ひどくぎこちなくなった。俺を警察に突き出すとは思わなかった。何たって俺を愛してるんだから。でも、彼女が誰かと深い仲になったらと怖かった。ひょっとしたらあんたと。そして、ある晩ちょっと飲み過ぎて、俺の秘密をぺらぺら喋ってしまうんじゃないかと。ここはドーセットだ、ミッチ。ここで最も危険な凶器は銃じゃない。噂だ。その危険は冒せなかった。放っておくわけにはいかなかった」

「だから彼女を殺した」

「ヤンキー・ドゥードゥルで俺たちのロマンスにもう一度火をつけてみようと提案したんだ。昔からあの場所のことは冗談にしていたから。彼女はそのアイデアが気に入った。二人の逢い引きのためにスケスケの黒のランジェリーまで買ったくらいだ。全体をゲームっぽくすることにした。三十分ずらして、あそこで落ち合うことにした。見つかるのを恐れてる不倫のカップルみたいに。彼女が先に行った」

「そして部屋代をクレジットカードで払った」とミッチ。「彼女はその金が家計簿に載らないようにすることも、自分の身元を偽ることもしなかった。そんな必要はなかったからだ。会おうとしているのは自分の夫なんだから。ドッジの見立ては正しかったよ。はっきり指摘したんだ——ドナは浮気をするタイプじゃないと」

「危険は冒せなかったんだ」ウィルが激しい口調で繰り返した。「今朝デズには二人の役を入れ替えて話した。ドナが俺を裏切ってると話したんだ。もちろん、でためだ。彼女にボーイフレンドはいなかった。商業組合の定例会後の、パーティへのケイタリングの話も嘘だ。俺がでっち上げた。俺はヤンキー・ドゥードゥルの並びにある美容院の裏にバンを停めた。モーテルの駐車場で誰かに見られたくなかった。それだけは運に任せるわけにいかない。ゲームの小道具として着替えを持っていたし、後には何も残さなかった。手の血を拭くのに使ったタオルすら持ち帰った。家に帰ると、全部燃やしたよ。タオルも衣類もビーチサンダルも——あんたが言ったとおりだ。それから、心配する夫の役に取りかかった。遅番のリッチに電話した。州警察に電話した。そうして誰かがドアをノックして、ドナが死んだと告げるのを待った。結局のところ、その誰かはデズだった。俺は、妻を亡くして悲嘆にくれた夫としてすごく説得力があったと思う。チトから演技の勘所をいくつか教えてもらっていたからね。要は自分が台詞を信じることだ、と彼は言っていた。俺はちゃんと信じた。自分が喋る一言一句を信じたさ」

「よくあんなことができたな、ウィル。どうしてあんなふうにドナを殺せたんだ？ チトについては理解できる。怒りの衝動に駆られての咄嗟の行動だった。でもドナの死は、慎重を期して計画したものだった。どうしてそんなことができた？」

「言っただろ、俺はもう自分で自分がわからないんだ！」彼が叫んだ。「俺はドナを愛していた、わからないのか？　それなのに俺は今独りぼっちで、怖くて、絶望していて、そ、それでもこの先一生刑務所暮らしはしたくない。だから彼女を殺したんだ。彼女が誰かに漏らしたら、俺はおしまいだから」

「君はおしまいだよ、ウィル。もう万事休すだ。さあ、正しいことをしよう、なっ？ デズを呼ぼう。俺はずっと君のそばにいるから、約束する」ミッチは暗がりを手探りしてテープレコーダーを止めると、ショーツの尻ポケットにしまった。それから、シュナップスのボトルを摑み、立ち上がって、懐中電灯でウィルを照らした。「一つ教えてくれ——容易になったか？」

ウィルは花崗岩の岩棚にしゃがんだまま、霧に包まれた闇に目を凝らしていた。とても落ち着いて見える。すっかり自分に納得しているように見える。「容易になったって何が？」

「ドナを殺すことさ。一度でも人を殺せば、次に人を殺すのは容易になるって言うじゃないか」

「いいや、そいつはヴィクトリア朝時代の神話だ。ゲイを治せると考えるのと同じだ。一度人を殺したからって、邪悪な世界に連なったことにはならないんだ、ミッチ。俺は自分のしたことがすごくイヤだし、死ぬまで悩まされるだろう」ウィルはそこでミッチを見上げて、懐中電灯の光に目を瞬かせた。「マジな話、二度目がもっと容易になるとも思えないよ」

アッという間の出来事だった。

ウィルが突然凶暴に飛びかかってきたので、ミッチの懐中電灯は音を立てて岩に当たり、そのまま断崖を転がり落ちてしまった。二人は再び暗闇の中に投げ込まれ、ツルツルした花崗岩の岩棚で取っ組み合った。滑って、落ちてしまいそうだ。ウィルは全力を挙げてミッチを断崖から突き落とそうとした。ミッチは必死で落ちるまいとした。

「ウィル、やめろ！」ミッチは喘いで、頑として動くまいと苦闘した。体重で勝るし、重心も低い。が、ウィルには疑いようのない利点がある――正気ではないのだ。

「君は自首しなきゃいけない」

「イヤだ」ウィルが喘ぎながら言い返した。

二人は岩棚に倒れ込んで、狭い棚の上を転げ回った。二人とも死に物狂いで殴り、蹴飛ばし、引っ掻いた。二人の他には、轟音をあげて流れ落ちる水と、百フィート下に口を開けている真っ暗な死の淵しかない。

ウィルは立ち上がって、暗がりの中でミッチを闇雲に蹴飛ばした。肋骨を、肩を、首を、骨を砕かんばかりの力だ。

ミッチは這って逃げながら、暗がりの中で必死に手探りして、石を、武器になるものを、探した。その手がシュナップスのボトルを見つけた——が、ウィルの力強い手はミッチの首を見つけていた。ウィルはミッチの首を絞め、窒息させようとしている。ミッチは必死で息を継ぎ、ボトルを頭上高く振り上げると、喉を詰まらせ、喘ぎながらも、渾身の力を振り絞って、ウィル・ダースラグの頭に叩きつけた。ボトルは粉々に砕け、長身の男は仰け反った勢いで崖から飛び出した。

よかった——が、ウィルはミッチのシャツをしっかり摑んだままだった。

おかげで、彼が飛び出すと、ミッチも飛び出してしまった。宙に浮いた脚を激しく振り回すミッチに、宙ぶらりんのウィルがまさしく命がけでしがみついた。ミッチは虚しく苔に、濡れた岩に、何かに、何でもいいから何かに摑まろうとした。ウィルの体重に引きずり降ろされていく。断崖の切り立った縁からズルズル滑っていく。苔は剝がれて手の中に残り、むき出しになった岩は滑っていくミッチのわずかな手がかりにも足がかりにもなってくれない、ズルズル滑って——。

と、ミッチのシャツが突然破れ、ウィルの手が離れた。ウィルは叫び声をあげて、夜の闇の中に消えていった。彼の叫び声と滝の轟音が混じり合って一つになった。

ウィルの体重から解放されて、ミッチは一瞬ながら重力をものともせずに切り立った崖の腹にしがみついた。が、すぐに自分が再び落下していくのがわかり、引っ掻き、蹴飛ばして、ブレーキをかけようとした。でも摑まるものが何もない。とっさのことだったので、滑って、落ちて——と、片手がひょろ長い木の枝を摑んで、落下が止まった。

ミッチは片腕でぶら下がっていた。身体が宙で勝手に揺れる。一瞬の間に、かろうじて決定的な事態を理解した。

俺はもう二度とデジリー・ミトリーには会えない。俺は死ぬ。死ぬんだ。俺は……。

14

デズは超慎重に行く必要があった。

フルスピードでまっすぐ滝に行きたくても、そうはいかないのだ。ゲートでウィル・ダースラグにパトカーを見られて、取り乱される危険を冒すわけにはいかない。あの男がミッチに何をやりかねないか、まったく予想がつかないからだ。ミッチが正しくて、チトとドナを殺したのがウィルだと仮定しての話だが。でも、ひょっとしたらミッチはウォーキング仲間について、まるでお門違いの推理をしているのかもしれない。彼とウィルは思い切り楽しい会話を交わし、握手して、それぞれの道を行くことになるのかも。

でも、やっぱりそうではない可能性はある。

公園のべつの入り口、はるか離れたウィッチ・メドウを使った。キャスリーン・モロニーがキャビンから車を飛ばしてきて、デズのためにゲートを上げてくれた。若いレンジャーはデズがなぜ午前一時に公園に入る必要があるのか訝ってもいいはずだった。が、あまりに眠くて、本気で興味がありそうに振る舞うこともできなかった。付き添いましょうかとも言わなかった。

駐車灯で間に合わせながら、霧に包まれた公園の細い側道を疾駆した。その間も、そもそもミッチのこのバカげた作戦にどうして引っ張り込まれているのかしらと自問していた。絶対に関わらないと断言したのに。ことを正したいという彼の衝動的な望みは、彼の好きな古いハリウッド映画そのものに見えることがある。映画は現実世界とはまったく異なるというのに。この作戦のどこをとっても賢いとも正気だとも思えないのに。

それじゃどうして?

それは、彼が恋人だから。そして、彼が彼だから。彼を変えることはできない。デズには愛することとしかできないのだ。たとえ彼がバカな真似をしているとしても。それに、彼をバックアップするためにここに来なかったせいで、あの太めでピンクのおバカさんに今夜何かあったら、あたしは絶対に自分が許せないから。

そんなことになったら、あたしは死ぬしかないから。

川から四分の一マイルのところで側道にパトカーを停めた。ここまで来ると滝の轟音が聞こえる。残りは歩いた。暗闇の中、つまずきながら遊歩道を進んだ。懐中電灯はあくまで控えめに使い、地面に近づけて低く持って、まっすぐ下を向けていた。それでもガードレールまで来ると、いっさい使うのはやめた。漆黒の闇に包まれてガードレールをまたぎ、滑りやすいむき出しの花崗岩の上にゆっくり這うように出ていった。すぐそばを川が轟音をあげて猛然と流れている。目を凝らし、耳をそばだてて、生きている人間の気配を探った。無駄だった。目は見えず、耳は聞こえない。悪夢そのものだ。

でも、これは悪夢ではない。現実だ。

二人のいる場所を示すヒントさえあればいい。一つでいい。かすかな声。わずかな動き。しかし、中腰でカニのように横向きにゆっくり進んでいっても、何の気配もなかった。何も……。待って、あれは草が抜ける音？　いいえ、空耳だ。何でもないんだわ。二人がここにいるのかどうかすらわからない。

その時、血も凍るような男の悲鳴が。

すぐ近くからだ――十フィートも離れていない。こうなったら、隠れていてもしょうがない。デズは懐中電灯を手に立ち上がり、断崖の縁に駆け寄ると、懐中電灯を振り回して花崗岩の切り立った崖を照らした。

が、誰もいなかった。

彼らは行ってしまった。二人とも行ってしまった。

デズは断崖の上に一人だった――デズと、花崗岩の上できらめく割れたアルコールのボトルだけ。ペパーミント・シュナップスだ。

胸をわしづかみにされたような気がした。純然たる肉体的な苦悶だ。デズは危うく自分も飛び降りそうになった。もう生きていたくない。が、思い止まって、信じることも、考えることも、呼吸することもできずに、ただ立ちすくんでいた。そして、ついにぎこちなく大きく息を継ぐと、足下に広がる真っ暗な虚空に向かって彼の名前を叫んだ。「ミーッチーッ!!」どうすることもできない絶望に叫んだ。「ミーッチーッ!!」

「デ、デズ……」

滝の轟音のせいで、ほとんど聞こえないほどの声だ。喘ぎのようなか弱い声だ。

「デ、デズ……」

下から聞こえる。すぐ足の下から。

デズは崖の縁ぎりぎりまでにじり寄って、懐中電灯で真下を照らした——照らし出した二つの目玉焼きこそミッチ・バーガーの怯えた目だった。十フィート下で、岩の割れ目に生えたひょろ長いヒマラヤ杉を両手の関節が白くなるほどきつく摑んで、宙ぶらりんで揺れている。チトが落ちた時に枝を折ったあの木だ。

「来てくれた!」うめくような声だ。「き、来てくれるのはわかってた……」

「あなたがわかってるくらいわかってたわよ」デズは下にいる彼に叫んだが、穏やかな声を保とうとした。「ウィルはどこに？」

「死んだ！」

「あなたはそうはならないわ、ベイビー。あたしがそうはさせない、わかった？　とにかく頑張って。あたしが助けるから。しっかり掴まってて……」

ロープはない。パトカーに取りに戻る時間はない。彼はほんの数秒で死んでしまう。デズは素早く制服の黒い革のベルトをはずし、ホルスターに入ったシグザウエルと携帯を投げ捨て、ベルトの端を手首に巻いてしっかり縛りつけた。それから、懐中電灯を下向きに岩に立てかけると、確かなホールドが確保できるぎりぎりまで切り立った岩壁ににじり寄った。

気を引き締めて、ベルトのバックルを彼に垂らす。「掴まって！」

ミッチは、頭の上の中空で揺れるベルトのバックルに向かって死に物狂いで腕を振り回し、掴まろうとした。

しかし、無駄だった——ベルトは優に二フィートは足りない。ああ、ウェストが五十インチだったなら。でも、デズのウェストはそんなに太くないのだ。残された道はただ一つ。賢明な策とは言えないが、それしかない。

確かなホールドを放棄しなくてはならない。デズは指と爪先で滑らかな岩の割れ目やホールドを探しながら、むき出しの垂直な花崗岩を彼に向かって下りていった。

「頑張って、ベイビー！」一インチ、また一インチと危なっかしくじりじり近づきながら声をかけた。「来たわよ！」

「デズ、腕が……」

「聞きたくないわ！」デズはもう一度ベルトを垂らした。ああ、まだ一フィート足りない。摑まるものもないのに。「あなたなら頑張れる。後一分。一分よ。あたしのために頑張るって言って。さあ、言って！」

「が……頑張る……」

デズは垂直の壁に指をぴったり押しつけ、苔に爪を立てて、さらに少しずつ下りた。すぐ脇を滝が猛然と流れ落ちて、冷たい水しぶきを浴びせてくる。彼と一緒にどうやって上まで登るつもりかも考えられない。不可能なことは一つずつ片付けるのよ。「頑張って、今助けるから」落ち着いた声を保って、彼に言った。「あたしをダンスに連れてってくれるはずよ、覚えてる？　楽しみにしてるのよ。今になってあなたを勘弁してあげると思う？」ベルトを差し伸べた。イヤだ、まだ六インチ足りない。多少はまともな足がかりを諦めて、まるで足がかりのない方へさらに下りた。懐中電灯の光線に照らされた彼がはっきり見えるようになった。髪は水しぶきできらめいている。枝を摑む両手が震えている。唯一彼を死から隔てている枝は、彼の体重に引っ張られてたわんでいる。「あの場所の名前は何だったかしら？」

「どの場所だ？」何マイルも走ったかのようにハアハアと、彼の息が荒い。極度の疲労とパニックのせいだ。

「ダンスに連れてってくれる場所よ」

「タ、タバーン……〈ザ・タバーン〉だ」

後一つ、うまい足がかりがあればいい。後一つ。片足を伸ばし、闇雲に突っつき、蹴飛ばして、ようやくミッチがしがみついている木の根元に触れた。彼の手のすぐそばに片方の靴で下りて、身体を支えた。「ＤＪはいるの？」

「ジュークボックスがあるだけだ……デズ、お、俺はもう……」

「大丈夫、あたしたちはもう大丈夫よ」デズの声は自信にあふれた。「あなたを捕まえたわ。さあ、行くわよ……」デズは大きく息を吸っては吐いて身構えた。あのワークアウトのすべては、人生のまさしくこの一瞬のためだったのだと、衝撃的なまでにはっきりと自覚していた。これまでに挙げたすべてのウエートが。これまで走った距離、歩きに歩いた距離のすべてが。鉄の意志のもと、ウェストポイントで取り組んだ四年間のトレーニングが。すべてはこの山の、今ここでの、この瞬間のための準備だった。ここで持てる力のすべてが必要になる。力の限りが。気力のすべてが。そのすべてが。

二百ポンドの男性を背負い込もうとしているのだから。

左手のベルトを彼に垂らした。「摑まって、ミッチ」

「ダメだよ！　二人とも落ちてしまう！」

「いいえ、それはないわ」

「いいや、落ちる！」彼が大声で言って喘いだ。「き、君を道連れにしてしまう。二人とも死んでしまう。一人で行かせてくれ……」

「そんなことできない！」デズは泣きじゃくった。涙が滂沱として顔を流れ落ちた。止められない。止めようとも思わなかった。「あなたが一緒でなければ生きていたくないの。一緒でなきゃ、あたしも死んじゃうの、わからない？　さあ、手を出して、このデブ野郎！」

ミッチが怒ったように手を突き出してベルトを摑んだ。急に彼の体重がかかって、デズはもう少しで岩壁から引きはがされそうになった。それでも、濡れた指を濡れた花崗岩に食い込ませて持ちこたえた。爪が割れ、肩は外れそうだ。

それでも、彼を捕まえた。後は片手で彼を引き上げるだけだ。お安いご用だ。お茶の子さいさい、楽勝よ。

デズは安全な場所を目指して、ゆっくりと切り立った岩壁の苦しい登りを開始した。右腕を伸ばし、不安定な手がかりを摑んで、左腕にぶら下がる彼を一緒に引き上げると、首の血管がふくれ上がった。脚と腰の筋肉が二人を、一インチまた一インチと貴重な距離を押し上げていく。その筋肉をカバーしようとすると、動物さながらの苦痛のうめきが漏れた。もう一秒も支えられない、彼を離すしかないと思うほど、肩の痛みがひどくなってきた。さもなければ死ぬか。頭が朦朧としてきた。ほとんど譫《せん》妄《もう》状態だ。山が揺れ出して、海に浮かぶ船のように彼女の方へ傾いてきた。

「あたしたちの歌は……何？」デズは激しく息を継いだ。失神しそうで怖かった。

「俺たちの……何だって？」

「歌を……持つべきよ……アレサはどう？」

「俺は……かまわない……」彼が答えて、岩壁を乱暴に蹴飛ばした。そして、どうにか割れ目に足がかりを見つけて、貴重な一瞬、その体重のいくらかを二人の肩から解放した。

デズはゼイゼイ喘ぎながら汗びっしょりでしがみついていた。体中の筋肉という筋肉が震えているが、動き続けなくてはいけないのはわかっている。勇気を奮い起こして進まなくては。「さあ、行くわよ、ベイビー。もう一度」もう一度登り出した。指をかける場所を確保しては、失敗してまた滑り落ち、必死で濡れた花崗岩にしがみつく。そして、一からやり直す。「あなたの好きなアレサは……？」

「『リスペクト』……かな」

「あたしもよ。ああ、どうしよう！」デズは喘いだ。肩の痛みがますます耐えがたくなってきた。「話してよ……食事は？」

「デズ、無理だよ」

「できるってば！」デズは叫んで、ぼんやりした光に向かって少しずつ登った。光は懐中電灯の光線だ。「話して……何を食べるの？」

「ほうれん草の……フェトチーネ」

「大好き……パスタは大好きよ。きっとイタリア人の血が流れてるんだわ」

「いいや、それはあり得ない。君はもう……半分ユダヤ人だ。ベラが言ってたよ」

一インチ、そしてもう一インチ。ついに、ミッチはぶら下がっていた枝に脚を引っかけられるようになった。その枝にまたがると、胸が大きく波打った。

デズはしがみついたまま、それがグースダウンの枕だとでもいうように冷たい花崗岩に顔を押し当てた。肩はもう感覚がなくなっている。疲れ切っていて――今にも足下の真っ暗な虚空に身を任せてしまいそうだ。もう何も残っていない。エネルギーを使い切ってしまった。あたしはもうダメ。あたしたちは助からない。

ミッチは片足を何とか引き上げて細い木の根元に足場を固めた。それから、うっかりずれないようにベルトを手首にしっかり縛りつけた。「後ほんの数フィートだぞ」急に強がりがわき上がってきて言った。「二フィートか、せいぜい三フィートだ。俺たちならできる、そうだろ？」

今度は彼がデズを励まそうとしていた。両腕は今にも抜けてしまいそうなのだが。それでも、彼女が自制心をなくしかけているのがわかるのだ。

「もうすぐよ」彼女がゆっくり顔をあげて、見上げながらしゃがれ声で言った。懐中電灯が見える。五フィート上だが、五マイルも同然だ。「あなたは……まだあたしの恋人？」

「それならわかってるだろ。それに、わかるか？　君のガスタンクは空っぽじゃないぜ。まだ二ガロンは残ってる」

デズは微笑もうとしたが、あまりにか弱かった。「あ、あたしの？」

「君は非常用予備タンクを装備してるんだよ。取扱説明書に書いてあった。いいか……デズ、聞いてるか？」

「え、なあに？」

「今度は俺が力仕事をする番だ。もう少しで木の上に両足をつける。後二インチ引き上げてくれればいいんだ。それからは俺が君を押し上げればいい、なっ？　後二インチ引き上げてもらえるか？」

デズはうめき声をあげながら、再び登り始めた。指が関節でちぎれそうなのはよくわかっていた。と、彼があの細い木の上で両足を踏ん張って、彼女を引っ張り下ろすのではなく押し上げるようになった。岩壁を上へ上へと、小さい頃笑ったり歌ったりしながらディーコンに肩車をしてもらった時のようだ。デズはついに岩壁のてっぺんを掴もうと手を伸ばした。安全に上に登って、そして――。

突然ビシッと恐ろしい音がして、あの細い木が折れた。

ミッチはまたも必死で彼女にぶら下がった。足の下には漆黒の闇と死しかない。でも、デズはもう堅牢な岩に両膝をついて踏ん張れるようになっていた。そしてミッチは、上へ上へと引っ張られた。岩棚の上まで。二人はともに岩棚に倒れ込んだ。生きている。お互いの顔にキスの雨を降らせた。生きているのに感謝した。お互いがいてくれることに感謝した。とにかく感謝した。

長いことそのまま横たわっていた。ずぶ濡れで、疲労困憊でとても動けなかった。

デズの左肩の激痛はいっこうにおさまらない。腕をまったく動かせない。

「認めなさいよ」デズはようやく弱々しい声で言った。「あたしのおかげで十ポンド痩せてよかったたって認めなさい」

「もう二度と絶対に君を疑ったりしないよ」ミッチはうめくように言った。彼女の隣にだらしなく大の字に伸びていた。「でも、俺はどうすればいいんだ?」

「どうすればって?」

「人を殺してしまったんだ」

「そんなふうに考えちゃダメよ、ミッチ。ウィル・ダースラグが自分でやったのよ」

「いいや、そうじゃない」ミッチは急に熱くなって言い返した。「君は見ていないんだよ、デズ。俺がボトルで頭を殴った。俺が殺したんだ」

「彼があなたを殺す前にね。言わせてもらえば、もう少しでそうなるところだったわ」

「それはそうだ。でも――」

「〝でも〟はなし！」デズは怒ったように言った。「〝でも〟なんか忘れて、あたしの話を聞いて、いい？　リコに聞かせる話が必要だわ。話を仕立てて、それで押し通さないと、犯罪捜査の内幕を見ることになるのよ。ウィル・ダースラグは二人の人間を殺し、あなたのことも殺そうとした――あれは殺すか殺されるかだった、わかる？　わかるって言いなさい！」

「何をそんなにうろたえてるんだ？」

「あたしはあなたのおバカな命を救ったところなの。またそれを繰り返すのはお断りよ。死ぬほど苦労したんだもの」

ミッチは一瞬黙り込んだ。「わかった、わかったよ」

「ありがとう」デズは怪我をしていない方の腕を伸ばして、彼の顔を撫でた。「彼の自白を取ったんでしょう？」

「尻のポケットにテープレコーダーが入ってる。いや、入っていた。まだあるかどうか見る力も残ってないよ」

「転がって」

ミッチは転がって横向きになった。デズがその尻を拳で叩いていくと、四角くて硬いものに当たった。「きっとうまくいくわ。あたしもリコと話ができるし」デズはあたりを手探りして携帯を探した。

「なあ、デズ？」

「なあに、わからず屋」

「どんなに愛してるか、最近君に言ったっけかな？」

「また言ってくれてもかまわないわよ。ものすごく大変な夜だったんだもの」

早々と太陽に起こされた。ビッグシスター島では朝寝坊はできないのだ。七月には。たとえ鎮痛剤を何錠も飲んでいたとしても。

暖かな朝だったが、海から爽やかな気持ちよい微風が吹いてくる。ミッチはコーヒーをいれて、二つのカップに注いだ。デズはタンクトップとジムショーツに着替えた。二人はコーヒーをすすりながら、裸足で島の狭いビーチをそぞろ歩いた。どちらも速くは歩けなかった。歩く負傷者なのだ。デズは左腕を三角巾で吊り、利き手の指五本すべてに絆創膏を巻いている。ミッチの右の頬は擦りむけ、ウィルに蹴られた首は赤いミミズばれができている。ウィルは肋骨も蹴った。おかげで二本にひびが入った。

小屋に戻ると、ミッチは二人のシリアルに添えるためにブルーベリーを摘みに行った。その間、デズはローンチェアで、アイスティーを飲みながら涼んでいた。長い素足を投げ出したその下では、クォートが仰向けに長々と寝て、草に埋もれた尻尾を気持ちよさそうに振っている。最低一週間は傷病休暇だ。行くところもなければ、やることもない。でも、やることがない状況といえば、もっとお粗末なものがあるし、その場所にも思い当たる。

ソーヴが九時過ぎに木造の橋をゴトゴト渡ってきた。ヨリーが後ろからデズのパトカーを運転してきた。二人は昨夜のうちに滝でミッチの予備供述を取った。ソーヴが不信感を抱いた様子はまったくなかった。たぶんいくらか圧倒されたのだ。

ヨリーの方は、ひどく圧倒されていた。「まさか！」ミッチの話を聞きながら、何度もそう叫んだ。

救急医療班が懐中電灯を頼りに歩いて下りて、ウィル・ダースラグが岩場で死んでいるのを見つけた。チト・モリーナの遺体があったのとほとんど同じ位置だった。ウィルはチトと同じように、やはり仰向けになっていた。同じ頭部の外傷があった。何もかも同じだった。彼が最愛の恋人の死をきっかけりなぞって死んだ姿は気味が悪いほどだった。

夜中でもあり、デズには手当てが必要だったので、ソーヴは詳しい事情聴取を朝まで延期した。朝にはすべてが意味をなすようになるからと、デズも請け合った。それから、救急医療班にエセックスにある救急病院のショアラインクリニックに搬送してもらった。ミッチがトラックでついてきた。

病院では誰もがとても親切にしてくれた。話し好きの技師が肩のレントゲン写真を撮った。優しい看護師が傷ついた血まみれの手を温かい石鹸水の入った使い捨ての水盤に浸した。当番の整形外科医はレントゲン写真を細かに調べて、前方亜脱臼だと断言した。肩が部分的に外れているという、医者言葉だ。いくらか靭帯の損傷はあっても、関節内の骨は折れていなかった。医者は、手術は必要ないし、すぐに新品同様になると保証してくれた。そして筋肉弛緩剤をデズに注射して、巧みに肩を元に戻して三角巾で吊ると、可動域と筋力を取り戻すためには、理学療法が必要になるかもしれないと告げた。彼はまた、一度肩の関節をはずすと、同じような状況でまた外れる可能性が増大すると警告した。大丈夫よ。デズは請け合った。腕に成人男性をぶら下げて、もう一度岩壁にしがみつくつもりは毛頭ないのだ。

デズが病院の書類にサインしていた時だった。ミッチが息をするたびに鋭い痛みがあると、整形外科医に何気なく話した。そこでレントゲンを撮ると、肋骨にひびが見つかった。それでもテーピングはしなかった。無理をしないようにと言われただけだ。

オールドセイブルックに二十四時間営業の薬局がある。そこで処方箋に従って調剤してもらった。二人がミッチの小屋に戻った頃には、デズの肩は再び痛み出していた。そこで鎮痛剤を飲んで、アイスパックを手にベッドにもぐり込み、断続的な浅い眠りについた。クレミーがひと晩中デズの腰にへばりついて、注意深く彼女を見守っていた。猫にはそうした驚くべきところがある。こちらが傷ついている時には必ず察する。デズとしては、ミッチが憤慨しないことだけを願った。彼はクレミーのことになると焼きもちを焼くところがあり、まだ完全に猫というものを理解していないことをさらけ出すのだ。

その彼は階下に残って、子供の頃のお気に入りの元気が出る映画、『原子怪獣現わる』のビデオを観ながら、どこぞにしまいこんでいたエンテンマンのチョコチップクッキーをそっくり一箱平らげていた。

そして今、デズはローンチェアに残って、海峡を行くヨットを見ている。ソーヴとヨリーは、ミッチともう少し話し、ウィル・ダースラグとの最後の会話を録音したテープを聞くために中に入った。

まずソーヴが、口ひげのあったあたりを撫でながらぶらぶら出てきて、デズのそばにしゃがんだ。均斉の取れたむき出しの脚からは苦心して目を背けている。「メディアには、自白があったと話すよ」彼がゆっくり口を開いた。「俺たちとしては、その自白を裏付ける物的証拠を全力で探す。だるまストーブからドナの血液の痕跡がある布の燃え残りが見つかるかもしれない。ヤンキー・ドゥードゥルのベッドカバーから彼の毛髪だって見つかるかもしれない。そうなれば、少なくとも彼は現場にいたことになる。チトに関して言えば、確かなものが見つかるとは思えない」ソーヴは言葉を切って、彼女に向かって頭を振った。「またあんたが正しかったな」

「あたしが？」デズは三角巾の向きを変えて、痛さにたじろいだ。「どう正しかったの？」

「セックスにまつわる事件だった」

「愛にまつわる事件よ、リコ。それが世界を動かすの」

「あんたのボーイフレンドは、ダースラグと会う約束をしたのは彼の一存だと言ってる。テープレコーダーを持ってったのも」

「そうよ」

「で、あんたがあそこにいたのは知らなかった。たまたまちょうどいい時にちょうどいい場所にいて、あの惨めったらしいデブを救ったと」

「彼がそう言ったの？」

「惨めったらしいデブ以外は。そもそも夜のあんな時間に、あんたは公園で何をしてたんだ？」

「嗅ぎ回ってたのよ。地元の子があそこでマリファナパーティをやるらしいの」

「なるほど」ソーヴが鋭く目を細くしてデズを見た。「俺としては、彼が事前に計画を漏らさなかったのはよかったと思う――さもないと、間違いなく〝お何とか〟の疑いが出るだろうからな」

「〝お何とか〟？」デズはぼけっとした顔で彼を見つめた。「ああ、おとり捜査のことね。あら、ホント。漏らさなかったなんて、彼も抜け目ないわ」

「映画批評の学校でその手のことを教えるはずはないぜ」

「彼は一流のジャーナリストなのよ、リコ」デズは指摘した。

「まあな、でも、言わせてもらえば、一流のジャーナリストにしちゃいささか気が動転してるぜ」

「昨日の晩男が死ぬのを見たのよ。そのために自分も死ぬところだった。そんなことに慣れてるわけないじゃない」

ソーヴは立ち上がって、テカテカの黒いズボンをはたくと、ため息を漏らした。

「言わせてもらえば、デズ、俺の生活はあんたさえからまなけりゃずっとシンプルなんだぜ」

「そうね、でもあたしが懐かしくて、そんな生活にはとても耐えられないんでしょ」デズは彼を見上げて微笑んだ。「あなたはやってける、リコ？」

「俺たちならやってけるさ」二人は互いに頼りになる存在だと、彼なりにようやく表明している。「それに、今でもあんたはこの州一番の素晴らしい脚をしてるよ。俺が一度もじろじろ見なかったのに気がついたか？」

「ええ、リコ。感心したわ。あなたは新生のフェミニストだわ」

「そうか、どういう意味かわからないが、調べてみよう」

「ええ、ぜひ、大物」

彼が車に戻りかけた時、ヨリーがミッチと一緒に小屋から出てきて、「キーはイグニッションに挿したままよ」と、デズのところにやって来た。

「まあ、ありがとう」

「あたし、あの、ソーヴともうしばらく一緒にやってくことにしたわ」

「それを聞いてうれしいわ。あなたさえ目と耳をしっかり開けていれば、多くのことが学べるはずよ」

「ホント、今回の一件で学んだことなんて、どこのハウツー本にも載ってないんじゃないかしら」ヨリーは筋肉の波打つ腕をはちきれんばかりのバストの前で組んだ。

「あら、何を学んだの？」

「事実を集めれば、真実に行き着くはずでしょ？　ところがこの件は逆なの。真実はすでに確定事項になっていて、あたしたちはこれから事実を探すってわけ」

「ハリウッドでは、レトロフィッティングと呼ばれてるよ」ミッチが話に割り込んできた。

「レトロ何ですって？」ヨリーが顔ごと彼を見上げて言い返した。

「クライマックスのためにストーリーの根拠として、それに先立つシーンを挿入するんだ。その場で即席に作ることになるんだが」

ヨリーが困惑して彼をじっと見つめた。「そう、まあね……」

「ねえ、ハウツー本では教えてくれないようなことが、あなたを賢くしてくれるのよ」デズは絆創膏だらけの手を差し出した。「連絡を取り合いましょうね、ヨリー。たまには一杯やりましょうよ、ね？」

「ええ、ぜひ」ヨリーが差し出された手を優しく握った。「楽しかったわ、デズ。また一緒にできればいいな」

「これも本じゃ教えてくれないわね」

「これって？」

「願い事には気をつけろ。叶っちゃうかもしれないから」

15

ミッチが朝のおいしい習慣のためにミニマートにトラックを乗り入れた時、ヌーリ・アッカーはドッジが壁にスプレーペイントで描いた落書きに黄褐色のペンキを入念に厚く重ね塗りしていた。二度塗りに入っているのに違いない。赤いペンキはもうミッチの目には見えなくなっている。

「見た目にはもうわからないじゃないか、ミスター・アッカー」ミッチは励ますように言った。

「もう大丈夫ですよ」ヌーリが破顔一笑した。見たこともないほどゆとりが感じられる。「ドーセットに来てからというもの、私たちはよい隣人になることだけを願っていました。この一件が解決して、とてもうれしいです。あなたにはどんなお礼をしたらいいか、ミッチ」

「そんな必要はないよ」

「いいえ、そうはいきません。ネマと私は、今後あなたからはコーヒーとペーストリーのお代はいただかないことにしました。いただくのはガソリン代だけです」

「そんなバカな。そんなことはさせられないよ」

「ミッチ、感謝の意を示させてくれなきゃいけません。拒むのは私に対する侮辱ですよ」

「そうか、わかった、でも駐在は喜ばないだろうな。俺のカロリー消費にはすごくうるさいから」

「とても手強い女性ですね、駐在は」ヌーリが静かに意見を述べた。口元を引き締めている。

「ちょっと想像がつかないくらい手強いかな」

「でも、真っ正直な人でもあります。私はそんな彼女を尊敬します」

「いいね」ミッチは微笑んだ。「こうなると、うれしいのは俺の方だよ」

二人は握手した。が、ミッチはヌーリに心をこめて腕を引っ張られて、一瞬たじろいだ。急に動いたり、滅相もないが、くしゃみをしたりしなければ、肋骨はべつに問題ない。が、くしゃみなどしようものなら、小型ナイフで刺されたような痛みが走るのだ。

ミッチはだいたいにおいて、まだ本気で憤慨していた。クリニックから帰宅すると、クレミーがミッチをソファに残して、ロフトでひと晩中デズを見守っていたからだ。やっぱり惨めだった。俺の猫なんじゃないのか？　餌をやって、トイレをきれいにしてやってるのは俺なんだぞ。フェアじゃないんじゃないか？　忠誠心はどこへ行った？

胸の奥底では、俺はまだ猫というものを完全に理解していないのだと思った。

ミッチは何気ない顔でネマにバクラワとコーヒーの代金を払おうとしたが、彼女は応じなかった。

「あなたのお金はここでは使えませんよ、ミッチ」彼女がちっちっと舌を鳴らして言った。

「君は知ってたんじゃないか、ネマ？　ドッジが窓に石を投げるのを見たんだろ？」

「ええ、そうです」彼女がしぶしぶ認めた。

「どうして言わなかったんだい？」

「怖かったんです」彼女が答えて、大きな黒い目を伏せた。

「何が？」

「ミスター・クロケットは権力者の一人です。人脈のある人です。私たちの営業許可を取り消させることもできるかもしれません。私たちを追放することだって。だから、ヌーリはおとなしくしているのがベストだと考えました」

「それで君も従った」

「私の夫ですから」ネマが言った。それがすべての答えになるとでもいうような口調だった。

確かに、ミッチにはそれで十分だった。

ミッチはバクラワを食べながらオールドショア街道を郵便局に向かった。庁舎に群がるメディアを避けるためにドーセット通りを大きく迂回した。庁舎では、ソーヴがウィル・ダースラグの死に関する情報を発表するのに大忙しなのだ。犯行後三十六時間が経過していても、メリデンの鑑識班がウィルのだるまストーブの灰を鑑別し終えるまで、デズの元部下は手の内を明かそうとはしない。ウィルのチト・モリーナとの苦しい恋愛関係についてもまだ公表していない。ウィルの遺体がチャップマン滝の下で発見されたことと警察が自白テープを入手したこと、そして捜査は今も進んでいるとしか言っていない。

ウィルの死にミッチがからんでいたことにはいっさい触れていない。ミッチはそれでかまわなかった。

郵便局で私書箱から郵便物を取り出して、外に出ようとすると、カウンター業務をしている、陽気な年配女性のビリーが声をかけてきた。「ねえ、ミッチ、渡すものがあるの。預かってたのよ」そして、カウンターの下から破れた10×13インチのパッド入り封筒を取り出して、「この間の夜、誰かが外のポストに入れてったの」と説明した。目を輝かせ、興味津々という顔でミッチを見ている。

ミッチはひと目でそのわけを理解した。元はチト・モリーナに宛てた——ビバリーヒルズにあるタレント事務所からの——封筒だったからだ。誰かがチトの名前と私書箱の番号を線で消して、封筒の上部にミッチの名前を大急ぎで殴り書きしている。ミッチの私書箱番号も住所もなければ、切手も何もない。封もされていない。

「一ドル六十五セントいただかないと」ビリーが申し訳なさそうに言った。

ミッチは料金を支払って、外に出ると、トラックに乗り込んだ。運転台に座って封筒を見つめると、心臓が早鐘を打った。封筒を開けた。ぞんざいな、ほとんど子供のような手書き文字で埋まった黄色い罫紙の分厚い束が出てきた。

一ページ目の余白には、メモが走り書きされている。「ミッチ、気に入ってもらえたらいいが。でも、どうか正直なところを聞かせてくれ——チト」

彼の書きかけのシナリオだ。『輝ける銀星章《シルバー・スター》（米陸軍で戦闘に勲功のあった者に与えられる）』というタイトルがついている。

ミッチは郵便局の駐車場に停めた車の中で、すぐに貪り読んだ。レイモンという名前の繊細で特別な少年の誠実な物語だった。少年には〝悪者〟と名付けている想像の生き物が見える。そして彼はその悪者に寝ている間に殺されるのではないかと恐れている。レイモンには自分の夢の世界に住んでいる白系アメリカ人の母親がいる。チカーノの父親は日雇い労働者だが、この二人を理解できない。そして酔って凶暴になり、カッとなってレイモンの母親を殴って半殺しにすると、荷物をまとめて姿を消した。

『輝ける銀星章』は、殺伐としてはいても、驚くほど繊細で胸を打つ作品だった。読んでいると、テネシー・ウィリアムズの『ガラスの動物園』が思い出された。実際、シナリオは、映画というよりむしろ戯曲として書かれているところがある。ストーリーも、むさ苦しい二部屋のアパートでたった一日の間に交わされる一連の会話で成り立っているようなものだ。書き割りもなければ、カメラへの指示も何もない。悲しいことに、第二幕もない。チトは最初の五十ページかそこらだけは何とか書いたものの、幼いレイモンの家庭生活の危機は未解決のまま残している。それでも、チト・モリーナの子供時代の人知れぬ地獄を垣間見るのはとても痛ましく、ミッチはもう少しで涙をこぼしそうになった。

マーティーン・クロケットがシルバーのVWビートルのコンバーティブルを隣に停めた時にも、すっかり打ちのめされてまだ運転台に座っていた。コンバーティブルのバックシートにはゴルフバッグが投げ込まれている。積載量五百キロの一九五六年型スチューデイに乗っているミッチはそう簡単に見過ごせるはずはないのだが、マーティーンはとりあえず最善を尽くし、周到に目を合わせないようにして車を降りると、郵便局に入っていった。大股できっぱりした足取りだった。

ミッチは深呼吸をしてから後を追った。彼女は切手を買うために自動販売機に並んでいた。女友だちが二人、ドッジの様子を尋ねている。

「家にいるわ、元気よ」マーティーンは勇敢な笑みを浮かべて答えた。落ち着いた顔で、目つきも晴れやかだ。「私たちは大丈夫。ひどい誤解だってだけですもの」

温かなハグが交わされ、ランチの誘いがなされた。女友だちは彼女を遠ざけていない。何と言っても彼女は仲間、排他的なグループの大切な一員で、彼女を否定すれば、自分たちを否定することになってしまう。彼女が人前に姿を見せるのを躊躇しないなら、彼女たちも力になるのを躊躇しないというわけだ。

ミッチはずいぶん驚いたが、余計なお世話というものだろう。ここはドーセット、体面が大事なのだ。いいや、ちくしょう、体面がすべてだ。

やがて友だちは去り、マーティーンは一人になった。そして、ミッチが立っているのに気づくと、急によそよそしくなった。

「彼はどうしてますか、マーティーン？」ミッチは尋ねた。

「身の潔白を証明したがってるわ」彼女が厳しい口調で答えた。そしてさらに何か言いかけたが思い止まり、改めて話を進めた。「あなたに背を向けられて、彼はとても傷ついたのよ、ミッチ。あなたの育った世界では、友情の定義がきっと違うのね」

「マーティーン、あなたはどれくらい知ってたんですか？」

マーティーンは代金を払うと、切手をハンドバッグにしまった。「何を？」

「ドッジとエスメのことです」

「何の話かさっぱりわからないわ」

「いいえ、あなたはご存知です」

「ねえ、娘にしろ他の誰にしろ何を話したか知らないけど――」

「あなたは嘘をつかれてるのよ、ミッチ。そして、卑劣で醜い嘘を信じることにしたのね、単純な真実ではなくて」

「と言うと……？」

「エスメは父親との温かで素晴らしい関係をずっと享受してきた。そして彼女は……。そして二人は……」マーティーンの下唇が震えて、非の打ち所のない色白の沈着な顔が歪みかけた。ほんの一瞬ながらミッチは、夫が娘にしたことの恐るべき現実に彼女が屈するかもしれないと思った。が、彼女は負けなかった。体面を保つという高等技術にかけては、マーティーンは達人なのだ。「二人の間には愛しかないわ――ドッジのような男性に立派な人格とか善良さがあると、あなたみたいな人に信じてもらえるとは思っていないけど」

彼女はそれだけ言うと、くるりと身を翻して、堅苦しいほどしっかりした足取りで郵便局を出ていった。残されたミッチは、人間についてこれまで思ってもみなかったことを今や確信していた。ドーセットの郵便局に立っているこの瞬間まで、本当に思ってもみなかったのだ。

愛する者の真実を受け入れられないとなると、人は真実そのものを認めなくなる。その代わりに幻想を信じるのだ。

そうでなくてはいられないから。


アビー・カミンスキーが〈本の虫〉を電撃訪問するというニュースは瞬く間に広がった。

カープの頭をかぶった子供たちが、著者サイン入りの『コッドファーザーの奮闘』が買えるチャンスに、雑踏したフードホールのドアからはるかビッグブルック街道まで長い列を作った。〈ザ・ワークス〉が今も極上のランチを提供していることに、ミッチはいやでも気づかされた。リッチ・グレイビルが差し当たり店を仕切っている。〈本の虫〉の店内では、アビーが『コッドファーザーの奮闘』の巨大なポスターの前のテーブルについて、本にサインしながら、興奮した若い読者と陽気にお喋りをしている。クリッシー・ハバーマンがすぐ近くから彼女を守るように目を光らせている。

この土壇場の大動員を仕掛けたのがクリッシーだった。地元ラジオ局に大宣伝をかけたばかりか、チャーターした小型機に宣伝の横断幕を引っ張らせて、マディソンからニューロンドンのビーチ沿いを飛ばせたのだ。何千もの海水浴客がそのメッセージを見ていた。

ジェフは、レジと裏の書庫の間を行ったり来たりと忙しく動き回っていた。その動きは活発で生き生きしている。「おや、俺の親友じゃないか、ミッチ」彼が楽しそうに大声で言った。「今朝はウォーキングしたのか？」

「いいや、君は？」

「行けなかった。アビーの本を取りに、スプリングフィールドの倉庫まで車を走らせなきゃならなくて。そうしないと時間までに揃いそうもなかったから」そして、腕一杯に抱えてきた分をクリッシーの傍らのテーブルに置いた。クリッシーはすぐさまアビーのためにタイトルページを開き始めた。アビーは流れ作業に従事する労働者さながらてきぱきと本にサインしては握手している。ジェフはレジに戻りかけた。レジには親や子が六重になっている。「ミッチ、あんたに何と感謝したらいいかわからないよ。あんたは本物の友だちだ」

「そいつはマーティーンとは若干違う評価だな」

ジェフが息を呑んだ。「シーッ、声に気をつけてくれ」そして、そわそわと肩越しにアビーを見やった。

ミッチは声を落とした。「表向きはどうなってるんだ、君とマーティーンは終わったのか？」

「終わるも何もないさ。俺たちの〝情事〟の噂はものすごく誇張されてたんだ。あの女の名前を俺の前で二度と口にしないでくれるとありがたいんだが」

「いいとも、ジェフ」そこで、ミッチはアビーに挨拶しようとぶらぶら近づいた。

「あら、お元気？」アビーはサインして握手、サインして握手を繰り返しながら言った。

「ここで君に会うなんて驚きだよ。楽しい驚きだけどね」

「大したことじゃないのよ。昨日の晩ボストンからクリッシーに電話して、何とかスケジュールに割り込ませられるってわかったの」

「それに、ほら」クリッシーが手際よく開いた本をアビーの前に置いて言った。列に並んだ次の熱心な子供が進み出た。「ゴタゴタなんか超越した素敵な人間だってことも示せるでしょ」

「それにあなたの言うとおりだったわ、ミッチ」アビーが続けた。「とってもいいお店。ジェフリーは私のためにココアペブルズまで仕入れてくれたのよ。覚えてててくれたなんて信じられる？」

「フランキーは？　車で待ってるのか？」

アビーは大きな目をパニックに見開いた。「ねえ、私はあんなバカのこと、ほとんど知らないの、わかる？　それにね、もう過去の人なのよ」

「彼女はね、あの身体だけの男を昨夜クビにしたの」クリッシーが言い換えてくれた。

「これからはもう少し軽装で旅行することにしたの」アビーが認めた。その目は本をもうひと抱え持ってこようと大急ぎで書庫に入っていくジェフを追っている。「手伝った方がいいかも。あんまり重い物を運んでると、痙攣を起こしちゃうわ」

「あなたはここでサインしてて――私が運ぶわ」クリッシーが彼を手伝いに飛んでいった。

「これからは、ドーセットでわりとよく私に会うかもよ、ミッチ」アビーが打ち明けた。

「新しい本に取りかかるのか？」

「新しいベンチャーよ」アビーは丁寧にサインした本を手渡し、次の子供に移りながら答えた。「今日ここにいるのは、私自身の利益に目配りするためとも言えるかもしれないの。ここの事業全体が財産管理を受けることになると聞いて、私のビジネスのマネージャーが考えたのよ。新しい投資者が進んで引き受ければ、マジに大きな利点があるって」

「で、その投資者が君ってわけだ」

「いいでしょ？　食べ物は大好きだし、ニューイングランドも大好きだし……」

「しかもこれまで相乗効果ってものをほとんど試していないようなものなの」クリッシーがすごい本の山を置きながら言った。「ああ、エメリル・レガッセとジャック・ペパンが向こうで料理の実演をやっていて、ここではジェフが彼らの料理本を売ってる様子が目に見えるようだわ。実を言えば、あなたのことも見えるのよ、ミッチ」

「俺のこと？」

「そう、ニューヨークの有名な批評家、ミッチ・バーガーとディナー＆映画の集いよ。どう思う？」

「その話は改めて」ミッチは答えて、アビーに言った。「それじゃ君はジェフの大家になるのか？」

「パートナーと言う方が近いわね」

「俺たちは離婚したわけじゃないからね、ミッチ」ジェフが彼女の前に本をもうひと山ドサリと置きながら指摘した。「厳密には、まだ夫婦なんだ」

「厳密には、まだそうなのよ」アビーも認めた。

「わかってたよ――君たち二人は元の鞘に戻るんだろ？」

「まさか」ジェフが断言した。「名誉に賭けて言わせてもらうよ、ミッチ。そいつは金輪際あり得ない」

「絶対に」アビーが顔を真っ赤に染めて相槌を打った。「だから、そりゃもう絶対に」


エスメはビッグシスター島の灯台に近いビーチで、ベッカと一緒に巨大な砂の城を作っていた。そんな二人を、ビッツィが柔らかな麦わら帽子で扇ぎながら屋根付きのポーチから見守っている。ほとんど風もないよく晴れた暑い日だ。

「メディアから隠れてるのよ」ビッツィは隣に立つミッチに言った。ミッチもストリングビキニ姿で黙々と手を進める二人を観察していた。「私はかわいそうなあの子を責めないわ。いたいだけここにいればいいのよ、私はかまわないわ」

「いつまでいるつもりだろう？」ミッチは訝った。

「それは本人に訊いてみないと」

ミッチはビーチに続く木製の階段を下りると、乾いた熱い砂の中をゆっくり苦労して二人の方へ歩いていった。二人は高くなっていく城の前に手と膝をついている。二人とも元気一杯で、よく笑っている。五十フィート手前からでは、子供っぽい夢にあふれた生意気で陽気な十四歳の中学生に見える。が、さらに近づくと、二人はまさしく無邪気さを喪失した姿そのものだ——百戦錬磨の二人の古強者と十四歳の少女との間には、十回分の人生にも匹敵する暗い歳月が刻まれている。ベッカは骨と皮ばかりに痩せこけ、くぼんだ目の下には黒い隈ができている。はれてかさぶたのできたエスメの唇は、混乱して呆然とした表情と相まって、美しい繊細な顔をぶち壊している。彼女の目は、もはやすっかり途方に暮れて怯えている女性の目だ。

「すごい城だな」ミッチは感想を言った。実際そうなのだ。優に五フィートの高さがあり、小塔や櫓を備え、立派な深い壕が巡らされている。

「手伝ってくれるの？」ベッカがバケツで手を濡らしながら尋ねた。「それともエラそうなボス面でそこに突っ立ってるだけ？」

ミッチはすぐさま膝をついて、壕の砂をかき出し始めた。「いつまでいるつもりだい、エスメ？」

「チトの遺体を返してもらうまでよ」エスメは城の壁を作る手を休めずに静かに答えた。「彼をベーカーズフィールドに連れ帰って、両親と一緒に埋葬してあげたいの」

「それはとてもいい考えだね」ミッチは言った。「なあ、君と話し合わなきゃならない重要なことがあるんだ。チトが死んだ夜、彼が帰宅して、また出かける前にクロゼットを引っ掻き回していたのを覚えてるかい？」

エスメはしばらく答えずに、形のよい手で城の壁を作り続けた。「覚えてるわ」ようやく答えた声は、海の向こうから聞こえてきたかのようだった。

「探していたのはシナリオだったんだ。あの夜チャップマン滝に行く途中で、俺宛に投函したにちがいない。俺も今日受け取ったところだ。シナリオは実在したんだよ、エスメ」

「出来はどうなの？」ベッカが熱心に訊いてきた。ミッチの発見に、エスメよりはるかに興奮しているようだ。エスメはほとんど何の反応も示さない。

「言わせてもらえば、すっかり圧倒された。嘘偽りなく素晴らしいんだ。彼は『輝ける銀星章』と呼んでいた」

エスメは砂に尻をついて座り、顔にかかる髪を払った。「書いてるところを一度も見たことないわ。あたしが寝ている間にやってたのね」大きくため息をつくと、ビキニのちっちゃなトップの中でバストが縮んだ。「チトは確かに夜中に起きてしまうことがよくあったわ。かわいそうに、ひどい悪夢に襲われてたのよ」

「家にある」ミッチは言って、立ち上がった。「今持ってくるよ」

「いいえ、やめて」エスメがぶっきらぼうに言った。「だから、その、いいのよ。チトはあなたに持っていてもらいたかったんだから」

「君の物だよ、エスメ」

「彼があなたにあげた物よ」

「でも大きな価値のあるものなんだ。君は大金が稼げるんだよ」

「いらないわ。読もうとも思わない。悲しくなるだけだもの。もう悲しくなるのはイヤなのよ、ミッチ。わからない?」

「もちろん、わかるよ。でも、それじゃ俺はどうすればいいかな?」

「何かよいことをして」彼女があっさり答えた。「相応しいことを。あなたは頭のいい人よ。どうすべきかわかるはずだわ」

「ちょっと乾いてきちゃったわ」ベッカが宣言して、空のバケツを手に水際に下りていった。

「個人的なことを訊いてもいいかな?」ミッチはエスメに言った。

「いいけど」

「チトがゲイなのは知ってたのか?」

女優は不思議そうにミッチをじっと見つめた。「そんなことを訊かれるなんて、あたしはおバカもいいとこだと思われてるのね」

「そんな、滅相もないよ。ただ……君は知らないとウィルが言ってたから」

「ウィルの思い違いよ」

「チトから聞いたと言ってたよ」

「それじゃチトが嘘を言ったのよ」興奮した声になってきた。「彼がゲイなのは最初から知ってたわ。見ればわかるじゃない。ゲイはゲイだわ」

「それでも君は一緒にいた」とミッチ。「なぜだ？」

「彼を愛してたから。そんなに理解しづらいことなの？」

「あたしはわかるわ」ベッカが言った。バケツを持って戻ってきたのだ。「すごくお似合いだと思ったもの。あたしの気持ちはこれからも変わらないわ」

「それに」エスメが顔を曇らせた。「愛しのパパとあんな経験をすれば、チトとあたしのことなんてと思えたわ、だからまあ……」

「まあ何だい、エスメ？」

「普通だって」

「チトはどれくらい知ってたんだ？」

「全然」

「どうしてだ、彼がドッジに何かするんじゃないかと心配だったのか？」

「いいえ、まさか」

「それじゃどうして？」

「済んだことだからよ」エスメが説明した。「話したくもないの――いいことなんて何もないんだから。だから絶対に振り返らない。前だけを見ていくの」

「だからパパを追及しなかったのか？」

「法に訴えるとかってこと？」

「そんな必要はないわ」ベッカがはっきりと言った。くぼんだ目が非情な光をたたえている。「今受けてる罰の方がずっと重いもの」

「どんな罰だい？」

「自分を受け入れなきゃならないってこと」エスメが言った。

「来る日も来る日も死ぬまでずっと」ベッカが言い足した。

ミッチは聞き流した。ドッジには後悔もなければ、良心の呵責もなく、そもそも機能する良心そのものがないらしいことは言わなかった。エスメとベッカの二人は、彼にはあると信じる必要があるのだ。そしてミッチは、二人からそれを奪おうとは思わなかった。他にしがみつけるものが、この二人にはほとんどないのだから。「エスメ、今年の夏はどうしてここに帰ってきたんだい？」

「ドーセットはあたしたちのためになるんじゃないかと思ったの」彼女が柔らかな肩をすくめた。「間違いだったわ」

ジェットスキーに乗ったガキが二人、甲高い大声をあげて猛スピードで通り過ぎていった。ミッチは肉付きのいい尻を下ろして、二人を見守りながら、「なあ、チトのシナリオについて、たぶん二、三日中に、もう一度話し合うことにしよう」と提案した。

「いいえ、ミッチ」エスメが言った。「そのことはもう話したくないの。でも一つ約束して、ねっ？」

「いいとも、何なりと」

「ファンはチトの本当の姿を知る権利があるわ。彼らに話してあげて。今となっては彼も傷つかないから」

「でも君は？　君が傷つくこともあるぞ」

「いいえ、それはないわ」エスメが静かに言った。城を作る手を止めようとはしない。濡れた手が壁を高く、高く、さらに高くと作っていく。「あたしを傷つけられるものなんて、もう何もないの。何もよ」

16

「やあ、ティナ――久しぶりだな」

「ミッチ、ホントにまあ！」ティナは丸いピンクの顔を母親さながら喜びに輝かせて、ミッチの両側の頰に思い入れたっぷりのキスをした。ストロベリーブロンドで丸ぽちゃ、元気一杯の五十代の女性だ。「さあ、教えて」彼女がデズをはるか見上げて、命令するように言った。「この美しい女性はどなた？」

「デジリー・ミトリーに挨拶してやってくれ」

「私のレストランにようこそ、デジリー」

デズは彼女に微笑みかけた。「ありがとう。お店の噂はかねがね」

〈ザ・ポート・アルバ・カフェ〉は、ワシントンスクエア公園の一ブロック南のトンプソン通りにあり、隣には男たちがチェスをやっている店がある。小さなカフェとはいえ――テーブルは十二ほどしかない――一つを除いてすべてふさがっている。幼い子供を連れた若い夫婦が何組も食事をしている。カップルも何組か。白いスーツを着たとても気品のある老人は、一人でエスプレッソをすすっている。壁の一つには漁村が描かれている。小さなバーは天井から吊るしたラックにグラス類をおさめている。天井は型打ちしたブリキだ。素敵な香りがキッチンから漂ってくる。

デズは久しぶりにドレスを着ていた。かわいい黄色のノースリーブのニットで、ウエストからお尻にかけてぴっちりフィットしている。ドレスに合わせてサンダルを履き、耳には金のループイヤリング、パールのネックレスは祖母の形見だ。口紅を軽くつけて、ペディキュアまでしている。まずしたことはないのだが、今夜は特別な夜。愛している男と本物のニューヨーク・デートに出かけてきたのだ。

ミッチは白いボタンダウンのオックスフォードシャツにカーキのパンツ、それにメフィストのウォーキングシューズを履いている。まるで普段のままの装いだ。それでも今夜のために、シャツとパンツにはちゃんとアイロンがかかっているし、カールしたもじゃもじゃの髪には櫛が通っている。断然大人らしく見える。

ティナは二人を窓際の空いたテーブルに座らせると、キャンティのボトルと、皮がパリパリの温かいパン、それにアンティパストの小さな皿がたくさん載った大皿を持ってきた。サーディンのグリル、白インゲンのエクストラヴァージンオリーブオイル漬け、イカのマリネーのサラダ、モッツァレッラチーズのバジルとトマト添え。ティナは二人のグラスにワインを注ぐと、夫を呼びに行った。ウーゴは威厳のある痩せた男でシェフだ。重々しくミッチと握手すると、いつものにするかと尋ねた。

「二人前」ミッチはデズに微笑んで言った。「君がそれでよければだが」

「それを楽しみにしてたのよ」

ウーゴはキッチンに戻っていった。

ミッチはテーブル越しにデズの手を取った。「すごくセクシーだよ。自分でもわかってるのか？」

「うーん、実は、もっとドレスを着た方がいいのかしらと考えてたところよ」

「そいつは笑えるな。俺は脱がせることを考えてたよ」

「今夜はすごくはしゃいでるのね。ドーセットを離れたのがうれしいの？」

「ここで君と夜を過ごすことに興奮してるだけだよ」彼は答えて、サーディンのグリルに取りかかった。

デズはイカを自分の皿に取り分けて、早速食べ出した。「そういう約束だったものね。約束は約束でしょ？」

「何とでも言ってくれ、駐在」

デズは漁村の壁画がとても気に入ってじっと眺めた。ワイス教授が酷評するのは百も承知だ。プロポーションも、アングルも、キャストシャドウの配置も——みんな違う、違う、違う。「それじゃここがあなたの場所だったのね？　あなたとメイシーの」

ミッチが目を伏せてうなずいた。

「彼女が亡くなってからは一度も来てなかったんじゃない？」

「ああ、そうだ」彼がデズの目をじっと見つめた。「二人でここに来て、かまわなかったか？」

「ミッチ、かまわないどころじゃないわ。光栄よ」

ウーゴが使い込まれた銅製のフライパンを手にキッチンから出てきた時には、二人はアンティパストの大皿を平らげて、ワインのボトルを半分ほど空けていた。フライパンにはほうれん草のフェトチーネがどっさり。ティナが二人の前に温めた皿を置き、ウーゴが取り分けてくれた。ウーゴは自家製のグリーンパスタと新鮮なほうれん草を本物のアルフレードソース――たっぷりの生クリームとバターと溶かしチーズ――で和えていた。罪深いとしか言いようがない。しかもその上にティナがさらにチーズをおろしてくれたのだから。

ティナはデズがひと口食べるまで心配そうにうろついていた。「お好き？」

「もう、大好きよ」本当の話、食べたこともないほど美味しいパスタだった。口の中でまさしく溶けていく。

ティナは感激して、もう二人の邪魔はしなかった。

「チトのシナリオをどうするか決めたの？」デズは食べながら尋ねた。

「出版するつもりだ」ミッチが答えた。「俺が序文を書く。彼が死んだ時に書いた記事をさらに詳しくしたものになる。ウィルの自白の筆記録も添えて、彼の身に起こったことを嘘偽りなく詳述するつもりだ。エスメもそれを望んでいる。儲けが出れば、チトが生まれ育ったバリオの子供たちのための大学奨学金基金に寄付される。映画化権を買いたいという者が現れた場合も同様だ。どうだ？」

「すごくいいわ、ミッチ」

「デズ、ドッジはどうなると思う？」

「法的にってこと？　あたしの推測では、故意による器物損壊を認めて、六ヵ月の保護観察で免れるわね」

「服役しないのか？」

「ええ、しないと思うわ。何と言っても共同体の中心人物ですもの」デズは平然と言った。

ミッチは皿から離れて椅子の背にもたれた。顔には複雑な表情が浮かんでいる。

「前には信じてたことが信じられなくなった気がする」

「どういうこと？」

「ドッジは本当にものすごく悪いやつだ。エスメにも、他の女の子たちにも、商売敵にも、友だちにもゾッとするほどひどいことをした。その彼は生温い刑罰を受けるだけで、基本的には埃を払って勝手に出直せる。一方、ウィルはきちんとした男だったが、不適切な相手と恋に落ちて平静を失った。そして今となっては、彼も、チトも、ドナも、みんな死んでしまった。これのどこに正義があるんだ？」

デズはナプキンで口を軽く叩いた。「あなたは出だしから間違ってるわ。ウィルはきちんとした男なんかじゃない。紛れもない殺人者だったのよ」

「それじゃドッジは？」

「とことん人間のクズ。それは認めるわ」

「それじゃ正義はどこに？」

「何でも自分の思うようにはいかないわ。だからこそ、あたしのキッチンの床はあんなにピカピカなんじゃない」

「おっと、話が見えなくなったぞ」

「ベラはね、憤慨すると四つん這いになって床を磨き出すの。あなたは巨大な虫の出てくる古い映画を観るし――」

「ばっかりじゃないぜ。巨大な甲殻類のこともある」

「そしてあたしは絵を描く。と言うか、ともかくも前はそうしていた。今描いてるものを何と呼んでいいかはわからないけど。いいえ、わかってる――がらくただわ。それはともかく、みんなそれぞれのやり方で対処してるの。それが現実ってものよ」

「やれやれ、ムカつくな」ミッチがぼやいて、ワインをすすった。

「時にはムカつくわね。けど、現実がどこから見ても最高って時もあるわ」

「どんな時だ？」

デズは彼の手に手を重ねると、ギュッと握った。「ちょうど今みたいな時」

〈ザ・タバーン〉はホレーショ通りとワシントン通りの角にあった。ミッチのマンションのすぐ近くだ。フロアにはおがくずが敷かれ、装飾と言えるようなものはほとんどない。その昔は、近所の大柄で無骨な食肉加工業者がひいきにした酒場だった。現在は、快活で騒がしい若いライターやアーティスト、俳優や大学院生であふれている。その多くがまだカップルになっていない。グループで集まっているが、そのグループの多くが互いに入り乱れている。デズも、ブラックの顔、アジア系の顔と、いろいろな顔を見た。

厳密な意味でのダンスクラブではない。絶対に違う。でも、彼の好きな場所であり、確かにジュークボックスがある。彼がディナーはおごると言ってきかなかったので、ドリンクはデズが買うことにした。その間に、ミッチはジュークボックスに向かって慎重にジリジリと進んでいった。その顔には紛れもない不安が浮かんでいた。

デズがバーでニューアムステルダムの生の入った冷たい二つのマグを受け取っていると、あの出だしの管楽器の音――『リスペクト』以外には考えられない――が聞こえ、あの叩きつけるようなギターのリフが続くと、いよいよ彼女の声が。そして今やアレサが、彼女に必要なものについて歌っている。デズはミッチのいる方へと軽やかにバーを横切っていった。二人の視線がからみ合い、このぎゅう詰めの場所から他の人間は消えた。二人だけだ。デズはビールのマグをジュークボックスに置くと、両手を高く挙げて、恋人と一緒に腰を突き出した。音楽を感じ、ワインを感じ、それに……それに……。まあ、彼は何をしてるの？　腎臓結石でも流してるの？　それに、あの不器用な足でどこに行くつもり？　ビートも感じていないの？

でも、あら、彼は彼なりに踊っているし、誰が見ているわけでも、気にしているわけでもない。それに、とってもキュートじゃない。

それに、二人はほどなくマンションに帰って、大きな真鍮のベッドで抱き合っていた。まだ肩を心配している彼に、デズは大丈夫だからと何度も言って、二人は夜更けまで愛し合った。車のサイレンと警報装置が二人のためのセレナーデ――食肉加工場の外では冷蔵トラックがビーッビーッと警笛を鳴らしながらバックしていたし、タクシーは電力・ガス供給会社のコンエドが道路の穴にかぶせたスチール板の上をガタンゴトンと通っていった。

それに、なぜかよくわからないのだが、これまでにない異様なほどの刺激と渇望を感じていた。その夜ミッチのベッドで、二人はともに新しいもの、さらにすばらしいものを見出したのだ。

「君も感じたんだね」ミッチは彼女の顔を優しく撫でた。こんなに愛情深い男性と付き合ったことはないわ。デズは本気で思った。

「感じたって何を？」

「この街のエネルギーだよ」

「あなたとあたしのエネルギーかと思ったわ」

「多少は関係あるかもしれないね」彼は認めたが、すぐに口を開けてぐっすり眠り込んでしまった。

デズは目が冴えていた。彼のマンションにいると思うと、ひどく神経が高ぶってしまう。そこで急いでTシャツだけ着ると、裸足でそっとリビングに入り、スタンドをつけて、彼の住まいを見回した。ここではどうしても落ち着かない。ここはメイシーの住まいだった。ミッチは彼女の死後、その影を消そうとした。デズにはそう言っていた。でも、彼女の匂いがするものがまだ多くある。例えば、絶妙に配置された絶品の革張りのソファとクラブチェアのセット。緑色のガラスの笠をかぶったアンティークの真鍮のスタンド。さらには彼が机として使っている本物のスティックレーの大型書き物机。ビッグシスター島では、件の男は木挽き台に古いドアを載せて机にしているのだ。デズの訓練された目は、彼が見落とした小さな品々も捉えた。例えば、ラジエーターカバーの片端を支えている『簡易用地工学』と題する分厚い本のような。

そんな中に立っていると、デズは急に何が何でも外に行きたくなった。ベッドルームにそっと戻ってジムバッグを取ってきた。ショーツをはき、ランニングシューズを履くと、ミッチのスペアキーをポケットに入れて外に出た。まだ六時にもなっていないが、丸石の通りは目覚めて活気づいていた。夜勤を終えて帰宅する食肉加工業者が六人ほど。疲れ切っていてもやかましい。しみ一つないシアーサッカーのスーツに身を包んだ管理職タイプの男は、ジャックラッセルテリアを散歩させながら、『ウォールストリート・ジャーナル』に目を通している。若いラテン系の男が上半身裸になって、駐車した車のボンネットの中をいじっている。むき出しの肩に汗が光っている。腕を伸ばせば届くところにバドワイザーの缶がある。その彼を、向かいに建つブラウンストーンの家の二階から、老婦人が窓台のクッションに肘をついて見守っている。彼女の手のタバコから煙が物憂げに渦を巻いて早朝の陽光の中へ昇っていく。陽光は東から斜めに低くガンズヴォートに差している。

デズは気がつくと、ミッチのマンションのポーチに佇んで、その女性を、その陽光を、車をいじっているその男を見つめていた。驚いたことに、鼓動が速くなって、指先がジンジンしてきた。アートアカデミーのスタジオに足を踏み入れると決まって感じる、あの興奮と同じだ——特別な神聖な場所にいるという圧倒的な感覚。これまで屋外で、通りに立っていて感じたことなど一度もなかった。外で感じることはなかったのに。

興奮して、急に浮ついた気分になって、歩き出した。通りを行くと、中国人のクリーニング屋はもう店を開けていた。角の食品雑貨店も。若い店員が歩道にホースで水を撒いている。牛乳運搬用のトラックは配送中だ。デズはコーヒーを買って飲みながら、家族で住む高級住宅が結束の強い共同体を作っているご近所を歩き出した。目を見開いて、どんな細かいことも吸収していった。建物の管理人は、外でゴミを袋に入れながら独り言を呟いている。バスローブ姿の主婦は、違反切符を切られる前に道路の駐車禁止側から車を移動させている。夜遊びからご帰還の黒い革ジャン姿のくたびれ切ったロックンローラーが、タクシーを降りてきた。タバコとパチョリの匂いをプンプンさせていた。

七時近くになると、仕事に出かける人々もいた。デズはその性急な姿にあおられてついていった。と、一四丁目の地下鉄の入り口に出たので、乗車券を買い、一号線に乗って、タイムズスクエアまで行き、戻ってきた。車内では向かいにある顔をじっと見ていた。十か、二十か、三十の異なる国や人種や民族を代表する顔だ。若い顔に老いた顔、前途有望な者にホームレス、学生、労働者、百万長者、誰もが肩をぶつけ合うように立って、手すりを摑み、それぞれが自分の夢にしがみついていた。

デズは何時間も外出していた。ミッチの住まいの近くにベーグルの店があったので、帰りがけに、できたてのベーグルとコーヒーを二つ買った。そして、ガンズヴォートのマンションに戻った。マンションの前の歩道には、いじけたプラタナスが植えられている。犬がおしっこをかけないように、低い鉄の柵が巡らされている。木も都会では伸び伸びとは生きられない。デズはミッチのマンションの階段を上りかけたところで足を止めた。プラタナスの浅く露出した根が執拗に土にしがみついている姿に気づいたのだ――今見てきた地下鉄の乗客の指関節にそっくりだ――自分の場所を確保するために闘い、生きるために闘い、さらには……。

その時、思い当たった。木が描けなかったわけがわかったのだ。

木は、枝と葉でできた物ではない。生きて、息をしている生き物だ。幹と枝は木材ではない。筋肉であり、腱であり、骨だ。あの哀れなヒマラヤ杉、チャップマン滝の断崖にしがみついていたあの木が――あの夜、二人の命を救って枯れていくまで――彼女に伝えようとしたのはそういうことだった。

木は物ではない。

デズは息を切らして大急ぎでスケッチブックを取ってくると、階段に座り込んだ。

素足の膝に立てかけて木炭を握りしめ、プラタナスのジェスチャードローイングから始めた。ただし、もはや木を描いているのではなかった——描いているのは、ヌードモデル。彼女のために、朝日を浴びてポーズをとり、太陽に向かって手を高く差し伸べている。デズは何枚も何枚も描いた。木炭が紙の上を飛ぶように動いた。

ミッチがぶらりと出てきて、欠伸をして目を瞬かせながらそばに来たのにも、ほとんど気がつかなかった。「何時に起きたんだ?」

「眠れなかったのよ」デズは答えた。老婦人が食品雑貨を入れたカートを引っ張ってやって来た。

「おはようございます、ミセス・フォデラ」ミッチが声をかけた。「いいお天気ですね」

「ええ」老婦人がうめくように言って、手を振った。

ミッチは階段に座るデズの隣に腰を下ろして、コーヒーを開け、彼女の肩越しにスケッチブックを見やったが、何も言わなかった。

「そんなにお利口でいるのが面倒くさくなることはない?」デズは彼に尋ねた。

「いいや、いつだって意気に燃えてるよ」ミッチが答えて、ベーグルを食べ出した。

「ミッチ、考えてたことがあるんだけど……」

「おやおや、深刻そうだな」

「そうなの。これからはニューヨークで過ごす時間を増やしたいのよ」

「俺をからかってるのか？　俺はずっとそうしてくれって頼んでたんだぜ」

「待って、話はまだ終わってないの」デズはそう警告して、ごくりと唾を呑み込んだ。「ここに、その、いくらか……着替えを置こうかと思って。あなたはかまわない？」

「あのちっちゃな黄色のドレスみたいな服を？」

デズはミッチの目を見据えた。「あたしは本気なの、ミッチ。かまわない？」

「事と次第によるな」ミッチが厳めしく言った。「俺はまた人前でダンスをしなきゃならないのか？」

「いい加減にしないと、逮捕してやるわよ」

「そういうことなら、二人で何とでもできるんじゃないかな」

訳者あとがき

気鋭の映画批評家ミッチ・バーガーは、生まれ育ったニューヨークからコネティカット州ドーセットの外れに位置するビッグシスター島に生活の拠点を移した。取材でしぶしぶ訪れたのに、ひと目惚れしてしまったのだ。

七月、ロングアイランド海峡の風が吹き抜ける島では、朝日とともに目覚めて一日が始まる。畑で野菜を育て、島に自生するブラックベリーを摘む。夜になれば、恋人のデズと一緒に裸になって島のプライベートビーチで月光を浴び、満天の星を眺めながらスイミングをする。羨ましいほど快適な本物のスローライフだ。最愛の妻を亡くしてボロボロになったミッチだったが、この土地の自然とゆるやかな時間の流れ、さらにはデズの存在に、少しずつでも確実に癒されているのを日々実感している。デズとは昨年の事件で運命的に出会った。当時の彼女は進取の気性に富んだ凶悪犯罪班所属のバリバリの警部補だったのだが、今はやはりドーセットに移り住んで、村の駐在を勤めながら長年の夢だった絵の勉強をしている。

そして、二人ともこの新しい環境に慣れて、だんだんドーセット人になってきたようだ。ミッチにも友だちができた。毎朝ビーチをウォーキングする三人の仲間がいる。環境不適応の変人を自認する彼にしては大した進歩だ。もっとも、ドーセットに引っ越してきて、学んだことがある。「誰も、誰一人として、見かけどおりの者はいない。誰もが自分を偽っている」（本文一〇二ページ）――なるほど。となると、彼らも何かとんでもない一面を隠し持っている？

それはそうと、時代から隔絶したかのような穏やかで自足したドーセットが、このところ騒がしい。実は、ウォーキング仲間でまさしく地元の名士、ドッジ・クロケットの一人娘のエスメが、ジェームズ・ディーンの再来とも謳われる当代一のセクシー俳優の夫、チト・モリーナを連れて夏期休暇に帰ってきたのだ。エスメもまたアカデミー助演女優賞に輝く実力派のドル箱女優で、ともに二十三歳のこのゴールデンカップルの行くところ、タブロイド紙やワイドショーのメディア軍団がぞろぞろついてくる。とりわけキレやすいチトはしょっちゅう問題を起こすので、格好の標的だ。当然ながらスターの追っかけや見物人も押しかけている。

批評家のミッチにも少し気になる事情があった。チト・モリーナ主演の最新作『ダークスター』を、ニューヨークの権威ある日刊紙の映画欄でこき下ろしたばかりなのだ。そんなミッチがエスメ＆チトと真昼のカフェテリアで遭遇した時、メディア軍団が大喜びする騒ぎが起こった。

でも、それがこの夏の悲劇の前触れになろうとは……。

ドーセットの日常に一人の男の死がもたらした波紋。波紋は思わぬ広がりを見せて、人々の唖然とするばかりの関係やそれぞれの隠された顔がむき出しにされていく。微笑ましい顔も、いじらしい顔も、痛ましい顔も、蹴飛ばしたくなるほど不快な醜い顔もある。あまりに理不尽な現実に、ミッチはやりきれない思いを募らせる。

でも、だからこそデズは殺人被害者の顔をスケッチせずにいられないのだし、親友のベラは猛然とキッチンの床を磨き出すのだし、ビッグシスター島のビッツィ・ペックは黙々と畑を耕すのではないか。ミッチにしても、そんな時こそ映画館の暗闇に逃げ込んできたのだ。心ある者たちはそうやって苦々しい現実と何とか折り合いをつけ、希望をつなぐ。デズの言うように、「現実がどこから見ても最高」（本文四九〇ページ）と思われる時も、また確かにあるのだから。

そう、ミッチとデズも今回はドーセットを離れ、ニューヨークでゆっくり二人だけの時間を過ごす。「ニューヨークは歩いて、見て、聞く街なんだ。ここにいると、あらゆるものからプラスアルファの衝撃を受ける――美しいものはより美しく、醜いものはより醜く、興奮は増幅され、危険はより危険になる。そのせいで人はさらに活気づく」（本文二三四ページ）これは、ニューヨークという街を知り尽くした作者ハンドラーならではの率直な感想だろうが、多くの人を引きつけてやまないニューヨークの魅力を見事に言い当てているのではないだろうか。

そのニューヨークでデズが発見したもの——読んでいるこちらまで何だか少し胸が熱くなって、人間ばかりか命あるすべてのものが愛おしくなる。それは、作者ハンドラーの眼差しの深さと温かさに、私たち読者がいつの間にか感染する瞬間なのかもしれない。

最後に、本書訳出にあたりお世話になりました文庫出版部の長谷川淳氏をはじめとする多くの皆様に心よりお礼を申し上げます。

北沢あかね

|著者| デイヴィッド・ハンドラー　1952年ロサンゼルス生まれ。カリフォルニア大学サンタバーバラ校を卒業。元売れっ子作家のゴーストライター〝ホーギー〟と愛犬ルルを主人公にした『フィッツジェラルドをめざした男』でMWA賞受賞。ドラマ作家としても、数度エミー賞に輝いている。本書は『ブルー・ブラッド』『芸術家の奇館』に続く、〝バーガー＆ミトリー〟シリーズの第３作。

|訳者| 北沢あかね　神奈川県生まれ。早稲田大学文学部卒業。映画字幕翻訳を経て翻訳家に。訳書に、ジョハンセン『嘘はよみがえる』『見えない絆』、ハンドラー『ブルー・ブラッド』『芸術家の奇館』『殺人小説家』、シュワルツ『湖の記憶』（以上、すべて講談社文庫）、フレイジャー『擬死』（ランダムハウス講談社文庫）などがある。

シルバー・スター

デイヴィッド・ハンドラー｜北沢《きたざわ》あかね 訳

講談社文庫
定価はカバーに
表示してあります

2009年１月15日第１刷発行

発行者――中沢義彦
発行所――株式会社　講談社
東京都文京区音羽2-12-21　〒112-8001
電話　出版部（03）5395-3510
　　　販売部（03）5395-5817
　　　業務部（03）5395-3615
Printed in Japan

デザイン―菊地信義
本文データ制作―講談社プリプレス管理部
印刷―――豊国印刷株式会社
製本―――株式会社千曲堂

落丁本・乱丁本は購入書店名を明記のうえ、小社業務部あてにお送りください。送料は小社負担にてお取替えします。なお、この本の内容についてのお問い合わせは文庫出版部あてにお願いいたします。

ISBN978-4-06-276263-2

講談社文庫刊行の辞

二十一世紀の到来を目睫に望みながら、われわれはいま、人類史上かつて例を見ない巨大な転換期をむかえようとしている。

世界も、日本も、激動の予兆に対する期待とおののきを内に蔵して、未知の時代に歩み入ろうとしている。このときにあたり、創業の人野間清治の「ナショナル・エデュケイター」への志を現代に甦らせようと意図して、われわれはここに古今の文芸作品はいうまでもなく、ひろく人文・社会・自然の諸科学から東西の名著を網羅する、新しい綜合文庫の発刊を決意した。

激動の転換期はまた断絶の時代である。われわれは戦後二十五年間の出版文化のありかたへの深い反省をこめて、この断絶の時代にあえて人間的な持続を求めようとする。いたずらに浮薄な商業主義のあだ花を追い求めることなく、長期にわたって良書に生命をあたえようとつとめるところにしか、今後の出版文化の真の繁栄はあり得ないと信じるからである。

同時にわれわれはこの綜合文庫の刊行を通じて、人文・社会・自然の諸科学が、結局人間の学にほかならないことを立証しようと願っている。かつて知識とは、「汝自身を知る」ことにつきていた。現代社会の瑣末な情報の氾濫のなかから、力強い知識の源泉を掘り起し、技術文明のただなかに、生きた人間の姿を復活させること。それこそわれわれの切なる希求である。

われわれは権威に盲従せず、俗流に媚びることなく、渾然一体となって日本の「草の根」をかたちづくる若く新しい世代の人々に、心をこめてこの新しい綜合文庫をおくり届けたい。それは知識の泉であるとともに感受性のふるさとであり、もっとも有機的に組織され、社会に開かれた万人のための大学をめざしている。大方の支援と協力を衷心より切望してやまない。

一九七一年七月

野間省一

講談社文庫 最新刊

五木寛之
百寺巡礼 第五巻 関東・信州
喧噪から一歩入った境内の上には大きな空が広がる。江戸、鎌倉、信州の真実の姿を今。

佐藤雅美
青雲遙かに
〈大内俊助の生涯〉
儒教を究めようと仙台からやって来た名もなき若侍の数奇な人生を描く、江戸の青春小説。

花村萬月
空は青いか
〈萬月夜話其の二〉
愛車レガシィ、音楽、映画、うまいもの、そして小説のこと。ブルースフルなエッセイ。

西村賢太
どうで死ぬ身の一踊り
私小説作家・藤澤清造の全集刊行を心に誓いつつ、女に暴力を振るう男の捨て身の日々。

池内ひろ美
読むだけで「いい夫婦」になる本
仲良くしたいのに、言葉が相手に伝わらない。夫婦すれ違いの深層からわかる再生のヒント。

青山潤
アフリカにょろり旅
幻の熱帯ウナギ捕獲に命を懸けた研究者の爆笑アフリカ冒険記。講談社エッセイ賞受賞作。

本格ミステリ作家クラブ・編
大きな棺の小さな鍵
〈本格短編ベスト・セレクション〉
本格ミステリ作家クラブが厳選した10の短編を収録！ ファン必読のアンソロジー第7弾。

清谷信一
ル・オタク
〈フランスおたく物語〉
フランスでなぜ、日本のアニメが定着したのか。日本と異なる〝オタク〟たちの熱い物語。

毎日新聞科学環境部
迫るアジア どうする日本の研究者
〈理系白書3〉
制度は硬直化し、判断は遅く、人材は流出する。「弱い」日本を再生する研究者の苦闘！

デイヴィッド・ハンドラー
北沢あかね 訳
シルバー・スター
静かな町を揺るがす転落死体の謎。太っちょ映画評論家と美人警官が事件の真相に迫る！

井上靖
本覚坊遺文〈日本文学大賞〉
師利休は何故太閤様より死を賜り従容と死に赴いたのか？　弟子の目を通して自刃の謎に迫り、生死一如の乱世を生きた人間群像と侘茶の心を陰影深く描いた傑作。
解説＝高橋英夫　年譜＝曾根博義
いＨ4
978-4-06-290036-2

円地文子
江戸文学問わず語り
祖母から聞き覚えた江戸の文学・演劇・音曲。滝沢馬琴、河竹黙阿弥、上田秋成、近松門左衛門等の作品に幼少より馴染んだ著者が生々と語る絶品の江戸文学案内。
解説＝小池章太郎　年譜＝宮内淳子
えＤ3
978-4-06-290037-9

河上徹太郎
吉田松陰　武と儒による人間像〈野間文芸賞〉
激動する時代の中で、閃光を放つかのように短き生涯を終えた吉田松陰。その至純なる革命思想形成を、様々な志士と対比させつつ、丹念に追った著者晩年の名作。
解説＝松本健一　年譜＝大平和登・寺田博
かＥ3
978-4-06-290038-6

講談社文庫　海外作品

P・コーンウェル 相原真理子訳 審問(上)(下)
P・コーンウェル 相原真理子訳 黒《くろ》蠅《ばえ》(上)(下)
P・コーンウェル 相原真理子訳 痕跡(上)(下)
P・コーンウェル 相原真理子訳 神の手(上)(下)
P・コーンウェル 相原真理子訳 スズメバチの巣
P・コーンウェル 相原真理子訳 サザンクロス
P・コーンウェル 矢沢聖子訳 女性署長ハマー(上)(下)
P・コーンウェル 相原真理子訳 捜査官ガラーノ
P・コーンウェル 相原真理子訳 前線〈捜査官ガラーノ〉
P・コーンウェル 相原真理子訳 異邦人(上)(下)
R・ゴダード 加地美知子訳 秘められた伝言(上)(下)
R・ゴダード 加地美知子訳 悠久の窓(上)(下)
R・ゴダード 加地美知子訳 最期の喝采
R・ゴダード 加地美知子訳 眩惑されて(上)(下)
R・ゴダード 越前敏弥訳 還らざる日々(上)(下)
マイクル・コナリー 古沢嘉通訳 夜より暗き闇(上)(下)

マイクル・コナリー 古沢嘉通訳 暗く聖なる夜(上)(下)
マイクル・コナリー 古沢嘉通訳 天使と罪の街(上)(下)
マイクル・コナリー 古沢嘉通訳 終決者たち(上)(下)
ハーラン・コーベン 佐藤耕士訳 唇を閉ざせ(上)(下)
ジョン・コナリー 北澤和彦訳 死せるものすべてに(上)(下)
ジョン・コナリー 北澤和彦訳 奇怪な果実(上)(下)
マーティナ・コール 小津薫訳 顔のない女(上)(下)
ルイス・サッカー 幸田敦子訳 穴〈HOLES〉
アイリス・ジョハンセン 北沢あかね訳 見えない絆
ゲイリー・シュミット 上野元美訳 最高の子〈牛小屋と僕と大統領〉
サラ・ストロマイヤー 細美遙子訳 バブルズはご機嫌ななめ
ロバート・K・タネンボーム 菅沼裕乃訳 さりげない殺人者
L・チャイルド 小林宏明訳 キリング・フロアー(上)(下)
L・チャイルド 小林宏明訳 反撃(上)(下)
L・チャイルド 小林宏明訳 警鐘(上)(下)
ネルソン・デミル 白石朗訳 王者のゲーム(上)(下)

ネルソン・デミル 白石朗訳 アップ・カントリー〈兵士の帰還〉(上)(下)
ネルソン・デミル 白石朗訳 ニューヨーク大聖堂(上)(下)
ネルソン・デミル 白石朗訳 ナイトフォール(上)(下)
ネルソン・デミル 白石朗訳 ワイルドファイア(上)(下)
ジェフリー・ディーヴァー 越前敏弥訳 死の教訓(上)(下)
ジェフリー・ディーヴァー 越前敏弥訳 死の開幕
アンドリュー・テイラー 越前敏弥訳 天使の遊戯
アンドリュー・テイラー 越前敏弥訳 天使の背徳
アンドリュー・テイラー 越前敏弥訳 天使の鬱屈
ハックスリー 松村達雄訳 すばらしい新世界
ジェームズ・パターソン 小林宏明訳 闇に薔薇
ジェームズ・パターソン 小林宏明訳 血と薔薇
デイヴィッド・ハンドラー 北沢あかね訳 殺人小説家
デイヴィッド・ハンドラー 北沢あかね訳 ブルー・ブラッド
デイヴィッド・ハンドラー 北沢あかね訳 芸術家の奇館
T・J・パーカー 渋谷比佐子訳 ブルー・アワー(上)(下)

T・J・パーカー　渋谷比佐子訳　レッド・ライト(上)(下)
A・パプロッタ　小津　薫訳　死体絵画
ジャン・バーク　渋谷比佐子訳　骨(上)(下)
ジャン・バーク　渋谷比佐子訳　汚れた翼(上)(下)
ジャン・バーク　渋谷比佐子訳　私刑連鎖犯(上)(下)
ジョン・ハーヴェイ　日暮雅通訳　血と肉を分けた者
ジム・フジッリ　公手成幸訳　NYPI
A・ヘンリー　小西敦子訳　フェルメール殺人事件
A・ヘンリー　小西敦子訳　ミッシング・ベイビー殺人事件
C・J・ボックス　野口百合子訳　沈黙の森
C・J・ボックス　野口百合子訳　凍れる森
C・J・ボックス　野口百合子訳　神の獲物
R・ボウエン　羽田詩津子訳　口は災い
フィオナ・マウンテン　竹内さなみ訳　死より蒼く
P・マーゴリン　井坂　清訳　女神の天秤
C・G・ムーア　井坂　清訳　最後の儀式

クリス・ムーニー　高橋佳奈子訳　贖罪の日
ボブ・モリス　高山祥子訳　震える熱帯(上)(下)
ウィリアム・ラシュナー　北澤和彦訳　独善
P・リンゼイ　笹野洋子訳　目撃
P・リンゼイ　笹野洋子訳　宿敵
P・リンゼイ　笹野洋子訳　殺戮
P・リンゼイ　笹野洋子訳　覇者(上)(下)
P・リンゼイ　笹野洋子訳　鉄槌
P・リンゼイ　笹野洋子訳　応酬
ギリアン・リンスコット　加地美知子訳　姿なき殺人
スー・リム　野間けい子訳　オトメノナヤミ
G・ルッカ　古沢嘉通訳　守護者《キーパー》
G・ルッカ　古沢嘉通訳　奪回者
G・ルッカ　古沢嘉通訳　暗殺者《キラー》
G・ルッカ　古沢嘉通訳　耽溺者《ジャンキー》
G・ルッカ　飯干京子訳　逸脱者(上)(下)

G・ルッカ　飯干京子訳　哀国者
ポール・ルバイン　細美遙子訳　マイアミ弁護士(上)(下)〈ソロモン&ロード〉
ポール・ルバイン　細美遙子訳　深海のアリバイ(上)(下)〈マイアミ弁護士 ソロモン&ロード〉
ジェド・ルーベンフェルド　鈴木　恵訳　殺人者は夢を見るか(上)(下)
D・レオン　北條元子訳　ヴェネツィア殺人事件
D・レオン　北條元子訳　ヴェネツィア刑事はランチに帰宅する
N・ロバーツ　加藤しをり訳　スキャンダル(上)(下)
N・ロバーツ　加藤しをり訳　イリュージョン(上)(下)
ピーター・ロビンスン　幸田敦子訳　誰もが戻れない
ピーター・ロビンスン　野の水生訳　渇いた季節
ピーター・ロビンスン　野の水生訳　エミリーの不在(上)(下)

ノンフィクション

W・アービング　江間章子訳　アルハンブラ物語
L・アームストロング　安次嶺佳子訳　ただマイヨ・ジョーヌのためでなく

講談社文庫　海外作品

P・コーンウェル　相原真理子訳　真相〈"切り裂きジャック"は誰なのか?〉(上)(下)
ピーター・スターク　徳川家広訳　ラスト・ブレス〈死ぬための技術〉
M・セリグマン　山村宜子訳　オプティミストはなぜ成功するか
ユン・チアン　土屋京子訳　ワイルド・スワン全三冊
ニルソン他　松山栄吉訳　生まれる〈胎児成長の記録〉
J・マイヨール　関　邦博編訳　イルカと、海へ還る日
エイドリアン・メイヤー　竹内さなみ訳　驚異の戦争〈古代の生物化学兵器〉
J・ラーベ　E・ヴィッケルト編　南京の真実
J・D・ワトソン　江上・中村訳　二重らせん

児童文学

エーリッヒ・ケストナー　山口四郎訳　飛ぶ教室
L・M・モンゴメリー　掛川恭子訳　赤毛のアン
L・M・モンゴメリー　掛川恭子訳　アンの青春
L・M・モンゴメリー　掛川恭子訳　アンの愛情
L・M・モンゴメリー　掛川恭子訳　アンの幸福
L・M・モンゴメリー　掛川恭子訳　アンの夢の家
L・M・モンゴメリー　掛川恭子訳　アンの愛の家庭
L・M・モンゴメリー　掛川恭子訳　虹の谷のアン
L・M・モンゴメリー　掛川恭子訳　アンの娘リラ
L・M・モンゴメリー　掛川恭子訳　アンの友だち
L・M・モンゴメリー　掛川恭子訳　アンをめぐる人々
トーベ・ヤンソン　山室　静訳　たのしいムーミン一家
トーベ・ヤンソン　下村隆一訳　ムーミン谷の彗星
トーベ・ヤンソン　山室　静訳　ムーミン谷の仲間たち
トーベ・ヤンソン　下村隆一訳　ムーミン谷の夏まつり
トーベ・ヤンソン　山室　静訳　ムーミン谷の冬
トーベ・ヤンソン　小野寺百合子訳　ムーミンパパの思い出
トーベ・ヤンソン　小野寺百合子訳　ムーミンパパ海へいく
トーベ・ヤンソン　鈴木徹郎訳　ムーミン谷の十一月
リンドグレーン　尾崎　義訳　長くつ下のピッピ
L・ワイルダー　こだま・渡辺訳　大きな森の小さな家
L・ワイルダー　こだま・渡辺訳　大草原の小さな家
L・ワイルダー　こだま・渡辺訳　プラム川の土手で
L・ワイルダー　こだま・渡辺訳　シルバー湖のほとりで
L・ワイルダー　こだま・渡辺訳　農場の少年
L・ワイルダー　こだま・渡辺訳　大草原の小さな町
L・ワイルダー　こだま・渡辺訳　この輝かしい日々
ルイス・サッカー　幸田敦子訳　穴〈HOLES〉

有吉佐和子　和宮様御留
阿川弘之　七十の手習ひ
阿川弘之　春風落月
阿川弘之　亡き母や
阿刀田　高　冷蔵庫より愛をこめて
阿刀田　高　ナポレオン狂
阿刀田　高　最期のメッセージ
阿刀田　高　猫を数えて
阿刀田　高　奇妙な昼さがり
阿刀田　高　ミステリー主義
阿刀田　高　コーヒー党奇談
阿刀田　高　新装版　ブラック・ジョーク大全
阿刀田　高　新装版　食べられた男
阿刀田高編　ショートショートの広場10
阿刀田高編　ショートショートの広場11
阿刀田高編　ショートショートの広場12
阿刀田高編　ショートショートの広場13
阿刀田高編　ショートショートの広場14
阿刀田高編　ショートショートの広場15

阿刀田高編　ショートショートの広場16
阿刀田高編　ショートショートの広場17
阿刀田高編　ショートショートの広場18
阿刀田高編　ショートショートの広場19
阿刀田高編　ショートショートの広場20
相沢忠洋　「岩宿」の発見〈幻の旧石器を求めて〉
安西篤子　花あざ伝奇
赤川次郎　真夜中のための組曲
赤川次郎　東西南北殺人事件
赤川次郎　起承転結殺人事件
赤川次郎　三姉妹探偵団
赤川次郎　三姉妹探偵団2〈キャンパス篇〉
赤川次郎　三姉妹探偵団3〈珠美・初恋篇〉
赤川次郎　三姉妹探偵団4〈怪奇篇〉
赤川次郎　三姉妹探偵団5〈復讐篇〉
赤川次郎　三姉妹探偵団6〈危機一髪篇〉
赤川次郎　三姉妹探偵団7〈駈け落ち篇〉
赤川次郎　三姉妹探偵団8〈人質篇〉
赤川次郎　三姉妹探偵団9〈青ひげ篇〉

赤川次郎　三姉妹探偵団10〈父恋し篇〉
赤川次郎　死が小径をやってくる〈三姉妹探偵団11〉
赤川次郎　死神のお気に入り〈三姉妹探偵団12〉
赤川次郎　次女と野獣〈三姉妹探偵団13〉
赤川次郎　心地よい悪夢〈三姉妹探偵団14〉
赤川次郎　ふるえて眠れ、三姉妹〈三姉妹探偵団15〉
赤川次郎　三姉妹、呪いの道行〈三姉妹探偵団16〉
赤川次郎　三姉妹、初めてのおつかい〈三姉妹探偵団17〉
赤川次郎　恋の花咲く三姉妹〈三姉妹探偵団18〉
赤川次郎　月もおぼろに三姉妹〈三姉妹探偵団19〉
赤川次郎　三姉妹、ふしぎな旅日記〈三姉妹探偵団20〉
赤川次郎　沈める鐘の殺人
赤川次郎　冠婚葬祭殺人事件
赤川次郎　人畜無害殺人事件
赤川次郎　静かな町の夕暮に
赤川次郎　ぼくが恋した吸血鬼
赤川次郎　秘書室に空席なし
赤川次郎　結婚記念殺人事件
赤川次郎　豪華絢爛殺人事件

2008年12月15日現在